早期新詩的合法性研究

伍明春　著

第七輯

總序

　　適值福建師範大學一百一十五周年華誕，我校文學院又與臺北萬卷樓圖書公司合作推出「百年學術論叢」第七輯，持續為兩岸學術文化交流增光添彩。

　　本輯十種論著，文史兼收，道藝相通，求實創新，各有專精。

　　歷史學方面四種：王曉德教授的《美國文化與外交》，從文化維度審視美國外交的歷史與現實，深入揭示美國外交與文化擴張追求自我利益之實質，獨具隻眼，鞭辟入裏；林國平教授的《閩臺民間信仰源流》，通過田野調查和文獻考察，全面研究閩臺民間信仰的源流關係及相互影響作用，實證周詳，論述精到；林金水教授的《臺灣基督教史》，系統研究臺灣基督教歷史與現狀，並揭示祖國大陸與臺灣不可分割的歷史淵源與民族感情，考證謹嚴，頗具史識；吳巍巍研究員的《他者的視界：晚清來華傳教士與福建社會文化》，探討西方傳教士視野中的晚清福建社會文化的內容與特徵，視角迥特，別開生面。

　　文藝學方面四種，聚焦於詩學領域：王光明教授的《現代漢詩論集》，率先提出「現代漢詩」的詩學概念，集中探討其融合現代經驗、現代漢語和詩歌藝術而生成現代詩歌類型、重建象徵體系和文類秩序的創新意義，獨闢蹊徑，富有創見；伍明春教授的《早期新詩的合法性研究》，為中國新詩發生學探尋多方面理據，追根溯源，允足徵信；陳培浩教授的《歌謠與中國新詩》，理清「新詩歌謠化」的譜系、動因和限度，條分縷析，持正出新；王兵教授的《清人選清詩與清代文學》，從選本批評學角度推進清代詩學研究，論世知人，平情達理。

　　藝術學方面兩種：李豫閩教授的《閩臺民間美術》，通過田野調查和比較研究，透視閩臺民間藝術的親緣關係和審美特徵，實事求是，切中肯綮；陳新鳳教授的《中國傳統音樂民間術語研究》，提煉和闡釋傳統民間音樂文化與民間音樂智慧，辨析細緻，言近旨遠。

　　應當指出，上述作者分別來自我校文學院、社會歷史學院、音樂學院、美術學院和閩臺區域研究中心，其術業雖異，道志則同，他們的宏文偉論，既豐富了本論叢多彩多姿的學術內涵，又為跨院系多學科協同發展樹立了風範。對此，我感佩深切，特向諸位加盟的學者恭致敬意和謝忱！

　　薪火相傳，弦歌不絕。本論叢已在臺灣刊行七輯七十種專著，歷經近十年兩岸交流的起伏變遷，我輩同仁仍不忘初心，堅持學術乃天下公器之理念，堅信兩岸間的學術切磋、文化互動必將日益發揚光大。本輯論著編纂於疫情流行、交往乖阻之際，各書作者均能與編輯一如既往地精誠合作，敬業奉獻，確保書稿的編校品質和及時出版，實甚難能可貴。我由衷贊賞本校同仁和萬卷樓圖書公司的貞純合作精神，熱誠祈盼兩岸學術交流越來越順暢活躍，共同譜寫中華文化復興繁榮的新篇章！

汪文頂

西元二〇二二年十一月於福州

王序

　　當年中國新詩革命的先驅胡適，在他那篇後來被朱自清稱為「詩的創造和批評的金科玉律」的《談新詩》一文中，曾將中國的新詩革命稱之為辛亥大革命推翻舊政體以來中國社會現代轉型的「一件大事」。如今一百多年白駒過隙，胡適的論斷不僅成了時代的預言，同時也成了歷史的見證：用說與寫趨近的現代漢語寫詩，的確是中國詩歌千年未有的變局，而它之後百餘年的發展，也讓我們一次又一次重臨這個歷史的起點。

　　文學變革的關鍵是起點，它奠定發展的基礎。而在文學文類發展史的研究中，最重要、最有意義也最難的就是起點與轉折點研究，──這是源頭與網結，其它則是流脈和續筆。然而，在中國新詩的研究領域，雖然近三十年來在詩人、詩潮、詩派研究方面取得了豐碩的成果，但在發生與轉折等關節點的研究方面，一直比較薄弱。

　　明春的《早期新詩的合法性研究》雖然不能算是研究中國詩歌新舊轉折的開拓之作，卻是一部勘探中國新詩拓荒歷史的力作。面對中國新詩發生時期浩如煙海的材料，他梳理出一個基本主題：合法性的爭取。他認為，作為有著幾千年偉大歷史傳統的一次深刻的歷史變革，中國新詩從它出現的那一天起就存在著如何證明自身的合法性的焦慮。這種焦慮甚至遠勝於同處「文學革命」中的其它文類，因為散文能直接從晚明的小品獲得解放的動力，小說則早有「白話小說」的資源，而「新詩」，一旦打破了千百年來人們習以為常的格式與韻律之後，卻要徹底重建一種關於詩的觀念、寫作習慣和閱讀習慣。

　　「新詩」須要向世人證明其「新」，又得證明其仍然是詩，這不

無矛盾的使實際上昭示中國新詩自我「正名」的悲壯。明春的這部博士論文揭示：一方面，新詩的發生，不僅僅是文類內部的裂變，而是一次響應歷史轉型要求的「革命」，依憑著一種複雜的語境和錯綜的「外力」，它實際上成了「文學革命」的標幟：面對「舊詩」幾千年歷史傳統投下的巨大陰影，它必須迅速建立起自己的話語場地，既有力回擊反對派和懷疑派的進攻，也為自己塑造一個既時尚又正統的文學形象。另一方面，它又必須尋求詩歌意義上的廣泛認同，必須自我證明它不是詩歌美學的異類，而是一種與傳統和西方詩歌對話中形成的詩歌美學的新形態，因此，須時時重視美學合法性的歷史重建。

抓住20世紀中國詩歌革新這兩個基本問題，一方面借鑒布迪厄的場域理論、哈貝馬斯的現代性理論等理論資源和研究方法，認真梳理中國新詩革命與現代社會、歷史、文化的複雜關聯，深入探討包括報刊、出版、教育等媒介和傳播方式的變化，給中國文學變革提出的歷史要求；另一方面，又時時意識到外部要求必須內化為現代詩歌形態與美學的重建，以及寫作與閱讀群體對這種重建的歷史共識，從而秉持詩歌的本體立場，深入到詩歌觀念、語言形式、意象體系等詩學領域，觀察這種重建的過程與問題，是明春這部專著的主要特點。這種特點或許可以理解為外部研究與內部研究相結合的嘗試，它昭示了作者對中國新詩發生與發展特點的把握：二十世紀中國詩歌發生的歷史性變革，聯繫著中國社會求解放的歷史訴求，以及開放後的中國文學與世界文學潮流的糾纏迎拒關係。

值得注意的是，作者對中國詩歌的現代重建的把握，在材料與分析上得到比較具體細緻的落實。譬如，在討論現代傳播媒介與新詩的關係時，作者非常明確地標示了第一首白話詩的發表，第一個「詩」欄目的設立，第一本新詩集的出版，第一本新詩刊物的誕生，以及新詩最早進入教科書的狀況等。而在探討中國新詩從生存空間的爭取向現代形態與美學重建的轉變時，則細緻地觀察到詩歌作者的構成成

份、詩歌資源和參照體系、以及美學趣味等方面的變化。

　　《早期新詩的合法性研究》是明春的博士論文，送審和答辯時曾得到專家的好評。這是他跑遍北京各家圖書館認真閱讀第一手資料，努力感受歷史氛圍、勤勉和深入思考的結果，同時也得益於他長期堅持詩歌創作的涵養和領悟。在本書出版之前，明春的詩集《隱秘的水仙》已經先行問世，而他讀本科時最早引起我注意的，是他〈天黑下來〉一詩中「在最後一線夕光裡　兄弟們／感到鐵柵欄插入土地的疼痛」的詩句。本書或許可以向世人表明，一個能「感到鐵柵欄插入土地的疼痛」的人，比純粹的資料梳理和理性的思辨，可能更真切地聆聽到歷史詩心的脈動。

王光明

著名學者，福建師範大學特聘教授

目次

緒論
尋求合法性
——艱難的起點

一

　　自胡適一九一七年正式提倡「白話詩」[1]以來，現代漢語詩歌[2]就開始遭遇一種關於自身合法性的深度焦慮。至少從寫作語言和文體形式的層面考察，小說、散文等文類從古代向現代的轉變，基本上具有實現一種「和平過渡」的可能[3]，而現代漢詩的發生，則是一次帶有

1　儘管胡適本年發表的〈文學改良芻議〉（《新青年》第2卷第5號，1月1日）一文可能迫於反對派的強大壓力，對「白話詩」問題閃爍其辭，然而其隨後於《新青年》第2卷第6號（2月1日）和第3卷第4號（6月1日）發表〈白話詩八首〉和〈白話詞〉的舉動，卻旗幟鮮明。雖然胡適在一九一六年就對「白話詩」問題作了一些較為深入的思考：七月二十二日寫了〈答梅覯莊——白話詩〉，八月二十一日的日記裡更明確提出「白話作詩不過是我所主張的『新文學』的一部分」。不過，這些言論畢竟只出現於某種非公開的場合。因此，筆者在這裡把一九一七年作為現代漢詩尋求合法性的起點。

2　「現代漢語詩歌」，簡稱「現代漢詩」，這一概念襲用自王光明先生的《現代漢詩的百年演變》一書。該書提出，作為對問題重重的「新詩」概念的超越性替代，「現代漢詩」體現了如下基本內涵：「以現代經驗、現代漢語、詩歌本體要求三者的良性互動，創造自己的象徵體系和文類秩序，體現對中國偉大詩歌傳統的伸延和拓展。」王光明：《現代漢詩的百年演變》（石家莊市：河北人民出版社，2003年），頁640。不過，考慮到當時的語境和論述的便利，本書的大部分場合仍使用「新詩」這一概念，並加上引號，以表明某種權宜性。

3　例如，周作人在談到五四散文的「發達成功」時，特別提到所謂「內應」的作用：「我相信新散文的發達成功有兩重的因緣，一是外援，一是內應。外援即是西洋的科學哲學與文學上的新思想之影響，內應即是歷史的言志派文藝運動之復興。假如沒有歷史的基礎這成功不會這樣容易……」見周作人：〈導言〉，周作人編選：《中

明顯斷裂性的「突變」。用現代白話寫作的「新詩」，不像在某些古代白話詩中那樣，「白話」不過是五七言的古典詩歌形式的「招安」對象，相反地，它有效地打破了古典詩歌的形式邊界。這就意味著建立一種完全不同於古典詩歌以文言建構語法和「詩法」的現代詩歌話語系統的開端。甚至與晚清詩歌那種「以內容和語言的物質性打破了古典詩歌內容與形式的封閉性」的「物質性的反叛」[4]不同，胡適提倡的白話詩，更偏向於發起一種具有明確的形式建構訴求的「語言性反叛」。或者說，「白話」是現代漢詩發生的一個有力支點。

　　而「白話詩」的首倡者胡適，正是十分敏銳地抓住了這一點，並以之作為詩歌語言變革乃至整個文學革命的突破口。這種反叛，構成對於既有詩歌美學規範的強有力挑戰，也勢必導致保守力量在接受心理上的劇烈排斥反應。在這一正一反之間，形成了早期新詩尋求合法性的一個動態張力結構。正因為如此，與「新詩」的發生發展相關的議題，不僅是五四文學革命的重心所在，也是後人談論五四新文學的一個繞不開的話題。

　　儘管面臨著各種指責和非難，對於「新詩」最初的生存狀態，仍有不少人抱持一種樂觀其成的態度。例如，對早期新詩所取得的成績，第一部新詩作品合集——《新詩集》的編者早在一九二〇年就滿懷信心，並迫不及待地做出一種總結，以回擊所謂的「懷疑派」：「自從胡適之先生提倡『新詩』以來，一天發達一天；現在幾乎通行全國了！不過大家還有一些懷疑；以為他是粗俗，音節也不講，總比不上

新文學大系·散文一集》（上海市：上海文藝出版社，2003年影印本），頁10。而夏志清曾將白話詩與白話小說作了這樣的對比：「白話小說本來就有很長遠的傳統，因此在吸收西方小說的新技巧方面比較容易。可是中國舊詩的傳統中，能夠對新詩人有所幫助的地方就不多了。」見夏志清：〈文學革命〉，《文學的前途》（北京市：生活·讀書·新知三聯書店，2002年），頁29。與周、夏相比，胡適雖然也試圖從古代的白話詩作品中尋找新詩發生的某種歷史邏輯，卻顯得不那麼理直氣壯。

4　王光明：《現代漢詩的百年演變》（石家莊市：河北人民出版社，2003年），頁33。

老詩的俊逸，清新，鏗鏘，……我們現在編印這《新詩集》，一方面就是匯集幾年來大家試驗的成績；一方面使懷疑派知道──新詩雖是只有了二、三年──各處做得很多，也很有精彩，將來逐漸研究，一定還要進步！從此以後，他們的懷疑，便可『冰消瓦解』了！」[5]而另一部新詩選本的編者，對其所「抄錄的白話詩」「歡迎的了不得」，並對「白話詩的好處」讚賞有加。這位編者還自信地表示，該選本的目的在於「把白話詩的聲浪竭力的提高來，竭力的推廣來，使多數人的腦筋裡多有這一個問題，都有引起要研究白話詩的感想」[6]。

　　更有甚者，早在「新詩」誕生之初的一九一九年，有人在盤點當年詩壇狀況時，就已經如此充滿熱情地描述「新詩」作品的「輸出」現象：「自《新潮》出世後，日本的報章雜誌如《大坂每日新聞》、《中央公論》等，翻譯中國新詩的頗多。而康白情、傅斯年的翻譯過去的尤多。」[7]驕傲之情溢於言表。以上關於「新詩」的種種樂觀主義的敘述，實際上也是對現代漢詩合法性尋求的一種重要支持。

　　與此同時，在那些「新詩」支持者中，也有人開始流露出一些疑慮。自稱寫「白話詩」只因看到「詩壇寂寞」而「打打邊鼓」的魯迅，很早就曾十分精準地指出早期新詩的某種弊端：「《新潮》裡的詩寫景的多，抒情的少，所以有點單調。此後能多有幾樣作風很不同的詩就好了。」[8]這個肯綮的意見，得到了《新潮》編者傅斯年的認同。[9]

5　新詩社編輯部：〈吾們為什麼要印《新詩集》〉，《新詩集》第一編，上海市：新詩社出版部，1920年。

6　許德鄰編：〈分類白話詩選序〉，《分類白話詩選》，上海市：崇文書局，1920年。此處據北京市：人民文學出版社，1988年重印本。

7　編者：〈一九一九年詩壇略記〉，北社編：《新詩年選：一九一九年》，上海市：亞東圖書館，1922年。

8　魯迅：〈致傅斯年〉，《新潮》第1卷第5期，1919年5月1日。

9　傅斯年的回應是：「先生對於我們的詩的意見很對。我們的詩實在犯單調的毛病。……我很後悔我的詩不該發表。」見《新潮》第1卷第5期，1919年5月1日。

而早期新詩的重要實踐者和鼓吹者朱自清，在「新詩」發生伊始，也清醒而敏銳地察覺到新詩壇虛假繁榮背後「沉寂」的真相：「從五四以來，作新詩的風發雲湧，極一時之盛。就中雖有鄭重其事，不苟製作的；而信手拈來，隨筆塗出，潦草敷衍的，也真不少。所以雖是一時之『盛』，卻也只是『一時』之盛；到現在——到現在呢，詩爐久已灰冷了，詩壇久已沉寂了！」[10]

現代漢詩的發生，不可能只是純粹意義上的文類之間的更替變遷，而是一次相當激進的「革命」，折射著社會、歷史、文化等多種意識形態的駁雜陰影。正如陳平原所言，「『五四文學革命』並非自然而然的歷史進程，很大程度依賴於外力的推動；思想史意義的召喚，使得不少本不以文學見長的學者，也都投身『白話詩』的嘗試。」[11]早期新詩合法性的尋求，其實是在五四新文學的現代性追求這一大框架下進行的，同樣必須依憑一種複雜的語境和錯綜的「外力」才能得以充分展開。這或許也解釋了為什麼，早期新詩作者康白情在詩集《草兒》的自序（1921年作）裡，並不像他的老師胡適那樣樂於在「戲臺裡喝彩」，為「新詩」的合法性辯護，而是一邊聲稱「我不是詩人」，一邊又把自己的詩標舉為「新文化運動裡隨著群眾的呼聲，是時代的產物」，甚至還頗為曖昧地談及一般被當作五四新文學革命對象的「詩教」：「小時候先父以詩教教我，自問還毫無所得。編《草兒》的時候，每想到已不能再承庭訓，心痛不已。」[12]康白情這種似是而非的做法，在早期新詩作者中具有一定的代表性，其內在的邏輯理路，卻無疑是一種偏向於對「新詩」的肯定。因此，對於現代漢詩合法性問題的考察，必須對「過程的複雜性」細加辨析和清理。

---

10 朱自清：〈冬夜序〉，朱喬森編：《朱自清全集》第4卷（南京市：江蘇教育出版社，1990年），頁45。

11 陳平原：〈思想史視野中的文學——《新青年》研究〉，陳平原等編：《大眾傳媒與現代文學》（北京市：新世界出版社，2003年），頁218。

12 康白情：〈《草兒》自序〉，《草兒》，上海市：上海亞東圖書館出版社，1923年。

二

　　如果說胡適最初的「白話詩」寫作，還只是實驗室裡的「實地試驗」，那麼，當他和《新青年》相遇之後，「白話詩」作為一種新生文類，就開始走向公開化，謀求自身的「合法性」。值得注意的是，胡適正式在《新青年》發表「白話詩」之前，曾經和「舊詩」作者打了一場雖不算激烈，卻頗具意味的話語場地的爭奪戰。事情的起因，是謝無量在《新青年》前身《青年雜誌》一卷三號上發表的一首五言排律，引起胡適的極端不滿。他致信編者陳獨秀，尖銳地指出發表這首「古典主義之詩」的做法與《青年雜誌》倡導的「寫實主義」文藝的主張之間的矛盾，並引經據典、條分縷析地揭示出該詩的諸多「不通」之處，最後順水推舟，提出「文學革命」的八條主張。[13]這些主張，彷彿是胡適名文〈文學改良芻議〉[14]出場前的一次「彩排」。

　　陳獨秀對此的回應貌似不慍不火，實則綿裡藏針：「以提倡寫實主義之雜誌，而錄古典主義之詩，一經足下指斥，曷勝慚感！惟今之文藝界寫實作品，以僕寡聞，實未嘗獲觀。本志文藝欄，罕錄國人自作之詩文，即職此故。……若以西洋文學眼光，批評工部及元、白、柳、劉諸人之作，即不必吹毛求疵，其拙劣不通之處，又焉能免？望足下平心察之。」[15]在這裡陳獨秀委婉地批評了胡適「全盤西化」的激進態度，並對胡的「八事」主張中的第五、第八兩條提出異議。不過，一個不爭的事實是，自《青年雜誌》一卷五號開始，直至一九一七年二月一日出版的《新青年》第二卷第六號首次發表胡適的「白話詩」，這個雜誌就再沒有刊登舊體詩。這樣的「空場」現象，彷彿是對呼之欲出的「白話詩」粉墨登場前的一次隆重預告。對「白話詩」

13　胡適：〈致陳獨秀〉，《新青年》第2卷第2號「通信」欄，1916年10月1日。
14　胡適：〈文學改良芻議〉，《新青年》第2卷第5號，1917年1月1日。
15　獨秀：〈復胡適〉，《新青年》第2卷第2號「通信」欄，1916年10月1日。

而言，這無疑是一次重大勝利。

　　繼《新青年》首次發表「白話詩」之後，《每周評論》、《新潮》、《星期評論》、《少年中國》、《時事新報・學燈》、《民國日報・覺悟》、《晨報》、《北京大學學生周刊》、《清華周刊》等報刊也紛紛響應。到了一九二二年，《詩》月刊[16]的創刊，更標誌著「新詩」從此擁有一個更為獨立的空間。其實，早在一九一九年，胡適就不無誇張地描述過「新詩」發展的「喜人」形勢：「現在做新詩的人也就不少了。報紙上所載的，自北京到廣州，自上海到成都，多有新詩出現。」[17]現代大眾媒體的介入與支持，不僅為「新詩」提供了最初的話語空間和傳播平臺，也培養了一個全新的作者群和一個全新的讀者群，換句話說，就是構築起所謂的「新詩壇」。而這個「新詩壇」的整體運作，自然和「新詩」合法性的尋求緊密聯繫在一起。在媒體對早期新詩所實施的合法化運作的諸多舉措之中，力度最大的一次，恐怕要算《新青年》第六卷第二號以頭條位置發表周作人的詩〈小河〉。這種做法可以說是空前絕後的。關於這個問題，當代學者陳平原曾做如下讀解：

　　　　《新青年》的一頭一尾，政論占絕對優勢，姿態未免過於僵硬；只有與北大教授結盟那幾卷，張弛得當，政治與文學相得益彰。但即便是最為精彩的三至七卷，文學依舊只是配角。一個明顯的例子，總共五十四期雜誌，只有一九一九年二月出版的六卷二號，將周作人的〈小河〉列為頭條。依據此前一期刊出

16　《詩》，月刊，1922年1月15日創刊，葉聖陶、朱自清、劉延陵主編，中華書局出版。該刊前4期（一卷一、二、三、四號）「編輯兼發行者」是「中國新詩社」，後3期（一卷五號，二卷一、二號）改為「文學研究會定期刊物之一」。1923年5月15日終刊，共出7期。

17　胡適：〈談新詩〉，《星期評論》紀念號，1919年10月10日。

　的〈第六卷分期編輯表〉，可知負責六卷二號編輯工作的，正是一貫語出驚人的錢玄同。在同時期的白話詩中，〈小河〉確實是難得的佳作，日後的文學史家對其多有褒揚。但我懷疑錢玄同的編排策略，乃是希望「出奇制勝」，而不是顛覆《新青年》以政論為中心的傳統。[18]

陳氏此處的評說，雖然把雜誌的內容構成和編輯的個人性情相聯繫，不乏見地，卻仍是一種難以坐實的推測之論。事實上，我們也不妨把《新青年》這種做法，「誤讀」為關於「新詩」合法性的一種張目之舉。筆者以為，將剛剛誕生的「新詩」一下子推向媒體的前臺位置，至少在閱讀效果上，能夠給讀者造成一種突出的「重要性」的印象。

　　而上海《時事新報‧學燈》對非「胡適系」[19]詩人郭沫若的成功塑造，也是「新詩」合法性借重於現代媒體之影響力的一個重要案例。我們不難注意到，收入《女神》的作品，除〈女神之再生〉、〈湘累〉分別發表於《民鐸》、《學藝》，〈蜜桑索羅普之夜歌〉發表於《少年中國》，以及此前未公開發表（〈Venus〉、〈春愁〉、〈晨興〉、〈春之胎動〉、〈日暮的婚宴〉）或曾出現於郭氏其他文章（〈登臨〉、〈梅花樹下醉歌〉、〈春蠶〉）的少數幾首之外，都曾在《時事新報‧學燈》上

---

18 陳平原：〈思想史視野中的文學──《新青年》研究〉，陳平原等編：《大眾傳媒與現代文學》（北京市：新世界出版社，2003年），頁221。

19 這裡的「胡適系」詩人，是指以胡適為中心，圍繞著劉半農、周作人等同輩作者，以及俞平伯、康白情、傅斯年等學生輩作者（包括胡適的侄兒胡思永及同鄉汪靜之等）的一個「新詩」寫作者群體。可能受到胡適曾自命自己的詩為「胡適之派」（〈胡思永遺詩序〉）的影響，當代有論者曾將之命名為「胡適詩派」。參見步大唐：〈論胡適詩派〉，《四川大學學報》（哲社版）1996年第4期。筆者以為，所謂「詩派」，一般就某種風格而言，用之指稱成員龐雜的「胡適系」詩人群體，似乎不大準確。

發表過。一個詩人和一個報紙副刊的關係緊密到如此程度，易言之，一個報紙副刊以如此大幅度的版面，不遺餘力地去培養一個詩人。這種現象在二十世紀中國文學史上，即使不算絕無僅有[20]，也是相當罕見的。

　　事實上，郭沫若與《時事新報・學燈》的關係，不僅僅是那種作者與媒體、投稿者與用稿者之間的單純關係，而是一種更為複雜的相互成全的關係。據郭沫若後來在一九三〇年代的回憶，他最初萌發向《時事新報・學燈》投稿的念頭，正是因為受到該副刊所載康白情的一首「白話詩」（〈送慕韓往巴黎〉）的觸動。當他第一次投寄的兩首詩，很快就由當時的主編郭虞裳（郭沫若在回憶文章中筆誤為「郭紹虞」）發表出來之後，「我的膽量也就愈見增大了，我把已成的詩和新得的詩都陸續寄去，寄去的大多登載了出來，這不用說更增進了我的作詩的興會。」郭沫若也特別強調了與《時事新報・學燈》的相遇對於其「新詩」創作的重要性：「假如那時訂閱的是《申報》、《時報》之類，或許我的創作欲的發動還要遲些，甚至永不見發動也說不定。」[21]

　　繼郭虞裳之後的主編宗白華，一開始卻並不欣賞包括郭沫若在內的「新詩」，甚至毫不留情地「封殺」了郭沫若投寄的不少詩稿。不過，後來由於兩人逐漸深入的通信交流，彼此之間達成了一種相近的思想傾向。此後，惺惺相惜之間，宗白華為郭沫若的詩大開綠燈，一度被積壓的詩稿都陸續得以發表，正如郭沫若自己所言，「在民八、民九之交的《學燈》欄，差不多每天都有我的詩」，宗白華甚至還專門約請郭沫若就某一主題寫詩。譬如，那些在《學燈》上大行其道

---

20 後來可能只有《晨報・副刊》於1922年1月1日至26日連載冰心的《繁星》，與之差可比擬。

21 郭沫若：〈我的作詩的經過〉，見《郭沫若論創作》（上海市：上海文藝出版社，1983年），頁199-209。

的，「表示泛神論的思想的詩」，正是應宗白華「要求」而作的。「尤其是〈鳳凰涅槃〉」，郭沫若更是不無得意地表示，「把《學燈》的篇幅整整占了兩天，要算是闢出了一個新記錄。」[22]郭沫若的這些回憶，同樣可以在《三葉集》宗白華致郭沫若的信裡得到印證。[23]從這些材料中，我們不難看到作者和媒體、編輯之間的一種互動關係。這種互動關係，在某種意義上說，也構成了一個使「新詩」合法性能夠得到有效張揚的「合謀」。

暫且不論詩歌理念如何，單就其主體身分的合法化的方式而言，郭沫若作為一個詩人的成長道路，就顯示出與「胡適系」詩人分道揚鑣的某種獨特性。而郭沫若與胡適之間的差異，凸現了在尋求合法性過程中，早期新詩兩種寫作向度之間形成的內在張力。

在媒體的「追捧」和「力挺」之外，早期新詩的結集出版（包括個人詩集和多人作品選集），也是「新詩」合法性的外部擴張的一個重要方面。朱自清早就認識到這一點。在發出「詩壇久已沉寂」的驚呼之後，他說：「太沉寂了，也不大好罷？我們固不希望再有那虛浮的熱鬧，卻不能不希望有些堅韌的東西，支持我們的壇坫，鼓舞我們的興趣。出集子正是很好的辦法。去年只有《嘗試集》和《女神》，未免太孤零了；今年《草兒》，《冬夜》先後出版，極是可喜。」[24]顯然，在朱自清看來，個人詩集的出版，不僅是詩人個人成績的展示，更事關早期新詩合法性的擴張，因而意義重大。

22　郭沫若：〈我的作詩的經過〉，見《郭沫若論創作》，頁199-209。

23　在宗白華致郭沫若的信裡，諸如「你的詩是我所最愛讀的。你詩中的境界就是我心中的境界。我每讀一首，就得了一回安慰」、「我很希望《學燈》欄中每天發表你一篇新詩，使《學燈》欄有一種清芬，有一種自然Nature的清芬」、「我請你做幾首詩，詩中說明詩人與Pantheism的關係」等表述，都可以印證上文提及的郭沫若回憶的幾個細節。參見田壽昌、宗白華、郭沫若：《三葉集》（上海市：亞東圖書館，1920年），頁2、4、5。

24　朱自清：〈冬夜序〉，朱喬森編：《朱自清全集》第4卷（南京市：江蘇教育出版社，1990年），頁45。

　　從理論上說，媒體的發表空間的拓展，主要作用在於提供一種傳播的「廣度」，而新詩集特別是個人詩集的出版，則旨在累積和沉澱，以期獲得一種藝術上的「厚度」。一九二〇年年底至一九二一年初，胡適在前期自己所作的細緻增刪之外，又興師動眾，先後邀約周氏兄弟、任叔永陳衡哲夫婦以及俞平伯等人，為剛出版不久的《嘗試集》「刪詩」。[25]其良苦之用心，正在於希望賦予《嘗試集》一種能夠垂範後世的經典的厚重感。胡適此番良苦用心，與後來已不怎麼談論「新詩」的他突然熱心於參與討論由陳子展首先提出的所謂「新詩」的「胡適之體」的話題[26]，顯然存在著一種內在的關聯。

　　與此同時，朱自清、胡適、劉延陵三人同為「少年詩人」汪靜之詩集《蕙的風》[27]作序和周作人為該詩集題寫書名，對早期新詩的合法性而言，同樣是一個意味深長的「文化事件」。其中特別值得注意的是胡序。胡適顯然有意於把汪靜之當作以自己代表的早期新詩開創者的下一代接棒者，並熱情地稱之為「少年詩人之中的最有希望一個」。更重要的是，胡適在不惜貶抑自己抬高汪靜之之餘，也不忘面向外部環境發言，要求「社會」承認這些「少年新詩人」：

　　　　四五年前，我們初做新詩的時候，我們對社會只要求一個自由
　　　　嘗試的權利；現在這些少年新詩人對社會要求的也只是一個自
　　　　由嘗試的權利。為社會的多方面的發達起見，我們對於一切文
　　　　學的嘗試者，美術的嘗試者，生活的嘗試者，都應該承認他們
　　　　的嘗試的自由。[28]

25 關於此次「刪詩」事件及其背後蘊涵的意味，陳平原曾在一篇長文中有過詳盡的論述。參見陳平原：〈經典是怎樣形成的──周氏兄弟等為胡適刪詩考〉，《魯迅研究月刊》2001年第4、5期。

26 參見胡適：〈談談「胡適之體」的詩〉，《自由評論》第12期，1936年12月。

27 汪靜之：《蕙的風》，上海市：亞東圖書館，1922年。

28 胡適：〈蕙的風〉，《努力周報》第21期，1922年9月24日。（此文即《蕙的風》序言）

胡適對汪靜之的聲援，儘管採取了一種帶有明顯代際色彩的表達姿態，實則也隱含著對「新詩」整體利益的辯護和爭取。

到了一九二五年，《志摩的詩》、《微雨》[29]等詩集的出版，其意義已由此前新詩集主要爭取外部空間的合法性，轉變為展露某種個人的寫作風格。而後者，正是「新詩」美學合法性的題中應有之義。

在個人詩集之外，早期新詩的幾個選本──《新詩集·第一編》（1920）、《分類白話詩選》（1920，又名《新詩五百首》）、《新詩三百首》（1922）[30]、《新詩年選·一九一九年》（1922）的出版，也頗具現象學的意味。對前兩個選本，朱自清評價不高，認為「大約只是雜湊而成，說不上『選』字」；而《新詩年選·一九一九年》，則「像樣得多了」。[31]這種評價自有其合理之處，不過在強調編選眼光或作品質量的同時，可能忽略了其他方面的意義。所謂「雜湊」，就是把就個體存在而言顯得單薄羸弱的早期新詩作品，聚攏起來[32]，形成某種規模，從而讓這些曾分散發表在各種報刊的作品再次露臉，並集結成一個更大、更有力的整體，從而獲得一種新的話語姿態。此舉在顯示作者陣容龐大的同時，又形成一種有效抵禦外部壓力的合力。這對於早期新詩合法性的爭取，是十分必要的。阿英在編寫《中國新文學大系·史料·索引》時，稱這些選本為「詩歌總集」，雖然顯得有些含糊，卻可能更切近於編者們的初衷。[33]而諸如「新詩五百首」、「新詩

29　徐志摩：《志摩的詩》，上海市：中華書局，1925年；李金髮：《微雨》，上海市：北新書局，1925年。

30　新詩編輯社編：《新詩三百首》，上海市：新華書局，1922年。

31　朱自清：〈選詩雜記〉，朱自清編選：《中國新文學大系·詩集》（上海市：上海文藝出版社，2003年影印本），頁15。

32　《新詩集》的編者稱該書的成書方式為「我們索性把各種書報中的新詩匯印出來」；而《分類白話詩選》的編者則說「東鱗西爪的，抄錄了許多」。所謂「匯印」、「抄錄」，主要功能在於盡可能全面地搜集，自然沒有什麼選擇、汰洗的程序。

33　阿英所謂的「詩歌總集」，不僅指這些選本，也包括《雪朝》等多人詩合集。參見阿英：《中國新文學大系·史料·索引》，上海市：上海文藝出版社，2003年影印本。

三百首」之類的命名，更是顯露出一種試圖確立「新詩」的合法性，甚至某種經典性的衝動。這些選本的最重要意義在於，它們進一步鞏固了早期新詩在媒體上初步取得的合法性成果。

　　而具有同人性質的多人詩合集，如《湖畔》（1922，漠華、雪峰、修人、汪靜之四人合集）、《雪朝》（1922，朱自清、周作人、俞平伯、徐玉諾、郭紹虞、葉紹鈞、劉延陵、鄭振鐸八人詩歌合集）、《春的歌集》（1923，雪峰、漠華、修人、三人合集），[34]似乎試圖在個人詩集和「選本」之外，開闢第三條道路。這種做法，既結成一定的「集合體」的力量（小圈子），又暗示了這些作者詩歌觀念上的某種一致性（儘管可能很微弱）。

三

　　和「新詩」外部話語空間的合法性的爭取同時進行的，是對於現代漢詩作為一種文類的美學合法性的磋商、辯難和對話。如果說，外部話語空間的合法性主要通過一些抗衡性的策略獲得，那麼，現代漢詩的美學合法性，就必須回到詩歌語言、象徵體系、文類秩序等最基本的「內部問題」上來尋求和建構。當然，現代漢詩的內外兩個向度的合法性尋求，特別是在早期新詩階段，不可能是涇渭分明的兩條平行線，而是存在著一些灰色的交叉地帶，甚至可以說是互相「污染」或互相「塗抹」的[35]。

　　所謂現代漢詩的美學合法性，指的是支撐現代漢詩在詩歌美學上得以成立的一些最基本的關節點，諸如語言、意象、形式技巧、想像

---

34 漠華等：《湖畔》，杭州市：湖畔詩社，1922年；朱自清等：《雪朝》，上海市：商務印書館，1922年；雪峰等：《春的歌集》，杭州市：湖畔詩社，1923年。

35 關於這一點，我們只要稍加考察〈社會上對於新詩的各種心理觀〉、〈新詩底我見〉等早期新詩理論文本，就不難發現其中不乏搖擺於「藝術」和「主義」之間的觀點。

方式等。換言之，現代漢詩如何在這些詩歌美學的基本維度上，有效地區別於中國古典詩歌和西方詩歌這兩大傳統譜系，同時又能與這兩大傳統之間保持一種對話關係。當然，迄今為止，這還只能是一種理論的「預設」。以如此一個終極性的理想目標來苛求早期新詩的合法性，顯然是不合適的。應該把現代漢詩的美學合法性，看作是一種流動的、生長著的形態。事實上，早期新詩對美學合法性的追求，往往只能寄寓在當時整個社會「求新」、「求解放」的宏大語境之中，因而獲得的是一種遭到壓抑與「污染」的、破碎而駁雜的美學合法性。

以語言這一最基本的維度為例，在早期新詩語言中，我們不難發現某種意識形態運作的「蹤跡」。譬如，對五四時代強調自我表現的個人主義和「白話詩」話語姿態之間的內在關聯，海外學者葉維廉曾作過這樣的揭示：「白話負起的使命既是把新思潮（暫不提該思潮好壞）『傳達』給群眾，這使命反映在語言上的是『我有話對你說』，所以『我如何如何』這種語態（一反傳統中『無我』的語態）便頓然成為一種風氣。惠特曼《草葉集》裡 "Song of Myself" 的語態，事實上，西方一般的敘述語法，都瀰漫著五四以來的詩。」[36]在這般情勢之下，「說什麼」自然成了最迫切也是最重要的問題，而對詩歌語言、形式（如何說）等藝術問題的探索，不可避免地受到種種干擾，因此只能被不斷地延宕和推遲。

而關於早期新詩傳達某種社會思潮的急切姿態，及其對詩歌表達造成的不良後果，朱自清也曾作過這樣的描述：「從新詩運動開始，就有社會主義傾向的詩。舊詩裡原有敘述民間疾苦的詩，並有人像白居易，主張只有這種詩才是詩。可是新詩人的立場不同，不是從上層往下看，是與勞苦的人站在一層而代他們說話──雖然只是理論上如

---

36 葉維廉：〈語言的策略和歷史的關聯〉，《中國詩學》（北京市：生活‧讀書‧新知三聯書店，1992年），頁216-217。

此。這一面也有進步。初期新詩人大約對於勞苦的人實生活知道的太少，只憑著信仰的理論或主義發揮，所以不免是概念的，空架子，沒力量。」[37]

　　儘管如此，在他們形態各異的文字表述中，早期新詩的寫作者和鼓吹者們，還是給我們留下了一條雖不算清晰，卻也有跡可尋的追求美學合法性的線索。這種追求，主要體現為兩個方向：一個是外向性的，即橫向移植西方的詩歌理論和詩歌作品，介紹一些重要的詩人或詩歌流派；另一個是內向性的，即本土作者的創作實踐或理論主張，以及「新詩壇」內部的論爭。這兩者的合力作用，為現代漢詩最初的美學合法性夯實了基礎。

　　西方詩歌的翻譯，雖然在晚清民初的蘇曼殊、應時、馬君武諸人那裡，已稍具規模。[38]然而，這種翻譯活動仍然是相當有限的，不過是用「舊瓶」裝上「洋酒」而已，因而具有很大的自發性。其深層原因在於，一八四〇年鴉片戰爭以後，中國人對西方的科技、物質方面的成果不得不折服，並流露出強烈的學習願望，然而，在文學、哲學等所謂「道」的方面，仍舊有一種頑固的「大國情結」在作怪。正如錢鍾書所尖刻諷刺的，「大家承認自然和一部分社會科學是『泰西』的好，中國該向它學，所以設立了『同文館』；同時又深信文學、道德哲學等是我們家裡的好，不必向外國進口，而且外國人領略到這些中國東西的高妙，很可能歸化，『入我門來』，所以也應該來一個『同倫書院』。」[39]

---

37 朱自清：〈新詩的進步〉，《新詩雜話》（北京市：生活・讀書・新知三聯書店，1984年），頁8-9。

38 截至一九一四年，已有蘇曼殊與黃侃合譯《拜輪詩選》（1909）、《潮音》（1911，譯有拜倫、雪萊、彭斯、歌德等人的詩），應時譯《德詩漢譯》（1914，譯有歌德、烏蘭德、斐爾格等人的詩）等翻譯詩歌專集出版。

39 錢鍾書：〈漢譯第一首英語詩〈人生頌〉及有關兩三事〉，《七綴集》（修訂本）（上海市：上海古籍出版社，1994年），頁142。

　　這種文化態度上的「大國情結」，也影響了中國人關於譯詩問題的最初看法。胡懷琛可能是近代最早較為系統地談論譯詩問題的人。在他看來，詩歌翻譯的基本原則是：「歐西之詩，設思措詞，別是一境。譯而求之，失其神矣。然能文者擷取其意，鍛煉而出之，使合於吾詩範圍，亦吟壇之創格，而詩學之別裁也。」也就是說，詩歌的翻譯，不必理會原詩是怎麼寫的，只需提取、「鍛煉」一些「有用」的外來「詩意」，並使之就範於「吾詩」的形式框架之內，然後在自家的園子裡做文章。胡懷琛對於詩歌翻譯質量高下的評價，也同樣遵循這個原則。在重申西方詩歌的「有用」之後，他將譯詩水平的高低，分為以下三個級別：「孰謂西詩無益於我乎？大抵多讀西詩以擴我之思想；或取一句一節之意，而刪節其他，又別以已意補之，使合於吾詩聲調格律者，上也。譯其全詩而能顛倒變化其字句者，次也。按文而譯，斯不足道也。」[40]這樣的翻譯觀念和翻譯評價，無疑以漢語古典詩歌為本位，具有極強的封閉性，其著眼點在於譯本在主方語言（host language）──漢語的藝術系統（古典詩歌的形式美學）中可能具有的價值，因而難免扼殺原文作品在詩歌語言、形式諸方面的美學特徵。

　　胡適早年也是這種詩歌翻譯活動的參與者之一，不過是一個不大「規矩」的參與者[41]。這可能也預示了他後來將成為前述詩歌翻譯模式的終結者。收入《嘗試集》第二編的三首譯詩（〈老洛伯〉、〈關不住了〉、〈希望〉），用的是加入大量虛詞並體現歐化語法的現代白話，形式上也基本保留了原詩建行建節的方式。由於在當時漢語語境裡並

---

40 胡懷琛：《海天詩話》，上海市：廣益書局，1914年初刊。此據張寅彭主編：《民國詩話叢編》第5冊（上海市：上海書店出版社，2002年），頁303、309。

41 胡適以騷體翻譯拜倫的〈哀希臘歌〉（1914）就是一個顯例。翻譯該詩，胡適隱約地感到一種「譯詩擇體之難」，認為「譯詩者，命意已為原文所限，若更限於體裁，則動輒掣肘，決不能得愜心之作也。」參見胡適一九一四年七月十三日日記，曹伯言整理：《胡適日記全編》第2冊（合肥市：安徽教育出版社，2001年），頁375。

無先例可以依循，而胡適所一貫稱道的古代白話詩，此時也根本派不上用場。因此，從某種意義上說，這樣的翻譯也是一種創造。事實上，它也構成胡適「白話詩」寫作的一個重要組成部分。這也解釋了為什麼，胡適後來會鄭重其事地把那首譯詩〈關不住了〉（ "Over the Roofs" ），當作「我的『新詩』成立的紀元」，並且宣稱該詩的音節「不是五七言舊詩的音節，也不是詞的音節，乃是『白話詩』的音節」。[42]關於這個問題，王光明曾將胡適的這首譯詩，與同一首詩以五言詩形式翻譯的所謂「雅馴」的版本[43]，作了一次精彩的對比解讀，指出：「這不是胡適翻譯水平的勝利，甚至不是詩歌感受力理解力的勝利，而是『白話』的勝利，更準確地說是用現代口語傳達現代思想感情風格的勝利。……現實中流動的『白話』和自由詩的形式……使詩歌變得與現代感情經驗可以和平共處了。」[44]此論所強調的，其實是經由詩歌翻譯「凸現」的，現代漢語作為現代漢詩的寫作語言在「白話詩」中正式宣告「出場」的重要性。胡適的意義，就在於第一次將關於「新詩」語言的自覺意識和詩歌翻譯聯繫起來。

在胡適之後，詩歌翻譯不僅更注意對原作語言、形式等各方面藝術質素的尊重，而且往往和「新詩」的創作同步進行（如劉半農、郭沫若、田漢、黃仲蘇等詩人，同時也是重要的西方詩歌譯介者），兩者之間逐漸形成某種互動關係。這種互動，也成為「新詩」尋找「自我」的重要動力。正如朱自清所描述的，「新文學大部分是外國的影響，新詩自然也如此。這時代翻譯的作用便很大，白話譯詩漸漸的多起來；譯成的大部分是自由詩，跟初期新詩的作風相應。」[45]《新青

42　參見胡適：〈嘗試集再版自序〉，胡適選編：《中國新文學大系・建設理論集》（上海市：上海文藝出版社，2003年影印本），頁315-322。

43　譯者為胡懷琛。參見胡懷琛：《小詩研究》（上海市：商務印書館，1924年），頁12。

44　王光明：《現代漢詩的百年演變》（石家莊市：河北人民出版社，2003年），頁33。

45　朱自清：〈譯詩〉，《新詩雜話》（北京市：生活・讀書・新知三聯書店，1984年），頁70。

年》、《每周評論》、《少年中國》、《新潮》、《文學週報》、《詩》等刊物都在發表「新詩」作品的同時，也相應地發表譯詩。詩歌創作與詩歌翻譯的這種同步性與對應性特徵，同樣也在許德鄰編選的早期新詩選集《分類白話詩選》一書中得到體現。[46]

在外國詩歌的評介方面，如果說，田漢撰寫〈平民詩人惠特曼的百年祭〉[47]的主要目的，尚在於介紹惠特曼詩中所體現的「美國主義」和「民主主義」，所爭取的，也不過是「新體詩」與所謂「外國文學趨勢」相吻合的一種思潮意義上的外部合法性：「中國現今『新生』時代的詩形，正是合於世界的潮流，文學進化的氣運。」那麼，兩年之後發表的黃仲蘇的〈一八二○年以來法國抒情詩之一斑〉[48]，則能較為自覺地站在「新詩」的本體立場，以法國抒情詩的最新發展為中心議題，為「新詩」的發展活力謀求某種外來的可能性。作者在文章開頭即開宗明義：「目前中國新詩的發展雖是十分幼稚，然而偉大的將來已經在許多創作裡有些期望的可能隱隱約約的表示出來；但是新詩之完成所需要的元素太多，我們當從各方面著手，例如外國詩之介紹──不僅譯述詩家之創作，尚須敘論詩的各種派別，某派的主義，某詩家的藝術，都值得我們精微的研究──放大我們對於詩的眼光，提高我們對於詩的概念，都是其中刻不容緩的一種重要工作。」該文的行文，也基本實踐了作者的上述觀念。例如，文中對詩人那馬勒第（即拉馬丁，Alphonse de Lamartine, 1790-1869）評述，就占用了整整二十七個頁碼（第21頁至第48頁）。在呈現詩人代表性詩作的同時，恰當地穿插一些批評家的評論，使文章獲得了一定的理論深

---

46 該選集不僅收入了胡適、郭沫若、田漢、劉半農、黃仲蘇等詩人的詩，也收入他們的譯詩。詳見許德鄰編：《分類白話詩選》，上海市：崇文書局，1920年。此處據北京市：人民文學出版社，1988年重排本。

47 田漢：〈平民詩人惠特曼的百年祭〉，《少年中國》第1卷第1期，1919年7月15日。

48 黃仲蘇：〈一八二○年以來法國抒情詩之一斑〉，《少年中國》第3卷第3期，1921年10月1日。

度，而不致流於一般性的介紹。

而李璜的〈法蘭西詩之格律及其解放〉[49]一文，在參考幾種法文資料的基礎上，從「格律」這麼一個更小更具體的詩藝層面問題入手，認為「詩的功用，最要是引動人的情感。這引動人的情感的能力，在詩裡面，全靠字句的聰明與音韻的入神。兩者均不可偏廢；一偏廢詩的功用便減少了。但是這字句的聰明與音韻的入神都與詩的格律沒有多大關係，──有時竟全無關係──所以俚歌俗唱自成天籟。中國最古老的詩如詩經，法蘭西最早行世的詩如史歌（Chansons de geste）都是不限於格律或全無格律的。可見先有詩然後有格律，格律是為詩而創設，詩不是因為格律而發生。照詩的歷史看來，是從自由漸漸走入格律的範圍，近世紀又漸漸從範圍裡解放出來。」該文以西方詩歌中格律較為謹嚴的法國詩歌作為評述對象，勾勒出了一條從波德萊爾、魏爾倫到保爾·福特的法國自由詩的發展線索，其潛臺詞，不言而喻地，是要為不講格律、推崇自由詩的早期新詩作一種詩學意義上的辯護。

稍後發表的劉延陵的〈美國的新詩運動〉[50]，寫作手法與李璜的文章相類似，是在閱讀幾種英文材料的基礎上寫成的。不過，該文更直接地將中國的「新詩」與一種更為宏大的世界性的「運動」相聯繫，且毫不掩飾其為早期新詩正名的用意：「新詩 "The New Poetry" 是世界的運動，並非中國所特有：中國的詩的革新不過是大江的一個支流。現在中國還有逆這個江流而上的人，我想如把這支水的來源與現狀告訴他們，且說明他現在的潮流是何種意義，這或許也能令一般逆流的人覺醒一點。」在作者看來，不僅僅是各國之間的「新詩」具有不少可比性，西方各國的「舊詩」和中國的「舊詩」也具有某種相

---

49 李璜：〈法蘭西詩之格律及其解放〉，《少年中國》第2卷第12期，1921年6月15日。
50 劉延陵：〈美國的新詩運動〉，《詩》第1卷第2號，1922年2月15日。

似之處：「新詩系對舊詩而言。西國各國的舊詩也和中國的舊詩相似，有兩個特殊之點：在形式音韻一方面有一定的規律；在內容一方面，不是說的愛情，就是講的風、雲、月、露、不然就是演述的歷史上的故事，絕不和真實的人生有關。」這種觀點雖然過於簡單和偏頗，然而在當時的語境裡，其邏輯對於「新詩」合法性的辯護卻十分有效。更重要的是，這篇文章在「一九一三年的新潮」的小標題下，介紹了美國的意象派詩歌（文中稱之為「幻象派」），同時向讀者提示了其對「新詩」之「開山鼻祖」胡適的詩歌觀念的影響[51]。作為這篇文章的姊妹篇，〈法國詩之象徵主義與自由詩〉[52]延續了相似的寫作思路：「在現在的中國，新文藝才開始萌芽，舊的格律與新的主義有時還受過分的擁護……這篇短文只求喚起關於象徵主義與自由詩的寬泛的概念」。以橫向的西方資源作為早期新詩的藝術坐標，探求新詩的發展路徑，文章打壓「舊詩」、力挺「新詩」的主旨昭然若揭。

與活躍的外國詩歌資源的譯介相呼應，早期新詩作者的創作實踐和理論主張也如火如荼。事實上，後者是「新詩」合法性，特別是其美學合法性得以成立的最後歸依和根本所在。因此，這方面的努力也就顯得更為緊迫。如胡適，一面作〈談新詩〉，以「新詩」的發生、「新體詩的音節」和「新詩的方法」等為主要議題，急切地為「新詩」正名；一面又不斷創作和發表「新詩」作品，並很快就結集為《嘗試集》，以鞏固既有的創作成果。而其他詩人如俞平伯、劉半農、康白情、周作人等人的努力方向也基本如此。有意思的是，在對詩人的創作與主張的考察中，我們不難發現在兩者之間常常表現出一種錯位。

典型的如俞平伯，一方面，他的創作暴露了早期新詩普遍存在

---

51 作者在介紹意象派的六個信條時，在第四條之後的括號裡，注曰「詳見胡適之先生論新詩」。

52 劉延陵：〈法國詩之象徵主義與自由詩〉，《詩》第1卷第4號，1922年4月15日。

的，只重視釋放情感、意義而輕視推敲語言、形式技巧的弊病[53]；另一方面，深厚的古典文學功底又使他能較為深刻地認識到，白話作為一種寫作語言，具有某種過渡性和權宜性：「中國現行白話，不是做詩的絕對適宜的工具。……我總時時感用現今白話做詩的苦痛。白話雖然已比文言便利得多，但是缺點也還不少呵，所以實際上雖認現行白話為很適宜的工具，在理想上，卻很不能滿足。原來現行白話，是從歷史上蛻化來的，從漢到清白話久已喪失製作文學的資格，文言真是雅言，白話真是俗語了。現在所存白話的介殼，無非是些『這個』、『什麼』、『太陽』、『月亮』等字……至於缺乏美術的培養，尤為顯明之現象。」正是洞察到白話的這些先天性缺陷，俞平伯也反思了「白話詩」寫作所面臨的巨大困難：「依我的經驗，白話詩的難處，正在他的自由上面。他是赤裸裸的，沒有固定的形式的，前邊沒有模範的，但是又不能胡謅的。如果當真隨意亂來，還成個什麼東西呢！所以白話詩的難處，不在白話上面，是在詩上面；我們要緊記，做白話的詩，不是專說白話。」[54]這種錯位表明，俞平伯對於「新詩」美學合法性的意義，其理論主張顯然大於其創作實踐。

在早期新詩的創作方面，值得特別注意的是郭沫若。儘管與胡適相比，他只能算是後起的詩人，然而，其重要性卻足以與前者相提並論。聞一多曾著重肯定了其詩中所體現的「時代精神」：「若講新詩，郭沫若君的詩才配稱新呢，不獨藝術上他的作品與舊詩詞相去最遠，最要緊的是他的精神完全是時代的精神——二十世紀底時代的精神。

---

53 如胡適就曾指出俞平伯詩中偏重說理的弊病：「平伯最長於描寫，但他偏喜歡說理；他本可以作好詩，只因為他想兼作哲學家，所以越說越不明白，反叫他的好詩被他的哲理淹沒了。」這裡以胡適一貫主張的「明白清楚」的標準來衡量俞詩，顯得有些可疑。不過，其中對俞詩弱點的揭示，卻是相當準確的。參見適（胡適）：〈俞平伯的《冬夜》〉，《努力周報》增刊《讀書雜誌》第2期，1922年10月1日。

54 俞平伯：〈社會上對於新詩的各種心理觀〉，《新潮》第2卷第1號，1919年10月30日。

有人講文藝作品是時代的產兒。女神真不愧為時代底一個肖子。」[55]此論無疑是十分精當的。另一方面，在詩藝上，郭沫若的詩較為成功地移植了自由詩的形式，有效地把握和挖掘了現代漢語的節奏潛力，體現出一種相對整齊的藝術水準，因而有力地反撥了此前「白話詩」的在語言、形式諸方面的迷誤。尤其是〈鳳凰涅槃〉一詩，以簇新的語言和形式，表現一種強烈的情感和宏大的氣勢，大大提升了「新詩」的美學境界。毫不誇張地說，自《女神》之後，「新詩」才真正開始建立一個獨立的審美空間和話語據點。

　　不過，即使是郭沫若的詩，也暴露出各種缺陷和問題。不少作品在狂呼高喊的同時，也不自覺地放逐了詩的藝術。如郭沫若早期詩歌最重要的讀者和批評者宗白華，很早就敏銳地指出了〈天狗〉的不足之處：「〈天狗〉一首是從真感覺中發出來的，總有存在的價值，不過我覺得你的詩，意境都無可議，就是形式方面還要注意。你詩形式的美同康白情的正相反，他有些詩，形式構造方面嫌過複雜……你的詩又嫌簡單固定了點，還欠點流動曲折，所以我盼望你考察一下，研究一下。」[56]這樣的批評，構成了早期新詩建立美學合法性的另一方向推動力──新詩壇內部不同聲音的「交響」與對話。

　　這種「交響」與對話，在胡適「評新詩集」的系列文章[57]，聞一多對《冬夜》、《女神》的批評，梁實秋對《草兒》、《繁星》、《春水》的批評，以及朱自清在〈冬夜序〉、〈短詩與長詩〉等文章中，得到程度不同的延續和推進。這些文章都是對「新詩」既有成績的態度不一的評說。儘管其中不乏觀點的交鋒，乃至激烈的爭論（比如胡適對

---

55 聞一多：〈女神之時代精神〉，《創造周報》第4號，1923年6月3日。

56 宗白華：〈致郭沫若〉，參見田壽昌、宗白華、郭沫若：《三葉集》，田壽昌、宗白華、郭沫若：《三葉集》（上海市：亞東圖書館，1920年），頁26。

57 包括〈康白情的《草兒》〉、〈俞平伯的《冬夜》〉兩篇文章，分別原載於《努力周報》增刊《讀書雜誌》第1期（1922年9月3日）、第2期（1922年10月1日）。

《冬夜》的評價，和朱自清就幾乎完全對立），其反思內容往往只限於一些較為細碎的枝節性問題（如音節等），詩歌觀念也還顯得浮淺和混亂。不過就整體而言，這些批評話語都顯示了「新詩」一種自我調整的努力。

這樣的努力到了一九二三年，也就是被朱自清形容為「新詩的中衰之勢，一天天地顯明」[58]的那一年，一方面，出現了由成仿吾、鄭伯奇等創造社成員發起的，針對胡適系詩人（胡適、劉半農、俞平伯、康白情、周作人等）和受泰戈爾或日本俳句影響的「哲理詩」、「小詩」（以宗白華、冰心為代表）的猛烈攻擊[59]；另一方面，又有陸志韋站出來，有意識地阻遏當時「自由詩」日漸狂放不羈的擴張趨勢，提倡一種「有節奏的自由詩」，因為在陸志韋看來，「自由詩有一極大的危險，就是喪失節奏的本意。節奏不外乎音之強弱一往一來，有規定的時序。文學而沒有節奏，必不是好詩。我並不反對把口語的天籟作為詩的基礎。然而口語的天籟非都有詩的價值，有節奏的天籟才算是詩。……詩的美必須超乎尋常語言美之上，必經一番鍛煉的功夫。節奏是最便利，最易表情的鍛煉。」[60]兩者的姿態一攻一守，其實是互為表裡的，其核心，正是關於「新詩」美學合法性的焦慮。

隨著徐志摩、聞一多、馮至、朱湘、饒孟侃、李金髮等詩人的先後出現，「新詩」作者群的構成發生了一個重大變化：其主體部分由原來國內崇尚新文學的一群大學教授和青年學生（以北京大學為重鎮），轉換成一批在詩藝上具有較強自覺意識的寫作者。這種變化及其引起的一系列相關轉變（如詩歌觀念），有力地推動了現代漢詩美學合法性的基本確立。正如沈從文所言，當「多數新人對於新詩的寬

58　佩弦（朱自清）：〈新詩〉（上），《一般》第2卷第2號，1927年2月5日。

59　參見成仿吾：〈詩之防禦戰〉，《創造周報》第1號，1923年5月13日；鄭伯奇：〈新文學的警鐘〉，《創造周報》第31號，1923年12月9日。

60　陸志韋：〈我的詩的軀殼〉，《渡河》（上海市：亞東圖書館，1923年），頁17-18。

容，使新詩價值受了貶謫，成就受了連累；更多數的讀者，對新詩有點失望，有點懷疑了。」在此種嚴峻情勢之下，「穩定了新詩的社會地位，是稍後一時另外一群作者，宗白華，梁宗岱，王獨清，劉夢葦，馮至，饒孟侃，于賡虞，郭沫若，朱湘，徐志摩，聞一多一群作家。在這一群作家中，郭沫若，朱湘，徐志摩，聞一多，四位人特別有影響。」[61]這個描述實際上道出了「新詩」美學合法性的最初努力，其所作的判斷基本上是準確的。比如，聞一多的第一本詩集《紅燭》[62]，「講究用比喻，又喜歡用別的新詩人用不到的中國典故，最為繁麗，真教人有藝術至上之感」[63]，已經初步顯示出一種詩歌藝術追求的自覺意識。而被稱為一支「異軍」的李金髮，將其一九二〇至一九二三年寫於法國的詩結集為《微雨》[64]，儘管被指責為「破碎」和「朦朧」[65]，卻第一次為新詩壇帶來法國象徵主義詩歌的某種新鮮氣息。同年出版的朱湘的《夏天》[66]、徐志摩的《志摩的詩》同樣透露出「新詩」寫作路向的某種新的可能性。而到了一九二六年四月，《晨報副鐫‧詩鐫》出版，聲稱「要把創格的新詩當一件認真事情做」[67]，標誌著關於「新詩」美學合法性的思考，已被正式提上議事

61　沈從文：〈新詩的舊賬──並介紹《詩刊》〉，《沈從文文集》第12卷（廣州市：花城
　　出版社、三聯書店香港分店，1984年），頁180-181。

62　聞一多：《紅燭》，上海市：泰東書局，1923年。

63　朱自清：〈導言〉，朱自清編選：《中國新文學大系‧詩集》（上海市：上海文藝出版
　　社，2003年影印本），頁6-7。

64　李金髮：《微雨》，上海市：北新書局，1925年。

65　如朱自清曾說李金髮的詩「沒有尋常的章法，一部分一部分可以懂，合起來卻沒有
　　意思。……許多人抱怨看不懂。」見朱自清：〈導言〉，朱自清編選：《中國新文學
　　大系‧詩集》（上海市：上海文藝出版社，2003年影印本），頁7-8。蘇雪林也曾發表
　　過有類似的議論：「李金髮的詩沒有一首可以完全教人瞭解」，又以收入《微雨》的
　　〈生活〉一詩為例，認為它「分開來看句句可懂，合攏來看則有些莫名其妙。」見
　　蘇雪林：〈論李金髮的詩〉，《現代》第3卷第3期，1933年7月1日。

66　朱湘：《夏天》，上海市：商務印書館，1925年。

67　志摩：〈詩刊弁言〉，《晨報副刊‧詩鐫》第1號，1926年4月1日。

日程。同一年，穆木天和王獨清分別發表了〈譚詩——寄沫若的一封信〉[68]和〈再譚詩——寄給木天伯奇〉[69]，儘管這裡所持的藝術觀念不同於《詩鐫》詩人群，不過，其中關於「新詩」藝術本體問題的自覺思考，卻與後者相通互補，在客觀上形成了推動反思「新詩」美學合法性的一股合力。

四

　　當然，這裡所謂現代漢詩合法性的基本確立，並不意味著所有問題都得到解決。正如一位當代學者指出的，「現代漢詩如何建立自身的合法性與合理性，仍是一個根本問題。……從比較文學的角度來看，現代漢詩所需要作出的自我辯解遠遠超出其它的文類和文學傳統。」[70]事實上，在「新詩」尋求合法性的過程中，許多被一度壓抑或被遮蔽的問題，甚至那些似乎已經得到解決的問題（如語言、形式問題的某些層面），在現代漢詩後來的行程中，都可能再次呈現出來，甚至變本加厲。這就需要在今後的研究中，對現代漢詩後續的各個發展階段，作一種更具整體性的把握和梳理。

　　合法性的艱難獲得，僅僅是現代漢詩的一個起點。這個起點的意義是相當複雜的。一方面，它具有無可替代的重要性，因為它為現代漢詩建立一個全新的審美空間打下了最初的基礎，開啟了種種可能性；另一方面，它又埋下了一些日後生長成為現代漢詩的發展障礙的根苗。因此，我們必須全方位、多角度地去考察現代漢詩的合法性，把它還原到一種豐富生動的歷史語境之中，不斷地敞開和呈現問題，而不是作某種簡單的辯護。

---

68 穆木天：〈譚詩——寄沫若的一封信〉，《創造月刊》第1卷第1期，1926年3月16日。
69 王獨清：〈再譚詩——寄給木天伯奇〉，《創造月刊》第1卷第1期，1926年3月16日。
70 奚密等：〈為現代詩一辯〉，《讀書》1999第5期。

第一章
在巨大的「壓力場」中

　　五四新文學的諸種文類中，在早期新詩的周圍可能聚攏了最多話題。而對這些話題的談論，又往往是否定性的論調占上風。早在一九二四年，就有論者注意到這一現象：「固然新興的文藝底成功，不必專在於詩歌，也許詩歌底成就反在旁的文藝——如戲劇小說——之下，但是這中間足以引起反對派底張目與口實的，實在要以詩歌為最。」[1]其實，這裡只說出了問題的一面。如果我們參照作用力與反作用力兩者方向相反大小相等的原理，就不難發現，早期新詩之所以引起反對派的激烈抨擊，最重要的原因，即在於它針對古典詩歌傳統發起的同樣激烈的否定。在兩者雙向的「攻」與「防」之間，形成了「新詩」尋求自身合法性的一個巨大的「壓力場」。而在這個「壓力場」的最外圍，是「新詩」想像現代性和尋求合法性之間構成的一種張力關係。

第一節　合法性與現代性

　　一九二八年，一本名為《現代雜誌》的文化刊物的發刊詞寫道：「我們要怎樣就可使一般超越於現代和落後於現代的人們，都能跑入現代的正軌，共同努力於現代的時間和空間的需要？根本辦法：要能糾正他們的主觀的錯誤，給他們徹底認識現代的時間和空間，徹底信

1　倓工：〈最近的中國詩歌〉，文學研究會編：《星海》上（上海市：商務印書館，
　　1924年），頁129。

仰現代的時間和空間，要使超越者回顧，要使落後者前進，要使彷徨左右者集中，要使徘徊歧途者悔悟。」[2]不難看出，該文強調時空兩方面的當下性，把「現代」設定為一種「正確」的生活方式和價值標準，「超越」或「落後」都必須加以糾正。從這個觀點不能看出，五四一代知識分子普遍地把「現代」神話化了。

談論「新詩」的合法性問題，自然離不開對於現代性諸問題的考察與觀照。或者說，現代性的視野構成「新詩」合法性的一個背景。只有在這個背景之中，「新詩」的合法性才可能得到一種全面的呈現。當然，「現代性」是一個聚訟紛紜的話題，這裡以「新詩」為媒介，試圖在「現代性」與「合法性」之間建立起某種聯繫。

一　「新詩」與現代性

對於「新詩」現代性的最早感受，或許可以追溯到俞平伯。一九一九年十月，針對當時有反對者指責早期新詩作者缺乏詩人的天才，他回應道：「我以為天才既沒有一定的標準，也不是『生而知之』的，我們是個現代的人，做現代的詩，不論好壞，總沒有什麼不可。」[3]「現代」一詞，在這裡儘管主要指示一種時間向度，尚不具備一種自覺的現代意識，然而，在早期新詩唯「新」是從的語境中，這個提法至少部分地突破了「新／舊」二元對立模式，而體現出某種獨特性和超越性，因此顯得彌足珍貴。幾年之後，這種對於現代性的最初感受，在聞一多那裡得到進一步延續。他在〈女神之地方色彩〉一文中，先指出當時「新詩」單向度的求新衝動所產生的弊病：「現在的一般新詩人——新是作時髦解的新——似乎有一種歐化底狂癖，

2　朱文中：〈不要超越或落後於現代——《現代雜誌》的發刊詞〉，《民國日報‧覺悟》1928年12月25日。

3　俞平伯：〈社會上對於新詩的各種心理觀〉，《新潮》第2卷第1號，1919年10月30日。

他們的創造中國新詩底鵠的，原來就是要把新詩做成完全的西文詩」，繼而提出自己的不同觀點：

> 但是我從頭到今，對於新詩底意義似乎有些不同。我總以為新詩逕直是「新」的，不但新於中國固有的詩，而且新於西方固有的詩；換言之，他不要作純粹的本地詩，但還要保留本地的色彩，他不要做純粹的外洋詩，但又要盡量地吸收外洋詩底長處；他要做中西藝術結婚後產生的甯馨兒。[4]

這段話自然難免帶有一些五四時期常見的某種姿態性。也就是說，因為既要批判早期新詩那種「作時髦解的新」，又要防止「授人以柄」，給「新詩」的反對派留下某種口實，類似的表述不得不採取一種靈活應對的話語策略。後人徵引聞一多這一觀點時，也往往只讀取其中「中西文化碰撞」一項含義。其實，聞一多在這裡對「新詩」之「新」所作的闡發，在強調「新詩」藝術上的自足性（新詩逕直是「新」的）的同時，又在時間向度（新於中國固有的詩）和空間向度（新於西方固有的詩）上，分別就「新詩」與古典詩歌、西方詩歌的關係加以申說。這個觀點與作者對《女神》的「時代精神」[5]的論述是互為表裡的。如此多向度的、指向一種豐富性的開放言路，不妨看作早期新詩理論中的一個富有啟示意義的早慧現象，值得引起重視。

　　在創作方面，同樣具有某種早慧特徵的，是早逝的青年詩人李無隅的一些作品。這些詩作寫於一九二〇年代初期的上海，相當超前地表現了對於現代社會無所不在的黑暗、矛盾的深切體驗。如〈現代的臉〉（之二）：

4　聞一多：〈女神之地方色彩〉，《創造周報》第5號，1923年6月10日。
5　參見聞一多：〈女神之時代精神〉，《創造周報》第4號，1923年6月3日。

現代呀，我底朋友！

當我澄心靜慮的神游於光明之國的時候，

你切勿跟在我背後，

而且露出你的臉來！

你不知你的臉是黑灰色的，

你口中所吐出的氣，是能變成瘴霧的麼？

那像黎明般的希望之光，

恐怕要被你弄成地獄般的黯淡了！

在詩人的感覺世界裡，「現代」既是「我底朋友」，又不時露出一副猙獰變幻的面孔，以瀰漫的黑暗吞噬光明和希望。這樣的詩，其表現方式不僅遠遠偏離了古典詩歌的美學趣味，甚至與此前郭沫若《女神》中某些高聲讚頌現代工業的詩也大異其趣。從某種意義上說，它們的表現手法更接近於波德萊爾的《惡之花》對現代深淵的探測與質詢。對於這些詩中所呈現的個人與現代社會之間糾纏難解的關係，朱自清曾十分精準地指出：「他的詩的質地，只是緊張的悲哀；有時攙入一些紆徐，愉悅的空氣，卻是極稀薄的。他實在是被現代纏繞得苦了。」[6]需要說明的是，李無隅的這些作品，還不可能是對現代性的自覺體認，只能稱之為早期新詩的一個意外收穫。不過，這種不自覺的「意外」也是令人驚喜的。

　　到了一九三〇年代初期，針對梁實秋所謂「新詩實際就是中文寫的外國詩」的觀點，當時已經很少談論「新詩」問題的胡適，站出來爭辯說，「我當時的希望卻不止於『中文寫的外國詩』。我當時希望——我至今還繼續希望的是用現代中國語言來表現現代中國人的生活，思想，情感的詩。這是我理想中的『新詩』的意義，——不僅是

6　朱自清：〈《梅花》的序〉，《文學》第116期，1924年4月7日。

『中文寫的外國詩』，也不僅是『用中文來創造外國詩的格律來裝進外國式的詩意』的詩。」[7]顯然，胡適在認同「新詩」現代性的同時，也強調「新詩」的「中國性」。而此後不久，《現代》編者施蟄存關於「新詩」的現代性的表述顯得更為完整。對於當時該雜誌所發表的詩歌，他曾做出這樣的定位：「《現代》中的詩是詩。而且是純然的現代的詩。它們是現代人在現代生活中所感受的現代的情緒，用現代的詞藻排列成的現代的詩形。」[8]在施蟄存看來，此前的「新詩」，儘管打破中國古典詩歌的美學體制，卻尚未獲得一種真正的現代品格和獨立的美學意識。因此有必要從各個層面（時代、主體、語言、形式）來強調「新詩」的「現代」特質，最後從整體上歸結為「純然的現代的詩」。「現代」一詞在這裡被密集地（出現達7次之多）使用，表明了作者試圖以之刷新既有的「新詩」觀念的一種強烈願望，也可以看作是關於「新詩」現代性的某種朦朧意識的一種端倪。

　　進入一九四〇年代之後，袁可嘉提出的「新詩現代化」主張[9]，則使這種朦朧意識得到進一步的清晰化。所謂「新詩現代化」，已不再滿足於一種宣言式的簡單表述，而是在較充分考察當時出現的新的詩歌現象（如西南聯大詩人群）的基礎上，借鏡於新批評的某些觀念和方法，提出了關於「新詩」現代性建構的初步設想，試圖「為新詩現代化畫出一個粗粗輪廓」，「無論從理論原則或技術分析著眼，它都代表一個現實、象徵、玄學的新的綜合傳統。」[10]不過，從袁可嘉這

7　胡適：〈致徐志摩〉，《詩刊》第4期「通信」欄，1932年7月30日。

8　施蟄存：〈又關於本刊中的詩〉，《現代》第4卷第1期，1933年11月1日。

9　袁可嘉在一九四七至一九四八年間發表了〈新詩現代化〉、〈新詩現代化的再分析〉、〈新詩戲劇化〉、〈談戲劇主義〉、〈詩與民主〉等以「論新詩現代化」為總題的系列文章。可參見袁可嘉：《半個世紀的腳印——袁可嘉詩文選》，北京市：人民文學出版社，1994年。

10　袁可嘉：〈新詩現代化的再分析〉，《半個世紀的腳印——袁可嘉詩文選》（北京市：人民文學出版社，1994年），頁64。

些文章的論述看，其所謂的「現代化」，基本上可以看作是「現代主義化」的簡稱，因此在概念的使用上缺乏必要的界定，因此顯得有些混亂。

　　關於二十世紀中國文學與現代性的關係問題，較早即引起一些海外學者的注意。[11]不過，這些學者的研究往往主要圍繞小說這一文類而展開，對詩歌的談論可能顯得比較薄弱。事實上，尋求現代性的模式、過程乃至後果，在這兩種文類之間都存在著很大的差異，很難被某種「通用」的邏輯理路簡單化約。[12]對此，王光明曾清明地指出：

> 中國詩歌現代性的尋求有更深厚的傳統和更複雜的外來影響，
> 不像小說主要吸收的是十九世紀西方的現實主義和浪漫主義傳
> 統。實際上，「新詩」的歷史發展不能完全從西方思想文化思
> 潮的發展邏輯來考慮，而必須始終顧及它面對新世界和新語言
> 的雙重焦慮。正因為如此，「新詩」的第一代在反抗舊傳統的
> 時候，傾向於十九世紀西方的浪漫主義，而到了第二代的建設
> 時期，卻出現了對它的反思，並把目光從英美的浪漫主義詩歌
> 移向到法國的象徵主義詩歌。原因無非是象徵主義詩歌更具有

---

11 可參見李歐梵：〈追求現代性（1895-1927）〉，《現代性的追求》（北京市：生活・讀書・新知三聯書店，2000年），頁177-247；王德威：〈被壓抑的現代性──晚清小說的重新評價〉，王曉明主編：《二十世紀中國文學史論》上卷（上海市：東方出版中心，2004年），頁34-63。

12 如王德威提出，「如果我們不想把現代性一詞抬舉成一個魔術字眼，內涵預設的規定與目標；如果我們仍須考慮現代的歷史性，以回應時代的變化，那麼五四所建立的中國文學之現代觀就必須重新予以審視。以往現代與中國古典文學的分界必須重畫。我以為，晚清，而不是五四，才能代表現代中國文學興起的最重要階段。」這個富有啟發性的觀點，或許可以部分地用於解釋晚清小說的複雜性，卻恐怕很難對「新詩」現代性的論述生效。王德威：〈被壓抑的現代性──晚清小說的重新評價〉，王曉明主編：《二十世紀中國文學史論》上卷（上海市：東方出版中心，2003年），頁37。

> 現代性，更能對應現代人的內心風景，更能回應中國詩歌重視
> 言外之意、弦外之音的抒情傳統。[13]

這裡對「新詩」現代性的複雜來源和多元語境的強調，無疑是深化研究該論題的一個基本前提。

二　「新詩」的現代性議題

「新詩」的現代性作為一個專門議題，近年來也引起學界的不少關注。論者多借力於西方學者（哈貝馬斯、福柯、丹尼爾‧貝爾、鮑曼等）關於現代性的論述，來探討「新詩」現代性的發生、形態、意義等問題。由於「新詩」發生錯綜複雜的語境，和「現代性」這一概念的高度含混性，有關「新詩」現代性的談論，也難免顯得歧見紛呈，莫衷一是。其中出現的一些新穎見解，無疑拓寬了現代漢詩研究的思路。不過，某些論者在借用西方理論來處理「中國問題」時，往往不作有效的辨析，因而陷入某種「過度闡釋」的誤區。

在這些論述中，臧棣的觀點[14]頗值得注意。在臧棣看來，現代性不僅是「新詩」發生的最初源頭，更構成「新詩」鮮活血液般的成長動力：「新詩的誕生及其所形成的歷史，是以追求現代性為本源的。所以，對新詩的評價及其所運用的尺度和標準，應從新詩對現代性的追求以及這種追求所形成的歷史中來挖掘。對現代性的追求，既是這種評價的出發點，也是它賴以進行的內在依據。」不過，臧棣對於「現代性」的敘述，並不像某些論者那樣生硬地搬弄術語，被西方式的強勢邏輯所淹沒，而是令人信服地勾勒並指認了「新詩」現代性的

---

13 王光明：《現代漢詩的百年演變》（石家莊市：河北人民出版社，2003年），頁252。
14 參見臧棣：〈現代性與新詩的評價〉，《文藝爭鳴》1998年第3期。

某種特質，並揭示出其與西方現代詩歌的現代性之間的巨大差異：
「新詩現代性的特殊的一面，決定著它在文學發展向度上不同於西方
現代詩歌的現代性。而最大的差異即表現在新詩基本上是把它的主題
深度和想像力向度設定在它與中國歷史的現代性的張力關係上，新詩
的自我肯定也源於對這一張力關係的自覺或不自覺的體認。而西方現
代詩歌的現代性，其最醒目的特徵是把詩的主題深度和想像力向度設
定在對歷史的疏離、反叛和挑釁上。」此處概念的釐清和問題的梳
理，對於「新詩」現代性的描述都是十分必要的。

　　清算那種過於倚重古典詩歌傳統的所謂「特殊的文學幻覺」，也
是臧棣談論新詩現代性的重要內容：「舊詩對新詩的影響，以及新詩
借鑒於舊詩其間所體現出的文學關聯不是一種繼承關係，而是一種重
新解釋的關係。在某種意義上，這類似於尼采所說的『重新估價一
切』；或者美國當代文化大家布魯姆所說的自覺性『誤讀』。」「新
詩」與古典詩歌之間的關係，在這裡被描述為一種互動、對話的關
係，不再是緊張的對抗或簡單的繼承。由此不難窺見作者對待傳統的
一種開放性態度。

　　臧棣關於「新詩」現代性的論述，既有所選擇地吸納了西方學者
的一些重要觀點，又充分考慮到本土語境的作用，對「新詩」現代性
的幾個主要命題，如「新詩」現代性的動力來源、「新詩」現代性的
自足與自律特徵、「新詩」現代性與中國社會現代化的弔詭關係等，
都作了較為充分和到位的論述。

　　所謂「新詩」的現代性，在本文的論域裡，可以被置換為現代漢
詩的現代性。而考察現代漢詩的現代性，首先，必須聯繫一八四〇年
鴉片戰爭以來中國社會現代化進程的大背景，而這個背景意味著中國
社會現代化的某種「滯後性」和被強加的特點；其次，需要對二十世
紀中國文學的現代性的整體觀照中，釐析出現代漢詩的現代性的獨特
氣質和專門問題，比如它的先鋒性、它與現代漢語成長的關係、它應

對古典和西方兩大詩歌傳統的「迎拒」方式等等。只有把這兩者結合起來，我們才可能更加全面地呈現出現代漢詩的現代性各個層面的問題。正如伊夫・瓦岱（Yves Vadé, 1933-）所言，「評論界的任務之一應該是去明確和分析美學現代性（我們很樂於在某些特殊的作品中看出它）與歷史現代性（它高高在上，隨意擺布我們）之間的關係，也就是說一些具有自己特有的表現形式的作品與我們生活的時代所特有的歷史狀態之間的關係。」[15]瓦岱這種將現代性分層進行討論的做法，對於論述現代漢詩的現代性問題無疑具有很大的啟示意義。換句話說，現代漢詩的現代性問題，同樣也是可以分層討論的。

而馬泰・卡林內斯庫（Matei Calinescu）則進一步指出了兩種現代性之間的矛盾：「就藝術和它們同社會的關係而言，我不禁要回到我早先在現代性研究中所區分的兩種劇烈衝突的現代性：一方面是社會領域中的現代性，源於工業和科學革命，以及資本主義在西歐的勝利；另一方面是本質上屬論戰式的美學現代性，它的起源可追溯到波德萊爾。如今我認為這兩種現代性構成一種更廣泛衝突的一個具體（如果說特別突出的話）實例。」[16]具體到現代漢詩的現代性問題，這種矛盾性儘管是變異的（在某些時刻甚至是消失的，如《女神》中對現代工廠的黑色煙囪的高聲禮贊[17]，就消弭了這種矛盾），卻也在現代漢詩的行程中，以自己特有的方式漸次體現出來。

當然，正如現代性的含義不可捉摸一樣，試圖為現代漢詩的現代

---

15 伊夫・瓦岱講演、田慶生譯：《文學與現代性》（北京市：北京大學出版社，2001年），頁117。

16 馬泰・卡林內斯庫：〈現代性，現代主義，現代化〉，見馬泰・卡林內斯庫著、顧愛彬等譯：《現代性的五副面孔》（北京市：商務印書館，2002年），頁343。

17 郭沫若詩集《女神》中的〈筆立山頭展望〉一詩寫道：「一枝枝的煙筒都開著了朵黑色的牡丹呀！／哦哦，二十世紀的名花！」有意思的是，這個為工業時代高聲歌唱的意象，後來卻被王佐良「誤讀」為「波特萊爾式的世紀末形象」。見王佐良：〈讀《草葉集》〉，王佐良：《照瀾集》（北京市：外國文學出版社，1986年），頁155。

性下定義的做法，也將是徒勞無功的。不僅如此，甚至連現代漢詩的現代性的起點，都顯得相當模糊：它究竟是在晚清梁啟超倡導的「詩界革命」那裡呢，還是在胡適發起的文學革命那裡？如陳建華提出了「『詩界革命』的現代性」這一命題，認為「關於『詩界革命』，文學史家已經作了不少研究和評價。如果把這一口號及其相伴隨的新詩運動與民族主義之興起及敘述模式的形成相聯繫，可打開另一些有興味的話題。……『詩界革命』的提出和展開，帶有強烈的異質性和挑戰性。」顯然將「新詩」的現代性起點上溯到晚清的「詩界革命」。[18]而臧棣則強調了「新詩」「自身的現代性」，認為「在新詩的評價與新詩的現代性之間強調一種價值同構關係，應該說是合乎情理的。至少，現代性應該既是這種評價的出發點，又是它的歸宿。」[19]似乎傾向於把現代性的起點設定在「新詩」發生之時，即胡適正式提倡白話詩的一九一七年。前者更多的是從思想史（革命話語）的角度，來「打通」從「詩界革命」到「新詩」的關係脈絡；後者則側重於遵循「新詩」自身的歷史邏輯，即認為「新詩」發生之後，已然自足地形成了一種新的詩歌傳統。

　　在這裡，筆者無意為現代漢詩的現代性圈定一個範圍（事實上，將一個文類名詞作為限定語，置於「現代性」這樣一個活力無窮的概念之前，這個做法本身就是十分危險的），而是將之視作一個流動的、未完成的和不斷展開的過程。不過，就現代漢詩的現代性的起點（如果存在的話）而言，我更願意贊同臧棣的觀點。因為它的言路可能將更有效地抵達現代漢詩自身的問題，而不致在一些外圍性的問題上糾纏不清。當然，這並不影響筆者從陳建華活躍的思維和開闊的視野中獲得某種啟發。

---

18 見陳建華：《「革命」的現代性——中國革命話語考論》（上海市：上海古籍出版社，2000年），頁252。

19 臧棣：〈現代性與新詩的評價〉，《文藝爭鳴》1997年第2期。

在論及「新詩」的現代性問題時，海外學者賀麥曉（Michel Hockx）曾頗富啟發性地提出，現代性在西方面孔之外，還具有一些「中國面孔」。而集體性和社會性，正是現代性的「中國面孔」的突出特點。具體到「新詩」與現代性的關係，他認為：「『五四』時期新詩具有審美現代性。與西方現代性一樣，它的特點是：對傳統的破壞，對藝術充滿個性的態度及對簡單的、集體性意識形態的否定。在已討論過的四個層次（筆者按：指「新詩」的形式、內容、語言和個性）中，我們都看到了對溝通和集體性的持續的需求，特別在有文學天才的新知識分子的小圈子之內。也許只有團結一致才能為詩歌創造一個獨立的空間，獨立於一個被戰爭蹂躪的國家的殘酷現實，獨立於烏托邦意識形態的壓力。」[20]

三　現代性與合法性

以上對現代漢詩的現代性問題的概略敘述，旨在引出其與早期新詩合法性之間的關係。近年已有不少論者注意到這個問題。如唐曉渡在論述「五四新詩追求的『現代性』所具有的悲／喜劇特徵」的同時，就已經注意到現代性與「新詩」合法性之間的關係：「新詩的『現代性』……淵源卻必須追溯到它的起點。這裡首先涉及到新詩的合法性依據。一般認為新詩的產生緣起於舊體詩與現實關係的不適；這種觀點顯然是過於簡單化了。事實上舊體詩迄今仍不失為一種有效的寫作文體，其可能性遠未被耗盡；另一方面，這種觀點也不能夠解釋諸如新詩的倡導者何以會把白話和文言尖銳地對立起來，何以會將這種對立延伸為文學史的價值尺度等這樣一些更為複雜的現象。」具體地說，「『現代性』……事實上構成了新詩合法性的依據。」[21]不

---

20 賀麥曉：〈中國早期現代詩歌中的現代性〉，《詩探索》1996年第4輯。

21 唐曉渡：〈五四新詩的「現代性」問題〉，《文藝爭鳴》1997年第2期。

過，由於該論文的重點在他處，作者對該問題並沒有作進一步展開。

　　而姜濤從「新詩集」如何構成「新詩歷史起點」這一角度，把現代漢詩史上兩部具有界碑意義的詩集——《女神》與《嘗試集》，放在一起論述，並將後者設定為「新詩合法性起點」，其理由在於《女神》在詩藝上業已取得初步的成績：「在早期新詩壇上，《女神》的位置是相當特殊的，從出版之日起，就與胡適的『亞東系列』呈分庭抗禮之勢，對新詩形象的呈現，以及新詩合法性辯難中的位置，也都和其他詩集迥然不同，在某種意義上，似乎代表了新詩發生的另外一極。這當然與《女神》突出的藝術成就相關，但更為重要的是，在《女神》的閱讀與闡釋中，有關新詩歷史合法性的訴求，得到了某種基本的滿足。」[22]作者做出這個判斷，同樣也是基於對「新詩」的合法性與現代性之間關係的考察：「從廚川白村到聞一多，具體詩作的評價，雖然有異，暗示了不同的現代性姿態，但有一點是共同的，那就是都是在用『現代』眼光去審視新詩，即：它的合法性必須由某種現代性（『近代情調』或『時代精神』）來提供，這是新詩之所以『新』的關鍵所在。……『新詩』的意義，不是來自白話，也不是來自某種靜態的審美品質，『現代經驗』成為它合法性的來源」。[23]

　　大而言之，對於現代漢詩的現代性尋求與合法性的關係，似乎可以大致作這樣的設定：現代漢詩的合法性尋求，是一種不自覺的現代性尋求，或者說在歷時性上構成現代性尋求的一個早期階段；另一方面，現代漢詩的現代性尋求又經由早期新詩合法性的辯難、建立而逐漸變得自覺和豐富。

　　不過，需要引起警覺的是，無論是考察現代性，還是合法性的尋

---

22 姜濤：《「新詩集」與中國新詩的發生》（北京市：北京大學出版社，2005年），頁124。

23 姜濤：《「新詩集」與中國新詩的發生》（北京市：北京大學出版社，2005年），頁134。

求過程，都需要以一種強烈的問題意識去做出觀照，即在充分、鮮活的材料中發現問題，以問題來呈現觀點。相反地，如果對之作過多的思辨式的邏輯推演，很容易淪為一種言不及義的空談。誠如一位學者所言，「本世紀初中國的詩歌革命是與語言革命同時發生的，它的發展也始終與現代漢語規範的不穩定相聯繫，處於寫作目的過於明確而語言背景卻比較模糊的矛盾中。我認為這是『新詩』不成熟和新詩理論體系尚未建立的主要因素，甚至連『新詩』的概念本身也值得質疑。這樣也決定它的研究，不應自設一個主觀的理論前提，任何時髦的理論對它都不適用。或許只能從語言和形式的基本問題出發，觀察和思考它的生成與變化的種種問題，在偏側的時代尋找標準，在混亂中凝聚質素。」[24]因此，在對現代漢詩合法性問題的探討過程中，我們應該清醒地認識到，「現代性」是主要作為一種隱性的結構而起作用的，表面看來它彷彿「缺席」，其實無所不在。或者說，在本文試圖勾勒的「合法性」的內部，「現代性」以一種流動的狀態存在著，並暗暗地施加其影響。

朱自清曾將早期新詩的發展過程描述為：「怎樣從舊鐐銬裡解放出來，怎樣學習新語言，怎樣尋找新世界。」[25]一系列的「怎樣」，提示著「新詩」研究應該充分考慮到「過程」的複雜性。關於現代漢詩的合法性和現代性的研究，更需要對過程的複雜性作一種深入到位的揭示。如果把「舊鐐銬」廣義地理解為那些固守僵化的古典詩歌觀念的非難，那麼，所謂「從舊鐐銬裡解放出來」，就可以看作是現代漢詩外部話語空間的爭取；而「學習新語言」和「尋找新世界」，可以理解為現代漢詩美學合法性的建立過程。兩者相比，後者的展開顯然

---

24 王光明：〈從批評到學術——我的90年代〉，《文學批評的兩地視野》（北京市：北京大學出版社，2002年），頁12。

25 朱自清：〈選詩雜記〉，朱自清編選：《中國新文學大系・詩集》（上海市：上海文藝出版社，2003年影印本），頁17。

更為艱難。而兩者的相依共生，又一同構成現代漢詩尋求現代性的起始階段。

　　關於現代中國文學的現代性問題的論述，李歐梵的觀點頗具代表性。他在考察晚清到五四時期中國文學的現代性尋求過程之後，得出的結論是，「現代性從未在中國文學史上真正勝利過。中日戰爭爆發以後，這種現代追求中的藝術性方面被政治的緊迫需要所排擠。創造性文學的價值降到政治的附屬地位，儘管文學常常有著社會─政治層面。」[26]這個判斷基本上是準確的。它對於現代漢詩的現代性和合法性問題的研究，同樣具有一定的參考價值。不過，此處的「現代性」概念，似乎有點偏重於某種美學方面的涵義。事實上，正因為處於沒有取得「真正勝利」的「未完成」狀態，「現代性」在現代中國文學中才可能成為一個不斷生長、展開和豐富的主題。

第二節　「新」與「舊」的攻防戰

　　「新詩」外部空間合法性的爭取，首先要面對的是古典詩歌傳統投下的巨大陰影。胡適等早期新詩的倡導者們意識到，必須採取一種決絕的方式，才能為初生的「新詩」爭得一塊立足之地。這種決絕方式的具體體現，就是一方面，斷然宣布「舊詩」「死刑」，剝奪其在當下的合法性；另一方面，分別從創作實踐和觀念演繹兩個向度，大力張揚「新詩」之「新」。而在這個過程中，反對派的聲音始終是一個重要的存在。

---

26 李歐梵：〈追求現代性（1895-1927）〉，《現代性的追求》（北京市：生活・讀書・新知三聯書店，2000年），頁240。

一　「新詩」的「弒父」情結

　　在早期新詩尋求自身的合法性的過程中，如何消解代表著一種深厚傳統的「舊詩」所釋放的或隱或顯的壓力，是一個十分迫切的課題。誠如沈從文所言，「新文學運動的初期，大多數作者受一個流行觀念所控制，就是『人道主義』的觀念，新詩作者自然不能例外。不過新詩當時側重推翻舊詩，打倒舊詩，富有『革命』意味，因此在形式上無所謂，在內容上無所謂，只獨具一種傾向，否認舊詩是詩。」[27]也就是說，在當時的文化語境中，「舊詩」被普遍地設定為「新詩」的最大障礙。「新詩」要獲得自立的地位，首先必須在觀念上徹底清除這一障礙。梁實秋對此也有類似的表述，他認為，「新詩運動最早的幾年，大家注重的是『白話』，不是『詩』，大家努力的是如何擺脫舊詩的藩籬，不是如何建設新詩的根基。」[28]

　　事實上，清算「舊詩」的思想背景，是五四知識分子所持的整體性反傳統主義立場。按照海外學者林毓生的解釋，之所以產生這種整體性反傳統主義，是因為「五四反傳統主義者認為中國傳統為一有機體。因此，根據五四式反傳統主義的理路思辨下去，他們的反傳統若有任何意義，就必須是整體性的。」[29]具體到新文學運動的層面，關於這種整體性特徵，我們可以在胡適和陳獨秀視「舊文學」、「舊政治」及「舊倫理」為「一家眷屬」[30]的觀點中窺見一斑。「新詩」對於

27　沈從文：〈新詩的舊賬──並介紹《詩刊》〉，《沈從文文集》第12卷（廣州市：花城出版社、三聯書店香港分店，1984年），頁179。

28　梁實秋：〈新詩的格調及其他〉，《詩刊》創刊號，1931年1月20日。

29　林毓生：〈五四式反傳統思想與中國意識的危機〉，《中國傳統的創造性轉換》（北京市：生活・讀書・新知三聯書店，1988年），頁154。

30　在新文學運動初期，當有讀者提議在文學革命的同時應該適當給舊文學保留一些空間時，胡、陳斷然予以拒絕：「方之蟲鳥，新文學乃欲叫於春啼於秋者，舊文學不啼叫於嚴冬之蟲鳥耳，安得不取而代之耶？舊文學，舊政治，舊倫理，本是一家眷

「舊詩」的全盤清算，正是在這個背景下展開的。

　　關於「新詩」這一新興文類的淵源，朱自清曾下過一句著名的按語：「最大的影響是外國的影響」[31]。作為一種新興文類，「新詩」的成立，無疑主要得力於一種橫向的移植（包括形式、語言、技巧等各個層面）。然而，在縱向的文化譜系上，「新詩」的革命對象——「舊詩」——同時又天然地構成其「父親」形象。因此，在這一縱一橫之間，就呈現出一種複雜微妙的關係。

　　儘管在多篇文章裡，胡適早已毅然決然地宣布包括「舊詩」在內的舊文學的「死刑」，然而，事實卻是：舊文學尤其是「舊詩」，似乎總是「陰魂不散」[32]，而且仍然擁有相當穩定的作者群和堪稱龐大的讀者群[33]。面對這種情勢，要真正掌握話語的主導權，「新詩」就必須採取一些更為堅決和有效的應對策略，以便在觀念上徹底掃清「舊詩」的餘威。對「弒父」情結的刻意渲染，就是其中一項重要策略。

　　在一篇為白話詩辯護的文章裡，作者宣稱，舊體詩不僅「已失天然之真」，也已無「美」可言，因此不可避免地要成為革命的對象：

屬，固不得去此而取彼……」參見胡適之、陳獨秀回復易宗夔的信，《新青年》第5卷第4號「通信」欄，1918年10月15日。

31　朱自清：〈導言〉，朱自清編選：《中國新文學大系‧詩集》（上海市：上海文藝出版社，2003年影印本），頁1。

32　事實上，舊詩作為一種文類「衰而不死」，直到當下仍有相當數量的作者和讀者群體。近年有學者認為，「舊詩在表達現代人（現代文人）的思緒、情感……方面，並非無能為力，甚至在某些方面，還占有一定優勢，這就決定了舊詩詞在現代社會不會消亡，仍然保有相當的發展天地。」因此，應當將舊體詩納入二十世紀中國文學的研究範疇。參見錢理群：《返觀與重構——文學史的研究與寫作》（上海市：上海教育出版社，2000年），頁222-223。

33　據有關材料統計，十九世紀末二十世紀初，江蘇省每百名女子中，擁有閱讀能力有十～三十人不等，「其中會做詩的可能有一至二人」。儘管這只是一個省分的統計數字，卻也說明了舊詩深厚的讀者基礎。參見徐雪筠等譯編：《海關十年報告之二》（1892-1901），〈上海近代社會經濟發展概況（1882-1931）——《海關十年報告》譯編〉（上海市：上海社會科學院出版社，1985年），頁96。

「故吾人為欲合詩之原理——『美』，求現在適用之詩：非白話不可，非除『矯揉造作』之『格式詩』不可；為合『平民文學』之原理，求人人能作詩：非白話不可，非除矯揉造作』之『貴族文學』不可。至於可歌可泣之聲調，含蓄不盡的意思，則無關於白話文言，而在作者自身之詩才。」[34]甚至有人把古典詩歌形象地比作一座森嚴的監牢，號召人們衝破它的清規戒律：「現在到了文藝革命時代，我們若還不把詩監打破，做個膽大的詩犯逃出來，那真算不懂時務，自取痛苦哩！」[35]從上述一些激進言論可以看到，「新詩」的成立，是以「舊詩」的退場甚至消失為前提的。至於藝術上的追求，則只能是第二步的事。

作為新文學的一位積極參與者，易家鉞對「舊體詩」形象的全面顛覆，更值得我們注意。他的觀點，遠比他的前輩胡適等人激進。在以下所引的文字裡，我們不難看到，幾近惡毒的攻擊性言辭之中，包含著一層十分微妙的象徵意味：

> 我現在決計不作舊體詩：（一）因為舊詩是「死文學」，（二）作舊詩帶有奴隸性質，（三）越作得好人家看了越不懂，我既不作舊體詩，那麼我父親的詩，無論做得怎麼好，我都是不學的。因為我有十年受了舊體詩的「梅毒」，使我一次墮落；老實說來，這都是我父親的「德政」。我還去學他？我現在已有覺悟了，懺悔到萬分了，假使我那十年間，不去做那些歪詩，不去學我那詩豪的父親，我可以多得一些根本的知識；或者不致如現在「一無所成」！我因為想到「詩」，就聯想到做舊詩，又聯想到我的父親，又聯想到中國現在的社會；反而聯想

---

34 夢良：〈論白話詩之必要〉，《晨報》1919年5月24日。

35 楚楨：〈白話詩研究集瑣錄摘要〉（一），《晨報》1920年12月18日。

到我自己。──羞辱的過去。若要雪此十年的奇恥，第一，非反對舊體詩不可；因為他是一個大騙子，引誘良家少年做出種種有傷風化的事。我就是被他騙過的。有人對我詰道：「這豈不是你的家學嗎？」哼！難道這也應該學父親嗎？[36]

作者在這裡以一種充滿諷喻色彩的語言，富有戲劇性地把「舊體詩」和「父親」緊密地聯繫在一起。從某種意義上說，在「舊體詩」和「父親」兩者之間，存在著一種可以互相換位甚至互相疊合的曖昧關係。此處的「舊體詩」和「父親」，實際上都象徵著「新詩」亟需超越的「傳統」。從接受心理的角度考察，作者在此處以一個「舊詩」的「受害者」的身分發出的「懺悔」和控訴的聲音，在一般讀者看來，無疑比那種正兒八經地宣揚「新詩」優於「舊詩」的「理論」更能夠打動人。這種抑「舊」揚「新」的舉措，其效果自然十分顯著。

對於「舊詩」的這種全盤清算，在後來不少論者的文章裡得到延續。比如，針對當時「還有一部分人，對於舊體詩，存著『駑馬戀棧』的心理，不忍毅然割捨」，一位論者在歷數「舊詩」的種種缺陷之後，相當激烈地指出：「我以為舊詩中，雖然很有幾篇可讀的白話詩，但是他僅能代表前人的精神的詩的形式，早已枯死而成為濫調了！我們要研究他，參考他，未始不可。但決不該把自己的作品，套上一個枯死而濫調的形式。要是字摹句仿地去造假古董，不但是口吻失真，並且也失去了作者的個性。」[37]而在一篇回憶文章中，關於和「舊詩」的決裂，湖畔詩人汪靜之也有過類似的描述：「一九一九年初學寫新詩，就燒掉十二歲以後寫的舊體詩，決定永不再寫舊體詩。

---

36 易家鉞：〈難道這也應該學父親嗎？──我之懺悔錄〉，《少年中國》第1卷第8期，1920年2月15日。

37 吳文祺：〈對於舊體詩的我見〉，《時事新報・文學旬刊》第23號，1921年12月21日。

可是有時也寫過幾首。」[38]這種做法雖然不如上述論者那麼決絕，不過，其中流露的「弒父」情結卻無疑是一致的。

與此同時，有人把「舊詩」置於「新文學」合法化的背景下，說明它是必須被「破壞」的：「我底主意，以為舊詩底破壞，是舊詩在新文學上的存在問題，不是詩人底好壞問題；是『詩』的問題，不是『人』的問題。」其原因有二：其一，「舊詩是機械的，戕賊個性的」；其二，「舊詩是貴族的，智識階級的」。最後的結論是「舊詩在新文學上是絕對沒有存在的地位」。[39]從存在的合法性上根本否定「舊詩」，此舉無異於釜底抽薪。

如果說胡適最初所謂「吾志決矣，吾自此以後，不更作文言詩詞」[40]的表白，還只是為白話詩詞（還算不上是嚴格意義上的「新詩」）的成立掃清道路，而他當時的詩歌寫作，和作為一個整體的「舊詩」仍然藕斷絲連，那麼，後來易家鉞們的決絕態度，表明了「新詩」急於擺脫「舊詩」陰影和建立自足的話語空間的深層焦慮。這種焦慮情結的成因，正如後來葉公超所概括的，「因為酷愛『新』的熱情高於一切，竟對舊詩產生一種類乎仇視的態度，至少是認為新詩應當極力避開舊詩的一切……」[41]非此即彼的二元對立思維模式，深深地嵌入到「新詩」擁躉者的觀念之中。

為了打壓「舊詩」的餘威，為「新詩」的合法性張目，即便是態度一向較為溫和的周作人，也曾拿香山碑刻上乾隆的「御製詩」開涮：「讀之既久，便發生種種感想，其一是覺得語體詩發生的不得已與必要。……對偶呀，平仄呀，押韻呀，拘束得非常之嚴，所以便是

38　汪靜之：〈汪靜之和愛情詩〉，《六美緣》（北京市：十月文藝出版社，1996年），頁254。

39　周郁年：〈評胡懷琛《詩的前途》〉，《時事新報・學燈》1921年11月14日。

40　胡適一九一六年致任叔永信，見胡適：〈《嘗試集》自序〉，《新青年》第6卷第5號，1919年10月1日。

41　葉公超：〈論新詩〉，《文學雜誌》創刊號，1937年5月1日。

奉天承運的真龍他也掙扎他不過，只落得多少打油的痕跡在石頭上面。倘若他生在此刻，拋了七絕五律不做，去做較為自由的新體詩，即使做得不好，也總不至於被人認為『哥罐聞焉嫂棒傷』的藍本罷。」[42]以堂堂皇帝的大作為反面教材，一面揶揄了「舊詩」的窮途末路，一面又為「新詩」業已獲取的勝利暗自得意。這種勝利者的心態，與胡適在描寫會見末代皇帝（宣統）的印象時，特意提及溥儀（宣統皇帝）喜歡並開始「試作新詩」如出一轍[43]。後來在另一篇文章裡，周作人把這個關於「舊詩」的否定性看法，表述得更加明確：「我自己是不會做舊詩的，也反對別人的做舊詩；其理由是因為舊詩難做，不能自由的表現思想，又易於墮入窠臼。」[44]

　　有意思的是，在發表上述言論之前，周作人就曾對「舊詩」採取了一種「戲擬」式的解構策略。當時劉半農寫了一首所謂「斗方派的歪詩」，把它寄給周氏兄弟「指教」（其實是以之作為批判「舊詩」的反面教員）。劉的原詩如下：

　　　蒼天萬丈高，
　　　翠柏千年古。
　　　我身高幾許？
　　　我壽長幾許？
　　　以此問夕陽，
　　　夕陽黯無語！

---

42 周作人：〈山中雜信〉（五），《晨報》1921年7月17日。

43 胡適曾這樣寫道：「室中略有古玩陳設，靠窗擺著許多書，炕几上擺著本日的報十幾種，內中有《晨報》和《英文快報》，炕几上還有康白情的《草兒》……他稱我為『先生』，我稱他『皇上』。我們談的大概都是文學的事，他問起康白情、俞平伯，還問及《詩》雜誌。他說他很贊成白話；他做過舊詩，近來也試作新詩。」參見胡適：〈宣統與胡適〉，《努力周報》第12期，1922年7月23日。

44 周作人：〈做舊詩〉，《晨報副鐫》1922年3月26日。

對於這首戲仿之作，周氏兄弟兩人的反應截然不同。魯迅只對此詩給了一個平和的評價：「形式舊，思想也平常」。而周作人卻對劉半農的用意心領神會，做了這樣一首「和詩」：

> 「蒼天」不知幾「丈高」，
> 「翠柏」也不知幾「年古」。
> 「我身」用尺量，
> 就知「高幾許」；
> 「我壽」到死時，
> 就知「長幾許」。
> 你去「問夕陽」，
> 他本無嘴無耳朵，
> 自然是「黯無語」。[45]

周作人使用了一系列虛詞，並且運用歐化的語法，把劉半農這首原本頗為工整的五言舊體詩分解得體無完膚。而這種戲擬性的「改寫」，不知不覺間，就把一首「舊詩」置換成了一首「新詩」。換言之，原有的「舊詩」被拆解、融合於「新詩」的文本模式之中。這種文本演繹的做法，其對「新詩」合法性的支持，自然比那種直接的觀念宣揚更加有力。

此外，也有人從西方詩歌的最新潮流為「新詩」汲取動力。譬如，可能考慮到當時「新詩」力量單薄，僅憑「新詩」難以有效清除「舊詩」的影響，一位論者在批判那些「拜倒於舊韻律格式的人」不識時務之後，借助當時西方最前衛的詩歌流派——未來派——來為「新詩」造勢：「迷戀舊詩的人對於現代最能傳達情緒的語體詩已經

---

45 參見《新青年》第4卷第5號（1918年5月15日）「詩」欄目後劉半農寫的「補白」。

這樣的不肯下顧；要是他們見了最近的未來派的詩（或美術），更不知要怎樣的大拍其書房裡的『戒方』呢！」[46]儘管作者沒有對未來派詩歌多作介紹，然而其觀念上的先鋒足以讓他出於一種優勢地位。此舉可謂別出心裁，流露出「新詩」急於謀求自身位置的迫切心態。

　　在一片討伐聲中，不僅「新詩」的反對者遭到激烈的攻擊與批判，即使一些「新詩人」的某種「保守」表現，也遭到相當嚴厲的指責。儘管這屬於新詩壇內部的爭論，卻也表明了某種鮮明的立場之爭。譬如，對於康白情新詩集《草兒》後附錄作者所作「舊詩」的做法，就有人質疑道：「《草兒》的附錄一，是一些作者底舊詩，這點，我們以為太無謂了，這事推起根源來，實在要上溯到胡適底《嘗試集》，他是一個先例。但發表與否，還是一個不甚重要的問題；作舊詩與否，倒是有些兒關係。我們以為舊體詩，在過去的中華，實已殘殺了無量的天才。這種骸骨，我們應當掩上黃土，算是過去的詩的一種形跡，大可放下心腸，無再留連迷戀了。他們如此的刊在詩集上，那不真心信仰新詩的影子，隱約可以看見。」[47]早期新詩首批作者之一的康白情的這種做法，被判斷為「不真心信仰新詩」的一種表現。在當時的語境中，這個定性可以說是相當嚴重的。

　　當代學者汪暉曾指出，在龐大蕪雜的五四新文化運動背後，其實存在著一種內在同一性。這種內在同一性主要體現在「態度的同一性」上：「『態度』作為一種心理傾向，它總是指向一定的對象，離開了特定的對象，『態度』的同一性也就不存在了。因此，『五四』新文化運動的最重要特徵就是它的對象性：對於中國傳統文化和社會的批判和懷疑。」[48]作為新文化運動的一個重要組成部分，「新詩」在尋求

---

46 六逸：〈未來派的詩〉，《時事新報・學燈》，1921年12月17日。

47 蕙聲等：〈讀《女神》和《草兒》〉，《時事新報・學燈》1922年3月15日。

48 汪暉：〈中國現代歷史中的「五四」啟蒙運動〉，見許紀霖編：《二十世紀中國思想史論》上卷（上海市：東方出版中心，2000年），頁38。

自身合法性過程中，同樣需要借重這種內在的同一性。具體而言，儘管擁護者們對於「新詩」的想像千差萬別，他們反對「舊詩」的態度卻幾乎是無條件的一致。「舊詩」作為對象的地位，也正是在這種一致性中鮮明地凸現出來。

在論述五四時期重寫文學史的問題時，美國學者宇文所安（Stephen Owen）曾引入「大寫日期」（the Date）這一概念，用以指稱作為中國現代思想文化起點的「五四」，認為「根據這個日期——也就是『五四』——的精彩構想，年輕的知識分子有了一樣藉以詮釋文化史和文學史的工具。如果中國的文化過去是一個沉重的包袱，那麼這便是宣布過去已經終結的手段。站在『現代』的門檻裡，我們可以宣稱自己對過去的理解是從一個全新的角度出發的。那些在疆界的這一邊繼續用傳統方式寫作的人們成了老朽守舊派，和現代世界格格不入，而且他們的作品，因為不合時宜，簡直就算不得數。」[49]這種劃分新舊的邏輯原則，顯然也滲透到「新詩」擁護者與舊體詩決裂的言行之中：舊體詩被劃分到這個大寫日期的前面，因此「必然地」意味著保守、落後，甚至反動；而「新詩」代表著進步、現代，則可以堂而皇之地獲得合法的位置。

不過，需要指出的是，「新詩」擁護者們氣勢洶洶的「弒父」誓言，只是問題的「顯」的一面；在「隱」的一面，我們注意到，不少早期新詩作者，如康白情、俞平伯等人，並沒有真正徹底地拋棄「舊詩」形式，而是很快就恢復了舊體詩寫作[50]。即使是曾在《女神》裡狂飆突進的郭沫若也不例外，正如金克木所描述的，「郭沫若在海外，望見『女神』，回到國內，仍處『瓶』中，以後作的多是舊體詩

49　宇文所安：〈過去的終結：民國初年對文學史的重寫〉，宇文所安著、田曉菲譯：《他山的石頭記》（南京市：江蘇人民出版社，2003年），頁309。

50　康白情後來改名為「康洪章」，一九二四年出版舊體詩集《河上集》（上海市：上海亞東圖書館，1924年）恐怕是最典型的一個例子。

了。」[51]換言之，「新詩」指向「舊詩」的所謂「弒父」行為，就其效果而言，基本上是一種理論上或觀念上的「斷裂」，而在寫作實踐層面，「舊詩」的還魂術一次又一次地奏效。那把揮向「舊詩」的話語之刀，如果說能擊中某個目標，所中的也不過是那不見血的「舊詩」影子而已。這種話語現象緣何如此複雜與詭譎？我們在一位西方批評家關於詩歌革新問題的論述中，或許可以借用其中的觀點對之作出一種解釋：「在詩中和在別的地方一樣，活動與反動是相等地劇烈，其方向是極端相反。我們所反對的東西，在我們身上，甚至在我們反對的行動裡，都施行著一種壓迫。所以宣布獨立，本身就不是完全自由的。……革命不是自由獨立的，只是一種難以逆料的未定的現象。這件事實我們必須緊記在心裡。」[52]

　　「新詩」與「舊詩」之間的關係，正呈現出一種「難以逆料的」和「未定的」之特點，事實上，在「新詩」日後的發展歷程中，這個關係的複雜性仍然不斷地被演繹，向新詩的寫作者和研究者提出了不少值得思考的命題。近年來，已有不少研究者清醒地意識到，應該重視漢語詩歌傳統的整體性，並試圖以此替代以往常見的強調「新詩」與「舊詩」緊張對峙的思維模式：「其實，新舊之間並不是相克的，而是相生相成的。一個新詩人如果想在作品中體現一點歷史的縱深，民族的感情與音韻的協調，回過頭去，在舊詩中涵泳一番，體驗一番，也許正是一條捷徑。許多新詩人但知一味向外求索，向西洋理論中去找尋作中國詩的方向與方法，這不是『緣木求魚』就是『隔靴搔癢』。」[53]當然，要把這種向傳統「回過頭去」的意識真正落實到當下

51 金克木：〈新詩·舊俗〉，《無文探隱》（上海市：三聯書店，1991年），頁32。

52 魯衛士（John Living Lowes）：〈詩中的因襲與革命〉，見曹葆華譯：《現代詩論》（上海市：商務印書館，1937年），頁70-71。

53 周質平：〈讀胡適的《嘗試集》〉，《胡適與中國現代思潮》（南京市：南京大學出版社，2002年），頁188-189。

的現代漢詩寫作中，恐怕還需要不止一代人的努力。

　　不僅新詩研究領域需要重新體認傳統詩歌的價值，廣而言之，整個二十世紀中國文學研究都必須清算唯新、唯現代是從的情結，重建一種傳統與現代的和諧關係，正如一位學者所指出的，「我們這裡所提出的『以傳統來詮釋現代』，其思維的起點是放在『傳統』這一面，就是要看一看傳統的文學、美學資源以怎樣的方式滲透進現代文學的審美樣式和審美經驗之中，存在下來並積澱為一種潛在而積極的審美源泉。我們通過這種立足於傳統角度（舊）的觀照，為的是發現那些現代（新）的東西。」[54]換言之，「傳統」不是死的東西，而是以一種潛隱的方式活在「現代」之中，影響著「現代」。

二　被臉譜化的反對派

　　對早期新詩的各種攻擊，自「新詩」發生以來就從未中斷過。有攻擊自然就有反擊。早期新詩倡導者回應反對派、爭取合法性的一種常見的方式，就是把反對派的形象作臉譜化的處理，即以漫畫式的概括筆法勾勒出反對派的形象。這樣既可以過濾掉那些攻擊的某些有效部分（如對早期新詩藝術水平低下的指責等），同時將迂腐可笑的部分加以放大，從而收到一種避重就輕的效果。

　　俞平伯曾十分不屑地把那種頑固的「新詩」反對者，稱作「一知半解的人」：「他們只知道古體律詩五言七言，算是中國詩體正宗；斜陽芳草，春花秋月，這類陳腐的字眼，才足以裝點門面；看見詩有用白話做的，登時惶恐起來，以為詩可以這般隨便做去，豈不是他們的斗方名士派辱沒了嗎？這種人正合屈原所說的『邑犬群吠兮吠所怪

54　鄭家建：〈論現代中國現代文學研究的再出發〉，《東張西望──中國現代文學論集》（福州市：海峽文藝出版社，2008年），頁5。

也』。我們何必領教他們的言論呢。」[55]這種居高臨下的語調，目的在於徹底否定反對者的反對話語的有效性。後來他更把反對「新詩」的人分為三類：「反對詩的改造」、「反對中國詩的改造」、「反對我們改造中國詩」。

其中第三類反對者最具挑釁性，按照俞平伯的描述，他們這樣攻擊新詩作者：「詩是可以用白話做的，詩是極該用白話做的，詩不但要有新的介殼，並且要有新精神的；但是你們這班人都沒有詩人的天才，要來冒冒昧昧改造中國詩是決不行的，好比一個極好的題目，給『冬烘先生』糟蹋了，你看《新青年》、《新潮》登載的白話詩，不中不西，像個什麼呢？」[56]原本是反對派對「新詩」作者的攻擊，在這裡經過作者一種戲謔性的引用，卻反過來折射出了反對派自身的刻薄尖酸的形象。對俞平伯此舉，我們似乎可以借用劉禾的觀點來做出解釋。關於錢玄同化名王敬軒上演的那場著名的「雙簧戲」策略，劉禾論述道：「自我合法化不得不同時消解他者的合法性，這常常需要用自己的措辭來虛構他者的語言，而不是對他者的聲音進行實際的壓抑。」[57]「新詩」的擁護者與反對者之間的激烈攻防戰，其策略與效果，正與此異曲同工。

可能受到上述俞平伯文章思路的影響，胡適也曾把「新詩」的反對者分為三類：「毫無意識的」、「雖有一部分的意識，而觀察欠精密，涉於誤會的」、「有意識而持反對之論調的」。對於第一類反對者，胡適也作了一種「臉譜化」的處理：「我們對於（一）種，可以毫不理會，因為既有喚不醒的糊塗腦筋，只好讓他永遠張嘴胡說。」[58]儘管

---

55 俞平伯：〈白話詩的三大條件〉，《新青年》第6卷第3號「通信」欄，1919年3月15日。

56 俞平伯：〈社會上對於新詩的各種心理觀〉，《新潮》第2卷第1號，1919年10月30日。

57 劉禾著、宋偉傑等譯：《跨語際實踐——文學，民族文化與被譯介的現代性（中國，1900-1937）》（北京市：生活‧讀書‧新知三聯書店，2002年），頁330。

58 胡適：〈白話詩之三大條件〉，參見耿雲志主編：《胡適遺稿及秘藏書信》第11冊

相對而言，胡適的這個態度顯得較為溫和，其出發點卻與俞平伯等人的激烈做法並無二致。

田漢的做法更是別出心裁。他從西方文學裡尋求支援，用當時風頭正盛的法國象徵主義詩歌來比附中國的「新詩」運動。於是，象徵主義詩歌的對立面——「高蹈派」這頂西洋式高帽，也就順理成章地扣在了「新詩」反對派的頭上：「中國現今『新生』時代的詩形，正是合於世界的潮流，文學進化的氣運。中國的『高蹈派』先生尚要主張法蘭西十八世紀當時的陋見，就免不了威乃儂的罵。」[59]這裡借法國大詩人魏爾侖（田漢譯為威乃儂）的鼎鼎大名來回擊反對派，自然聲音響亮，底氣倍增。相形之下，《分類白話詩選》的編者許德鄰對於反對派的態度就顯得比較平和：「有人說，新詩無韻如何算得是『韻文』，我說這個人不但不懂新詩，簡直連古詩也不懂得罷。」[60]不過，「不懂」這一簡略的斷語，卻足以將反對派遠遠地擋在「新詩」話語的門外。

一位「新詩」愛好者曾記述這樣一個頗具戲劇性的場景：當他拿出自己寫的「新體詩」和《新青年》、《新潮》上發表的「新詩」作品之後，反對「新詩」的「友人」表現出一種刻薄的嘲諷態度：「『哼』，響了一聲道，『什麼東西——這樣叫做詩，詩也太多了。一般西洋留學回來的學生，不過懂一點兒蟹行文字罷了，至於我國固有四聲八律的詩文詞賦，難道也配他們來插嘴嘛？他們何苦勉強要做詩人，竟把做西洋詩句的法兒來學做，弄得話不像話，文不像文的東西，還要說是新體詩，真是「自欺欺人」，像「蛙鳴雀噪」一樣，實

（合肥市：黃山書社，1994年），頁422-424。胡適的這篇文章似乎沒寫完，也沒有正式發表。

59 田漢：〈平民詩人惠特曼的百年祭〉，《少年中國》第1卷第1期，1919年7月15日。

60 許德鄰：〈分類白話詩選序〉，許德鄰編：《分類白話詩選》，上海市：崇文書局，1920年。此處據北京市：人民文學出版社，1988年重印本。

在可「痛哭流涕」呢』。」⁶¹這種描述可能多少含有戲劇化的成分，卻也基本刻畫了當時反對者的典型形象。

　　這種臉譜化的做法，有時幾乎演變成一種人身攻擊式的過激之辭。一位作者在談及當時的新詩與舊詩之間的爭鬥時，如此描述頑固的反對派：

> 一般前清的遺老長歎一聲，說道：「好了！風雅掃地了！」說完，捻捻鬍子，搖搖頭，打起平平仄仄調子，做幾首貴族式的詩，除自己以外懂得的，只有數一數二的幾個人，讀他的更是沒有。何必呀！糟紙糟墨，費盡老朽力氣，太不經濟呀！他們眼睛瞎了，耳朵聾了，好調子聽不進，好文章看不進，因此新思潮也打不進，舊頭腦也洗不清。等死了，沒有希望了！⁶²

待「新詩」稍稍站穩腳跟之後，「新詩」作者對於反對派和懷疑者的「臉譜化」處理，又帶上了一層勝利者「教訓」對手的色彩。比如，聞一多將「新詩」的反對者統稱為「落伍的詩家」，並這樣奉勸他們：「你們要鬧玩兒，便罷，若要真做詩，只有新詩這條道走，趕快醒來，急起直追，還不算晚呢。若是定要執迷不悟，你們就刊起《國故》來也可，立起『南社』來也可，就是做起試貼來也無不可，只千萬要做得搜藏一點，顧顧大家底面子。有人在那邊鼓著嘴笑我們腐敗呢！」⁶³此論極盡嘲諷挖苦之能事，目的在於勾畫出反對派的寒磣形象。

61　天放：〈新體詩與傅君孟真商榷書〉，《新中國》第1卷第1號，1919年5月。

62　路煐：〈學詩我見〉，《時事新報·學燈》1920年11月14日。

63　聞一多：〈敬告落伍的詩家〉，原載《清華周刊》第211期，1921年3月11日。此處據武漢大學聞一多研究室編：《聞一多論新詩》（武漢市：武漢大學出版社，1985年），頁2。

　　後來隨著「新詩」絕對優勢地位的逐步喪失，反對者的聲浪再度高漲起來。在這種嚴峻形勢下，「新詩」的擁護者更有必要採用臉譜化的方式來應付反對者，只是發言的底氣遠不如從前那樣充足。我們在下面這段話中看到這點：「新詩──所謂白話詩已遭了厄運，不論懂得的人，兩隻眼睛紅紅的，張牙舞爪的就隨便去謾罵，自以為沒有反應便是獲得勝利。」[64]此前臉譜化策略所具有的消解壓力的能力，在這裡顯然已大為削弱。

　　布迪厄關於新舊兩代作家之間的鬥爭的論述，完全可以借用來解釋「新詩」擁護者和反對者之間的緊張關係：

> 說場的歷史就是為推行合法化認識和評價地壟斷地位而進行鬥爭的歷史還是不夠的；是鬥爭本身構成了場的歷史；鬥爭才使得場有了時間性。作家、作品或流派的老化人恰恰是機械地回到過去的結果：它是在劃時代的和為永久存在而鬥爭的人與不把致力於使時間停止、讓當前永駐的人打發到過去，就無法讓他們自己擁有劃時代意義的人之間引起的鬥爭；它是與連續性、一致性、再生產有牽連的統治者和對非連續性、斷裂、差別、革命有興趣的被統治者和新來者之間的鬥爭。劃時代是與超越既定位置，促使一個既定位置前面處於先鋒地位的新位置得以存在密切相關的，而且透過引入差別開創時代。[65]

三　反對「新詩」的意見

　　在「新詩」擁躉者將反對者的形象「臉譜化」的同時，反對派自

---

64 于賡虞：〈新詩諍言〉，《京報・文學週刊》第32期，1925年8月22日。

65 皮埃爾・布迪厄著、劉暉譯：《藝術的法則──文學場的生成和結構》（北京市：中央編譯出版社，2001年），頁193。

然也不甘示弱，紛紛對「新詩」及其作者發起各種形式的攻擊。胡適留美同學朱經農、任鴻雋，早在胡適在美國談論白話詩時，就持反對意見。後來胡適回國，和陳獨秀諸人發起文學革命。雖遠隔重洋，朱、任兩人透過閱讀由胡適從國內寄來的《新青年》，仍不忘對白話詩提出自己的批評意見。這些批評已不再像最初那樣，在諸如「白話能否入詩」之類的問題上爭持不下，而是在承認白話詩的前提下（當然，這裡所謂的「承認」，被設置了相當苛刻的限制條件），提出不同的看法，基本上屬於俞平伯所說的第三類反對者（反對我們改造中國詩）。

　　譬如，在讀了《新青年》第四卷第四號之後，朱經農和任鴻雋先後致信胡適，發表他們各自關於「白話詩」的看法。朱經農說，「足下的白話詩是狠好的，念起來有音，有韻，也有神味，也有新意思。我決不敢妄加反對。不過《新青年》中所登他人的『白話詩』，就有些看不下去了。」所謂「看不下去」的原因，在朱看來，主要問題出在形式問題上，具體地說，就是白話詩缺乏「規律」，因此他提出自己的主張：「要想『白話詩』發達，規律是不可不有的。此不特漢文為然，西文何嘗不是一樣。如果詩無規律，不如把詩廢了，專做『白話文』的為是。」[66]

　　這裡所謂的「規律」，顯然意指詩歌形式上的某種規定性。雖然此論所持的古典詩歌的價值取向，卻也正中早期新詩的「死穴」。明眼人一看即知，這裡表面上只批評「他人的『白話詩』」，其實並沒有放過胡適本人。因此，胡適的回信也絲毫不含糊。他一面指出朱經農關於白話詩的觀點「未免有點偏見」，勸老朋友「多讀別人的白話詩，自然也會看出他們的好處」，一面又舉出沈尹默的詩〈月夜〉為

---

66 朱經農：〈致胡適〉（1918年6月5日），見《新青年》第5卷第2號「通信」欄，1918年8月15日。

例，不無誇張地稱之為「幾百年來那有這種好詩」；繼而以「我們做白話詩的大宗旨，在於提倡『詩體的釋放』」為由，堅決地拒絕了老朋友關於「白話詩應該立幾條規則」的建議。[67]

　　而任鴻雋將「白話詩」「看不下去」的原因，歸結為「詩體問題」。他首先質疑白話詩作者普遍以「自然」作為美學依據的做法：「今人倡新體的，動以『自然』二字為護身符。殊不知『自然』也要有點研究，不然，我以為自然的，人家不以為自然，又將奈何？」甚至奉勸白話詩作者用「舊體舊調」寫詩，以便「把全副精神用在詩意一方面」。[68]對於前一個問題，胡適的回應是，「說我們的『自然』是沒有研究的自然，那是蔽於成見，不細心體會的話。我的朋友沈尹默先生做一首〈三弦〉做了兩個月，才得做成，我們豈可說他沒有研究？」似乎有詭辯之嫌；而任氏所謂「舊體舊調」的說法，被胡適逕直斥為「一個根本的誤會」。[69]

　　在這裡，我們看到，由於當時的語境已經發生很大的變化，胡適為「白話詩」所作的辯護，已不再像當初在美國時那樣孤軍奮戰，談論場合也不再主要限於一些私人性的場合（如日記、通信等）。此時不僅〈文學改良芻議〉、〈文學革命論〉、〈建設的文學革命論〉等重要文章已經公開發表，為新文學營造了輿論空間；「白話詩」也逐漸在《新青年》上站穩腳跟，作者隊伍和讀者群也都在擴大之中。把兩位朋友兼論敵的來信和自己的回信，公開發表於《新青年》，這一行為本身就顯示出了胡適的勝利者姿態。在兩封回信裡，胡適都舉出「白話詩」寫作的同道者沈尹默的詩作為例證，其意圖，無疑是要向昔日同學表

67　胡適：〈答朱經農〉（1918年7月14日），見《新青年》第5卷第2號「通信」欄，1918年8月15日。

68　任鴻雋：〈致胡適〉（1918年6月8日），見《新青年》第5卷第2號「通信」欄，1918年8月15日。

69　胡適：〈答任叔永〉（1918年7月26日），見《新青年》第5卷第2號「通信」欄，1918年8月15日。

明這樣的印象：自己的寫作不乏同道中人，白話詩的勢力正日益強大。

　　朱、任的批評還算溫和，胡適的另一位留美同學梅光迪就不那麼留情面了。據後來吳宓的描述，正當胡適在國內和陳獨秀等人如火如荼地開展「文學革命」之時，尚在美國的梅光迪也按捺不住，「正在『招兵買馬』，到處搜求人才，聯合同志，擬回國對胡適作一全盤之大戰。」[70]這場「大戰」醞釀良久，最終在一九二二年創刊伊始的《學衡》雜誌[71]上全面爆發。

　　梅光迪尖銳地指責道：「提倡『新文化』者……工於自飾，巧於語言奔走」，聲稱要「揭其假面，窮其真相，縷舉而條析之」，並以「詭辯家」、「模仿家」、「功名之士」、「政客」四頂高帽相送。作為一個反對者，梅光迪自然不會忘記攻擊「白話詩」。在「模仿家」的名目下，他寫道：「所謂白話詩者，純拾自由詩 Vers libre 及美國近年來形象主義 Imagism 之餘唾。而自由詩與形象主義，亦墮落派之兩支。乃倡之者數典忘祖，自矜創造，亦太欺國人矣。」[72]儘管內容大同小異，其言語之激烈程度和否定姿態，卻遠甚於此前談論同一話題的致胡適信函[73]。況且此論乃公開發表，其效果自然也是後者所無法相比的。

70　吳宓還寫道：「梅君慷慨流涕，極言我中國文化之可寶貴，歷代聖賢、儒者思想之高深，中國舊禮俗、舊制度之優點，今彼胡適等所言所行之可痛恨。」參見吳宓著、吳學昭整理：《吳宓自編年譜》（北京市：生活・讀書・新知三聯書店，1995年），頁177。

71　按吳宓的說法，《學衡》雜誌的發起人是梅光迪，而發起之最初動力，「半因胡先驌此冊〈評《嘗試集》〉撰成後，歷投南北各日報及各文學雜誌，無一願為刊登，或無一敢為刊登者。」遂起意創辦一份同人雜誌。《學衡》對以胡適等人為代表的「新文學」之敵意，由此可以想見。參見吳宓著、吳學昭整理：《吳宓自編年譜》（北京市：生活・讀書・新知三聯書店，1995年），頁227-229。

72　梅光迪：〈評提倡新文化者〉，《學衡》第1期，1922年1月。

73　早在一九一六年八月八日，梅光迪在寫給胡適的信裡說：「今之 Vers libre 有『康布里基』女詩人 Amy Lowell 為之雄，其源肇於法，亦 Decadents 之一種，一般淺識之報章多錄其詩，為之揄揚，然其詩實非詩也。」語氣顯然平和得多。參見羅崗等編：《梅光迪文錄》（瀋陽市：遼寧教育出版社，2001年），頁169。

　　作為梅光迪的同道之一，吳宓否定「新詩」的觀點，基本上是對前者相關表述的進一步發揮：「又如中國之新體白話詩，實暗效美國之 Free Verse。而美國此種詩體，則係學法國三四十年前之 Symbolists。今美國雖有作此種新體詩者，然實係少數少年，無學無名，自鳴得意。所有學者通人，固不認此為詩也。學校之中，所讀者仍不外 Homer, Virgil, Milton, Tennyson，等等。報章中所登載之詩，皆有韻律，一切悉遵定規。豈若吾國之盛行白話詩，而欲舉前人之詩，悉焚毀廢棄而不讀哉！」[74]吳宓顯然試圖從「新詩」的西方來源入手，通過誇張地描述自由詩在美國所處的末流地位，來間接地否定國內「新詩」的合法性。

　　而胡先驌的長文〈評嘗試集〉[75]，直接鎖定胡適的《嘗試集》，以之作為一個標靶。按照朱自清的說法，這是一種「系統地攻擊」[76]，其火力可謂猛烈而又集中。該文洋洋二萬餘言，援引大量中西材料，展開激烈的批評。文章開頭將計就計，大刀闊斧，把一部《嘗試集》，刪得只剩下「胡君自序中所承認為真正之白話新詩者」十一首。即使這勉強「過關」的十一首詩，在胡先驌看來，「無論以古今中外何種之眼光觀之，其形式精神，皆無可取。」由此可以看出其言辭之苛刻尖利。胡先驌還將胡適等詩人和當時美國的馬斯特和桑德堡等新詩人相提並論，認為他們寫的都是「劣詩」：「一方面則本浪漫主義破除一切限制之精神，不問事物之美惡，盡以入詩。在歐美則有 Edgar Lee Masters 所著之《Spoon River Anthology》與 Carl Sandberg 所著之《Chicago》等劣詩，在中國則有胡君之〈威權〉、〈你莫忘記〉，沈尹默〈鴿子〉，陳獨秀〈相隔一層紙〉[77]等劣詩。要之，趨於

---

74 吳宓：〈論新文化運動〉，《學衡》第4期，1922年4月。

75 胡先驌：〈評嘗試集〉，《學衡》第1、2期，1922年1月、2月。

76 佩弦：〈新詩〉上，《一般》第2卷第2號，1927年2月5日。

77 此處有誤。〈相隔一層紙〉應為劉半農所作。

極端之弊耳。」這樣的批判，有一種必斬草除根而後快的作派，卻也從某個側面提示了「新詩」的某種淵源。而具體到形式問題，胡先驌搬用古今中外各種材料，先後為古詩的「對仗句法」、「音節」、「叶韻」等形式要素做出辯護。其中，針對胡適的「改良詩體」的主張，胡先驌在極力指責胡適「不知詩歌之原理」之餘，也表現出對於古典詩歌形式的極大信任：

> 總而論之，中國詩以五言古詩為高格詩最佳之體裁，而七言古五七言律絕為其輔。如是則中國詩之體裁既已繁殊。無論何種題目何種情況，皆有合宜之體裁，以為發表思想之工具，不至如法國詩之為亞力山大體所限。尤無庸創造一種無紀律之新體詩以代之也。

「學衡派」反對「新詩」的聲音，也得到其他一些作者的應和。其中一位作者的做法可謂別出心裁。他將杜甫的名句「露從今夜白，月是故鄉明」，「加上幾個字來做白話詩」，即改為「露水從今夜裡白起來了，月色是覺得故鄉的格外明亮」。接著，他對這種「改寫」的效果作了如下評估：「與原意未嘗絲毫有異，可是讀了只覺著好笑，沒有一點可以感動之處。明白這點，便應當覺悟無韻調的不能算詩，就是現在新體白話詩根本不能成立。」[78] 其全盤否定的價值取向，與其他反對者並無二致。不過從方法上看，似乎比那種直接的理論演繹更具說服力。

在今天看來，胡先驌等人極力維護「舊詩」，全盤否定新詩的做法，由於忽略了「新詩」作為一種新的詩歌話語方式的巨大潛力，因此，不過是一種徒具姿態的無力掙扎。然而，正如孫紹振先生所中肯

---

78 汪東：〈新文學商榷〉，《華國月刊》第1卷第2期，1923年10月15日。

指出的，「胡先驌在反對五四新詩的立場，在大方向上肯定是錯誤的，但是，他的錯誤，不是一般粗淺的謬誤，而是一種深刻的錯誤，有時，深刻的錯誤比之膚淺的正確有價值得多。正是因為這樣，他在模仿、脫胎與創造這一點上，比之胡適更經得住歷史的考驗。」[79]從某種意義上說，胡先驌對早期新詩在藝術上的先天不足，至少作了一個側面的提示。這種反對的聲音儘管對「新詩」構成一種「反動」，卻也是現代漢詩成長的生態系統中一個不可或缺的部分。只不過在主流話語的壓抑之下，這種聲音一直得不到足夠的重視。[80]

　　胡懷琛對「新詩」的批評方式堪稱「另類」。我們可以在他的〈嘗試集批評〉一文中看到這個特點。在正式展開批評之前，他先煞有介事地聲明：「我所討論的，是詩的好不好的問題，並不是文言和白話的問題，也不是新體和舊體的問題。」似乎他的論述已超越了文言／白話、新／舊之爭。接著他動手修改起〈黃克強先生哀辭〉和〈蝴蝶〉等幾首詩，並頭頭是道地申述其修改理由[81]。最後，胡懷琛對《嘗試集》做出這樣一個總體評價：「胡先生《嘗試集》的第一編，大多數是完全好的，第二編便不對了，據他自序說，是聽了錢玄同先生的話，叫他如此做的。新詩能成立，便是靠著第一編裡的幾首詩；

79 孫紹振：〈論新詩第一個十年的流派嬗變〉，《文藝理論研究》2002年第3期。

80 筆者在談論《學衡》派對「新詩」的攻擊時，避免使用「保守派」之類的概念，而代之以「反對派」。因為正如一位學者警告的，把《學衡》派界定為保守派，「人們會輕而易舉地落入他們的對手，即提倡新文化者的修辭陷阱當中」。參見劉禾著、宋偉傑等譯：《跨語際實踐──文學，民族文化與被譯介的現代性（中國，1900-1937）》（北京市：生活·讀書·新知三聯書店，2002年），頁356。

81 其中，第一首詩第一行「當年曾見先生之家書」，被改為「當年見君之家書」，理由是「因為下面兩句，都是七個字，這句七字九字，毫無區別，落得用七個字，使他更整齊⋯⋯」第二首第七行「也無心上天」被改成「無心再上天」，理由為「讀起來方覺得音節和諧。」參見胡懷琛：〈嘗試集批評〉，胡懷琛編：《嘗試集批評與討論》，上海市：泰東書局，1922年。

新詩不能成立，也是壞在第二編裡的幾首詩。」[82]這個評價，可以說與胡適本人的判斷完全相反。在胡適看來，《嘗試集》從第一編到第二編的變化，是「從那些狠接近舊詩的詩變到狠自由的新詩」，這個變化甚至代表著他「新詩」創作的「進化的最高一步」[83]。發生在兩胡之間的齟齬表明，「新詩」合法性的主要紛爭點，最終仍然要歸結到新／舊之間的對立上。因此，胡懷琛的所謂「超越」，不過是一種障眼法而已。他反對「新詩」的立場，與其他反對派並無實質的區別。

　　除上文提及的正式反對意見之外，反對「新詩」的聲音也一直存在於一般讀者中。早在一九一九年，就有讀者對「新詩」的合法性流露出懷疑的態度：「至於新文學家做的『新體詩』，近來懷疑的人很多。本志第一號『叢錄』裡所載的天放君〈新體詩與傅君孟真商榷書〉一篇，懷疑新體詩的地方，很有見地，可以代表許多人的心理。我看了《新青年》、《新潮》上的新體詩，也覺著『對於新體詩信仰，非常淡薄』。雖然有幾首『傳神阿堵』的。然而大多數不能引起閱者濃厚的感想，並且有些簡直的叫人看了『莫名其妙』。胡適之君提倡新體詩的時候，拿『嘗試』兩個字來說，可見他也還沒有十分自信的意思。我很希望一般新文學家對於這個問題，再研究研究，不可以先抱定一個『天經地義』的成見才好。」[84]這種懷疑，不像一些立場堅定的反對派那樣旨在全盤顛覆「新詩」的存在價值，而是帶有某種商榷性質。因此，對於「新詩」的合法性而言，這無疑是一種有益的意見。

---

82 胡懷琛：〈嘗試集批評〉，胡懷琛編：《嘗試集批評與討論》，上海市：泰東書局，1922年。

83 參見胡適：〈《嘗試集》再版自序〉，胡適選編：《中國新文學大系・建設理論集》（上海市：上海文藝出版社，2003年影印本），頁315-322。

84 徐一士：〈說文學〉，《新中國》第1卷第3號，1919年6月15日。

第二章
想像「正統」
──合法性的正面爭取

　　「新詩」如果要真正獲得一個「正統」的位置，有效地僭越「舊詩」既有的權威地位而取得一種主導話語權，不僅需要對「舊詩」進行全面的攻擊和否定，還必須從正面的角度，對構成「正統」位置的各個支撐點，展開有力的合法化論證。首先，在「新詩」這一關鍵詞的形成、「新詩」觀念的邏輯演繹，以及「新詩人」身分的確認等方面，「新詩」的擁護者們做出了各自的努力；其次，在形象塑造方面，「新詩」的一種高大形象得到詳盡的描述和必要的強調，與此同時，在以「新詩」為本位的古詩今譯活動中，以及在「新詩」作為一種寫作的傳授與學習過程中，這一形象也都得到了某種間接的塑造。

第一節　命名的意義

　　「新詩」的命名是一個饒有意味的話題。它既接受了晚清維新派詩人「詩界革命」的啟示，也從西方文學資源中汲取了話語活力。「新詩」的命名暗含了這樣的一個二元對立的邏輯預設：「新詩」是「進步」的、充滿希望的，擁有美好的未來；而「舊詩」是腐朽的，死氣沉沉的，應該退出歷史舞臺。從這個意義上，在「新詩」的命名過程中，「舊詩」也得到一種命名。在命名行為獲取一定話語空間之後，是更為展開的關於「新詩」觀念的演繹。對「新」的價值的刻意強調，是這種演繹的核心內容。而早期新詩作品的最重要功能，基本

上是充當「新詩」觀念的承載者。此外,「新詩人」身分的確認,也從另一個側面構成「新詩」觀念演繹的重要內容。

一　從「白話詩」到「新詩」

勿庸置疑,「白話詩」和「新詩」,是談論早期新詩問題的兩個「關鍵詞」(keywords)。所謂「關鍵詞」,按照雷蒙‧威廉斯(Raymond Williams, 1921-1988)的解釋,應體現以下兩個相互聯繫的內涵:「一方面,在某些情境及詮釋裡,它們是重要且相關的詞。另一方面,在某些思想領域,它們是意味深長且具指示性的詞。」[1]就「白話詩」、「新詩」而言,兩者同為偏正式結構的名詞,早出的「白話詩」的限定語是「白話」,後起的「新詩」的限定語則為「新」。前者將區別性特徵「鎖定」在語言工具上,而後者,則側重於突出一種具有濃厚進化論色彩的當下性訴求(其與上一級概念「新文學」的匹配關係也說明了這點)。因此,「白話詩」作為一個概念,不能鮮明地反映出一種亟需凸現的與古典詩歌之間的「斷裂」關係。於是,「新詩」取而代之。俞平伯曾這樣定位「新詩」的革命意義:「從詩的史而觀,所謂變遷,所謂革命,絕不僅是——也不必定是推倒從前的壇坫,打破從前的桎梏;最主要的是建豎新的旗幟,開闢新的疆土,超乎前人而與之代興。」[2]而「新詩」的命名,正是為了亮出一面鮮明的旗幟。

考察發生於這兩個關鍵詞之間的微妙轉變,是論述早期新詩觀念的合法化過程的重要內容之一。事實上,對一種新文類的命名,首先意味著建立一種新的美學規則的開始,正如韋勒克和沃倫所言,「文

1　雷蒙‧威廉斯著、劉建基譯:《關鍵詞——文化與社會的詞匯》(北京市:生活‧讀書‧新知三聯書店,2005年),頁7。

2　俞平伯:〈讀〈毀滅〉〉,《小說月報》第14卷第8號,1923年8月10日。

學的種類問題不僅是一個名稱的問題，因為一部文學作品的種類特徵是由它所參加其內的美學傳統所決定的。文學的各種類別『可被視為慣例性的規則，這些規則強制著作家去遵守它，反過來又為作家所限制』。」[3]「新詩」的「立名」，同樣既有文類意義本身的考量，也附著了各種文類之外的外部因素（如新文化運動中普遍存在的「求新」情結等）。作為「新詩」的「開路人」，胡適在這方面的表現顯得最為突出，也最值得關注。

在寫作〈談新詩〉之前，「白話詩」一直是胡適使用的概念。且不說留美期間與梅光迪、任鴻雋等學友們的論爭場合（主要體現在書信、日記裡），即使在〈談新詩〉之前僅兩個月寫作的〈嘗試集自序〉一文中，通篇使用的都是「白話詩」這一概念[4]。在此期間，有一位作者對「白話詩」和「新體詩」這兩個概念的暫時性和權宜性作了如下辨析：「白話和詩，兩名詞聯用，似乎不妥當。譬如桌和椅，難道有說桌的椅，和椅的桌嗎？新體二字，乃對舊體而講，為『暫時的志別』，非『永久的定名』。唯有像那七律五絕之類這樣區別，另設一個名稱，倒是可以的，並是必要的。」[5]

從「白話詩」到「新詩」，這兩個概念之間的轉變，如果放入「新詩」發展的整體歷程之中，似乎名正言順，自然而然；而倘若將它置於「新詩」發生的最初幾年這一「短時段」，這種變化就不免顯得有些突然了。在第一次正式而頻繁地使用「新詩」概念的〈談新詩〉中，胡適對此也沒有做出明確的說明，只是使用了「國語的韻文」這一含糊的短語，作為一種聊勝於無的過渡：

---

3 韋勒克、沃倫著，劉象愚等譯：《文學理論》（北京市：生活‧讀書‧新知三聯書店，1984年），頁256。

4 這篇自序曾以〈我為什麼要做白話詩〉為正題，先後發表於《解放與改造》第1卷第1號（1919年9月1日）、《北京大學日刊》（1919年9月16日）和《新青年》第6卷第5號（1919年10月1日）。

5 天放：〈新體詩與傅君孟真商榷書〉，《新中國》第1卷第1號，1919年5月。

> 文學革命的目的是要替中國創造一種「國語的文學」——活的文學，這兩年來的成績，國語的散文是已過了辯論的時期，到了多數人實行的時期了。只有國語的韻文——所謂「新詩」——還脫不了許多人的懷疑。但是現在做新詩的人也就不少了。報紙上所載的，自北京到廣州，自上海到成都，多有新詩出現。[6]

在這裡，所謂「國語的韻文」，不過是為呼應前面「國語的文學」和「國語的散文」而生造出來的；而第一個「新詩」被加上了引號，顯得有點猶豫，似乎暗示了這個概念的某種來源或「出處」，卻又語焉不詳；到了第二個和第三個「新詩」，作者使用起來卻又很快變得輕車熟路了。不過，在這篇文章裡，「新詩」概念並沒有「一統天下」，有好幾處出現了「新體詩」（與「舊體詩」相對）的提法，而「白話詩」也還偶爾露臉。

一九二〇年八月，寫作〈《嘗試集》再版自序〉[7]時的胡適，已經開始有意識地區別使用「白話詩」和「新詩」這兩個概念。他這樣形容《嘗試集》兩部分詩作所體現的「變化」軌跡：「我做白話詩，比較的可算最早，但是我的詩變化最遲緩。從第一編的〈嘗試篇〉、〈贈朱經農〉、〈中秋〉……等詩變到第二編的〈威權〉、〈應該〉、〈關不住了〉、〈樂觀〉、〈上山〉，等詩；從那些很接近舊詩的詩變到狠自由的新詩……」並聲稱一九一八年年底以後，「我的詩方才漸漸做到『新詩』的地位。〈關不住了〉一首是我的『新詩』成立的紀元。……」而〈威權〉、〈樂觀〉、〈上山〉等詩被胡適看作「我自己的『新詩』進化的最高一步」。儘管如此，胡適仍然沒有完全廓清這兩個概念，後來乾脆將它們糅合在一起，變成另一個概念——「白話新詩」：「我自

6　胡適：〈談新詩〉，《星期評論》紀念號，1919年10月10日。

7　胡適：〈《嘗試集》再版自序〉，胡適選編：《中國新文學大系‧建設理論集》（上海市：上海文藝出版社，2003年影印本），頁315-322。

己只承認……這十四篇是『白話新詩』。其餘的……不是真正白話的新詩。」直到一九二二年，胡適才較為清晰地揭示了「白話詩」和「新詩」兩個概念之間的差異所在：「民國六、七、八年的『新詩』，大部分只是一些古樂府式的白話詩，一些《擊壤集》式的白話詩，一些詞式和曲式的白話詩，──都不能算是真正新詩。」[8]值得注意的是，此時，其他一些作者已經相當熟練地運用「新詩」概念了。

相似的文類概念的演變線索，也呈現在俞平伯的早期詩論文章中。俞氏第一篇詩論就題為〈白話詩的三大條件〉[9]。除開頭出現了一次「新體詩」之外，文中使用的主要是「白話詩」概念。其稍後發表的〈社會上對於新詩的各種心理觀〉[10]，逕直以「新詩」標題，並在與「古詩」的對比中，對「新詩」的特質和品格作了如下描述：「新詩和古詩的不同，不僅在音節結構上，他倆的精神，顯然大有差別。我們做詩的人，也決不能就形式上的革新以為滿足；我們必定要求精神和形式兩面的革新。……中國古詩大都是純粹藝術的作品，新詩的大革命，就在含有濃厚人生的色彩上。」但是，在反駁那種認為寫作「新詩」的語言是白話因而容易寫的觀點時，可能為了論述上的便利起見，作者又重新起用了「白話詩」這一名稱。這種概念運用所表現出的不穩定性，基本和胡適的文章相一致。這個現象，也表明在關於早期新詩的理論主張中，對作為一個文類概念的「新詩」的認識，還顯得相當模糊。

不過，俞平伯對於「新詩」概念的使用也有不同於胡適之處。他後來發表的〈做詩的一點經驗〉（1920）、〈詩底自由與普遍〉（1921）、〈詩底進化的還原論〉（1922）、〈詩底方便〉（1924）等詩論，雖然所談論的都是「新詩」問題，卻不肯再輕易地使用「新詩」或「白話

8　胡適：〈蕙的風〉，《努力周報》第21期，1922年9月24日。
9　俞平伯：〈白話詩的三大條件〉，《新青年》第6卷第3號「通信」欄，1919年3月15日。
10　俞平伯：〈社會上對於新詩的各種心理觀〉，《新潮》第2卷第1號，1919年10月30日。

詩」等概念，而是往往直接使用一個更大也更曖昧的概念——「詩」。
這種轉變，從大的一方面說，多少表明了經過幾年時間的「正名」努
力，「新詩」之立名已初步取得合法性，不妨直呼為「詩」；另一方
面，它也預示了俞平伯對「白話詩」和「新詩」兩個既有名稱的某種
不滿，正如他在一篇文章裡所說，「白話詩別於文言詩而言，新詩別
於舊詩而言，但這些名稱都不甚妥當。『白話』之立名並不足定兩者
中間底主要差別，新舊之稱又苦混淆。舊瓶裝了新酒是新不是？新瓶
裝了老酒是舊不是？這些事情是常有的，並非任意的設想。新瓶恰好
裝的是新酒，舊瓶恰好裝的是老酒，那種『較若畫一』的配合，恐怕
沒有這般稱心罷。我現在要略說的，就是瓶與酒底錯綜。」[11]此處自
然隱含著作者詩歌觀念的轉變，即不再僅僅以「白話」或「新」作為
衡量「新詩」價值的標尺，轉而著眼於對詩歌藝術的整體性的把握。
俞平伯對「白話詩」、「新詩」兩個名稱的反思，儘管由於時代所限，
沒有得到一種更為充分的論述，卻已經顯露出某種超前意識。[12]

　　一個不爭的事實是，自〈談新詩〉發表之後，「白話詩」的提法
逐漸退隱，在有關話語中，「新詩」一詞迅速地占據了「主語」的位
置。譬如，康白情的〈新詩底我見〉[13]，將「新詩」與「舊詩」兩個
概念對舉，讓前者在氣勢上明顯壓倒後者：「新詩所以別於舊詩而
言。舊詩大體遵格律，拘音韻，講雕琢，尚典雅。新詩反之，自由成
章而沒有一定的格律，切自然的音節而不必拘音韻，貴質樸而不講雕
琢，以白話入行而尚典雅。新詩破除一切桎梏人性底陳套，只求其無
悖詩底精神罷了。」此外，作者還分別從形式、內容兩方面對「新詩

11　俞平伯：〈瓶與酒〉，O. M. 編：《我們的七月》（上海市：亞東圖書館，1924年），頁
　　177-178。

12　直到最近，王光明先生提出以「現代漢詩」代替「新詩」，才從理論上真正完成對
　　「新詩」及其鄰近概念的清理。參見王光明：〈導言〉，《現代漢詩的百年演變》，石
　　家莊市：河北人民出版社，2003年。

13　康白情：〈新詩底我見〉，《少年中國》第1卷第9期，1920年3月15日。

底要素」做出較為全面的界定。雖然康白情繼承了胡適關於新詩的一些主要論點，如文學進化論、主張「自然的音節」、「形式的解放」等，但他對「新詩」概念的運用，無疑比他的老師更為堅定。

值得一提的是一九二〇年出版的《新詩集》（第一編）[14]一書。該書編者——「新詩社編輯部」以出版詩歌選本的方式，熱烈地響應胡適對於「新詩」的提倡。除書名直呼「新詩集」外，編者所作序言〈吾們為什麼要印《新詩集》〉，也通篇使用「新詩」，而不用「白話詩」。從該書在所收作品之後附錄有胡適〈談新詩〉等文章的做法，可以推知其「新詩」的提法可能沿襲自胡適。在胡適本人的態度尚且猶疑不決的情況下，該書毅然打出「新詩」的「名號」，既有力地支持了胡適的命名，又為後來者的談論提供了某種依據。與之相比，稍後出版的《分類白話詩選》[15]的編者許德鄰就顯得有些保守。他以「白話詩」這一較為「穩妥」的名詞作為該詩歌選本的正題，而另一書名「新詩五百首」，只能以副題的身分，羞答答地出現在該書封面的邊緣位置。編者在該書自序和以「白話詩研究」為總題所收入的胡適、宗白華等人詩論前的按語中，主要使用「白話詩」的提法，同時也混雜地運用了「新詩」概念[16]。

在更後起的詩人中，對於「新詩」概念的使用也存在著兩種傾向。一方面，在聞一多、朱自清等人的詩論文字中，「新詩」就已經

---

14 新詩社編輯部編：《新詩集》第1編，上海市：新詩社出版部，1920年。

15 許德鄰編：《分類白話詩選》，上海市：崇文書局，1920年初版；北京市：人民文學出版社，1988年重印。

16 如寫在胡適〈嘗試集自序〉前的「按語」：「白話詩的第一個發起人，就是胡適先生。他有一部詩稿，叫《嘗試集》，就是他這幾年來決心做白話詩的成績。還有一篇序文，是他說明所以做白話詩的理由和經過的情形。我特意的把他載在下面，請諸君細細一看，一則可以理會得做新詩的旨趣，二則可以排泄種種懷疑的障礙物。是於白話詩的進行上，很有關係的。……」（黑體字為筆者所加）參見許德鄰編：《分類白話詩選》，上海市：崇文書局，1920年初版；此處據北京市：人民文學出版社，1988年重印本，頁8。

通行無阻，幾乎成為一個不證自明的概念了。另一方面，陸志韋出於對自由詩「喪失節奏的危險」的警惕，有意規避「新詩」的說法，而更願意稱自己的詩為「白話詩」[17]，這種姿態，實際上也從側面反映了當時「新詩」概念盛行的情況。

如果借用布迪厄（Pierre Bourdieu 1930-2002）的場域（champ）理論，「新詩」的命名，正是為了確立一個「區分標誌」，這個標誌「常常是用來標識與所有作品或生產者相關的最表面化的和最顯而易見的屬性。詞語、流派或團體的名稱、專有名詞之所以會顯得非常重要，那是因為它們構成了事物：這些區分的標誌生產出在一個空間中的存在，在這個空間中存在就是區分，就是『讓自己有個名稱』，一個專有名稱和普通名稱（一個團體的名稱）。」[18]這個命名及其一系列相關運作，讓「新詩」在與「舊詩」的「區分」中獲得最初的合法性空間。

二　「新詩」概念的形成

「新詩」不僅是考察現代漢語詩歌的一個「關鍵詞」，也是二十世紀中國文學一個十分獨特的概念。在這個概念背後，蘊含著豐富複雜的意味。一方面，它顯示了詩歌文類革新的實驗性和先鋒性，另一方面，它又呈現出一種關於自身合法性的強烈焦慮感和對於傳統的斷裂意識。而這種獨特性，顯然是其他文類所不具備的，因此並沒有相應地出現諸如「新小說」、「新散文」之類的提法。

「新詩」這一概念的前身，是「白話詩」。「白話詩」是一個過渡

---

17 在表示對英美「新詩」失望之後，陸志韋說了一番有點情緒化的話：「我的詩不敢說是新詩，只是白話詩。倘使Lowell與Wilde才算是新詩，我還是萬世做奴隸的守舊罷，還是爽爽利利的讀我們的杜甫罷。」參見陸志韋：〈我的詩的軀殼〉，見陸志韋：《渡河》（上海市：亞東圖書館，1923年），頁12-13。

18 皮埃爾·布迪厄著、劉暉譯：《藝術的法則——文學場的生成和結構》（北京市：中央編譯出版社，2001年），頁193。

性、權宜性的名稱，它的使用時間較為短暫，很快就被「新詩」所取代。理清這兩個概念之間的轉變，探究「新詩」概念的來源及其發生的內外部動力，是早期新詩研究的一個重要問題。下面從詞源學的角度，考察「新詩」概念的由來和演變。

在本土方面，早在晚清時期由梁啟超等人發起的「詩界革命」中，就業已出現「新詩」的提法。譬如，對譚嗣同、夏曾佑等人的嵌入大量來自西方的新名詞的詩，梁啟超評價道：「蓋當時所謂新詩者，頗喜摭撢新名詞以自表異。」[19]被梁啟超譽為晚清「詩界革命一鉅子」的丘逢甲，也在《人境廬詩草》的題跋中，雄豪地稱黃遵憲的「新世界詩」為「新詩國」：「四卷以前為舊世界詩，四卷以後乃為新世界詩。茫茫詩海，手闢新洲，此詩世界之哥倫布也。變舊詩國為新詩國，慘淡經營，不酬其志不已，是為詩人中嘉富洱；合眾舊詩國為一大新詩國，縱橫捭闔，卒告成功，是為詩人中俾思麥，為哥倫布，偉矣！足以豪矣！而究非作者所自安。」[20]而黃遵憲本人，則將自己的這部分詩歌作品命名為「新派詩」。這一名詞初見於黃遵憲〈酬曾重伯編修並示蘭史〉一詩：「廢君一月官書力，讀我連篇新派詩。」該詩前有小序說：「重伯序余詩，謂古今以詩名家者，無不變體，而稱余善變，故詩意及之。」從中不難看出黃遵憲等晚清維新派詩人變革中國詩歌的強烈願望。

「新詩」概念的這一本土譜系，構成了胡適「新詩」概念的直接來源。這一點是毫無疑問的。正如一位論者所指出的，「在美國期間，胡適和梅覲庄等人爭論文學革命問題時，所謂在『文學革命』的襁褓時期，最初的『革命』的靈感即來自於『詩界革命』。」[21]不過，

19　梁啟超：〈飲冰室詩話〉，《飲冰室合集》，上海市：中華書局，1932年。
20　轉引自錢仲聯：《人境廬詩草箋注》（上海市：上海古籍出版社，1981年），頁1088。
21　陳建華：《「革命」的現代性——中國革命話語考論》（上海市：上海古籍出版社，2000年），頁241。

對於兩者之間的演變過程的複雜性，我們需要細加辨析、釐清，不能簡單地一筆帶過。

　　胡適曾經高度稱讚黃遵憲的詩能從民間白話文學（主要是廣東梅州地區的客家山歌）中吸收養分，認為「黃遵憲頗想用新思想和新材料——所謂『古人未有之物，未闢之境』——來做當日所謂新詩」，並評價道：「這種『新詩』，用舊風格寫極淺近的新意思，可以代表當日的一個趨向；但平心說，這種詩並不算得好詩。」[22]這裡所說的「新詩」，其涵義當然不同於胡適後來的用法。不過，命名的重合，卻又顯然透露出兩者之間那種難以割裂的歷史關聯，並折射出前後兩代知識分子文化心態上的某種相通之處。事實上，在〈談新詩〉一文中，胡適就隱約地提到了「新詩」與「詩界革命」的關係。[23]而這層關係的主要維繫點，就是所謂「革命」的觀念，正如朱自清所描述的，晚清「詩界革命」「雖然失敗了，但對於民七的新詩運動，在觀念上，不在方法上，卻給予很大的影響。」[24]

　　在本土語境之外，被胡適所重新命名的「新詩」，還包含著一層潛隱的外來語義。這一外來語義來自英文短語「New Poetry」。這就使得「新詩」概念的發生，帶上了一種賽義德（Edward W. Said）所命名的「理論旅行」（Traveling Theory）的意味。當然，某個概念在兩種文化語境之間的「旅行」過程中，不可避免地會發生種種變異。「新詩」概念自然也概莫能外。它既與外來淵源密切相關，又具有某

22　胡適：〈五十年來中國之文學〉，姜義華主編：《胡適學術文集·新文學運動》（北京市：中華書局，1993年），頁121-122。

23　〈談新詩〉第三部分的開頭寫道：「上文我說新體詩是中國詩自然趨勢所必至的，不過加上了一種有意的鼓吹，使他於短時期內猝然實現，故表面上有詩界革命的神氣。這種議論很可以從現有的新體詩裡尋出許多證據。」胡適：〈談新詩〉，《星期評論》紀念號，1919年10月10日。

24　朱自清：〈導言〉，朱自清編選：《中國新文學大系·詩集》（上海市：上海文藝出版社，2003年影印本），頁1。

種本土性。因此,「新詩」是在多方面的因素的作用下合成的一個新概念。

　　早在留學美國期間,胡適就受到了當時正如火如荼的美國「新詩」運動的影響。美國的所謂「新詩」運動,在美國文學史的敘述中也常被稱作「美國詩歌復興」(American Poetry Renaissance),它「是一個使美國詩現代化的運動,也是使美國詩歌民族化的運動」[25]。一九一二年女詩人哈麗特‧蒙羅(Harriet Monroe)在芝加哥創辦《詩刊》(Poetry: a magazine of verse)雜誌之後,以該雜誌為重要據點,以惠特曼為精神領袖,一批新詩人逐漸成長起來,他們反對所謂「高雅派詩人」的作風,試圖擺脫英國詩歌傳統,進而推動一種新的詩歌潮流的勃興。美國詩歌史上著名的意象派詩歌,也是這一潮流的重要組成部分。蒙羅在《詩刊》發刊詞裡就使用了「新詩」(New Poetry)這一提法。她這樣寫道:「這詩刊是專為介紹一般未名的詩人而發行的。他們有新的情緒,新的覺悟,還要用新的技術來表現它們。普通的大刊物捨去不了它們商業上的顧慮和標榜的習慣,當然不會收容他們的;我們這裡卻搖著旗子歡迎他們進來。這是一個新詩的樂園……」[26]此處對「新」的強調,與中國的「新詩」運動可謂遙相呼應,也因此成為胡適「新詩」話語的一個重要依傍。

　　美國「新詩」所主張的打破既有格律、以口語入詩等革新舉措,無疑都大大刺激了懷抱改革中國詩歌野心的中國留學生胡適。只是在彼時的美國,這一詩歌潮流遭到了學院派人士的邊緣化。而胡適的留美同學梅光迪等人,由於深受新人文主義者歐文‧白璧德(Irving

25 趙毅衡:《詩神遠遊──中國如何改變了美國現代詩》(上海市:上海譯文出版社,2003年),頁14。

26 轉引自公超(葉公超):〈美國《詩刊》之呼籲〉,《新月》第4卷第5期,1932年11月1日。

Babbitt）的影響，也對這種詩歌新潮嗤之以鼻[27]。迫於上述種種壓力，儘管胡適在美國就閱讀過《詩刊》雜誌，並曾在一九一六年十二月二十五日的日記裡，剪貼了《紐約時報》書評版刊登的「意象主義六原則」（six principles of Imagism），其中有「new poets」（新詩人）的提法。他在提倡「白話詩」之初，仍然也不敢大張旗鼓地直接以「新詩」自命，而是相當低調地處理這層關係（在剪貼的英文材料之後，胡適只寫了寥寥一句話：「此派主張與我所主張多相似之處」[28]。對此，有研究者曾解釋說：「胡適認為這是巧合而已。用比較文學的術語來說，就是：此非『影響』，而是『平行』。」[29]此論頗為準確地道出了胡適當時的心態。），他謹慎地把自己最初的嘗試之作，稱為「白話詩」、「白話詞」，並將龐德（Ezra Pound）的《幾種戒條》（*A Few Don'ts*）、羅威爾（Amy Lowell）的《意象派宣言》（*Imagist Credo*）和《現代詩的新面貌》（*New Manner in Modern Poetry*），策略性地改造成為文學改良的「八事」[30]。不過，正如香港學者梁秉鈞警告的，對於這種「影響」，不能只是作一種簡單化的橫向比較，而應當對之

---

27 梅光迪多次在信中勸說胡適不要信奉「意象派」、「自由詩」等「新潮流」。如：「若以為Imagist Poetry及各種美術上『新潮流』以其新出必能勝過古人或與之敵，則稍治美術文學者聞之必啞然失笑也」（1916年8月19日），「足下須知『自由詩』之發生，已數年於茲，而並未稍得士大夫賞顏，此好自由之歐美所不習見也。其詩之無價值，可知矣」（1916年8月8日），「自由詩（Free verse）之徒，乃因其不能受舊詩之紀律，怕吃艱苦，乃擇其最易者而行之」（1916年10月5日），分別見羅崗等編：《梅光迪文錄》（瀋陽市：遼寧教育出版社，2001年），頁166、169、173。

28 參見曹伯言整理：《胡適日記全編》2（合肥市：安徽教育出版社，2001年），頁522。

29 黃維樑：〈五四新詩所受的英美影響〉，見黃維樑：《中國文學縱橫論》（臺北市：東大圖書公司，1988年），頁73。

30 對胡適文學革命「八事」主張所受到的美國新詩的啟示和影響，旅美韓國學者方志彤最早作了較為充分的考證。周策縱、夏志清等學者也基本延續了方的看法。參見王潤華：〈從「新潮」的內涵看中國新詩革命的起源〉，見王潤華：《中西文學關係研究》（臺北市：東大圖書公司，1978年），頁234。

作一種更加細緻深入的辨析。[31]

　　如上文所述，即使在〈談新詩〉中，胡適也始終守口如瓶，不曾交代「新詩」這一命名的外部淵源，只是在這個名稱上加了一個引號，就含糊地應付了之。不過，在此之前，胡適曾在一首譯詩前的「引言」裡，曲折地舉出十八世紀以後的蘇格蘭「白話詩」（以彭斯、林賽等人為代表），來比照其時正在萌發之中的中國「白話詩」，並以「新體詩」一詞描述華茲華斯和柯勒律治的《抒情歌謠集》。[32]由於彭斯、華茲華斯、柯勒律治等諸位詩人，已經赫然在英國文學史上占據一席之地，標舉他們為「白話詩」的旗幟，自然要比兀自亮出當時即使在西方都尚未得到廣泛承認的意象派可靠得多。這裡實際上也曲折地反映了胡適發動文學革命之初對於話語策略的運用。

　　在胡適重新定位「新詩」概念之後，很快就有人拿美國的「新詩」來比附它在中國的同名兄弟。其中較早的文章有陳受頤的〈美國新詩述略〉[33]。該文作者認為，在當時的中國，「新詩還在嘗試的時期，新詩能夠成功與否，還要靠著新詩的作者。」而早期新詩作者的努力方向之一，就是積極地向外國文學學習，「美國新詩」無疑就是一種可資借鑒的資源。這也是該文的寫作初衷之一。由此就自然地引出了「美國的新詩」這一話題：「美國的新詩，一種勢力漸大的文學運動，一種可以給我們借鑒的東西。」作者對美國新詩的特點、所受

---

31 梁秉鈞曾對此作過深入的考察。比如，關於胡適「八事」中的第三條，他指出：「『須講求文法』，暴露了胡適實用主義立場，跟意象派的想法更是南轅北轍了。意象派強調物象的直接呈現，把文法的規限減到最低，正因此能欣賞中國舊詩語法的寬鬆不定，既濃縮精煉，又回味無窮。但胡適和其他新文學的先驅，面對舊社會的疲弱文化和動盪社會，卻嚮往一種細緻準確的言語，用以普及教育，建設新文化。」參見梁秉鈞：〈比較文學與翻譯〉，集思編：《香港文叢·梁秉鈞卷》（香港：三聯書店，1989年），頁260-280。

32 參見胡適：《老洛伯》〈引言〉，《新青年》第4卷第4號，1918年4月15日。

33 陳受頤：〈美國新詩述略〉，《南風》第1卷第4號，1920年12月。

到的各種影響作了概略的介紹。文章的最後部分，又回到中國的「新詩」問題上：一方面，鮮明而尖銳地表達了對當時某些偏執的「新詩」作者的不滿：「現下有些人以為必要用『的』字『呢』字，句尾不押韻，一句狠長一句狠短，才算新詩，其餘一概，都不屑看，更不屑做……我的愚見是，大凡研究一種新藝術，必要容納多方意見，不必入主出奴，互相傾軋……新詩之所以為新，最重要的條件，是在思想，感情，想像之新，格式如何，是其次的。」這個見解，在當時激進的話語氛圍中可說是相當清醒的。另一方面，作者由早期新詩創作上不容樂觀的現狀順帶提出譯詩問題，建議多翻譯外國詩。雖然該文的主體基本是一種介紹性文字，但它把美國的詩歌最新潮流當作一個橫向參照坐標，此舉無疑有利於早期新詩的成長和發展，同時也在文學觀念上有力地維護了「新詩」概念的合法性。

　　而在兩年之後，劉延陵的論文〈美國的新詩運動〉，更全面地介紹了美國的新詩潮流，並明確提示了胡適和意象派之間的曖昧關係[34]。另一篇文章則更直接將美國新詩運動和中國的「新詩」相提並論：「以我的眼光看起來，美國近代的『詩學的文藝復興』（The America's Poetic Renaissance）和我們有相同的地方很多，而這一派詩人的詩也極新鮮馥郁，清氣撲鼻，在詩界王國裡可謂別開新土，我們不可以不知道的。」[35]

　　「新詩」命名的另一層外來淵源，是中國的鄰國日本。作為一個東方國家，日本的現代文學同樣是「後發」於歐美的（如19世紀末山田美妙的「詩歌改良」主張，就被認為是「西洋詩歌思想的引進」[36]）。

---

34 作者在介紹意象派的六個信條時，在第四條之後的括號裡，注曰「詳見胡適之先生論新詩」。參見劉延陵：〈美國的新詩運動〉，《詩》第1卷第2號，1922年2月15日。

35 張鏡軒：〈美國的新詩〉，《時事新報‧學燈》1922年3月31日。

36 柄谷行人著、趙京華譯：《日本現代文學的起源》（北京市：生活‧讀書‧新知三聯書店，2003年），頁48。

因此，日本的影響可以看作是對西方影響的一種「轉運」。日本現代文學對於西方的學習，為後起的中國提供了一種重要的參照。

　　早期新詩重要作者康白情很早就隱約地提及這層關係：「辛亥革命後，中國人底思想上去了一層束縛，染上了一點自由，覺得一時代底工具只敷一時代底應用，舊詩要破產了。同時日本、英格蘭、美利加底『自由詩』輸入中國，而中國底留學生也不免有些受了他們底感化。」[37]而周作人曾在一首譯詩〈小悲劇〉（日本詩人生田春月作）後的「附注」裡，提及生田春月的著作《新詩的作法》[38]，可見周已經閱讀過該書。後來他更明確地談到了日本的「新體詩」：「明治時代新興了新體詩，仍以五七調為本，自由變化，成了各種體裁；又因歐洲思想的影響，發生幾種主義的派別：因此詩歌愈加興盛了。新體詩的長處，是表現自由，可以補短詩形的缺陷。」[39]這裡所用的「新體詩」概念，與胡適的「新詩」、「新體詩」等概念，顯然構成一種互文關係。或者說，他們之間是相互闡釋、相互支持的。

　　來源的複雜性，加之在流通過程中自身發生的變異和一些外來意義的「附著」，使得「新詩」這一名詞變得十分曖昧含混。

三　命名與反命名

　　另一方面，「新詩」的「立名」，也遭遇到一些來自「新詩壇」之外的否定聲音。這些早期新詩擁躉者難以忍受的「雜音」，同樣是「新詩」命名環境的一個組成部分，當然也值得注意。其中最典型的人物是胡懷琛，他指責胡適等人寫作的「新詩」的「繁冗」、「參差不齊」、「無音節」等缺陷，並試圖另立一個山頭，以「新派詩」這一名

37　康白情：〈新詩底我見〉，《少年中國》第1卷第9期，1920年3月15日。

38　生田春月作、仲密譯：〈小悲劇〉，《晨報》1920年10月16日。

39　周作人：〈日本的詩歌〉，《小說月報》第12卷第5號，1921年5月10日。

目來替代既有的較為通行的「新詩」、「新體詩」等提法:「今所提倡
之新派詩,即以此等詩(按:指胡文中提及的「舊體白話詩」、「閭巷
歌謠」等)為標準,用以描寫今日社會情形,及發揮最新思潮。……
名曰新派詩,以別於舊體,亦別於新體。」[40]而按照《大江集》序言
作者陳東阜的大膽設計,「新文學鉅子」胡懷琛的所謂「新派詩」,是
超越於「新詩」和「舊詩」之上的另一種詩,並且十分樂觀地聲稱,
這種詩能「救新舊兩方面的偏蔽,……既沒有舊詩空疏和繁縟的毛
病,又不像新詩率直淺陋,看了教人發笑。」[41]不過,《大江集》裡那
些「以五言七言為正體」的詩表明,這種大膽設計其實不過是一些話
語泡沫而已。

　　有意思的是,胡懷琛仍抵擋不住「新詩」這一流行名稱的巨大誘
惑力,並頻率頗高地加以使用:「《大江集》是我從民國八年到民國九
年所作的新詩。但是我的新詩,卻和普通的新詩有些不同。」[42]儘管
在這裡胡氏試圖有所區別,卻仍然顯得十分微妙。當時的一則預告
《大江集》即將出版的廣告詞,也充分地體現這點[43]。胡懷琛所謂的
「新派詩」的形式觀念,其旨歸在於「欲以舊格式運新精神」、「以五
言七言為正體」,具有明顯的復古性質,因此不可能對聲勢日隆的
「新詩」構成一種真正具有威脅性的挑戰。這也解釋了為什麼,《嘗
試集》甫一出爐,胡懷琛就不憚「越俎代庖」之嫌疑,自作主張地要

---

40 胡懷琛:〈新派詩說〉,見胡懷琛:《大江集》,上海市:國家圖書館,1921年,「附
　　錄」。

41 陳東阜:〈大江集序〉,見胡懷琛:《大江集》,上海市:國家圖書館,1921年。

42 胡懷琛:〈大江集自序〉,見胡懷琛:《大江集》,上海市:國家圖書館,1921年。

43 這則廣告詞寫道:「這部《大江集》,是胡懷琛先生著。胡先生的詩派,能博採眾
　　長,別成一體。凡是研究新詩的,想已都能知道,不消再說。現在這書……內容除
　　胡先生自著的新詩而外,還有英法美各國詩的譯本及原文,又有關於論詩的最有價
　　值的論文三篇。諸君要研究新詩麼?這是第一部好書了。……」參見《民國日報·
　　覺悟》1921年2月20日第二版與第三版之間的中縫廣告欄。

為胡適「改詩」，然而如此快速的反應和積極參與的態度，卻並沒有給他帶來相應的分享「新詩」話語權的回報。[44]

　　「語體詩」是反對派用於抵制「新詩」的另一個帶有明顯歧視色彩的稱呼。它較為集中地出現在一九二一年《國立東南大學南京高師日刊》的「詩學研究號」中。後來該期專號受到「新詩」擁護者的大舉筆伐。雙方在時事新報《文學旬刊》展開了一場激烈的論戰[45]。論戰中，南京高等師範學校的作者，如繆鳳林等人，也主要使用「語體詩」這一名號來指稱「新詩」。吳宓在〈詩韻問題之我見〉、〈論詩之創作〉等文中也數次用了「語體詩」的提法。在「新詩」之名已經相當普遍的時候，刻意地採用另一種面目不清的稱呼，顯然包含一層否定「新詩」的意味。換言之，這種做法實際上也標示了一種立場或一種態度。需要說明的是，周作人也曾在〈新詩〉、〈山中雜信〉等文中使用「語體詩」這一概念，不過，他在大多數場合都使用「新詩」概念，而且其整體價值取向無疑是擁護「新詩」的。

　　儘管從嚴格意義上說，郁達夫不能算作「新詩」的反對者（他對郭沫若《女神》的聲援證明了這點），但他在《詩論》[46]一文中的「語體詩」用法，同樣隱約透露出他對於「新詩」的某種不信任感。他認為，「中國現在的語體詩的流行，實在也出於時代的要求，斷不是僅僅幾個好異者流所提倡得來的。我們且把中國的語體詩擱在一邊，先

44 關於這一點，姜濤曾作過出色的論述。參見姜濤：《新詩集與新詩的發生》，北京大學博士學位論文，2002年。

45 可參見斯提：〈骸骨之迷戀〉（《時事新報・文學旬刊》第19號，1921年11月2日）、薛鴻猷：〈一條瘋狗〉（《時事新報・文學旬刊》第21號，1921年12月1日）、守廷：〈對於〈一條瘋狗〉的答辯〉（《時事新報・文學旬刊》第21號，1921年12月1日）、卜向：〈詩壇的逆流〉（《時事新報・文學旬刊》第21號，1921年12月1日）、繆鳳林：〈旁觀者言〉（《時事新報・文學旬刊》第22號，1921年12月11日）、靜農：〈讀〈旁觀者言〉〉（《時事新報・文學旬刊》第23號，1921年12月21日）等文。

46 郁達夫：《詩論》（約作於1925-1926年），見本社編：《郁達夫文論集》（杭州市：浙江文藝出版社，1985年），頁169。

放開眼睛來看看英美的寫象派（The Imagist）的運動和所謂未來派（Futurism）的詩吧！」該文第三部分談論「詩的外形」時，在西方詩歌的詩例方面，主要列舉自喬叟至最新近的寫象派（Imagist，即「意象派」）詩人羅威爾（Amy Lowell）的詩作；而在漢語詩歌方面，所舉的例子全部為古詩，沒有一首「新詩」（郁達夫稱之為「語體詩」）。而在該文的結尾，郁達夫借用德國批評家利曼（Riemann）對於當時該國文學界狀況的觀點來評價新詩：「在青黃不接，新舊混雜的現代中國詩壇上，我們所敢直說的，也不過是一樣的話罷了。」由此可見，儘管郁達夫表露出對於「新詩」既有成績的些許不滿，卻仍然懷著一種希望與期待。

　　章炳麟對「新詩」的看法顯得更為極端。他不僅不承認「新詩」的說法，甚至公然主張取消無韻白話詩的被稱作為「詩」的資格。「若夫無韻之作，僕非故欲摧折之，只以詩本舊名，當用舊式。若改作新式，自可別造新名。」因此，他建議將這些白話詩改稱為「俳句」或「燕語」。在章炳麟看來，「中國自古無無韻之詩」，「韻」，成了詩歌形式的最後底線，因此「不當以新式強合舊名。……苟取歐美偶有之事為例。此亦歐美人之紕漏耳。何足法焉。」[47]儘管其態度相當強硬，然而，在「新詩」合法性逐漸建立的背景之下，章氏此番言論也只能是強弩之末而已。關於這一點，在胡適對發表章氏該篇文章的、同時也是由後者主編的《華國雜誌》的不屑態度上，我們不難窺見一斑。[48]

　　總之，「新詩」概念的發生，既是對一種全新文類的命名，也為

---

47 章炳麟：〈答曹聚仁論白話詩〉，《華國月刊》，第1卷第4期，1924年4月15日。

48 胡適在一九二五年四月十二日致錢玄同信裡說：「《華國》、《學衡》都已讀過。讀了我實在忍不住要大笑。近來思想界昏謬的奇特，真是出人意表。」參見北京魯迅博物館魯迅研究室編：《魯迅研究資料》第9輯（天津市：天津人民出版社，1982年），頁85。

此後更加展開的「新詩」話語確立了一個有力的支點。勿庸置疑，這個概念所聚集的「求新」的焦慮情結，在某個特定時期為「新詩」這一文類的成長提供了一種重要的推動力。

美國學者博南德・柯斯狄（Jan Brandt Corstius）曾指出：「一個作者的著作，一個文學流派或運動，其所用的名詞（多數是抽象的），常常會洩露原來的本質或精神要義。這類關鍵語之開始引起人的注意，是因為他經常出現，同時小心將它考察一番後，有發現它和有關的作家和作品有息息相關的意義。」[49]對於作為二十世紀中國文學的一個重要關鍵詞的「新詩」，無疑也可作如是觀。從某種意義上說，「新詩」這一關鍵詞就像一把鑰匙，能為我們開啟通向早期新詩各種問題的一道道塵封的「暗門」。

從「白話詩」到「新詩」，這一命名的轉變，一方面是當日蔚為風潮的「求新」情結的一種反映。採用「新詩」之名，自然更能與文學革命的整體氛圍相融洽；另一方面，這一轉變也體現了早期新詩寫作者對於「新詩」作為一種新文類的「名分」的焦慮，王光明曾十分獨到地指出，「『新』這個詞在近現代中國的語境中，原也是可以作為具有心理意義的動詞來看的。雖然十九世紀末『新詩』就成了一個複合的名詞，但黃遵憲說的『新派詩』，只是內容上的『人境』之詩、『為我之詩』，而梁啟超心目中的新詩，也是只是『新意境』和『新語句』，並未從文學類型的意義上認同『新詩』這個概念。真正具有文類革新意義的，恐怕還是胡適有意進行的解放語言和體式『嘗試』，它早期被稱為『白話詩』，在一九一九年經過〈談新詩〉一文的論證，獲得了廣泛的認同，從而宣告了現代詩歌文類的確立。」[50]就

---

49 Jan Brandt Corstius, Introduction to the Comparative Study of Literature (New York: Random House, 1968) p. 172。轉引自王潤華：〈從「新潮」的內涵看中國新詩革命的起源〉，《中西文學關係研究》（臺北市：東大圖書公司，1978年），頁227。
50 王光明：《現代漢詩的百年演變》（石家莊市：河北人民出版社，2003年），頁33。

「新詩」合法性的爭取而言，這種「正名」行為無疑是一個重要的步驟，儘管後來它不斷地暴露出種種問題。

　　有意思的是，後來學衡派作者吳芳吉又在「新派之詩」與「新詩」兩個概念之間作了如下一番辨析：

> 新派之詩，在何以同化於西洋文學，使其聲音笑貌，宛然西洋人之所為。余之所謂新詩，在在何以同化於西洋文學，略其聲音笑貌，但取精神情感，以湊成吾之所為。故新派多數之詩，儼若初用西文作成，然後譯為本國詩者。余所理想之新詩，依然中國之人，中國之語，中國之習慣，而處處合於新時代者。故新派之詩，與余所謂之新詩，非一源而異流，乃同因而異果也。[51]

在這裡，「新詩」這一概念被「篡奪」了。不過，其中認為「新派之詩」像是先用外文寫成再譯成中文的特點，這個指責實際上正反映了所謂「新派之詩」以深受西方語法影響的現代漢語寫作的事實。因此，從某種意義上說，概念的「篡奪」也成了一種支持。

第二節　「新詩」的觀念演繹

　　早期新詩尋求自身合法性的一個重要議題，就是塑造「新詩」的觀念，即與日漸擴張的創作相互呼應，在文學觀念上對「新詩」這一全新概念作出必要的張揚和演繹，並以之取代「舊詩」在既有的有關詩歌文類的話語中的主語位置。「新詩」觀念的塑造，為早期新詩合法性的確立提供了重要的支持。

---

51 吳芳吉：〈白屋吳生詩稿自序〉（1929年作），引自吳宓祖主編：《吳宓詩及其詩話》（西安市：陝西人民出版社，1992年），頁298。

一　文學觀的清算

　　五四新文學運動的一個突出特點，就是十分重視文學觀念的闡述。這個特點無疑與五四新文學運動所受到的西方思想文化的啟發密切相關。曾有西方學者曾從比較文學的角度，指出了這個問題：「一九一九年的『五四』運動為通過部分地吸收歐美經典特別是英語經典而實行的經典相對化和國際化創造了條件。所有主要的西方作家都被譯介到了中國。與此同時，一個包含更多限制條件的西方式的文學概念被採納了。」[52]由此可見，以西方經驗為藍本而進行的文學觀念的建構，是與文學經典的國際化同步進行的。且不說有一定創作體驗的寫作者，即使那些沒有多少創作經驗的作者，談起文學觀念來也是有板有眼，頭頭是道。這些紛紜嘈雜的談論，構成五四新文學的一個獨特景觀。這些談論儘管眾聲喧嘩，卻顯然指向一個相同的意圖，那就是為新文學的合法性張目。

　　在一篇自稱為「直覺的短論」的文章裡，鄭振鐸首先清算了舊文學觀的種種危害：「娛樂派的文學觀，是使文學墮落，使文學失其天真，使文學陷溺於金錢之阱的重要原因；傳道派的文學觀，則是使文學乾枯失澤，使文學陷於教訓的桎梏中，使文學之樹不能充分成長的重要原因。」因此，「要想改造中國的舊文學，要想建設中國的新文學，卻不能不把這兩種傳統的文學觀盡力的廓清，盡力的打破，同時即去建設我們的新文學觀，就是：文學是人生的自然的呼聲，人類情緒的流泄於文字中的。不是以傳道為目的，更不是以娛樂為目的，而是以真摯的情感來引起讀者的同情的。」在作者看來，新文學觀的建立，不僅是「新文學的建立的先聲」，還將深刻地影響著新文學運動

---

52 佛克馬、蟻布思著、俞國強譯：《文學研究與文化參與》（北京市：北京大學出版社，1996年），頁46。

的進程：「不先把中國懶疲的『讀者社會』的娛樂主義與莊嚴學者的
傳道主義除去，新文學的運動，雖不至絕對無望，至少也是要受十分
的影響的。」[53]顯然，鄭振鐸在這裡強調了文學觀念對於文學創作的
某種決定性意義。觀念建構重於實踐操作，這個邏輯普遍存在於新文
學運動的理論話語之中。

在直接的呼籲之外，也有人著手翻譯外國新近的關於現代文學理
論的著作，以之作為建設新文學觀念的參考：

> 文學革命文學改良之聲，近來已喧傳於國中。夫吾國文學之缺
> 陷與窳敗，凡稍有知識者，殆無不具此感想。顧文學之所以為
> 文學，與夫良窳美惡之分，暨所以必須改革之點，則能知之而
> 能言之者，殊不多見。然欲謀新文學之建設，不可不先於此點
> 深為注意。若徒對於舊文學施猛烈之抨擊，未見其可也。此書
> 為日人本間久雄所著，其自序中，謂欲從社會學的研究立場，
> 而說明文學構成及存立之基本條件與理由。余觀其條理整齊，
> 言簡意賅，尤便於初學，因介紹於國人，以為研究新文學者之
> 一助。[54]

後來一位論者更進一步，借用西方文學理論的價值框架，梳理自先秦
直至五四時期幾千年來中國文學觀念的「進化」歷程。在簡要評述
陳獨秀、劉半農、胡適等人的受西方影響的文學觀念之後，這位論者
特意援引了羅家倫在〈什麼是文學？〉一文中關於「文學」的定義
[55]，認為這個定義是「一個比較完全明顯的定義」，並由此進而指出確

---

53 鄭振鐸：〈新文學觀的建設〉，《時事新報・文學旬刊》第37期，1922年5月11日。

54 瑟廬：本間久雄著《新文學概論》譯文前「序」，見《新中國》第2卷第3號，1920
　　年3月15日。

55 羅家倫在列舉了「西洋的文學定義」之後，寫道：「文學是人生的表現和批評，從

立一種現代文學觀念對於新文學發展的重要性：「這樣由歐美文學上集合而成的定義，使我們中國人得有一個正確明瞭的觀念，從此文學上的介紹和創作，在中國就闢了個新天地，將來中國文學能在世界文學占一個位置，『飲水思源』，不能不感謝這幾位先生。」[56]

作為一種知識生產，理論話語的繁殖衍生，對於中國現代文學合法性的確立具有重要作用。一位論者在討論何以理論話語（包括各種理論、批評、論爭等）在《中國新文學大系》中處於一種顯著位置時，曾富有見地地指出：「五四作家則憑藉其理論話語、經典製造、評論和文學史寫作這樣一些體制化的做法，來著力於生產自己的合法性術語。理論起著合法化作用，同時它自己也具有了合法化地位，它以其命名能力、引證能力、召喚和從事修辭活動的能力使象徵財富和權力得以複製、增殖和擴散。五四作家和批評家憑藉這種象徵權威而自命為現代文學的先行者，同時把其對手打入傳統陣營，從而取得為遊戲雙方命名和發言的有利地位。」[57]此論實際上道出了五四新文學運動所一貫奉行的「理論先行」策略。而正是通過這個策略的充分運用，新文學的合法性得到一種有力的支持。

二　「新」的訴求與焦慮

作為新文學運動急先鋒的「新詩」（這個命名本身，其實就是五四新文學運動的「合法性術語」之一），在理論的演繹與觀念的「務虛」方面，自然也走在前列。一九二二年，《新詩年選：一九一九

最好的思想裡寫下來的，有想像，有感情，有體裁，有合於藝術的組織，集此眾長，能使人類普遍心理，都覺得他是極明瞭、極有趣的東西。」參見羅家倫：〈什麼是文學？〉，《新潮》第1卷第2號，1919年2月1日。

56 楊鴻烈：〈中國文學觀念的進化〉（續），《京報副刊》第5號，1924年12月9日。

57 劉禾著、宋偉傑等譯：《跨語際實踐——文學，民族文化與被譯介的現代性（中國，1900-1937）》（北京市：生活‧讀書‧新知三聯書店，2002年），頁330。

年》的編者鄭重地宣告道：「戊戌以來，文學革命的呼聲漸起。至胡
適登高一呼，四遠響應，而新詩在文學上的正統以立。」[58]這裡所宣
示的所謂「新詩」的「正統」，實際上就是指「新詩」的合法性。這
種關於「新詩」的樂觀論調，其實可以上溯到胡適的〈建設的文學革
命論〉。在該文中，胡適認為，古代的白話文學「因為沒有『有意的
主張』，所以白話文學從不曾和那些『死文學』爭那『文學正宗』的
位置。白話文學不成為文學正宗，故白話文學不曾成為標準國語。」
緊接著又說，「我們今日提倡國語的文學，是有意的主張。」[59]其抑舊
揚新的言下之意，昭然若揭。後來胡適更進一步，在中西兩個向度為
新文學尋求一種歷史邏輯。正如一位論者指出的，胡適「以歷史的眼
光來尋找文學改良的藉口與理由。所以他開始主張『白話文學之為中
國文學之正宗』，用來證明白話文學早已存在於中國歷史裡。基於這
理論，胡適就有資格爭取白話文學之『合法』地位。另一方面，他借
用歐洲文藝復興運動為例子，因為那是國語文學運動，而且世界其他
民族公認它是建立民族國家文學的典範。」[60]在這裡，不難看到胡適
對於新文學占據「正宗」位置的重要性的強調。事實上，我們可以將
之看作是「新詩」尋求合法性的一個背景。

　　「新詩」的合法性，首先是一種觀念意義上的合法性，即必須首
先在觀念上演繹說明「新詩」是如何能夠成立的，其後才是更具體的
實踐層面的問題。設定「新」與「舊」的二元對立，是當時一種普遍
的而且是必要的思想方法，如當時一位論者所言，「總之，新舊是依
時間而起，也有因空間的關係，對於同一事物，在同一時間內，或認
為新，或認為舊；這類的例，是很多的。……新舊本是假立，然而實

---

58 編者：〈一九一九年詩壇略記〉，北社編：《新詩年選：一九一九年》，上海市：亞東
　　圖書館，1922年。

59 胡適：〈建設的文學革命論〉，《新青年》第4卷第4號，1918年4月15日。

60 王潤華：〈從「新潮」的內涵看中國新詩革命的起源〉，見王潤華：《中西文學關係研
　　究》（臺北市：東大圖書公司，1978年），頁241。

在有假立之必要。」[61]所謂「假立」，說明了觀念演繹所必須設定的前提。郭沫若也敏感地意識到這一點。他在某種進化論的理論背景之下，刻意地突出「新詩」之核心價值──「新」：「詩的生存，如像自然物的生存一般，不當摻以絲毫的矯揉造作。我想新體詩的生命便在這裡。古人用他們的言辭表示他們的情懷，已成為古詩，今人用我們的言辭表示我們的生趣，便是新詩，再隔些年代，更會有新新詩出現了。」[62]從某種意義上說，不穩定的「新」，成了「新詩」作者的一種普遍焦慮。事實上，直到一九四〇年代，在關於「新詩」的談論中，這種焦慮感仍然顯示著它的巨大能量：

> 告初來詩場上的同志們：
>
> 對十年二十年前的新詩隔絕它吧。要不，你將染上「落葉」，「跫音」，「心底門扉」，「遊子底家園」的未老先衰症。
>
> 即使是摹擬與模仿吧，也要抓住那些今天的，新的；走向明天的，更新的。[63]

昨天的「新詩」已經變得不可靠，必須與之劃清界線，因此，從今天的「新」，走向明天的「更新」。「新詩」的求新情結，在這裡再一次得到鮮明的流露。

從某種意義上說，「新詩」之「新」是想像性的，也是策略性的。關於胡適的「新詩」理念，金克木曾指出，「最初的倡導者胡適說，新詩出現是因為新內容要求有新形式。其實他想的新內容只是從外國來的舊東西，新形式也只是舊有的白話。兩者都並不真新，只是

---

61 潘立山：〈論新舊〉，《新青年》第7卷第1號，1919年12月1日。

62 郭沫若：〈致宗白華〉（1920年2月16日），見田壽昌、宗白華、郭沫若：《三葉集》（上海市：亞東圖書館，1920年），頁46。

63 胡危舟：〈新詩短話〉（續二），《詩創作》第15期，1945年10月30日。

在當時顯得新。重要的是提倡的人要完全代替舊有的,將現存的全換掉。這才引起所謂新舊的激烈衝突。這是改朝換代的衝突,不是真正新舊的衝突,所以拖延、反覆,而且表現為中外之爭。其實未必完全是傳統和外來的文化之爭。」[64]換句話說,早期新詩打著「新」的旗號,所展開的是關於自身合法性的全面爭奪。此時「新」主要是作為一種手段,而不是目的。而爭奪的對象或曰假想敵,自然非「舊詩」莫屬。

以胡適的〈談新詩〉為發端,俞平伯的〈社會上對於新詩的各種心理觀〉、康白情的〈新詩底我見〉等文,都對「新詩」如何成其為「新詩」作了不同角度的闡述。早在一九二四年,孫俍工在評價周無的詩論〈詩的將來〉時,其實就注意到了「新詩」觀念建構的重要性:「從詩底改造和建設兩方面以外,進一層作詩底原理方面的探求和詩底發展的新途徑底推測,這實在是劉胡以後一支最有力的生力軍。到這地步,新詩底聲勢漸漸擴大起來了。」[65]在孫俍工看來,周無的文章在所謂「原理」即詩學觀念的層面,有效地補充了此前胡適、劉半農等人關於「新詩」的談論,從而使「新詩」的觀念顯得更為充盈與完整。

三　胡適的策略及其效果

就「新詩」的發明者胡適而論,他信奉實證主義哲學,強調一種「實驗的精神」。因此在提出某種觀念的同時,也十分注重以實踐作「嘗試」:

64　金克木:〈新詩・舊俗〉,金克木:《無文探隱》(上海市:三聯書店,1991年),頁28-29。

65　俍工:〈最近的中國詩歌〉,文學研究會編:《星海》(上)(上海市:商務印書館,1924年),頁138-139。

　　我們主張白話可以做詩，因為未經大家承認，只可說是一個假
設的理論。我們這三年來，只是想把這個假設用來做種種實地
試驗，——做五言詩，做七言詩，做嚴格的詞，做極不整齊的
長短句；做有韻詩，做無韻詩，做種種音節上的試驗，——要
看白話是不是可以做好詩，要看白話詩是不是比文言詩要更好
一點。[66]

　　然而，從整體上看，胡適之於早期新詩的意義，其觀念（詩歌主張）
的重要性遠遠大於實踐（詩歌創作）[67]。換言之，在「新詩」發生之
後，胡適最初為之所努力爭取的，是關於「新詩」的觀念的逐步確
立，而非創作成績上的勝利。《嘗試集》所宣示的意義（自古成功在
嘗試）也正在此[68]。正如梁實秋所言，《嘗試集》雖然沒有完全擺脫舊
詩詞的痕跡，「但是就大體講來，《嘗試集》是表示了一個新的詩的觀
念。胡先生對於新詩的功績，我以為不僅是提倡以白話為工具，他還
很大膽的提示出一個新的作詩的方向。」[69]這種觀念重於創作的現
象，無疑與「新詩」的特殊誕生方式有關。

　　一位學者曾以《新青年》為切入點，考察了中國現代文學的最初
發生及其迥異於歐洲現代文學的特點，認為：

　　　　《新青年》同人的努力，至少極大地影響了中國現代文學的誕

---

66 胡適：〈嘗試集自序〉，胡適：《嘗試集》，北京市：人民文學出版社，頁151。

67 陳西瀅認為胡適的詩「不能成家」，而其「提倡新文學的文字，將來在中國文學史
　裡永遠有一個地位」。正說明了這一點。參見陳西瀅：〈新文學運動以來的十部著作
　（上）〉，《西瀅閒話》（北京市：中國文聯出版公司，1993年）（據新月書店1931年
　三版排印）。

68 胡適在〈嘗試集自序〉裡說：「我大膽把這本《嘗試集》印出來，要想把這本集子
　所代表的『實驗的精神』貢獻給全國的文人，請他們大家都來嘗試嘗試。」見胡
　適：《嘗試集》，北京市：人民文學出版社，頁151。

69 梁實秋：〈新詩的格調及其他〉，《詩刊》創刊號，1931年1月20日。

生方式：是這一批自身並非文學家的啟蒙主義者最先喊出了新
文學的口號，正是在他們的提倡、鼓吹、組織和親身試驗下，
才產生了最初的一批新文學作品，包括魯迅的小說。這就使中
國現代文學的誕生與我們在歐洲現代文學的歷史上看到的情形
明顯不同：它是先有理論的倡導，後有創作的實踐；不是後起
的理論給已經存在的作品命名，而是理論先提出規範，作家再
按照這些規範去創作；不是由幾個繆斯的狂熱信徒的個人創作
所造成，而是由一群輕視文學自身價值的思想啟蒙者所造成。
我簡直想說，它是一種理智的預先設計的產物了。[70]

儘管就整體而言，這個觀點可能多少忽略了在某種特殊歷史語境中，
文學觀念先行的必要性和有效性，難免有點「苛責」的味道，卻也基
本可以移用於描述「新詩」的特殊誕生方式。

　　胡適對「新詩」的大力提倡，自然與他的思想啟蒙者身分分不
開。或者說，所謂「新詩」問題，只不過是其龐大的思想啟蒙計畫中
的一小部分。關於這一點，我們可以在胡適關於「國語的文學——文
學的國語」的解釋中窺見一斑：「我們所提倡的文學革命，只是要替
中國創造一種國語的文學。有了國語的文學，方才可有文學的國語。
有了文學的國語，我們的國語才算是真正國語。國語沒有文學，便沒
有生命，便沒有價值，便不能成立，便不能發達。」[71]顯然，此段議
論的重心落在「國語」一詞上。不久之後，胡適把這個問題說得更明
白：「若要提倡國語的教育，先須提倡國語的文學。文學革命的問題
就是這樣發生的。」[72]所謂「國語」，其實就是在民族國家的建立過程

---

70 王曉明：〈一份雜誌和一個「社團」——重評「五·四」文學傳統〉，王曉明：《刺
　　叢裡的求索》（上海市：遠東出版社，1995年），頁285。

71 胡適：〈建設的文學革命論〉，《新青年》第4卷第4號，1918年4月15日。

72 胡適：〈新思潮的意義〉，《新青年》第7卷第1號，1919年12月1日。

中，用以啟蒙大眾的通用語言；而「國語的教育」，既是思想啟蒙的重要途徑[73]，又是其不可或缺的內容。

　　到了一九二五年，針對當時部分地方省分「公然禁令白話文」的嚴峻形勢，胡適以其一貫喜用的二元對立邏輯，更鮮明地揭示了新文學的啟蒙意義：「所謂新文學的運動，簡單地講起來，是活的文學之運動，以前的那些舊文學，是死的，笨的，無生氣的；至於新文學，可以代表活社會，活國家，活團體。」[74]鑒於這種社會關懷情結，如果借用德國哲學家狄爾泰（Wilhelm Dilthey, 1833-1911）的說法，胡適的文化身分，實際上可以進一步被描述為是「集研究家、著作家和作家於一身」的一個「輿論引導者」[75]，儘管他的這種引導主要體現在文學革命的層面。

　　從某種意義上說，俞平伯作於一九一八年十月的〈白話詩的三大條件〉[76]，是胡適〈談新詩〉的先聲[77]。所謂「白話詩的三大條件」，即「（1）用字要精當，造句要雅潔，安章要完密」、「（2）音節務求諧適，卻不限定句末用韻」、「（3）說理要深透，表情要切至，敘事要靈活」，實際上已在形式、內容諸層面對「白話詩」的觀念作了一種最基本的規畫。至少在突出「音節」問題這一思路上，〈談新詩〉可能受到了〈白話詩的三大條件〉一文的啟發。兩者相比，〈談新詩〉的豐滿與從容自不待言。這篇文章列舉了不少具體的「新詩」文本作為

73　胡適甚至注意到了這種啟蒙的具體操作層面的一些問題，比如，新文學的建立與編撰國語教科書的關係：「沒有新文學，連教科書都不容易編纂！」參見胡適：〈答盛兆熊〉，《新青年》第4卷第5號「通信」欄，1918年5月15日。

74　胡適：〈新文學運動之意義〉，《晨報副刊》1925年10月10日。

75　威廉‧狄爾泰：《體驗與詩》（北京市：生活‧讀書‧新知三聯書店，2003年），頁12。

76　俞平伯：〈白話詩的三大條件〉，《新青年》第6卷第3號「通信」欄，1919年3月15日。

77　胡適在俞平伯的這封來信之後，附注說：「我對於俞君所舉的三條，都極贊成。我也還有幾條意見，此時來不及加入，只好等我那篇〈白話詩的研究〉了。」胡適構思中的《白話詩的研究》，其實就是半年之後寫成並發表的〈談新詩〉。

觀點的佐證。然而，只要稍加分析，就不難看出這些孱弱的文本，不
僅沒有足夠的力量支撐文中相應的觀點，反而不時有被「強大」的觀
點吞沒的危險。譬如，在提出「中國近年的新詩運動可算得是一種
『詩體的大解放』。因為有了這一層詩體的解放，所以豐富的材料，
精密的觀察，高深的理想，複雜的感情，方才能跑到詩裡去」這一觀
點之後，胡適先把周作人的〈小河〉稱為「最明顯的例」，旋即又聲
明該詩太長，不便引證，於是毛遂自薦地舉出自己的詩〈應該〉作為
例證，並分析道：「這首詩的意思神情都是舊體詩所達不出的。別的
不消說，單說『他也許愛我，——也許還愛我』這十個字的幾層意
思，可是舊體詩能表得出的嗎？」[78]

　　不難看出，在胡適的陳述中，觀點的重要性顯然遠遠大於文本。
換句話說，被胡適舉出的那些「新詩」文本，往往只是其欲加以闡發
的某種觀念的載體，尚不具備藝術上的自足性。倘若從藝術本體論的
角度分析，此處的絕大多數作為論據的早期新詩作品顯然都缺乏能夠
證明論點的說服力。不過，我們不能就此簡單地作出一種價值判斷，
而應該考慮到當時語境的複雜性。一位美國當代學者關於現代詩歌某
些「失敗之作」的一段論述，或許可以在某種意義上移用來說明這個
問題：

> 當文學被放在背景中去加以考查（既放在它自己的更廣闊的歷
> 史之中又放在美國歷史的整體之中去加以考查），現代詩歌中
> 的一些著名的失敗之作便會變得與公認的成功之作一樣有趣，
> 一些差不多已被遺忘的詩人將會再次變得真正振奮人心。的
> 確，我們再也不應當把藝術上的失敗看成僅僅表現了個人悲劇
> 或個別人物的弱點，而應該開始把它視為受到文化的制約，把

---

78 胡適：〈談新詩〉，《星期評論》紀念號，1919年10月10日。

它視為在決定的網路中作出決定的冒險所產生的結果。[79]

胡適們的早期新詩作品，正是這種「失敗之作」，從這個意義上考察，上述胡適的做法自然是十分有效的，它至少在理論邏輯上成功地維護了「新詩」觀念的合理性。誠如最近一位學者所指出的，「從文學革命的成果來說，胡適可說是一個成功的『修辭家』（rhetorician）；義無反顧、勢若長河的論理方法，使文學革命得以成功推展。」[80]胡適以自己的詩作為例證，來申述「新詩」的成績（用他自己的話說是「戲臺裡喝彩」），這種自我論述旨在張揚「新詩」觀念的合法性，因此，作為例證的詩歌文本的藝術水準之高下，自然不會成為問題的重點。我們考察胡適的早期新詩主張，應該充分考慮到其中隱含的某種「修辭」策略，否則就可能忽略當日的語境，而得出一些隔靴搔癢的結論，諸如，從胡適早期激進的詩歌主張，檢討缺乏藝術自覺意識之類的指責[81]。

第三節　胡適早期新詩批評中的自我論述

胡適關於早期新詩的理論主張，主要體現在〈談新詩〉（1919）、〈嘗試集自序〉（1919）、〈《嘗試集》再版自序〉（1920）、〈《嘗試集》四版自序〉（1922）等相關批評文章裡，這些文章和〈文學改良芻議〉

79　埃默里・埃利奧特編、朱通伯等譯：《哥倫比亞美國文學史》（成都市：四川辭書出版社，1994年），頁762-763。

80　陳國球：《文學史書寫形態與文化政治》（北京市：北京大學出版社，2004年），頁99。

81　譬如，對於胡適以〈應該〉為例來宣示白話詩優長的做法，詩人鄭敏就很不以為然：「在胡適時代還沒有能和〈錦瑟〉、〈姜村〉、〈長干行〉相比的白話詩，主要是白話詩人在完全拋棄了古典詩詞的精湛藝術後，一時還沒有發展出自己的獨特詩藝。胡適對『白話』的表達能力盲目的誇張令人難以信服。」參見鄭敏：《結構—解構視角：語言・文化・評論》（北京市：清華大學出版社，1998年），頁114。

（1917）、〈建設的文學革命論〉（1918）、《易卜生主義》（1918）等名噪一時的文章共同構成胡適早期的文學思想。追求理論和實踐的緊密結合，是胡適當時文學活動的一個突出特點。特別是在新詩領域，他率先實驗創作白話詩，並試圖以自己的創作印證相關的詩歌理論主張。此舉無疑和胡適所信奉的實證主義哲學有關。

一　急先鋒的另一面

在白話詩運動初期，面對眾人的冷眼相向，胡適頗為自信地說道：「我們認定白話實在有文學的可能，實在是新文學唯一的利器。但是國內大多數人都不肯承認這話，——他們最不肯承認的，就是白話可作韻文的唯一利器，我們對於這種懷疑，這種反對，沒有別的法子可以對付，只有一個法子，就是科學家的試驗方法。」[82]在推崇實證思維的胡適看來，一旦有白話詩試驗的強力支持，那些頑固保守的反對者自然就無話可說。因此，儘管陳獨秀曾在一封信裡向胡適隱約表達了對過分迷信創作實踐的擔心[83]，胡適仍然在著力闡述理論的同時，和周作人、康白情、傅斯年、俞平伯等人一道，迫不及待地創作和發表白話詩作品，以期構築一道文本的防線。而這些最初的白話詩作品，很快就進入胡適的理論視野，成為各種新詩觀點的鮮活佐證。不過，正如林毓生所言，胡適這種科學主義的心態與文學的創造精神是相悖的。[84]

82　胡適：《嘗試集》〈自序〉，見胡適《嘗試集》（北京市：人民文學出版社，2000年），頁148。

83　陳獨秀在一九一六年八月十三日致胡適的信中寫道：「足下功課之暇，尚求為《青年》多譯短篇名著若〈決鬥〉者，以為改良文學之先導。弟意此時華人之著述，宜多譯不宜創作，文學且如此，他何待言。」《胡適來往書信選》上冊（北京市：中華書局，1979年），頁3。

84　林毓生這樣寫道：「胡先生提倡科學時的心態是科學主義式的。科學主義是指一項

　　縱觀胡適的新詩理論主張，我們不難發現它和胡適的新詩創作一樣，是突發的、「嘗試」的、帶有即興性質的。事實上，此前留學美國的胡適熱衷於發表政治演講和研習杜威等人的哲學思想，[85]並沒有為提倡白話詩作什麼實質性的準備，尤其對作為中國新詩創作坐標系的西方詩歌，缺乏必要的歷史資源方面的梳理；而自一九二〇年《嘗試集》出版後，胡適更把注意力轉移到「整理國故」（尤以治中國文學史和中國哲學史為其重頭戲）上，除了後來對《嘗試集》幾個版本的把玩（主要是增刪所收詩作及作再版序言）外，對新文學運動的進展情況卻鮮少問津。在其整個思想版圖中，胡適的新詩理論主張只是一個偏僻的小角落，而且這個角落在經過最初不甚經意的耕耘，漸次長出一些零星的莊稼之後，就日漸荒蕪了。此後胡適雖也偶爾談論和寫作新詩，只不過是路過這個小角落順便看看罷了。胡適真正專心關注新詩的時間，也就是他所形容的「逼上梁山」的那幾年（1918-1922）。此處的「逼」字雖然有幾分調侃的意味，但也透露了以下信息：胡適和新詩的最初關係並非十分自覺，而是具有某種偶然性。關於這一點，周策縱曾闡述道：「胡先生自己曾說他努力文學革命是被『逼上梁山』的，是因為他在美國的一些中國朋友『越駁，越守舊』，便把他逼得『變得更激烈了』。……但我覺得他被『逼』之外，還有被『誘』的一面。他如何被師友與中外的著作引誘到支持『不通行的』（unpopular）和『反流俗的』（unconventional）潮流，以至於推崇『狂狷之行』的抗議精神……」[86]不論是「逼」還是「誘」，無疑都不是一種十分主動和自為自覺的行為，而是受到諸多外在因素的深刻影響。

　　意識形態的立場，它強詞奪理地認為，科學能夠知道任何可以認知的事物（包括生命的意義），科學的本質不在於它研究的主題，而在於它的方法。」見〈平心靜氣論胡適〉，《讀書》1999年第9期。

85 詳情可參見《胡適口述自傳》第五章，陳金淦編《胡適研究資料》，北京市：十月文藝出版社，1989年。

86 周策縱：《棄園文粹》（上海市：上海文藝出版社，1997年），頁45-46。

作為其文學革命努力的一個重要方面，胡適的新詩理論主張自然也不可避免地帶有上述特點。

　　在中國現代學術體制建立過程的大框架內，關於現代中國學者的自我陳述現象，陳平原作過如下較為精當的剖析：「本世紀初的中國學者，之所以二三十歲便寫作並發表自傳（如劉師培、梁啟超），與社會轉型期先覺者開天闢地的自我感覺有關三〇年代的中國，撰寫自傳蔚然成風，除了胡適、林語堂等人的大力提倡，更因其時文人學者尚有充分的自信。」[87]這裡揭示了一個重要現象，即世紀初特別是五四時期中國知識分子往往以一種自負昂揚的姿態發言[88]。具體到胡適，雖然他的自我陳述的系統成文較為晚起（1930年的《四十自述》以及晚年的《胡適口述自傳》），但其早期新詩理論主張中的自我論述，在筆者看來，就是後來更為展開的自我陳述的先聲。事實上，良好的「自我感覺」和「充分的自信」已經瀰漫在胡適早期的新詩論述中，儘管在談論自己的詩作之後，他常常不忘來句「戲臺裡喝彩」聊以解嘲。我們或許可以把胡適對自己詩作的論述放入他整個自我陳述體系中去考察和研究。

二　範圍與問題

　　胡適新詩理論主張中最為直接的自我論述，主要集中在〈談新詩〉及《嘗試集》的幾篇序言裡如對〈應該〉一詩的自我讀解，堪稱一個典型：「這首詩的意思神情都是舊體詩所達不出的。別的不消

---

87 陳平原：《中國現代學術之建立》（北京市：北京大學出版社，1998年），頁408。

88 在這方面，胡適尤為典型。如他寫於一九三五年的《中國新文學大系‧建設理論集》〈導言〉的引文，除了周作人〈人的文學〉中的一段略長外，其餘所引幾乎是大段自己的文章（如〈談新詩〉等），從而把原本應該著重評述書中諸人觀點的文章，變成了一種自說自話的論述。參見《中國新文學大系‧建設理論集》，上海市：上海文藝出版社，1980年影印本。

說，單說『他也許愛我，——也許還愛我』這十個字的幾層意思，可是舊體詩能表得出的嗎。」[89]其語氣顯得相當自信。且不論這首詩的藝術水平如何，單就胡適否定中國古典詩歌的草率、武斷的方式而言，對中國古典文學稍有瞭解的人都難免生疑，更遑論當時那些頑固的「遺老遺少」。胡適在這裡試圖強調〈應該〉對愛情複雜心理的挖掘，並且指出這正是古典詩所或缺的。這種觀點也是站不住腳的，正如老詩人鄭敏近年在深刻反思中國新詩百年行程時所指出的：「固然這十個字有些心理內涵，如果和『此情可待成追憶，只是當時已惘然』、『妻孥怪我在，驚定還試淚』、『苔深不能掃，落葉秋風早』等信手可以拈來的古典詩句相並列，就覺得古典詩在凝練、強度、和層次複雜方面絕對不下於最好的白話詩。而在胡適時代還沒有能和〈錦瑟〉、〈姜村〉、〈長干行〉相比的白話詩，主要是白話詩人在完全拋棄了古典詩詞的精湛藝術後，一時還沒有發展出自己的獨特詩藝，胡適對『白話』的表達能力盲目的誇張令人難以信服。」[90]當然，具有深厚的古典文學修養的胡適不可能不知道這些名作，他之所以忽略甚至否定它們，主要基於在特定的語境中如何採取一種有效的話語策略的考慮。在新文學運動初期，這種話語策略和話語姿態是十分必要的，對提出全新的體式要求的新詩而言尤其如此。問題在於，是否因此而導致策略的濫用和姿態的矯枉過正？特別是當與本土文學傳統的聯繫被人為強行割裂，而橫向的西方文學經驗又尚未被熟識之時，新詩就顯得懵懂而又莽撞，不斷地付出或大或小的代價。就胡適而言，雖然他沒有全盤否定古典文學的傳統（如胡適多次在文章中流露對《水滸傳》等古代白話小說的激賞，後來甚至寫作一部《白話文學史》詳加評述），但他在肯定王梵志、白居易、辛棄疾等所謂「白話詩人」的同時，也有意無意地掩蓋（至少在文章裡如此）了古典詩歌藝術更為

89 胡適：〈談新詩〉，《星期評論》紀念號，1919年10月10日。
90 鄭敏：〈世紀末的回顧：漢語語言變革與中國新詩創作〉，《文學評論》1993年第3期。

豐富多彩的一面。在他的自我論述中，我們不難看到胡適對自己白話
詩中潛進的古典文學「蹤跡」（trace）的描述：

> ……我自己的新詩，詞調很多，這是不用諱飾的。例如前年做
> 的〈鴿子〉（《嘗試集》二，二十七）：
> 雲淡天高，好一片晚秋天氣！
> 有一群鴿子，在空中遊戲。
> 看他們三三兩兩，
> 　　　回環來往，
> 　　　夷猶如意，
> 忽地裡，翻身映日，白羽襯青天，十分鮮麗！
>
> 就是今年做詩，也還有帶著詞調的。例如《送任永叔回四川》
> 的第二段：
>
> 你還記得，我們暫別又相逢，正是赫貞春好？
> 記得江樓同遠眺，雲影渡江來，驚起江頭鷗鳥？
> 記得江邊石上，同坐看潮回，浪聲遮斷人笑？
> 記得那會同訪友，日暗風橫，林裡陪他聽松嘯？
> 懂得詞的人，一定可以看出這四長句用的是四種詞調裡的句
> 法，……[91]

不過，需要指出的是，胡適此處的文字其實是一種鋪墊，用以說明下
文關於自己的詩歌創作從白話詩向新體詩的轉變在胡適看來這些帶有
詞調的詩「實在不過是能勉強實行了〈文學改良芻議〉裡面的八個條

---

[91] 胡適：〈談新詩〉，《星期評論》紀念號，1919年10月10日。

件；實在不過是涮洗過的舊詩」[92]，是不能算成功的。由此可見胡適的新詩活動（創作與理論）和古典詩歌傳統之間曖昧難明的關係。從上述引文看，胡適對古典詩歌傳統的注意，也僅僅停留在一些外在的形式因素（「詞調」）上，而刻意隱瞞內部藝術血脈的傳承關係（如上引詩作中「江樓」、「雲影」等意象，及「悲秋」、「送別」的主題都帶有古典詩詞的底色）。

關於新詩的形式因素，胡適的自我論述裡還談及音節問題。以下的分析可謂十分詳盡：

> 吾自己也常用雙聲疊韻的法子，來幫助音節的和諧。例如〈一顆星兒〉一首（《嘗試集》二，五八）：
> 我喜歡你這顆頂大的星兒，
> 可惜我叫不出你的名字。
> 平日月明時，
> 月光遮盡了滿天星，總不能遮住你。
> 今天風雨後，悶沉沉的天氣，
> 我望遍天邊，尋不見一點半點光明。
> 回轉頭來，
> 只有你在那楊柳高頭依舊亮晶晶地。
>
> 這首詩「氣」字一韻以後，隔開三十三個字方才有韻，讀的時候全靠「遍，天，邊，見，點，半，點」一組（遍，邊，半，明，又是雙聲字）和「有，柳，頭，舊」一組疊韻字夾在中間，故不覺得「氣」「地」兩韻隔開那麼遠。這種音節方法，是舊詩音節的精采，……能夠容納在新詩裡，固然也是好事。但是這

---

92 胡適：《嘗試集》〈自序〉，見胡適《嘗試集》（北京市：人民文學出版社，2000年），頁147。

是新舊過渡時代的一種有趣味的研究，並不是新詩音節的全
部。新詩大多數的趨勢，依我們看來，是朝著一個公共方向走
的。那個方向便是「自然的音節」。[93]

顯然，胡適對〈一顆星兒〉一詩在音節方面的成功頗感滿意，儘管他
也指出，這並不代表新詩音節的方向。但從上述文字看，我們會發現
在拖沓的詩行和詳細的分析之間，實際上存在一種勉強與尷尬。這首
詩無論聲韻還是節奏，都體現出一種嘗試期的混亂，與胡適所稱它
「容納」了「舊詩音節的精采」的說法相去甚遠。事實上，中國古典
詩歌的音節早已達到完備的程度，並形成一套相當嚴密的規範，要真
正破解它的封閉性並獲取可用於新詩形式建設的質素，當然不是輕而
易舉之事。這些無疑也是胡適所熟知的，他此處的做法同樣有話語策
略方面的考慮。胡適一貫主張的「拿證據來」的實證思想也在這裡得
到體現。因此，胡適以自己的詩作為例證，就不僅僅是自我欣賞的問
題，而是試圖通過一種親力親為的表現，既支持所提出的理論主張，
又在創作上作出有力的回答。不過，在這些意圖的背後，我們也看到
胡適在汲取西方詩歌資源方面的欠缺。雖然現代主義詩歌運動尚未全
面展開，但是當時的西方詩歌已經有相當充足的資源，尤其是成熟的
詩歌體式規範（如十四行詩體），可供中國新詩參考與借鑒。可惜的
是，曾一度沉浸於西方文化中的胡適卻未在這方面有所建樹。

　　關於胡適的新詩活動所受西方文學影響的問題，雖然很早就引起
了注意，如胡先驌〈評《嘗試集》〉[94]一文早在一九二四年就明確指出
胡適的詩受美國意象主義影響[95]，但是由於線索不明朗（作為胡適研

93　胡適：〈談新詩〉，《星期評論》紀念號，1919年10月10日。

94　胡先驌：〈評《嘗試集》〉，《學衡》1922年第1、2期。

95　最早提出這個問題的人可能是胡適留美密友梅光迪。胡適曾在〈嘗試集自序〉裡引
　　用梅氏一九一六年七月二十四日來信的一段：「……今之歐美狂瀾橫流，所謂『新

究第一手材料的胡適的日記、書信，都對這個問題閃爍其辭[96]），學術界往往一筆帶過，語焉不詳。在方志彤、周策縱、夏志清等海外新文學研究者的研究基礎上，黃維樑的論述顯得比較全面和深入：

> 胡適對英國詩人的認識，大概以拜倫和白朗寧最深了。同年（引者按：指1916年）七月七日的日記也提到朴蒲（Pope）、華茨活（Wordsworth，今多譯為華滋華斯）幾個名字，不過只是一筆帶過，……〈談新詩〉一文，也提到華滋華斯，以及布萊克（Blake）、惠特曼（Whit-man），同樣是泛泛而已。青少年時期、留美時期、五四時期，以至終其一生，他對英美以至一切外國詩歌，閱讀不廣，愛好不深，所受影響不大，這似乎是可以斷言的。[97]

這個評價是中肯的，特別「閱讀不廣，愛好不深」一語，我認為十分準確地揭示了造成胡適和西方文學尤其是現代文學之間的關係淡薄的內在原因。而這種淡薄的關係，恰好又成為胡適新詩理論文章大量自我論述的一個重要原因。此外，胡適的詩歌翻譯活動雖然也涉及拜倫、雪萊、歌德、哈代等大詩人的作品，但都是蜻蜓點水式地選譯一二，也無相應的較為系統化的評介文字，因而顯得相當表淺與零碎。這種現象實際上是上述評語的很好注腳。事實上，中國新詩與古典詩

潮流』。『新潮流』者，耳已聞之熟矣。誠望足下勿剽竊此種不值錢之新潮流以哄國人也。」參見胡適〈嘗試集自序〉。

96 胡適一九一六年十二月二十六日的日記裡，剪貼了當時的《紐約時報》書評版轉載的《意象派宣言》的六大信條，並在其後加上說明：「此派所主張，與我主張多相似之處」，即委婉地否認了「意象派」詩歌主張對他的影響。而在〈嘗試集自序〉裡，胡適寫道：「……我主張的文學革命，只是就中國今日文學的現狀立論；和歐美的文學新潮流並沒有關係」，更是正式否認受當時西方文學的影響。以上所述似乎也可看作胡適話語策略的運用。

97 黃維樑：《中國文學縱橫論》（臺北市：東大圖書公司，1988年），頁70。

歌的最本質區別就在於命名機制的轉變和詩歌語言的轉向，而移植過來的西方語法和西方感性就是其最初的動力，因此西方詩歌的漢譯和中國新詩的成長之間存在著一種密切的互文關係，正如一位論者所描述的：「漢譯的成長，與新詩的成長幾乎同步，以至無法分清是漢譯推動新詩，還是新詩和新文學推動漢譯。」[98]縱觀中國新詩發展史，我們不難發現那些最優秀的詩人，往往同時也是西方詩歌的傑出翻譯者，如馮至翻譯的德語詩歌、穆旦翻譯的英語詩歌，以及他們對具有代表性的西方詩人的系統評介，都是有力的佐證。而胡適顯然疏忽了這個問題，其新詩的理論和創作，都因此帶上致命的缺陷。箇中原由，無疑有來自新詩發軔期的種種困難、壓力和阻力，不過更深層的原因恐怕在於胡適本人那種客串式的、淺嘗輒止的非專業態度。以上分析也解釋了為什麼在〈談新詩〉這篇新詩史上相當重要（朱自清曾稱之為「差不多成為詩的創造和批評的金科玉律」）的理論文章裡，既沒有西方文學理論的引證，也沒有引用哪怕一行西方詩歌作品。

　　自述新詩創作的歷程，也是胡適新詩理論自我論述的重要內容。關於文學革命和白話詩寫作的緣起，胡適曾這樣描述道：「……白話文的局面，若沒有『胡適之陳獨秀一班人』，至少也得遲出現二三十年。這是我們可以自信的。……從清華留美學生監督處一位書記先生的一張傳單，到凱約嘉湖上一隻小船的打翻；從進化論和實驗主義的哲學，到一個朋友的一首打油詩；從但丁（Dante）、卻叟（Chaucer）、馬丁路得（Martin Luther）諸人的建立意大利、英吉利、德意志的國語文學，到我兒童時代偷讀的《水滸傳》、《西遊記》、《紅樓夢》──這種種因子都是獨一的，個別的；他們合攏來，逼出我的『文學革命』的主張來。」[99]

---

98 黃燦然：〈在兩大傳統的陰影下〉，《讀書》2000年第3期、第4期。
99 胡適：《中國新文學大系・建設理論集》〈導言〉（上海市：上海文藝出版社，1980年影印本），頁17。

　　胡適在這裡首先流露出其一貫的自得與自信，之後向我們羅列了他參加文學革命的駁雜起因。從這些起因看，既有偶然性的外部推動，也有哲學思想的內在支持；既有中國白話文學傳統的影響，也有對西方文學的心儀。不過，如果作進一步的分析，我們可以看到在這些駁雜的起因背後，其實也隱藏著胡適如上文所述的運用語言策略的機心。比如這裡所提到的西方文藝復興時期的「國語文學」，對於它們和中國新文學的關係，胡適從來沒有展開論述和深入分析，因而不免有「扯虎皮作大旗」之嫌。這種做法對發軔時期的文學革命固然可能起到一種精神上的鼓舞作用，但同時也帶來浮誇的負面影響。

　　具體到自身新詩創作的變化與進步的問題，胡適寫道：「……故這個時期，──六年秋天到七年年底──還只是一個自由變化的詞調時期。自此以後，我的詩方才漸漸做到『新詩』的地位。〈關不住了〉一首是我的『新詩』成立的紀元。〈應該〉一首，用一個人的『獨語』（Monologue）寫三個人的境地，是一種創體；古詩中只有〈上山采蘼蕪〉略像這個體裁。以前的〈你莫忘記〉也是一個人的『獨語』，但沒有〈應該〉那樣曲折的心理情境。自此以後，〈威權〉、〈樂觀〉、〈上山〉、〈周歲〉、〈一顆遭劫的星〉，都極自由，極自然，可算是我自己的『新詩』進化的最高一步。……」[100]此處胡適把「白話詩」和「新詩」兩個概念區別開來，同時指出「新詩」是「白話詩」的更高發展。這無疑是胡適對新詩理論的一個重要貢獻。不過，更值得注意的是，胡適在這裡表現出對古典詩歌傳統的隱約體認和對西方詩歌影響的有意規避。前者體現為一種用以比照自己新詩作品的古典詩歌的參照系的建立，雖然這個參照系明顯地向胡適的詩作傾斜，卻也表明胡適所欣賞的像〈上山采蘼蕪〉那樣質樸明朗、具體寫實的古詩，多少還是讓他感到「影響的焦慮」；而後者主要是指對〈關不住了〉一詩的態度。

---

100 胡適：《嘗試集》〈再版自序〉，《嘗試集》（北京市：人民文學出版社，2000年），頁181-182。

這原本是一首譯作，譯自美國詩人蒂絲黛雅（Sara Teasdale）的〈屋頂上〉（"Over the Roofs"）。胡適為何把它當作自己「新詩」成立的紀元」，而絕口不提其外來身分？這是一個饒有意味的問題。王光明先生對此的解釋是：胡適「以自己的價值感和心智狀態，理解與『傳達』另一種語言與文化狀態中的詩」。[101]此說既道出時代語境的潛隱作用，也點明胡適的自負心態，可謂正中要害。

最後要指出的是，胡適的自我論述還有以詩作直接印證詩觀的做法。如在〈談新詩〉一文中，胡適首先亮出他的詩觀：「我說，詩需要用具體的做法，不可用抽象的說法。凡是好詩，都是具體的；越偏向具體的，越有詩意詩味。凡是好詩，都能使我們的腦子裡發生一種——或許多種——明顯逼人的影像。這便是詩的具體性。」繼而向古詩追根溯源（先貶抑李商隱的抽象朦朧，後盛讚杜甫、白居易的「具體的寫法」）、批判當代傅斯年、沈尹默的「抽象的寫法」。在以上足夠的鋪墊之後，胡適舉出自己的一首詩來證明這個觀點：

> 我們徽州俗話說人自己稱讚自己的是「戲臺裡喝彩」。我這篇〈談新詩〉裡常引我自己的詩做例，也不知犯了多少次「戲臺裡喝彩」的毛病。現在且再犯一次，舉我的〈老鴉〉做一個「抽象的題目用具體的寫法」的例罷：

> 我大清早起，
> 站在人家屋角上啞啞的啼。
> 人家討嫌我，說我不吉利：
> 我不能呢呢喃喃討人家的歡喜！[102]

101　王光明：〈文學批評的學術轉型〉，《文學批評的兩地視野》（北京市：北京大學出版社，2002年），頁138。

102　胡適：〈談新詩〉，《星期評論》紀念號，1919年10月10日。

　　越過欲擒故縱的謙虛手法，我們從文章的內在邏輯理路（先抑後揚）可以看出胡適對自己的新詩創作的暗暗得意。從這裡我們同樣會發現胡適新詩理論的兩個問題：首先，它是「向後」的，即總是向胡適所認可的那部分古典詩歌去尋求經典文本的支持（胡適在提倡「國語文學」時以西方文藝復興時期的文學作為精神楷模的做法也是如此）；其次，就當下狀態而言，它又是封閉的：詩歌觀念與自身的創作抱成一團，尤其缺乏面向西方現代詩歌的開放意識，而這又與胡適的整個思想努力方向的轉變有關，正如李敖所言：「他不在推行『全盤西化』上認真，卻在吳稚暉筆下『國故』的臭東西上認真，認真搞他自己筆下的那種『開倒車的學術』，寧肯犧牲四五十條『漫遊的感想』來換取『白話文學史』的上卷，毫不考慮兩部著作對世道人心孰輕孰重，這是他的大懵懂！……」[103]

三　後期的微弱回音

　　正如上文所述，胡適和新詩保持較密切關係是在一九二二年以前。此後胡適把主要精力放到「整理國故」和參與各種社會事務甚至政務（1938-1942年出任駐美大使是其最突出的表現）上，從此也不斷地捲入更為複雜的思想紛爭（尤以與左翼知識分子的攻防戰為甚）之中。這種狀態幾乎一直持續到胡適的晚年。胡適曾經這樣形容自己的學術思想的諸方面：「哲學是我的職業，文學是我的娛樂，政治又是我的一種忍不住的新努力。」[104]胡適此言可說是對上述現象的最佳解釋。不過，在那些事件、現象的夾縫裡，我們仍然能夠看到胡適對新詩的零星關注，儘管這種關注主要體現在一些書信、序言以及晚年的談話裡，基本上是以局外人的身分發言的。

---

103 李敖：〈播種者胡適〉，《胡適印象》（上海市：學林出版社，1997年），頁　。

104 胡適：《我的歧路》，轉引自許道明等編評《箭與靶──文壇名家筆戰文編》（上海市：上海文化出版社，2001年），頁337。

　　從詩歌理論主張來看，胡適後期的姿態已不再激進，而是顯得從容、悠閒（正如上文胡適所言，帶有某種程度的「娛樂」色彩），並不時擺出「過來人」和「老前輩」的架勢。[105]一九二四年，胡適為其侄兒的遺詩作序時寫道：「……他的詩，第一是明白清楚，第二是注重意境，第三是能剪裁，第四是有組織，有格式。如果新詩中真有胡適之派，這是胡適之的嫡派。」[106]這既是對侄兒遺作的高度評價，也間接地表達了對自己新詩創作的滿意（因此也是一種自我論述）。與此同時，胡適在這裡也強調和回應了他早期所主張的「文學有三個要件：第一要明白清楚，第二要有力、能動人，第三要美」的觀點。

　　而到了一九二八年，胡適談起新詩有關問題時顯得更為輕鬆：

> 詠物詞只應如此，正不需掉書袋，搬典故也。因讀令先公〈芭蕉〉詞，偶憶我前年讀范石湖〈瓶花〉絕句，曾戲作小詩……寫呈先生一看，不知頗有詞的意味否？近年因選詞之故，手寫口誦，受影響不少，故作白話詩，多作詞調，但於音節上也有益處，故也不勉強求擺脫。[107]

雖然這封信涉及新詩創作的問題，但其舒緩溫和的語調讓人想起古代詩人和友人交流「把玩」詩歌的心得。我們還可以進一步發現，胡適在這裡仍然停留在對一些外部問題（「詞調」、「音節」是胡適樂於談

---

105 胡適一九五九年與臺灣大學幾個用現代派手法寫詩的學生的談話，就充滿訓斥的味道：「你們做的詩如果不預備給別人看的，……那就隨便怎麼做都可以；如果要給別人看，那末一定要叫別人看得懂才對。……你們寫的所謂抽象派或印象派的詩，只管自己寫，不管人家懂不懂，大部分的抽象派或印象派的詩或畫，都是自欺欺人的東西。你們的詩，我胡適之看不懂，那末給誰看得懂？」這裡讓人想起大陸朦朧詩論爭時一些老詩人的口氣。參見胡頌平：《胡適之先生晚年談話錄》，臺北市：聯經出版事業公司，1984年。

106 胡適：〈胡思永的遺詩序〉，《努力周報》第49期，1923年4月。

107 胡適：〈讀〈雙辛夷樓詞〉——致李拔可〉，《東方雜誌》第25卷6號，1928年6月。

論的自己與古典詩歌的曖昧關係的關節點）的注意上，而對現代詩歌更深層的藝術問題（如語言怎樣轉向、現代性的壓力如何化解等）毫無興趣。此時的聞一多、徐志摩、馮至等人已經在新詩的現代化方面開始了各自的實踐和思考。而被稱為「新文學旗手」的胡適卻原地踏步，甚至還有某種程度的倒退。一九三一年在評論「新月詩人」陳夢家的詩時，胡適的表達明顯地流露出一種窘迫感：

> 你的詩裡，有些句子的文法似有可疑之處，如〈無題〉之第五行：
>
> 我把心口上的火壓住灰，
> 奔馳的妄想堵一道堡壘。
>
> 你的本意是把火來壓住灰嗎？還是要給心口上的火蓋上灰呢？又如〈喪歌〉第五行：
>
> 你走完窮困的世界裡的第一條路。
>
> 〈自己的歌〉第六節：
>
> 一天重一天——肩頭
>
> 這都是外國文法，能避去最好。……你的詩有一種毛病可指謫，即是有時意義不很明白。……你的明白曉暢之處，使我深信你應不是缺乏達意的本領，只是偶然疏懶，不曾用力氣求達意而已。我深信詩的意思與文字要能「深入淺出」，入不嫌深，而出不嫌淺。凡不能淺出的，必是不曾深入的。[108]

---

108 胡適：〈評《夢家詩集》〉，《新月》第3卷第5、6期合刊，1931年6月。

　　儘管胡適此時還不忘兜售他所篤信的詩要「明白清楚」、「深入淺出」的詩歌觀念，但他也感覺到一種前所未有的阻力。面對陳夢家的詩這一新詩創作領域出現的新情況，胡適除了無關痛癢地指責「文法」的西化和感歎「意義不很明白」（對〈無題〉的追問尤顯幼稚）外，似乎就無話可說了。胡適仍然站在「過來人」的立場上發言，字裡行間透露著訓說的信息。他可能沒有意識到，事實上此時他也在某種程度上成了一個「外行人」。因此，陳夢家乃至「新月詩派」的詩藝探索的意義及其在新詩發展行程中的作用，都沒有成為胡適的思考對象。這實際上也反映了胡適新詩理論的封閉性和缺乏必要的整體觀念。關於五四一代知識分子的思想狀況，夏志清曾作如下評論：「……五四時期，新文化倡導者雖然介紹了一大串『主義』，本質上未受『現代主義』的洗禮，不僅是西風東漸，時間上必然落後（cultural lag），實在是文化制度一切需要創新，不可能接受『現代主義』的誘惑。……」[109]這個論述用以解釋胡適整個新詩理論主張為何在後期日漸萎縮、日趨保守的問題，無疑是較到位和有力的。不過，夏氏在這裡主要只從作為外因的文化環境著眼的，導致上述問題的還有一些內部因素，如前文提及的胡適的哲學觀念、對文學的興趣不大等，更是問題的要害所在。

　　發表於一九三六年的〈談談「胡適之體」的詩〉一文，是胡適後期惟一一篇專門談論新詩的文章，且以自己為主要對象。該文的起因是陳子展在《申報・文藝週刊》上倡導所謂「胡適之體」的新詩，並舉出胡適的新作〈飛行小贊〉（1935年作）作為例證。陳認為像〈飛行小贊〉那樣的詩已經從舊詩詞中「蛻化」出來，開闢了一條「新路」，從而為新詩創作提供一個範例。在一番例行的客套之後，胡適首先頗為認真地把〈飛行小贊〉全詩抄出，以糾正該詩被報章引用時

---

109 夏志清：〈林以亮詩話序〉，〈人的文學〉（瀋陽市：遼寧教育出版社，1998年），頁131。

出現的訛誤。由此出發，胡適進一步闡述其新詩創作對詞調的有效借鑒：「……用它的格局做我的小詩組織的架子，平仄也不拘，韻腳也可換可不換，句子長短有時也不拘，所以我覺得自由得很。至少我覺得這比勉強湊成一首十四行的『商籟體』要自由得多了！」[110]強調古典傳統和忽視西方經驗的老調，在這裡再一次彈響。換個角度，我們又可以看到胡適在西方現代主義文學風起雲湧、國內許多人（如梁宗岱、李金髮等人）也作出相應反應的當時，居然固步自封，陶醉於反芻、玩味最初就顯得保守的舊觀點。這篇文章的後半部分，胡適結合一些自己的詩作，又重複了一遍他的三條「做詩的戒約」：「說話要明白清楚」、「用材料要有剪裁」、「意境要平實」。雖然文末胡適不忘來幾句自我揶揄「今天我一時高興，談談『胡適之體』是什麼，並不是要宣傳什麼教義，只是要報告胡適之至今還在嘗試什麼小玩意兒而已」[111]，但全文的基調依然是胡適自我論述時一貫的自負與自得。

　　胡適後期的詩歌創作多採用舊詩體和「小詩」的形式，而所謂「小詩」，往往也是古詩詞舊體的稍加改造。如〈寄給北平的一個朋友〉一詩，曾有論者指出實為一首七律的略微變形。[112]不過，正如朱光潛所言：「胡先生既然定了一個『作詩如作文』的標準，在歷史上

---

110 胡適：〈談談「胡適之體」的詩〉，《自由評論》第12期，1936年2月。
111 胡適：〈談談「胡適之體」的詩〉，《自由評論》第12期，1936年2月。
112 葉維廉認為該詩只是文言詩的略加白話化，可作如下還原：

藏暉先生昨夜作一夢，		藏暉先生作一夢，
夢見苦雨庵中吃茶的老僧。		苦雨庵中吃茶僧。
忽然放下茶盅出門去，		放下茶盅出門去，
飄蕭一丈天南行。	→	飄蕭一丈天南行。
天南萬里豈不太辛苦？		天南萬里太辛苦？
只為智者識得重與輕。——		智者識得重與輕。
醒來我自披衣開窗坐，		醒來披衣開窗坐，
誰人知我此時一點相思情！		誰人知我相思情！

參見葉維廉：《中國詩學》（北京市：生活・讀書・新知三聯書店，1992年），頁227-228。

遍處找合這標準的作品，看見最合式的是打油詩，所以特別推崇王梵
志和寒山子……」[113]這些詩的抒情方式主要來自古代的「打油詩」傳
統，與古詩含蓄、典雅的主流風格大相逕庭。儘管在這個尋找過程中
難免錯失大量經典，但胡適後期的詩至少在形式方面固守古典情懷，
在藝術趣味上堅執「作詩如作文」的標準。這種現象既可看作是對胡
適早期新詩理論激進部分的否定，也可當成其自我論述「向後」特徵
和封閉性的具體體現。

113 朱光潛：《詩論》（北京市：生活・讀書・新知三聯書店，1984年），頁239。

第三章
「新詩」的形象塑造

按照其合法性的邏輯，為了與「舊詩」徹底劃清界限，在妖魔化「舊詩」的同時，「新詩」還要樹立起自身的正面形象。這個正面形象的基本定位是：平民化的語言、真摯的情感內容、自然而不拘格律的表現方式。「新詩」作為一種寫作的傳授與學習，顯然也遵循並在某種程度上強化這種價值定位。而古詩今譯，可以看作「新詩」展示自身形象的一種「另類」方式。不過，「新詩」的正面形象也不可避免地遭到反對者的歪曲，甚至在一般讀者的眼裡也顯得面目模糊。

第一節　形象的建構和模仿

一　「新詩」的幾種形象

有意識地塑造自身的一個鮮明形象，並通過展示這個形象以期獲得讀者的接受和認識，是早期新詩尋求合法性的一個必要步驟。這個塑造過程，既需要一定數量的作品提供一種最直觀的印象，也需要在詩歌觀念方面的宣揚與演繹。在早期的新詩理論話語裡，「新詩」形象往往被描述為「舊詩」形象的一種反面。在那些提倡者和寫作者眼裡，相對於「舊詩」的腐朽、落後、死氣沉沉，「新詩」的形象自然是高大的、進步的、富有活力的。

作為「白話詩」最早的寫作者之一的沈兼士，可能也是「新詩」形象的最早塑造者。他在一首題為〈真〉的詩裡以自然景物的「真趣」來形容「白話詩」：

> 我來香山已三月，領略風景不曾厭倦之。
>
> 人言「山惟草樹與泉石，未加雕飾何新奇？」
>
> 我言「草香樹色冷泉醜石都自有真趣，妙處恰如白話詩。」[1]

不過，就像這首詩本身所呈現的面目一樣，詩裡的「新詩」形象也顯得十分模糊。這種模糊性，也體現在下面一段議論中：「新體詩之特長，即以淺顯之筆墨，而發為至情之文章；其描摹社會狀況，歷歷如生，其活潑應較舊詩為有味。然舊體白話詩與純粹的新體詩相比，實異口同聲，相差不遠⋯⋯」[2]為了證明此言不虛，作者還特意把胡適〈人力車夫〉一詩中的前兩行，改為一首五言的「舊體白話詩」[3]，並由此判斷兩者的「佳處」難以分出高下。

相形之下，郭沫若的《女神》〈序詩〉對「新詩」形象的熱情描述，就鮮明得多：

> 《女神》喲！
>
> 你去，去尋那與我的振動數相同的人；
>
> 你去，去尋那與我的燃燒點相等的人。
>
> 你去，去在我可愛的青年的兄弟姊妹胸中，
>
> 把他們的心弦撥動，
>
> 把他們的智光點燃吧！

在一種浪漫主義的激情高呼中，顯然還夾雜著幾分啟蒙的衝動。這是

1　沈兼士：〈真〉，見《新青年》第5卷第3號「詩」欄，1918年9月15日。

2　朱惟庸：〈新舊詩之比較觀〉，《時事新報・學燈》1920年8月5日。

3　胡適〈人力車夫〉的前兩行是：「『車子！車子！』車來如飛。／客看車夫，忽然中心酸悲。」被朱惟庸改寫後的五言舊體詩為：「客呼車子來，車來速如飛；客看車夫面，中心忽酸悲。」

「新詩」的一種典型的「正面形象」。這種高大形象是由新詩人一手塑造出來的。不過，閱讀早期新詩作品就不難發現，這種形象主要呈現為一種觀念性和想像性的形態，很難從既有的文本中得到有力的反映與支持。

　　有趣的是，郭沫若眼中的「新詩」形象，也呈現出「婉約」的一面。他在〈白雲〉[4]一詩作了如下描寫：

> 魚鱗斑斑的白雲，
> 波蕩在海青色的天裡；
> 是首韻和音雅的，
> 燦爛的新詩。
>
> 聽喲，風在低吟，
> 海在揚聲唱和；
> 這麼冰感般的，
> 幽繚的音波。

以「白雲」這一輕逸空靈的物象來比喻「新詩」，可能暗示了詩人對「新詩」的另一種期待。這首詩不同於《女神》中那些自由詩，它本身就體現出追求所謂「韻和音雅」的某種努力。事實上，郭沫若創作於一九二五年、後來收入詩集《瓶》的那些詩作，在這方面作了一種較為充分的實踐。

　　胡適的《例外》（作於1920年）一詩，則以一種幽默的筆法描述了「新詩」的獨特魅力：

4　原載《創造》季刊第1卷第1號，1922年3月15日。

　　　我把酒和茶都戒了，
　　　近來戒到淡巴菰；
　　　本來還想戒新詩，
　　　只怕我趕詩神不去。

　　　詩神含笑說：
　　　「我來絕不累先生。
　　　謝大夫不許你勞神，
　　　他不能禁你偶然高興。」

　　　他又涎著臉勸我：
　　　「新詩做做何妨？
　　　做得一首好詩成，
　　　抵得吃人參半磅！」

透過詼諧的語言，我們也看到胡適對「新詩」形象的某種戲劇化處理。

　　幾年之後，一位作者把「新詩」比喻成一個天真活潑的「童子」：「自民國五六年，中國的幾個學者，想拿西洋活潑的，自然的，無拘束的，有生氣的精神，來改良中國的老舊文學，於是這如同嫩芽的新詩，便冒出地平面來了。……這幾位學者，猛然將這新詩產出，他在初生時，雖感受了先天的惡遺傳，外來的壓迫，地位的孤獨，自身的稚弱，這種種的痛苦，他卻扎掙著，努力著，奮鬥著，到了今日體魄強健，天真瀾漫的童子的地步了。玩皮童子動手動腳的要施展他的力氣，常與比他身量大，年歲高的老者比武。雖然有時吃虧，也不灰心；他信他必有一日能穩住腳跟和那老者並立。」[5]這裡實際上道出

5　李勛剛：〈中國新詩的將來〉，《晨報附刊・文學旬刊》第3號，1923年6月21日。

了「新詩」的兩面性：一方面它充滿新鮮的生機與活力，另一方面，由於誕生方式的某種特殊性，它又有不少與生俱來的不足。

　　與郭沫若和胡適等人的誇大手法相比，「新詩」的這個形象顯得比較真實和低調。不過，該文對於「新詩」未來的預測和想像同樣是十分大膽的，甚至認為「將來新詩必能表現我全體人民的感覺與思想」。這種浪漫激情和救世情懷，又和郭沫若的表達不無相通之處。從點燃智慧之光的啟蒙使者，到天真而頑皮的「童子」，這些形象從不同角度突出了「新詩」的激情、活力和無限的可能性。

　　在反對派眼中，「新詩」自然是另一副模樣。胡適的好友任鴻雋在美國讀了《新青年》上發表的「白話詩」之後，作了如下一番調侃：「《新青年》之白話詩，似乎有退而無進。如星期前在 New Hampshire 白山中，攜經農、擘黃、亦農、樹人、杏佛避暑出遊時，遇物輒作白話詩，每日所得不下十餘首，惜不得《新青年》為之登出問世耳。某日擘黃問，如《新青年》之白話詩有何好處？雋答其好處在於無詩可登時，可站在機器旁立刻作幾十首。頃讀來書，言除夕詩係五分鐘所作成，竊喜吾前言之不謬。特今日之問題不在詩成之遲速難易，乃在所成者是詩非詩耳。」[6]這段極盡揶揄之能事的文字，儘管多少有點意氣用事，卻也相當明確地指斥了早期新詩寫作缺乏必要的節制、作品非詩化等問題。

　　甚至有人把「新詩」貶稱為一種「畸形的長短句」。所謂「畸形」，具體表現為：「篇幅短，寫了一句，提起行來再寫一句。或者平頭，或者一句高一字，一句低一字的排著寫。」[7]這個漫畫式印象，顯然包含著某種偏見。

　　更值得注意的是，當時還出現了兩首攻擊「新詩」的七言律詩，

6　任鴻雋：〈致胡適信〉（1918年9月5日），中國社會科學院近代史研究所中華民國史組　編：《胡適來往書信選》上冊（北京市：中華書局，1979年），頁14。

7　汪東：〈新文學商榷〉，《華國月刊》第1卷第2期，1923年10月15日。

其中映照出一個被扭曲的「新詩」形象：

> 一紙新詩照眼明，故人高詠意難輕。莊周地籟難聞得，劉蛻天荒竟破成。惜有野鳴呼格碟，卻愁聚坐打杯觥。只緣過解老嫗苦，地下香山笑未能。
>
> 旁行斜上意縱橫，符號森嚴鉤戟撐。蚊子蒼蠅皆入調，家人小畜半齊名。獨難小玉付歌板，似遣長沮離耦耕。最是曲終人不見，看君惟有爛星明。[8]

詩中對「新詩」的使用白話寫作、內容不夠高雅、缺乏音律等方面問題，提出了批評。在嚴整的格律和雅馴的語言等因素的作用之下，原本相當嚴厲的指責彷彿被抹去了稜角。然而，就作者試圖獲取的效果而言，此舉的作用實際上是一種增強而非減弱。以七律——一種極為嚴格的古典詩歌形式——向追求形式解放的「新詩」發言，這個行為本身就極具挑釁色彩。

那麼，在一般讀者心目中，「新詩」又呈現出一種怎樣的面貌呢？一九二〇年，一位普通讀者這樣描述他所「看」到的「新體詩」：

> 現在出了一種新體詩。我在報紙上看到好幾篇。那每篇裡頭，有十幾個字一句的長句，也有一二個字一句的短句；有幾句好像叶韻的，有幾句又不叶韻了；有幾句像諺語，有幾句又像詞曲。他的體裁，原是新創的，不名一體，就算他是新體了。他那詞旨呢，有說雁的，有說夕陽的，有說海潮的。雖是寫天然的物狀物情，卻實在是訴說人生的希望同那境遇。這像是古詩的比興了。他那寫詩的方法，大概是一句一行，長長短短，疏

8　參見枕薪：〈詠新詩〉，《民國日報・覺悟》1921年7月25日。

　　疏落落，寫那麼一排的多。那句子下面，有用小點點他幾點的；
　　那每行中間，有用直線畫一下子的。自然比舊體詩的寫法新鮮
　　多了。不知道是不是仿照外國詩的寫法，也不知道有點像不像
　　中國琴譜簫譜的構造。總而言之，是個中國新體詩嶄新的寫法，
　　不用疑惑了。……[9]

在這位讀者看來，「新體詩」的作品似乎充滿各種矛盾和錯位。儘管
帶著幾分困惑與疑慮，不過他最後還是不得不同意：「新體詩」至少
看起來是「嶄新」的。這個描述頗具有代表性。它表明當時擁護「新
詩」的強大話語，往往把「新詩」的某種印象（如「新」、比「舊
詩」好），不知不覺地強加於讀者的頭腦之中。從其略顯笨拙的口吻
看，這位讀者基本上可以被認為是一個「外行」。然而，從他打量
「新詩」的眼光中，我們也看到了「新詩」更為「真實」的一面，比
如它缺乏自身特點的模糊面目（像諺語又像詞曲；像外國詩也像中國
琴譜簫譜）。而這種形象的模糊性，實際上透露了這位讀者對所謂
「新詩」的某種不信任感。

　　相比之下，另一位讀者關於「新詩」的看法就顯得「專業」多
了。在大大地數落了一番「舊詩」的弊病之後，他對「新詩」表露出
一種讚賞有加的態度：「至若新詩者則赤裸裸之真意盡在。既無規律
之牽制，又不失自然之天籟。且無論抒情狀物，絕不帶神秘臭味──
自傲習氣。」[10]這種全面肯定的語氣難免帶有愛屋及烏的意味，卻也
頗能說明「新詩」在當時讀者中受歡迎的程度。

　　正面的塑造也好，反面的扭曲也好，「新詩」形象的演繹，構成
早期新詩尋求合法性的重要議題之一。通過展示自身的形象，「新
詩」開始走向文壇的前臺位置，接受含義各異的目光的審視。

9　永嘉貞晦：〈文學革命的商量〉，《時事新報‧學燈》1920年1月17日。
10　黃逸之：〈新詩與舊詩之感想〉，《時事新報‧學燈》1920年8月5日。

二　師者角色

　　早期新詩作品在《新青年》等雜誌上公開發表之後，隨著讀者群
的逐漸擴大，一些熱情的讀者也表露出模仿寫作「新詩」的強烈願
望。在各種新文化刊物的影響之下，甚至有些地方的小學生，也對
「新詩」的寫作發生了濃厚的興趣。[11]在新詩集出版之前，對於這些
初學者來說，最直接的模仿對象，就是那些發表在各種報刊上的「新
詩」作品。詩人馮至在晚年曾經回憶說，「我對詩發生興趣，是從寫
新詩開始的。讀了《新青年》、《新潮》、《少年中國》等刊物登載的早
期的新詩，自己也寫起新詩來了。」[12]於是，怎樣尋找老師和由誰來
充當老師，即「新詩」及其寫作作為一種知識的傳授與學習，就成為
早期新詩建立自身合法性的一個重要課題。

　　譬如，《新青年》第五卷第三號「通信」欄刊出讀者兼作者
「Y.Z.」的來信，信中寫道：「今附詩六首，其中譯的三首，……做
的三首，是我學步你們的。我在做詩上面，沒有用過什麼功；這幾首
詩，當然做得不好。我把他寄給你們看，不過表示我贊成貴志的誠意
罷了。」這裡所談論的是詩歌問題，作者的態度顯得十分謙卑而懇
切，迥異於該信前半部分對《新青年》提倡白話文不徹底和「通信」
欄缺乏商榷空間的尖銳指責[13]。信中提及的那些詩，也被編者附在信

11　艾蕪曾回憶說，他小學時非常佩服一個寫「新詩」的師範生，「覺得他是最有新思
　　想的青年，以後還寫白話詩寄到成都去，找他修改，成為我最初學寫新詩的老
　　師。」後來遇見一個小學教師拿著一本《直覺》的新詩專號，也主動上前請教：
　　「我老坐在他的旁邊，同他一道閱讀新詩，並向他請教，要怎樣才把新詩寫得好，
　　成半天地問個不休。」艾蕪：《五四的浪花》，中國社會科學院近代史研究所編：
　　《五四運動回憶錄》下冊（北京市：中國社會科學出版社，1979年），頁964-965。

12　馮至：〈自傳〉，見馮姚平編：《馮至全集》第12卷（石家莊市：河北教育出版社，
　　1999年），頁606。

13　該信前半部分寫道：「我讀貴志，常很滿意，但每月所出的雜誌裡，總有幾篇不用
　　白話的文章，……雖也是爽爽快快，但總不如用白話做得更加爽快。你們是改良文

後發表在「通信」欄裡。值得指出的是，這種「發表」方式，是不能和「老師」們在《新青年》等雜誌的「詩」專欄裡發表詩作品相提並論的，甚至連字號大小的不同（前者小後者大），也顯示了一種「身分」的差異。劉半農對這封信作了如下回復：「來詩六首，做的譯的，都是很好；〈小河呀〉一首，尤覺有趣可愛。其文字上有應行斟酌之處，已與同人商量，代為修改一二，不知有當尊意否？」[14]劉氏的做法是：既對這些詩作表示了熱情的鼓勵，又毫不客氣地將它們刪改了一通，儼然一副「新詩」寫作老師的模樣。這個例子具有某種象徵意味。

作為「新詩」的開山者，胡適自然成為眾多的後起寫作者追慕的對象。不僅一般讀者急切地向胡適請教，比如，有作者寄上自己的作品，請胡適給予指正：「現在我寄上小詩一首，祈你改正後，登之《努力》報為盼！」[15]這樣的請求顯得懇切而直率，希望得到指點和扶持的心情溢於言表。除一般作者和讀者外，也有一些寫「新詩」的好友求教於胡適。胡適留美時就已結交的好友陳衡哲，就是其中的最活躍者。她在寫給胡適的一封信裡寫道，「我前次寄給你的幾首小詩──一是〈桃花和晚霞〉，一是〈一個女尼的懺悔〉，其餘的不記得了──大約已收到了。你如以為他們不可用，很希望你把那些不好的地方告訴我。我始終不曾覺得我的詩是用不著改良了，所以很歡迎有價值的評論。」[16]一般讀者也好，陳衡哲這樣的朋友也好，顯然都把胡適看作是一位能夠勝任指導「新詩」寫作的良師益友。

學的先驅者，為什麼這樣的膽小，不專誠？」「貴志的的通信欄，不過一個雄辯場罷了，沒有一些商榷的事情。……」諸如此類。參見《新青年》第5卷第3號「通信」欄，1918年9月15日。

14 見《新青年》第5卷第3號「通信」欄，1918年9月15日。

15 傅斯棱：致胡適（1922年夏間），中國社會科學院近代史研究所中華民國史組編：《胡適來往書信選》上冊（北京市：中華書局，1979年），頁179。

16 陳衡哲：〈致胡適〉（1923年4月5日），《胡適來往書信選》上冊，頁193。

　　魯迅也曾一度樂於充當「新詩」習作者的啟蒙老師。五四時期的青年學生兼「新詩」作者汪靜之後來曾回憶說：「魯迅先生曾陸續看過《蕙的風》原稿，有不少詩曾修改二三字。……有一封寄回詩稿的信裡說：『情感自然流露，天真而清新，是天籟，不是硬做出來的。然而頗幼稚，宜讀拜倫、雪萊、海涅之詩，以助成長。』」[17]魯迅採用的是一種鼓勵與教訓並舉的做法，與劉半農可謂異曲同工。

　　田漢、康白情對易漱渝（田漢之妻）的詩歌處女作〈雪的三部曲〉的修改，也是一個值得注意的例子。面對這首作者自稱為「文不文話不話的詩」，田漢和康白情不約而同地流露出修改的衝動。田漢的修改幅度較小，只是「為她把不合 rhythmé 的地方改正了好幾處」；康白情則在高度評價該詩為「中國詩裡的雪詩……第一首」之後，說「我為過愛這首詩，竟又把他改了好幾處。改的不知道怎麼樣，但我總想他音節能夠更諧和，體裁能夠更散文，風格能夠更自然，意思能夠更深刻。我想我這種不客氣，瑜君大概是不會怪我的，只怕所改的東西和我所想的適得其反，那就難過了。」[18]兩者在修改方向上存在一些差異：前者試圖在詩的節奏方面做文章；後者顯然野心更大，提出了音節、體裁、風格、意思四個方面的修改意見。然而，兩者所流露的師者心態並無二致。

　　更有意思的是，關於「新詩」寫作的學習甚至成為一種「閨房之樂」。在為其妻的一首詩所作的按語中，易家鉞以老師的身分，興致勃勃地敘述了該詩的寫作過程：「這是學藝今早起來高興做的一首新詩。我本約他同做這個題目的，不料我正在譯書，他頃刻就做成了；我讀了幾遍，只覺胸中充滿了愉快的感情，因此我便不再做了。末後一節，我替他改了幾個字，合併聲明。這首詩，我相信音調、用意、

---

17 汪靜之：〈回憶湖畔詩社〉，《詩刊》1979年第7期。

18 易漱渝：〈雪的三部曲〉，《少年中國》第1卷第9期，1920年3月15日。

排句都好。這卻不是替自己的夫人吹牛呀。」[19]試想，連最休閒的家居生活中都出現了「新詩」的蹤跡，更何況其他與文化有關的場合。

三　模範文本的啟示

以上各位「師者」之所以如此自信，可能基於這樣一種心理預設：「新詩」已然存在某種標準，而這種標準能夠經由他們「投射」在被修改的作品之中。上述這些指導者們把「新詩」當作一種可以傳授的知識，顯然有某種操之過急的嫌疑。不過，此舉對於「新詩」創作活動鼓勵，有利於擴大「新詩」的作者群，因此構成了早期新詩合法性尋求的一個重要環節。

與劉半農、胡適、魯迅等人的「高調」相比，後來朱自清所充當的「新詩」師者角色，就顯得謙遜多了。一九二四年，早逝的青年詩人李無隅生前曾把詩集《梅花》的稿件交給他刪改。朱自清的做法是：「我已將他的全稿整理一番；共刪去二十四首，改了若干處——便是這一卷了。我刪改的時候，總以多存原作為主；因作者已死，無可商量，但憑己見，恐有偏蔽的地方。」[20]所謂「多存原作」的刪改原則，表明了朱自清對作者原創性的充分尊重。

與上述各種「人師」相比，「詩師」（以某一模範作品為師）對初學者可能具有更大的吸引力。文本上的啟示顯得直接而生動，更能激發「新詩」愛好者的寫作衝動。譬如，聞一多最早的「新詩」寫作，就受到了沈尹默等詩人發表於《新青年》的詩作的影響。其中一首詩題為〈讀沈尹默〈小妹〉！想起我的妹來了也作了一首〉，這個題目本身就透露出一種影響關係。[21]聞一多這首「少作」雖難免顯得稚

19　參見學藝：〈日曆〉，《晨報》1920年11月1日。

20　朱自清：〈《梅花》的序〉，《文學》第116期，1924年4月7日。

21　聞一多的這首詩作於1919年11月16日，後編入自編詩集《真我集》（未出版）。沈尹默的詩刊於1919年11月1日出版的《新青年》第6卷第6號。

嫩，卻也算得上是自己的一種「創作」。而其他作者的一些詩作，卻幾乎是對某個範本的抄襲。關於這一點，我們可以在一首題為〈蝴蝶與蛛蜘〉[22]的詩裡得到印證：

> 　一個紅蝴蝶，
> 　　飛去復飛來。
> 　忽黏蛛網上，
> 　　掙動怪可憐。
> 　蜘蛛得蝶喜，
> 　　小孩見蝶悲，
> 　伸手撥蛛網，
> 　　蝴蝶振翅飛。
> 　飛去忽飛回，
> 　　飛回謝小孩。

這首詩的「老師」顯然就是胡適的〈朋友〉[23]。稍作對比，就不難發現前者在語言、意象、形式等方面對後者亦步亦趨的模仿。這樣的模仿現象，在早期新詩中可謂比比皆是。

　　俞平伯曾明確地把找到一個合適的「老師」，當作使「新詩」「增加重量」，即爭取合法性的兩件要務之一：「造房的有圖樣，畫圖畫的

22　WT：〈蝴蝶與蛛蜘〉，《民國日報‧覺悟》1921年4月5日。
23　為獲得一種對比效果，這裡列出胡適的〈朋友〉（該詩收入《嘗試集》時改名為〈蝴蝶〉）原詩如下：

> 兩個黃蝴蝶，雙雙飛上天。
> 　不知為什麼，一個忽飛還。
> 剩下那一個，孤單怪可憐；
> 　也無心上天，天上太孤單。

據胡適：〈白話詩八首〉，《新青年》第2卷第6號，1917年2月1日。

有範本，做詩的自然也要尋個老師。西洋詩和中國古代近於白話的作品。──《三百篇》、樂府、古詩詞我們都要多讀。」[24]此處所說的「老師」，也正是意指既有的優秀文本。俞氏這個觀點顯然受到了胡適的啟發，不過比後者更為旗幟鮮明。後來《新詩集》編者在陳述該詩集的編選目的時，進一步發揮了俞氏的觀點：「現在各處研究新詩的很多，但是他們很不容易找一個老師，去和他們研究，為什麼呢？因為他們由經濟上，交通上，時間上種種關係，往往不能夠多看新出版物；那新詩自然接觸得少了！現在我們索性把各種書報中的新詩匯印出來，那麼他們出了極廉的價，便可得到許多有價值的新詩。老師找到了，可常常去研究他磨煉他；我們的同志越多，新詩的進步一定越快了！」[25]不過，「新詩」的發展歷程很快就證明，這種觀點顯然過於樂觀。

　　傅斯年則逕直為「新詩」作者指示了幾個最新近的模範文本。在《新潮》所轉載的周作人的兩首詩〈背槍的人〉、〈京奉車中〉之後，他寫了這樣的按語：「我們《新潮》登載白話詩業已好幾期了，其中偏於純粹的模仿者居多。我想這也不是正當趨向。我們應當製造主義和藝術一貫的詩，不宜常常在新體裁裡放進舊靈魂──偶一為之，未嘗不可。所以現在把《每周評論》裡的這兩首詩選入，作個模樣。」[26]在這裡傅斯年指出了早期新詩的弊病所在。在他看來，周作人的白話詩作品真正體現了一種藝術的創造和思想的進步，因而具有作為榜樣的分量。

　　周氏兄弟尤其是周作人的「新詩」作品，在早期新詩的相關談論中，常常被當作一種「範本」。這是一個十分值得注意的現象。其實，

---

24 俞平伯：〈社會上對於新詩的各種心理觀〉，《新潮》第2卷第1號，1919年10月30日。

25 新詩社編輯部：〈吾們為什麼要印《新詩集》〉，新詩社編輯部編：《新詩集》（第一編），上海市：新詩社出版部，1920年。

26 見《新潮》第1卷第5號，1919年5月1日。

在《新潮》編者的大力推舉之前，《新青年》第六卷第二號（1919年2月15日）以頭條位置發表周作人的〈小河〉，就可能隱含了某種「經典化」的意圖。支持這種經典化的最有力因素，正如周作人後來所概括的，是該詩透過一種高度散文化的手法，在形式上得以成功掙脫「舊詩」的森嚴成規[27]。不久之後，胡適更明確地將〈小河〉定位為「新詩中的第一首傑作」，並特意將周氏兄弟從最初那批「新詩人」中區別開來：「我所知道的『新詩人』，除了會稽周氏弟兄之外，大都是從舊式詩，詞，曲裡脫胎出來的。」[28]胡適顯然也意識到，為「新詩」樹立幾個榜樣是十分必要的。於是被認為離古典詩歌傳統最遠的周氏兄弟就成了最佳人選。

而〈談新詩〉一文，在不少初學者心目中，簡直就是一篇有關「新詩」做法的講義（朱自清謂之「金科玉律」[29]也包含了這層意思），在一九二〇年代初還被當作中學裡教學「新詩」的參考資料[30]。而該文作者胡適，從某種意義上說，也是以一種師者的身分發言的。正如新文學運動的親歷者曹聚仁所言，「這些主張，大體上為新青年詩人所共信，新潮、少年中國、星期評論以及文學研究會諸作者大體上也都這般作他們的詩。胡適的〈談新詩〉，就成了新詩創作和批評

27　周作人一九四四年談及這首詩時，寫道：「〈小河〉……或者在形式上可以說，擺脫了詩詞歌賦的規律，完全用語體散文來寫，這是一種新表現，誇獎的話只能說到這裡為止，至於內容那實在是很舊的……」參見周作人：《知堂回憶錄》下（石家莊市：河北教育出版社，2002年），頁443。

28　胡適：〈談新詩〉，《星期評論》紀念號，1919年10月10日。有意思的是，後來周作人本人卻為早期新詩標舉出另外幾個榜樣：「那時做新詩的人實在不少，但據我看來，容我不客氣地說，只有兩個人具有詩人的天分，一個是尹默，一個就是半農。」見周作人：〈揚鞭集序〉，《語絲》第82期，1926年6月7日。

29　朱自清原話是：「〈談新詩〉差不多成為詩的創造和批評的金科玉律了。」朱自清：〈導言〉，朱自清編選：《中國新文學大系·詩集》，上海市：上海文藝出版社，2003年影印本，頁2。

30　參見何仲英編纂：《中等學校用白話文範參考書》，上海市：商務印書館，1920年。

的公認尺度。」[31]

隨著新詩集特別是個人作品集的出版，「新詩」師者角色的承擔者也發生了一種轉移：由散見於各種報刊的風格迥異、良莠不齊的「新詩」作品，轉變為具有某種個人風格、作品質量也較為整齊的新詩集。早期新詩集的「熱賣」現象[32]，從某種意義上說，也印證了這一點。而隨著「新詩」的逐漸成長和新詩壇話語場域的擴張，初學者對「老師」的要求也在不斷地提高。特別是那些有獨立思考能力的初學者，他們不再滿足於以《新青年》等刊物上發表的詩為模仿對象，甚至開始以一種懷疑的目光，來打量起胡適的《嘗試集》等早期新詩集。

在回憶最初的詩歌創作經歷的文字中，詩人馮至就曾寫道：「胡適的《嘗試集》、康白情的《草兒》、俞平伯的《冬夜》，我都買來讀，自己也沒有判斷好壞的能力，認為新詩就是這個樣子。後來郭沫若的《女神》、《星空》和他翻譯的《少年維特之煩惱》相繼出版，才打開了我的眼界，漸漸懂得文藝是什麼東西，詩是什麼東西。」[33]當時還是中學生的施蟄存，在對比閱讀了《嘗試集》和《女神》之後，也認為後者才是「新詩」發展的正途。[34]以上兩個例子，表明隨著「新詩」作品日漸豐富，初學者對於學習對象，也開始做出一種有意識的選擇。

類似的選擇，也出現在湖畔詩人學習寫作「新詩」的過程中。汪靜之回憶說，「最早寫新詩的人，主要是北京大學的教授和學生。……最早的新詩，如前面所說的，幾乎全是新詩失敗的嘗試」，因此並不合

---

31 曹聚仁：《嘗試集》，曹聚仁：《文壇五十年》（正編）（香港：新文化出版社，1976年），頁145。

32 譬如，胡適的《嘗試集》「兩年之中銷售到一萬部」（胡適〈《嘗試集》四版自序〉）；而郭沫若的《女神》，剛出版一年，就印了三版，此後還多次再版。

33 馮至：〈自傳〉，馮姚平編：《馮至全集》第12卷（石家莊市：河北教育出版社，1999年），頁606。

34 參見楊迎平：〈施蟄存傳略〉，《新文學史料》2000年第4期。

他們那些年輕作者的口味。他們認為，直到後來郭沫若的出現，才真正找到可資學習的對象：「湖畔詩社四詩友當時只有《女神》和幾十首翻譯的外國詩值得學習，我們是缺奶的營養不良的嬰兒。」[35]除得到本校（杭州第一師範學校）教師朱自清、劉延陵的直接指導[36]之外，「湖畔詩社」詩人後來又頻繁致信當時任北京大學教授的周作人，並附上各自的詩作，十分懇切地請求周氏給予指教。[37]箇中緣由，除周對年輕作者的熱情扶持以外，更重要的原因，恐怕在於周作人的「新詩」作品藝術水平高於其他同代詩人，得到了胡適等人的高度推崇；而其詩歌觀念，也偏重於對藝術本體的強調[38]。

　　有意思的是，在另一方面，「新詩」的主要反對派「學衡派」自恃中西學養之高深，也主動充當起一種「另類老師」。除上文述及的胡先驌、梅光迪外，其他幾位「學衡派」幹將對「新詩」和「新詩」作者的發言，也動輒流露出某種師者的說教語氣。譬如，吳芳吉曾這樣奉勸「新詩」作者：「吾民國他日欲創有偉大文學，則吾同志必以精求古文古詩入手，舍此更無正途。而為詩必先為文，為新詩必先為古文；

---

35 汪靜之：〈回憶湖畔詩社〉，《詩刊》1979年第7期。

36 曹聚仁回憶說：「在白話詩運動中，朱自清、劉延陵諸師，都是白話詩的前驅；杭州的『湖畔詩社』，便是朱師所領導的。」曹聚仁：〈白屋詩人劉大白〉，見曹聚仁：《我與我的世界》（太原市：北岳文藝出版社，2001年），頁166。

37 我們可以在以下信件裡體察到這種懇切之情：「現在我們再寄奉你詩幾首，你前信來時，沒有說起我們底詩怎樣……我們狠希望得著你底關於我們詩的教訓……」（潘漠華，1922年4月13日致周作人）、「今寄上我們三人的詩數首，請刪改」（汪靜之，1922年4月17日致周作人）、「靜之已懇求你批評《湖畔》，我也幾番暗裡懇求過，這番更明裡懇求你，啟明我師！」（1922年5月15日致周作人）。參見北京魯迅博物館魯迅研究室編：《魯迅研究資料》第8輯（天津市：天津人民出版社，1981年），頁29、31、35。

38 譬如，周作人質疑俞平伯所謂詩的效用是能「感多數人向善」的觀點，認為「詩的創造是一種非意識的衝動，幾乎是生理上的需要……個人將所感受的表現出來，即是達到了目的，有了他的效用……」見周作人：〈詩的效用〉，《晨報副鐫》1922年2月26日。

蓋知古文而後可以知古詩，知古詩而後可以知新詩矣。」[39]從邏輯上看，此論似乎言之成理，實際上卻完全架空了「新詩」作為一種現代文類的美學秩序，試圖強加以一種虛妄的「傳統」。當然，隨著「新詩」話語場域的不斷擴張，他們這種自命為師者的姿態也就日見其可笑。不過，他們這種言論，也構成了「新詩」爭取合法性的背景之一。

第二節　古詩今譯──另一種「新詩」

五四時期的古詩今譯活動是一個饒有意味的話題。它以自己特有的方式和當時的「新詩」寫作緊密聯繫在一起。筆者認為，古詩今譯活動是對「新詩」寫作的一種有益的探測和鍛煉，而古詩今譯所生產的文本，也是「新詩」的構成部分之一，是一種被更新的詩。就其整體而言，古詩今譯活動最重要的意義，是為早期新詩的合法性提供了一種姿態性的支持。

一　「今譯」的策略

一九二〇年代初，儘管郭沫若詩集《女神》的出現，有力地回擊了那種否定「新詩」是詩的觀點，為早期新詩的合法性又獲取了一個標誌性的話語據點，不過，就整體態勢而言，「新詩」有點未老先衰的跡象，日漸陷入一種表達的困境。而此時對於外國詩歌資源的借鑒尚且處於一種零星、自發的狀態，可謂遠水救不了近火，於是，新詩壇中的一些人就很自然地回過頭，去重新打量那一度被胡適等人全盤否定的古典詩歌傳統，試圖從中獲得某種美學上的啟示。在這個背景之下，古詩今譯無疑可以看作是「新詩」尋求活力的策略之一。而對

---

39 吳芳吉：〈四論吾人眼中之新舊文學觀〉，《學衡》第42期，1925年6月。

於由此產生的「譯作」，也不妨視之為另一種形態的「新詩」。需要指出的是，這種「新詩」的意義，不在翻譯所收到的實際效果如何，而主要體現在一種行動性上，即站在「新詩」的文類價值立場上去觀照「舊詩」，並試圖以此測試和鍛煉「新詩」作為一個新文類的活力。

陳子展在一九三〇年代翻譯《詩經》時，曾明確地道出有意為之的古詩今譯活動之於「新詩」創作的某種實驗性意義：

> 現在我要把這部《詩經》整個兒翻譯出來了。不是幻想把它譯出以後，對於挽救國家和復興民族以及對於世道人心之類由什麼幫助，也不是妄想大眾都能夠讀它，或作為青年必讀書，我只盡我最善之力，盡可能地使用比較接近大眾的語言文字，翻譯一部上古的詩歌總集，絕不故意摹仿外國詩歌，也不存心誇耀古典詞藻，但要看看大眾語是不是可以創作詩歌，先有我這個沒有創作天才的凡人，從翻譯古詩來實驗實驗。[40]

這個觀點雖然出現於一九三〇年代，卻也基本概括了五四時期古詩今譯活動和早期新詩寫作之間的微妙關係，即把古詩今譯納入到「新詩」寫作的整體框架之內。

不過，由於瀰漫於五四時期的新舊二元對立思維的強大作用，一般作者可能憚於背上「保守」的罪名，做起這種工作來往往顯得謹小慎微。相形之下，新詩人郭沫若倚仗其通過新詩集《女神》在新詩壇所確立的較高地位，在古詩今譯方面的實踐顯得十分展開與自如。其出版於一九二三年的《卷耳集》[41]，收入了從《詩經・國風》中選出的四十首詩的今譯，具有一定規模，因而顯得較為突出。

---

40 陳子展：〈詩經語譯序〉，《文學》第3卷第2號，1934年8月1日。

41 郭沫若：《卷耳集》，上海市：泰東圖書局，1923年初版。後來收入《郭沫若全集・文學編》第5卷，北京市：人民文學出版社，1984年。

二　郭沫若的實踐

　　從《卷耳集》的序言[42]可以看到，郭沫若顯然也意識到古詩今譯
所面臨的兩面不討好的風險：「舊」的一方面，「在老師碩儒看來，或
許會說我是『離經畔道』」；而「新」的一方面，「在新人名士看來，
或許會說我是『在舊紙堆中尋生活』」。不過，他很快就以一種相當自
信和樂觀的態度化解了這種咄咄逼人的威脅。他的做法是，首先，對
這些古詩做出一種個人化的大膽解釋：「我是純依我一人的直觀，直
接在各詩中去追求它的生命。我不要擺渡的船，我僅憑我的力所能
及，在這詩海中游泳；我在此戲逐波瀾，我自己感受這無限的愉
快。」至於具體的翻譯方法，他聲稱借鑒了泰戈爾把自己的詩從孟加
拉語翻譯成英語的方法：「不是純粹逐字逐句的直譯。我譯得非常自
由，我也不相信譯詩定要限於直譯。」這種翻譯方法所具有的自由度
和個人色彩可想而知。而在談及這種古詩今譯的目的時，郭沫若主要
著眼於所謂「平民文學」的生命的復甦：「可憐！可憐！可憐我們最
古老的優美的平民文學，也早變成了化石。我要向這化石中吹噓些生
命進去，我想把這木乃伊的死象甦活轉來。這是我譯這幾十首詩的最
終目的，也可以說是我的一個小小的野心。」

　　儘管郭沫若在這裡並沒有直接將之與「新詩」的發展相聯繫，不
過，雖未明言，他這種行為的效果以及行為本身，無疑都客觀地構成
當時「新詩」話語整體的一個組成部分。這種「翻譯」，當然不僅僅
是從文言到現代漢語的語言工具之間的轉換，而是一個重新構造文本
的過程。具體而言，經由郭沫若的翻譯，呈現在讀者面前的這些詩，
語言、形式甚至「詩意」都發生了變異，無疑是一種「新詩」，一種

---

42 郭沫若：《卷耳集》〈序〉，見《郭沫若全集・文學編》第5卷（北京市：人民文學出
　　版社，1984年），頁157-158。

被「更新」的詩。值得注意的是，在這個「翻譯」過程中，「新詩」始終居於一種本體的位置，而原來的文本成了被想像的對象，並被融化於新生的文本之中。

譬如，〈陳風月出〉一詩的原詩是：

月出皎兮，
佼人僚兮，
舒窈紏兮，
勞心悄兮。
月出皓兮，
佼人懰兮，
舒慢受兮，
勞心慅兮。
月出照兮，
佼人燎兮，
舒夭紹兮，
勞心慘兮。

郭沫若的翻譯如下：

皎皎的一輪月光，
照著位嬌好的女郎。
照著她夭嫋的行姿，
照著她悄悄的幽思。
她在那白楊樹下徐行，
她在低著頭兒想甚？

譯者在原詩後所附的「解」裡注曰:「三節同解,只譯其一。譯詩後二句,由我想像中演繹而出。」[43]顯然,這個譯法有所省略,也有所增衍。尤其是添加的兩行,其中所體現的完全是一種現代人的抒情姿態,與原詩可謂大異其趣。郭沫若此舉的目的,正在於創造一個全新的文本。因此,與其稱之為「譯」,毋寧說是一種「寫」。為了說明郭沫若這種「篡改」的力度,下面舉出同一首詩的一個堪稱「忠實」的當代翻譯版本,以資對比:

> 月兒東升亮皎皎,
> 月下美人更俊俏,
> 體態苗條姍姍來,
> 惹人相思我心焦。
> 月兒出來多光耀,
> 月下美人眉目嬌,
> 婀娜多姿姍姍來,
> 惹人相思心頭攪。
> 月兒出來光普照,
> 月下美人神采姣,
> 體態輕盈姍姍來,
> 惹人相思心煩躁。[44]

出於一種為讀者能夠抵達原文充當「橋樑」或「渡船」[45]的價值定

---

43 見《郭沫若全集·文學編》第5卷,頁247。

44 參見程俊英等譯注:《詩經選譯》(成都市:巴蜀書社,1984年),頁189。

45 該譯文的譯者稱,「我們把自己的譯文也只看作是一座橋樑或者一艘渡船,希望青年朋友們借助橋和船,真正達到《詩經》的彼岸,去領略這份絢麗多彩的文化遺產,而不要僅僅滿足或停留在譯文上。」程俊英等:〈前言〉,程俊英等譯注:《詩經選譯》(成都市:巴蜀書社,1984年),頁14。

位，這個譯文顯然在形式、內容諸方面都試圖盡力接近原文。橋樑也好，渡船也罷，都說明譯者僅僅把翻譯當作一種權宜性的手段。儘管郭沫若也主張撥開歷代《詩經》注解所形成的層層迷霧，「從古詩中直接去感受它的真美」[46]，不過，他的具體做法已在某種意義上把翻譯當作目的本身。

在語詞等一些細節方面，我們也可以看到郭沫若「改寫」《詩經》原作的大膽。譬如，在翻譯〈邶風・靜女〉一詩時，或許與其醫學的教育背景有關，郭沫若竟然把「彤管」譯成「鮮紅的針筒」。關於「彤管」這一意象的解釋，歷代研究者莫衷一是。大致說來，有三種說法：一、紅管的筆；二、像笛子的樂器、三、紅管草。[47]郭沫若卻獨闢蹊徑，推翻了所有這些解釋，其理由是「古人解作筆，我覺得太牽強了，宜解作紅色的針筒。」[48]如果以準確達意的標準來衡量，他以一種現代名詞來指稱古代的某種事物，這種做法不僅牽強，而且顯得十分突兀。不過，既然郭沫若的古詩今譯志在一種「改寫」，為了製造某種陌生化效果，這種「發明」也就具有一定的合理性。再如〈衛風・新臺〉前兩節的起興句「河水瀰瀰」、「河水浼浼」，分別被譯作「黃河啊，淚漫漫」、「黃河啊，淚滔滔」。經由這樣的翻譯，不僅在內容上發生了改變，其觀物立場也由原本純粹的起興式的「以物觀物」，置換成具有浪漫主義色彩的主體介入式的「以我觀物」。換言之，經過如此一番「改造」，譯作的抒情方式已全然是「新詩」的、現代的了。

對於郭沫若的《詩經》今譯，在當時即引起一場不小的爭論[49]。

---

46 郭沫若：《卷耳集》〈自跋〉，見《郭沫若全集・文學編》第5卷（北京市：人民文學出版社，1984年），頁208。

47 參見程俊英等譯注：《詩經選譯》（成都市：巴蜀書社，1984年），頁60。

48 見《郭沫若全集・文學編》第5卷，頁211。

49 這些爭論文章包括：梁繩褘〈評郭沫若著《卷耳集》〉（《晨報》副刊，1923年2月6-7日）、小民〈十頁《卷耳集》的贊詞〉（《時事新報・文學》第93期，1923年10月22

不過，大多數文章只是一種贊同或反對的簡單表態。眾說紛紜之中，洪為法的看法最值得注意。他不無誇張地聲稱，「能擺脫一切，另覓『詩』的真生命，在歷來詩經研究上開一個新紀元，那不得不推沫若的《卷耳集》」，認為《卷耳集》體現出一種「特殊的精神」，即「革命的精神，革去從來牽強附會左礙右拌的卑劣的精神」，憑藉這種精神，才可能「把舊有纏著詩的牛鬼蛇神趕掉」[50]。與其他看法相比，這個意見，無疑更接近於郭沫若古詩今譯的初衷。

　　而到了一九三〇年代，朱光潛卻對《卷耳集》表示出一種徹底的懷疑：「記得郭沫若先生曾選《詩經》若干首譯為白話文，成《卷耳集》，手頭現無此書可考，想來一定是一場大失敗。」之所以產生這種懷疑，他的理由是：「詩不但不能譯為外國文，而且不能譯為本國文中的另一體裁或是另一時代的語言，因為語言的音和義是隨時變遷的，現代文的音節不能代替古代文所需的音節，現代文的字義的聯想不能代替古代文的字義的聯想。」為增強說服力起見，朱光潛還親自動手，將〈小雅・采薇〉中的著名詩句「昔我往矣，楊柳依依；今我來思，雨雪霏霏」，翻譯成白話文，進而得出這樣的結論：「總算可以勉強合於『做詩如說話』的標準，卻不能算是詩。……譯文把原文纏綿悱惻，感激不盡的神情失去了，因為它把原文低徊往復的音節失去了。」[51]

　　朱光潛對《詩經》的「可譯性」的全盤否定，顯然是站在維護《詩經》的美學自足性的立場上發言的。按照這個邏輯，他認為根本

　　日）、施蟄存〈蘋華室詩見——〈周南・卷耳〉〉（《時事新報・文學》第100期，1923年12月10日）、蔣鍾澤〈我也來談《卷耳集》〉（《時事新報・文學》）第102期，1923年12月24日）、梁繩煒〈評《卷耳集》的尾聲〉（《晨報》副刊，1924年7月27-28日）等。

50 洪為法：〈讀卷耳集〉，《中華新報・創造日》第75-77期，1923年10月8-10日。

51 朱光潛：〈替詩的音律辯護——讀胡適的《白話文學史》後的意見〉，參見朱光潛：《詩論》（北京市：生活・讀書・新知三聯書店，1984年），頁242-243。

不必考察郭沫若的具體譯詩如何，就可以堅決地判斷其毫無價值。而從郭沫若的自述不難看出，他所希望於這種翻譯活動可能獲致的效果，並非對原有詩意的從文言到白話的某種「準確」的傳達，而是試圖通過利用原詩中的某些活力元素，對「新詩」寫作的潛在可能性進行一種有益的探測。易言之，如果從郭沫若的這個立場來衡量，朱氏的批評顯然是無效的。

三　以白話而改文言詩

事實上，在《卷耳集》這種稍具規模的翻譯之前，一些零星的古詩今譯活動已經出現。「新詩」的發明者胡適也曾熱情地加入其中。一九二〇年，他曾用白話翻譯了唐朝詩人張繼的名詩〈節婦吟〉[52]。他的翻譯不完全遵照原詩的內容和形式，而是自作主張地刪去了原詩中他認為未脫古詩「俗套」的兩句詩（「妾家高樓連苑起，良人執戟明光裡」）。胡適的譯詩全文如下：

> 你知道我有丈夫，
> 你送我兩顆明珠。
>
> 我感激你的厚意，
> 把明珠鄭重收起。
>
> 但我低頭一想，
> 忍不住淚流臉上：

52　這首詩全文如下：「君知妾有夫，贈妾雙明珠，感君纏綿意，繫在紅羅襦。妾家高樓連苑起，良人執戟明光裡。知君用心如日月，事夫誓擬同生死。還君明珠雙淚垂，恨不相逢未嫁時！」

　　我雖知道你沒有一毫私意，

　　但我總覺得有點對他不起。

　　我噙著眼淚把明珠還了，

　　只恨我們相逢太晚了！[53]

胡適這個翻譯的意義，主要體現在語言和形式兩個方面：語言上展示了白話（現代漢語）創作詩歌的可能性，而在形式上，試圖以西方詩歌的某種體式來釋放並重塑中國古典詩歌的「詩意」。不過，對於胡適的這種翻譯方式，在當時就很快有人站出來表示反對。這位作者先指責胡適「不曾知道這原詩的歷史」，認為胡適的翻譯不過是「處處抱著自尊的觀念，來批評一切……以表現自己的文學天才」，最後得出的結論是，「至以白話而改文言詩，我是極其懷疑的。我覺得文言有文言的味，白話有白話的味，這兩種味，截然不同。在適當範圍內，以白話改白話詩，以文言改文言詩是可以的。倘用白話改文言詩，或用文言改白話詩，都不能不有方柄圓鑿，格格不入的現象。」[54]這個說法徹底否定了胡適的翻譯。顯然，該論者並沒有真正領會隱藏於胡適古詩今譯行為背後的某種「深意」。不過，他使用的「改詩」的說法，倒是與胡適「新詩」（「新」在這裡是作動詞解的）的初衷頗為契合。後來劉大白的評論比照胡適外國詩的翻譯，也點出了胡適這種古詩今譯的特點：「胡氏根本的錯處，是把他自己譯的〈老洛伯〉詩的眼光，來看〈節婦吟〉；所以不知不覺地把譯〈老洛伯〉詩的聲口，來譯起〈節婦吟〉來了。」[55]

---

53 參見參見耿雲志主編：《胡適遺稿及秘藏書信》第11冊（合肥市：黃山書社，1994年），頁335-339。

54 王無為：〈改詩的問題〉（致吳芳吉），《新的小說》第2卷第4號，1921年1月1日。

55 劉大白：〈胡適譯〈節婦吟〉〉，《舊詩新話》（上海市：開明書店，1929年），頁25。

　　有意思的是，早期新詩的擁護者和「舊詩」的鐵桿反對者易家鉞也是古詩今譯的積極參與者。在他看來，古詩今譯，尤其是對於格律體制最為謹嚴的律詩的翻譯，具有一種把古詩從僵死的語言和嚴格的形式中解放出來的意味。他在談到翻譯孟浩然的一首五言律詩時，就表達了這種看法：「譯中國舊詩，比譯外國詩難，譯舊詩中的律詩，比譯古風、絕句更難。因為律詩是一種死板的文字，像孟浩然這一首，真不可多得。然我還嫌他太拘泥於格式，今用白話直譯出來，作我嘗試的第二回。」[56]這裡所表明的立場，自然以「新詩」居於一種主體地位為前提。他的翻譯如下：

> 老朋友備了飯，殺了雞，
> 邀我到他家裡。
> 那綠蔭蔭地樹圍著村邊，
> 青山也斜在城外，
> 開門正對著菜園和坪子。
> 一邊喝著酒一邊談著：栽桑呀！種麻呀！
> 等到陰曆九月初九那一天，
> 我們再來看菊花吧！

而原詩是：

> 故人具雞黍，
> 邀我至田家。
> 綠樹村邊合，
> 青山郭外斜。

---

56 家鉞：〈譯「孟浩然」的〈過故人莊〉一首〉，《晨報》1921年3月18日。

開軒面場圃，

把酒話桑麻。

待到重陽日，

還來就菊花。

正如譯者所自述的，這個翻譯基本上是一種「直譯」，即運用白話（現代漢語）將詩歌的字面內容從原詩中逐行逐字地「釋放」出來。而構成「古典詩意」的那些元素，卻在翻譯過程中幾乎消失殆盡。以今天的眼光看來，這種做法顯得有點無謂。不過，我們不要忘了，譯者翻譯這首詩的目的，是不滿於它的拘泥古板的「格式」。因此他所致力的改變方向，自然就落在語言和形式上面。或許可以說，作為「新詩」的擁護者，譯者此舉旨在自信地炫示「新詩」語言、形式方面的彈性與活力，並以此高調地挑戰「舊詩」森嚴的成規。在另一首古詩的翻譯中，該譯者也基本上遵循上述方法和觀念[57]。

與易家鉞的徹底運用白話不同，另一位譯者在翻譯杜甫的〈石壕吏〉[58]時，仍然夾雜著使用了一些文言詞彙。不過，這只是一些枝節性的區別。兩者更突出的差異在於，後者並不滿足於對原詩內容的忠實傳達，而是強行參與到原詩的寫作之中，使得杜甫這首經典作品具有某種「可寫性」，因而也就不再是最初意義上的「經典」。在這首譯詩的結尾，我們讀到如下議論：

我譯至此，忽然中心酸悲，

「苛政猛於虎！」

「雞犬無寧焉！」

吏欺平民，古今一個理。

---

57 參見易家鉞：〈譯「韋應物」的〈送楊氏女〉一詩〉，《晨報》1921年3月15日。

58 參見周木若：〈譯杜甫的〈石壕村吏〉詩一首〉，《晨報》1920年7月11日。

　　這種把一段衍生的白話議論硬生生地「嫁接」到譯文上的做法，除顯示五四知識分子的批判姿態外，也流露出「新詩」作者從思想內容上「改寫」「舊詩」的某種強烈意願。還值得注意的是，這首詩的翻譯在某種程度上模仿了胡適的詩〈鴿子〉。例如，該詩的第一行：「雲淡微風，好清爽晚涼天氣！」與〈鴿子〉的第一行「晚秋天高，好一片晚秋天氣！」兩者如出一轍；該詩第二節的建節方式顯然也參照了〈鴿子〉。這種模仿，同樣說明了「新詩」在古詩今譯中的主動地位。

　　讓我們再回到郭沫若，不難發現，他所選擇的古詩，來自中國最早的詩歌總集——《詩經》。這種選擇是耐人尋味的。一方面，由於年代久遠而導致的語言文字的鴻溝，在造成後人理解這些古代作品的障礙的同時，也為他們的重新闡釋提供了開闊的想像空間和豐富的可能。另一方面，這種選擇，使譯者的翻譯行為能夠在某種程度上從那種唯新是從、言舊色變的語境中游離出來。

　　在寫給宗白華的一封信[59]中，郭沫若曾以自由詩的形式分行分節，重新排列李白的一首古體詩〈日出入行〉，並加上各種新式標點：

　　　日出東方隅，

　　　似從地底來，

　　　歷天又復入西海；

　　　六龍所舍安在哉？

　　　其行終古不休息，

　　　人非元氣安能與之久徘徊？

　　　草不謝榮於春風。

<hr>

59　郭沫若：〈致宗白華〉（1920年1月18日），《少年中國》第1卷第9期，1920年3月15日。該信後來收入《三葉集》。

木不怨落與秋天。
誰揮鞭策驅四連？
萬物興歇皆自然！

羲和！羲和！
汝奚汩沒於荒淫之波？
魯陽何德：駐景揮戈？
逆道違天，矯誣實多！
吾將囊括大塊，
浩然與溟涬同科！

在一種全新的詩行排列方式的作用下，這首古詩至少在視覺上，達到了郭沫若所聲稱的效果：「簡直成了一首絕妙的新體詩」。儘管這裡沒有發生翻譯行為，然而郭沫若此舉對古典詩歌文本的形式所做的顛覆性重構，同樣頗具象徵意味。其出發點，與《卷耳集》對原文的改寫可謂殊途同歸，即站在「新詩」的立場去面對、改造甚至試圖「拯救」「舊詩」。

總之，與外國詩歌翻譯活動中以「主方語言」（host language）去化合或迎合「客方語言」（guest language）的運作方式不同，所謂「古詩今譯」，是在同一語言系統（漢語）內部的兩種話語（文言話語和白話話語）之間的轉換。正是由於具有這種便利性，早期新詩寫作者在遭遇表達困境之時，儘管面臨蒙受「保守」罵名的壓力，仍然不禁向深不可測的古典詩歌投去一種試探的目光。當然，這種試探，所採取的是一種勝利者的昂揚姿態。其價值天平，就自然嚴重地偏向「新詩」一邊。概言之，一度頗為活躍的古詩今譯活動為早期新詩的合法性提供了一種堪稱「另類」的支持。

第三節　新詩人身分的合法化

　　對創作主體身分的認知，是五四時期一個被不斷談論的話題。談論這個話題的方式自然也是多種多樣。沈雁冰曾試圖把五四一代「文學者」的身分，從傳統文人所扮演的作為統治者的「附屬品裝飾物」的角色中剝離出來，從而使之獲得一種現代意義。他主張「提高文學者的身分，覺悟自己的使命」，因為「『裝飾品』的時代已經過去，文學者現在是站在文化進程中的一個重要分子」。值得注意的是，沈雁冰在強調「文學者」的主體性的同時，又以諸如「全人類」、「民眾」等一些大概念來規約這種主體性：「文學者只可把自身來就文學的範圍，不能隨自己的喜悅來支配文學了。文學者表視（現）的人生應該是全人類的生活，用藝術的手段表現出來，沒有一毫私心不存一些主觀。自然，文學作品中的人也有思想，也有情感；但這些思想和情感一定確是屬於民眾的，屬於全人類的，而不是作者個人的。」[60]後來，其弟沈澤民更將這種規約推向一種極致：「文學者不過是民眾的舌人，民眾的意識的綜合者；他們用銳敏的同情，了徹被壓迫者的欲求，苦痛，與願望，用有力的文學替他們渲染出來……」[61]。由此可見，五四時期的作家或詩人的身分顯得相當駁雜，很難在一種純粹的文學性意義上得到定位。

　　在這個背景之下，「新詩人」文化身分的定位，構成早期新詩尋求合法性的一個不可或缺的部分。與其他文類不同的是，「新詩」作者的身分本身，往往更直接地構成了「新詩」的話題之一。從某種意義上說，「新詩人」的身分問題，已遠遠超越了單純的文學意義層面，而被附著了諸多文學之外的意義訴求，正如當時一位「新詩」的

60　參見沈雁冰：〈文學和人的關係及中國古來對於文學者身分的誤認〉，《小說月報》第12卷第1號，1921年1月10日。

61　沈澤民：〈文學與革命的文學〉，《民國日報‧覺悟》1924年11月6日。

讀者所歡呼的,「現在好啦,出來幾個新體詩人。前無古人,後無來
者。洋洋灑灑,放筆直書。有哲學思想,有科學思想,真是勇往直
前,負那詩學革命的責任,真是不作古人奴的了……」[62]由此也就不
難看出,這裡所謂的「新體詩人」的文化身分,是與五四時期啟蒙者
的身分相互疊合的。而具體到新詩藝術發展的歷程考察,不難看出,
從《嘗試集》到《女神》,從胡適到郭沫若,「新詩人」的文化身分發
生了重要的轉變,即從主要作為一個啟蒙者的角色轉變為主要作為一
個創造者的角色。

一　胡適的開路者角色

　　新詩的「發明者」胡適對「新詩人」身分的認識並不自覺,僅僅
停留在一種代際差別的揭示上,因而忽視了主體本身的潛在能量。他
曾把「胡適系詩人」,劃分為一個由以他為代表的「當日加入白話詩
的嘗試的人」、以康白情俞平伯為代表的「少年的新詩人」和以汪靜
之為代表的「少年詩人」三代人構成的序列。胡適認為,在這個序列
中,前兩代詩人都難以擺脫「舊詩詞的鬼影」,只有第三代作者的詩
充滿著一種「新鮮風味」,因此「最有希望」。[63]然而,由於作品本身
缺乏足夠的實力,大部分「胡適系詩人」的身分都顯得相當模糊。且
不說自稱為「纏過腳後來放大了的婦人」的胡適,即便是被胡適看好
的周作人、康白情等人,也不曾有效地樹立起一種「新詩人」的形
象。而「打打邊鼓」的魯迅、陳獨秀諸人,自然更是難以擔當此任。
只有年輕的汪靜之,可能是唯一的例外。憑藉愛情題材在特定時代的
某種敏感性和幾位前輩的有力鼓吹,汪靜之為「新詩人」身分的合法
化爭取到一些話語空間。不過,這已經是郭沫若出現之後的事了。

62　永嘉貞晦:〈文學革命的商量〉,《時事新報・學燈》1920年1月17日。
63　胡適:〈蕙的風〉,《努力周報》第21期,1922年9月24日。

　　郭沫若的出現，無疑給「胡適系詩人」帶來一種強有力的挑戰。作為胡適的同道，劉半農就十分敏感地意識到這一點。一九二一年，即《女神》出版那年，眼看著郭沫若的聲勢如日中天，他曾厲聲正告胡適道：「你何以不努力做詩？我老實警告你：你要把白話詩臺的第一把交椅讓給別人，這是你的自由；但白話詩從此不再進步，聽著〈鳳凰涅槃〉的郭沫若輩鬧得稀糟百爛，你卻不得不負些責任。」[64]一股門戶之爭的意氣，在這裡昭然若揭。幾乎與此同時，在一首詩[65]裡，胡適的一位朋友發出這樣的慨歎：

> 十年前的我們又來了，
> 這樓還是熱鬧；
> 添了許多算命先生，
> 死了一個崔灝

「崔灝之死」在這裡顯然是古典詩歌之死的隱喻。緊接著，這位作者又極力勸勉胡適出任「新詩」的領軍人物，做新詩中的李白：

> 不再說了；
> 說也是廢話。
> 適之！適之！
> 你來做李白罷！

同樣充滿了對於胡適「新詩」寫作的殷切期待。

---

64 劉半農1921年9月15日致胡適信，中國社會科學院近代史研究所中華民國史組編：《胡適來往書信選》上冊（北京市：中華書局，1979年），頁132。

65 陳啟修：〈登黃鶴樓寄胡適之〉，《晨報》1921年7月17日。

　　對於這些熱情有加的鼓動，胡適似乎頗不以為意。箇中緣由，主要是因為他的主導身分訴求並不在於做一個職業的「新詩人」，而是扮演一個具有更廣泛關懷對象的思想啟蒙者角色。正因為此，下面這首詩中對胡適及其「新詩」作品的描述，可能更容易能得到胡適本人的認同：

（一）

可不是一本小集子？

題了兩個可愛的字——就是「嘗試」：

下面還署了自己的名字——叫做適之。

（二）

莫不是思想界底怪物——還是一顆星兒？

好在我叫得出你底名字。

曾記得我住在江戶，讀了你底著書，以為你或者是「老頭子」？

後來我讀了密勒時報，才知道密士特胡，卻有翩然的風度，少年的樣子！

（三）

看著，談著，又讀著許多的詩；

好叫人心醉。密士特胡

你底無限大的小集子——

其中包括了多少宇宙底光芒？

寫出了多少感情底言語？

（四）

詩是自由神 Poets are liberating gods；

創造了自由，自由才不死。

讀了你底〈去國行〉，使我心裡很慘淒！

讀了你底〈老洛伯〉，使我燈下落了幾多傷心的眼淚！

　　讀了你底〈生查子〉，才知道楊桃嶺上望江村，胸中有多少傷今
吊古底情緒！
　　這都是想得到的：幾千年底歷史！
　　寫底不過是如此。
　　我只歎一聲：「不自由，毋寧死！」
　　我更歎一聲：「要自由，先要種下自由底種子」！[66]

這首詩花了不少筆墨來讚頌和美化「新詩」創始者胡適和他的《嘗試
集》：胡適被描寫成一個自由鬥士，而《嘗試集》就是一篇自由宣
言。勿庸置疑，作者在這裡所要致敬的對象，顯然是胡適的某種思想
觀念和姿態，而非他的詩歌本身。因此，「新詩人」這一身分符號，
並沒有在胡適系詩人那裡得到落實。

二　郭沫若的自我戲劇化

　　直到《女神》出版，「新詩人」的身分形象，才在「胡適系詩
人」序列之外的郭沫若那裡找到一個較為堅實的著陸點，並從此逐漸
變得清晰起來。

　　郭沫若曾以「絲」喻「詩」，把「春蠶」比作詩人，表達了對那
些顯得「纖細、明媚、柔膩、純粹」和「矯揉造作」的「新詩」作品
的不滿：

　　蠶兒呀，我想你的詩
　　終怕是出於無心，
　　終怕是出於自然流瀉。

---

66 品今：〈讀《嘗試集》——寄胡適之先生〉，《晨報》1920年5月19日。

> 你在創造你的「藝術之宮」，
>
> 終怕是為的你自己。
>
> ——〈春蠶〉

這首詩中所流露的某些看法，實際上與作者此時其他一些文字中的觀點相互呼應。比如，他在一封寫給友人的信裡說道：「我《學燈》中很登載了些陳腔腐調的假新詩，所以我對於新詩，近來很起了一種反抗的意趣。我想中國現在最多的人物，怕就是蠻督軍底手兵和假新詩底名士了！」[67]對所謂「假新詩底名士」的聲討與驅逐，其實也是對「新詩人」合法身分的一種必要的維護。而在另一首詩——〈司春的女神歌〉中，郭沫若又借「司春的女神」之口，諷刺了當時一些詩人的幼稚：

> 花兒也為詩人開，
>
> 我們也為詩人來，
>
> 如今的詩人，
>
> 可惜還在吃奶。

在郭沫若看來，如此幼稚無力的詩人，當然無法真正領略春天裡大自然的無窮魅力和女神的盈盈笑意，更談不上為「新詩人」身分的合法性提供一種有力的支持。

　　在以上一些批判性的描述之外，郭沫若也向我們展示了「新詩」作者的正面形象：

---

67 郭沫若：〈論詩——致陳建雷〉，《新的小說》第2卷第2期，1920年10月1日。

朋友！

我讀你的詩，

我是多麼榮幸喲！

你讀我的詩，

我又是多麼的榮幸喲！

宇宙中好像只有我和你，

宇宙萬匯都有死，

我和你是永遠不死。

——〈星空·贈友〉

這裡對於詩人的文化位置、自我價值以及作品的生命力等多方面的判斷，都表現出十足的自信，是一種典型的浪漫主義作者觀。這種作者觀的核心就是天才論。而在《女神》獲得巨大成功之後，郭沫若更以「創造者」自命，把這種自信推向一個新高度：

海上起著連漪，

天無一點纖雲，

初升的旭日，

照入我的詩心。

秋風吹，

吹著庭前的月桂。

枝枝搖曳，

好像在向我笑微微。

吹，吹，秋風！

揮，揮，我的筆鋒！

我知道神會到了，

我要努力創造！

　　緊接著作者以鋪陳排比的手法，先後籲請出東方中國和印度的古代詩人和西方的但丁、彌爾頓（密爾敦）、歌德等詩人，以及傳說中的「人神」、「盤古」，組成一個聲援「創造者」的龐大陣容。詩的結尾，又回到對「創造者」正面形象的塑造：

> 窗外飄搖的美人蕉！
> 你那火一樣的，血一樣的，
> 生花的彩筆喲，
> 請借與我草此「創造者」的讚歌，
> 我要高讚這最初的嬰兒，
> 我要高讚這開闢鴻荒的大我。[68]

這首詩最初發表在創造社的同人刊物《創造》季刊創刊號的頭條位置上，因此帶有一種濃烈的宣言色彩。

　　這樣，經由《女神》及一系列相關話語[69]的塑造，「新詩人」的形象在後起的郭沫若身上漸漸浮現出一個大致的輪廓。

　　關於魯迅和創造社作者兩者的天才觀，日本學者伊藤虎丸曾作過一個比較，認為前者明確地把他本人和「天才」區別開來，而後者則傾向於將自己和「天才」合二為一：「創造社『天才』的特性是感性的（不是意志的）消費類型的，而且和他們的『自我表現』的文學觀相聯繫，『天才』就是作為『藝術家』、『多餘的人』的他們自己。」[70]在郭沫若等早期創造社詩人身上，這種身分重合的現象無疑顯得更為突出。

---

68 郭沫若：〈創造者〉，《創造》季刊第1卷第1號，1922年3月15日。

69 除《女神》外，這些話語還包括《三葉集》中的談論、創造社同人的鼓呼聲援等等。

70 伊藤虎丸著、白木石譯：《創造社和日本文學》、伊藤虎丸：《魯迅、創造社與日本文學》（北京市：北京大學出版社，1995年），頁211。

　　作為郭沫若的同道中人，田漢對於「新詩人」身分的認識，自然與前者十分相近。他在一九四〇年代曾這樣回憶在日本第一次與郭沫若見面的情景：

> 到博多灣彷彿是冬盡的午後。進入了沫若詩中歌詠過的博多灣的松原，從松間望見灣頭的波影，也找到了他們「愛與詩的家」。安娜夫人垂著黑髮帶著孩子含笑迎我們上他們的寓樓。我和沫若才了卻半年來的「兩地相思」，握了第一次的手。
>
> 我記得彷彿是到九州第二天吧，沫若邀我上太宰府「管原道真祠」看梅花。我們在那香雪海中喝得爛醉，躺在山上看白雲。因為發現園中有照相館，我們乘著醉意又並肩站在一塊大石上，眼望著遼遠的天邊，叫照相師替我們照相，那是取的歌德與雪勒並肩銅像的姿勢。因為我們當時意氣甚盛，頗以中國的歌德與雪勒自期的。[71]

引文第一段所描寫的自然風光和日常場景都是十分詩化[72]（請注意：這裡的「詩」，在很大程度上可以理解為意指郭沫若本人的詩）的，蒙上一層濃厚的浪漫色彩。更值得注意的是，作者在第二段中不無激情地述及對歌德和雪勒兩位浪漫主義大詩人的姿態的模仿。這種模仿，當然不僅僅是複製某個照相的姿態，更是對一種文化身分的深層心理認同。

71　田漢：〈與沫若在詩歌上的關係〉，《詩創作》（桂林）第6期，1941年12月15日。

72　在郭沫若該時期的詩中，我們可以看到不少這種詩化的場景，如，〈淚浪〉（1921）一詩寫日本的舊居：「我和你別離了百日有奇，／我大膽走到了你的樓上。／哦，那兒貼過我往日的詩歌，／／那兒掛過貝多芬的肖像。」《夕陽時分》（1921）也有這樣的詩行：「橫陳在岸上的舟中，／／耽讀著Wilde的詩歌，／／身旁嘻嘻地耍著的和兒，／／突然地叫醒了我。／／／／『爹爹，你看喲！／／那是怎樣地美麗喲！』／／——夕陽光底的大海，／浮泛著閃爍的金波。」

　　以上是郭沫若等人的一種自我戲劇化的陳述。在他們筆下，「新詩人」的文化身分的主體性得到強調和突出。有意思的是，在當時還是清華學校學生的梁實秋眼裡，看到的卻是這些「新詩人」的「頹廢」一面。梁實秋寫道，他在上海與郭沫若、郁達夫、成仿吾等人見面時，「我驚訝的不是他們生活的清苦，而是他們生活的頹廢，尤以郁為最。他們引我從四馬路的一端，吃大碗的黃酒，一直吃到另一端，在大世界追野雞，在堂子裡打茶圍，這一切對於一個清華學生是夠恐怖的。」[73]「新詩人」身分的駁雜特徵由此可見一斑。

　　郭沫若、田漢關於「新詩人」身分的表述，在當時的一首題為〈詩人的心〉的詩裡，得到一種更為形象化的演繹：

　　　　一個無線電臺，發出若干暗記，
　　　　地面上各處的電臺，都鈴響不已；
　　　　只有那號碼相同的，
　　　　才瞭解他的來意。

　　　　一個詩人的心電，發出了若干字，
　　　　人類的心，都強弱不齊的顫起；
　　　　只有那同調的心，
　　　　才一字一字的陶醉。[74]

以一呼百應的無線電臺，來比喻詩人的情感號召力，是最恰當不過的。這個比喻具有兩個層次的含義：一是詩人喚醒「人類的心」，這是就啟蒙的一般意義而言的，是對一般讀者的要求；而要真正達到與詩人共鳴，一起「陶醉」，必須有與詩人「同調的心」，這就提出了更

---

73 見梁實秋：《梁實秋自傳》（南京市：江蘇文藝出版社，1996年），頁63。
74 宇眾：〈詩人的心〉，《時事新報·學燈》1922年3月13日。

高的要求。第二個層次所設置的條件，實際上也體現了一種浪漫主義
的姿態。

　　需要指出的是，五四一代知識分子所接受的西方浪漫主義，是經
過一番選擇和過濾的。對此，旅美學者葉維廉曾解釋道：「五四期間
的浪漫主義者，只因襲了以情感主義為基礎的浪漫主義（其最蓬勃時
是濫情主義），卻完全沒有一點由認識論出發作深度思索的浪漫主義的
痕跡（除了魯迅或聞一多以外，他們二人另有起因，與西方認識論仍
然相異），這是什麼一個文化的因素使然？很簡略的，或許可以說和
傳統美學習慣上求具象，求即物即真的目擊道存的宇宙觀有關。」[75]
郭沫若、田漢們在爭取詩人身分合法化過程中所顯露的，正是帶有強
烈情感色彩的浪漫主義態度（即田漢曾以一篇長文介紹的「新羅曼主
義」[76]）。關於這一點，我們可以在《三葉集》，尤其是郭沫若與田漢
之間的通信裡，得到不少有力的印證[77]。

　　事實上，這種態度的驅動力，除葉維廉所揭示的潛隱傳統因素之
外，更與五四時期知識分子追求個性解放的衝動密切相關。正如伊藤

---

75 葉維廉：〈東西比較文學中模子的應用〉，見《葉維廉文集》第1卷（合肥市：安徽
　教育出版社，2002年），頁46。

76 參見田漢：〈新羅曼主義及其他〉，《少年中國》第1卷第12期，1920年6月15日。

77 宗白華向郭沫若介紹田漢時寫道：「我有個朋友田漢，他對歐美文學很有研究。他
　現在東京留學。他同你很能同調，我很願你兩人攜手做東方未來的詩人……」對
　郭、田兩人的「新詩人」身分作了某種認定。田漢在寫給郭沫若的第一封信（1920
　年2月9日）裡說：「我若是先看了你的長詩，我便先要和你訂交……我真歡喜！我
　真幸福！我所交的朋友很多天真爛漫，思想優美，才華富麗的人。於今又得了一個
　相知恨晚『東方未來的詩人』郭沫若！我如何不歡喜，任何不算幸福呢！」郭沫若
　的回信（1920年2月15日）也同樣措辭激動：「我從前又讀過了你在《少年中國》上
　介紹Whitman的一篇快文字，和幾篇自由豪放的——你的詩題我雖忘記了，我的讀
　後印象確是『自由豪放』這四個字，或者批評得不確當，也未可知——新體詩，我
　早已渴慕你個不了。」他們用這種誇張的語調來表示彼此之間「新詩人」身分的一
　種互認。以上引文分別見田壽昌、宗白華、郭沫若：《三葉集》（上海市：亞東圖書
　館，1920年），頁3、29、35。

虎丸所指出的,「在五四新文化運動高潮的影響下,創造社的第一期同人,在大正中期的所謂『文化主義』的思潮中,受到新浪漫派文學的直接影響,拋棄了當初學習的醫學、理工學等實學,而走上文學道路,於是開始了作為『藝術派』、『浪漫派』的創造社的文學運動。」[78]因此,在思想啟蒙意義上,郭沫若等前期創造社詩人與「胡適系詩人」是相一致的。兩者的最大不同在於,後者傾向於直接把「新詩」當作啟蒙的工具之一,而前者則試圖在「藝術」的名義下開展啟蒙活動。

三　詩人身分的危機

　　與郭沫若、田漢們的浪漫精神相呼應,有人把詩人比作歌唱的鳥兒:「詩人就是小鳥,詩人就是人中的小鳥。詩人最好是就所見所感的,不加修飾而素直的歌出,並不需理由,顧慮與反省。最好是自由大膽的就所思的歌出。……詩人要先完成自己,此外什麼技巧都是末之又末。詩人的修養便是人的修養。作詩的秘訣,就是先做這一個『人』。」[79]在這裡,我們看到,詩人似乎高高在上,同時又不過是一個「人」。而所謂的「技巧」層面的內容被放逐了。這裡強調的是抒發感情的自由,也夾雜了一些類似人道主義的思想。這個比擬,可能受到了雪萊的名文《為詩辯護》(*The Defense of Poetry*)的影響。在該文裡,雪萊把詩人比作一支歌唱的夜鶯:「詩人是一隻夜鶯,棲息在黑暗中,用美妙的歌喉唱歌來慰藉自己的寂寞。」[80]

---

78 伊藤虎丸著、白木石譯:《創造社和日本文學》,伊藤虎丸:《魯迅、創造社與日本文學》(北京市:北京大學出版社,1995年),頁184。

79 路易譯述:《新詩的話》(一),《時事新報・學燈》1922年2月9日。

80 英語原文是:A poet is a nightingale who sits in darkness and sings to cheer its own solitude.此處採用繆靈珠的漢譯,參見伍蠡甫、胡經之主編:《西方文藝理論名著選編》中卷(北京市:北京大學出版社,1986年),頁71。有意味的是,後來徐志摩在回應一些人對詩歌意義的質疑時,也對雪萊的這個觀點作了如下發揮:「詩人也

　　隨著「新詩壇」的整體形勢由熱鬧逐漸轉為沉寂,「新詩人」也開始收起最初的昂揚姿態,變得更加低調甚至低沉起來。當時人們在談論諸如文學創作與天才的關係等話題時,也較此前的誇張說法更加理性。如,一位作者認為,「只有文學的天才,而沒有適當的訓練,也是不容易創造好的作品的。」[81]這個說法強調了藝術訓練對於創作的必要性。而在「新詩」方面,一九二四年,在一篇紀念英國詩人彌爾頓的文章裡,作者也不忘對「新詩人」提出這樣的警告:「現在中國的『詩人』呀,請別要『愛人兒呀』,『花呀……月呀……』無病而呻吟的高唱這類頹唐的肉麻的假詩;把你底寶貴的生命鑄成一首『真的詩』,以拯救淪亡垂死的人心罷!」[82]這裡對「新詩」的指責,主要停留在內容上,尚未深入到藝術要求的內在層面。不過,其中表現出的對於「新詩人」身分的不滿,卻無疑是一種中肯的意見。值得注意的是,在同一年的《晨報附刊》上發表的一首詩,題目是〈被棄的詩人〉[83]。如果單就藝術水平考察,這首詩並不怎麼出色,不過,它卻構成一個饒有意味的象徵。這首詩的第一節寫道:

> 一個被棄的詩人,
> 獨自徘徊在荊棘的道上,
> 躑躅在荒涼的路邊。
> 淡淡的灰色雲侵襲著四圍,
> 低椏的樹枝,向著他現出

是一種癡鳥,他把他的柔軟的心窩緊抵著薔薇的花刺,口裡不住的唱著星月的光輝與人類的希望,非到他的心血滴出來把白花染成大紅花不住口。他的痛苦和快樂是渾成的一片。」徐志摩:《猛虎集》〈序文〉,徐志摩:《猛虎集》,上海市:新月書店,1931年。

81　孔襄成:〈藝文雜感〉,《民國日報·文藝旬刊》第7期,1923年9月6日。

82　梁指南:〈密爾敦二百五十年紀念〉,《文學週報》第135期,1924年12月22日。

83　竹仙:〈一個被棄的詩人〉,《晨報附刊·文學旬刊》第44號,1924年8月11日。

> 欣慰的笑臉。
> 微風吹動鶉衣
> 撥動心弦。
> 呵！
> 誰來聽這種寒林的幽唱
> 心韻底悠揚。

這首詩所處理的主題，來源於古代詩人屈原被放逐於異地的歷史典故。然而，當它被置於當時的語境之中，這個文化記憶獲得了一層新的意義。作為一個形象，「被棄的詩人」不僅指向古代詩人屈原，也指向當下的「新詩人」。或者說，「被棄」，不僅僅描述了屈原當年的困境，也喻示了「新詩人」所面臨的文化身分的合法性危機，即當讀者對「新詩」提出一種更高的要求（如，美學質素的提高），「新詩人」如果無法拿出更優秀的作品的話，他們的存在價值就必然受到質疑。在這種情況下，「新詩人」必須調整姿態，重新定位自己的身分。

到了一九二六年，朱自清在一首詩裡寫道：

> 我重複妄想在海天一角裡，
> 塑起一座小小的像！
> 這只是一個「尋路的人」，
> 只想在舊世界裡找些新路罷了。
> ——〈塑我自己的像〉

作為早期新詩的重要參與者和反思者，朱自清的這個自白頗具代表性。從某種意義上說，切實地做一個「尋路的人」，探索「新詩」藝術的可能性，正是在經歷最初的喧囂熱鬧之後，「新詩人」必須做出的明智選擇。

第四章
在傳播中確認的合法性

　　為鞏固和擴大其業已取得的合法性成果，在回擊反對派、自我命名和形象塑造等種種舉措之外，「新詩」還必須借重出版、媒體、社團等傳播力量的作用。一方面，「新詩集」的大量出版和各類媒體普遍開設「新詩」欄目，使「新詩」的話語場地得到擴張；另一方面，「新詩」在中學裡的傳播，不僅擴大了讀者群，也培養了一批潛在的作者。如果說前者主要體現為一種場域空間的變化，那麼，後者則從一個側面反映了「新詩」創作主體和閱讀主體的某種興起過程。

第一節　出版與媒體的運作

　　在其誕生之初的幾年裡，「新詩」受到了新派媒體的熱烈歡迎。各種報刊為「新詩」的作品和有關批評文章準備了充足的版面。雜誌方面，以一九一八年一月《新青年》第四卷第一期開設專門刊登「新詩」作品的「詩」專欄為發端，後起的《每周評論》、《新潮》、《少年中國》、《小說月報》等刊物紛紛仿效，也開設了類似的欄目[1]。甚至在像《戲劇》這樣高度專業化的雜誌上，也居然可以看到「新詩」的蹤跡[2]。報紙方面，《時事新報》副刊《學燈》曾一度直接以「新詩」作為欄目名稱，發表了以郭沫若為首的新詩人的大量作品。《晨報副

---

[1] 《新潮》和《少年中國》專闢「詩」欄目，《每周評論》在「新文藝」欄，《小說月報》則主要在「詩及戲劇」欄發表發表「新詩」作品。

[2] 例如，《戲劇》第1卷第1期（1921年5月31日）就刊登了劉大白的另一位作者的兩首「新詩」作品。

鐫》發表「新詩」作品的「詩」專欄，也幾乎每期都不拉下。其後的
《文學週報》，發表「新詩」的「詩」欄目也是常設的。

　　儘管嚴格說來，五四時期的許多報刊還不是現代意義的「大眾媒
介」（mass media），不過，憑藉新文化弄潮人物所發揮的「意見領袖」
（opinion leader）的作用，這些報刊為「新詩」爭取外部合法性所提供
的輿論環境和傳播空間，卻又顯然體現了大眾媒介的運作方式。這是
問題的一個方面。另一方面，透過這個大的運作框架，我們還必須看
到其中帶有同人性質的內部運作。而這種同人性質，有效地保證了
「新詩」作者群體的團結，從而形成一種合力去應對守舊勢力的攻擊。

一　「新詩」欄目的盛衰

　　早期新詩重要親歷者朱自清曾深刻揭示道，在遍布於各種報刊的
如火如荼的宣揚話語運作之下，「新詩」曾一度成為一種時尚：「一九
一九年來的新詩的興旺，一大部分也許靠著它的『時式』。一般做新
詩的也許免不了或多或少的『趨時』的意味。正如聞一多先生所譏，
『新是作時髦解！』」[3]換言之，「新」是衡量早期新詩的唯一指標。
而在「新詩」聲勢鼎盛之時，甚至在一些全國性大報的顯著位置上，
都赫然出現了新詩集的大幅廣告，比如胡適個人詩集《嘗試集》的廣
告，就曾刊登在《時事新報》頭版廣告欄的「黃金地段」，在它一旁
的刊登的是上海東亞銀行、上海大陸銀行等大金融機構的廣告。[4]精
明的出版商竟然捨得花如此大的本錢為一本詩集宣傳造勢，是那個時
期的特殊現象，幾乎可以說是空前絕後的。這個現象所蘊涵的象徵意
味無疑可作如下解讀：當時的「新詩」作為一種文化資本，其重要性

3　佩弦（朱自清）：〈新詩〉上，《一般》第2卷第2號，1927年2月5日。
4　詳情參見《時事新報》1920年4月4日頭版廣告欄。

足以與貨幣形式的金融資本相提並論。當然，作為一個新興文類，早期新詩的這種外部氛圍性的炒作行為是遠遠不夠的，它必須同時借重於媒體的話語權和影響力，實施一些對維護其自身合法性更具實質性作用的一系列舉措。在各種報刊上開闢專門欄目，拓展作品的發表空間，擴大「新詩」的影響力，就是其中一個行之有效的策略。

　　最早出現的發表「新詩」作品的專門欄目，當屬一九一八年一月十五日出版的《新青年》第四卷第一號上的「詩」欄[5]。該欄目共發表了胡適、沈尹默、劉半農等三位作者的九首「白話詩」作品。繼《新青年》之後，《新潮》、《每周評論》、《少年中國》等報刊也紛紛跟進，先後推出專門發表「新詩」作品的「詩」專欄。朱自清曾這樣描述當時報刊上「新詩」欄目的盛況：

> 據我所知道，新文學運動以來，新詩最興旺的日子，是一九一九至一九二三年這四年間。……這時期的雜誌，副刊，以及各種定期或不定期的刊物上，大約總短不了一兩首「橫列」的新詩，以資點綴，大有飯店裡的「應時小吃」之慨。[6]

朱自清在這裡多少流露出一種諷刺的語氣，其矛頭所指，顯然是早期新詩作品數量龐大而藝術水準普遍偏低的現象。不過，如果把這種現象還原到「新詩」尋求自身合法性的歷史語境之中，就可以讀解出另一種意味。換言之，各種「新詩」欄目的不斷湧現，為早期新詩開闢了在媒體上進一步鞏固其合法性的話語據點。

　　需要指出的是，在設立「新詩」欄目之前，不少報刊上都曾開闢專門刊登舊體詩詞的諸如「文苑」之類的欄目。譬如，一九一九年初

5　雖然此前《新青年》曾發表胡適的〈白話詩八首〉（第2卷第6號）和《白話詞》（第3卷第4號），但都未標明「詩」這一欄目名稱。

6　佩弦（朱自清）：〈新詩〉上，《一般》第2卷第2號，1927年2月5日。

的《時事新報》就仍然開設有「文苑」、「美人香帥」、「舊文藝」等欄目，《新中國》雜誌第一卷裡的「藝文」欄目，等等，都用以刊登舊體詩詞。不過，在日益高漲的新文化思潮的衝擊和聲勢日隆的「新詩」的大舉進逼之下，這些「舊詩」所占據的位置顯得岌岌可危，很快就淪陷或被取而代之。

　　《國民雜誌》上的詩歌欄目性質的變化，無疑是一個頗具代表性的例子。該雜誌的第一卷（共出4號，自1919年1月1日至1919年4月1日）闢有「舊體詩詞」欄，不僅發表章炳麟、黃侃、汪東、吳梅等著名的「新詩」反對者的舊體詩詞，還發表一些以舊體詩形式翻譯的外國詩歌。在停頓半年多之後，由於受到五四新文化運動的巨大衝擊，一九一九年十一月一日重新出刊的《國民雜誌》已撤銷了「舊體詩詞」欄目，不再發表舊體詩詞，而代之以「新詩」欄目，在這個新欄目裡發表了俞平伯、羅家倫、黃日葵等人的「新詩」作品。從「舊詩」到「新詩」，話語場地的這一替代現象，富有象徵意涵，它醒目地展示了「新詩」如何以一種勝利者的姿態，堂而皇之地「接管」「舊詩」原有地盤的過程。

　　與《國民雜誌》相類似的變化，也發生在《學藝》、《太平洋》兩本雜誌上：前者第一卷開設有「雜俎」、「文苑」欄發表舊體詩詞，第二卷起撤銷了這些欄目，並設立「詩」欄發表包括當時極具影響力的新詩人郭沫若的詩劇在內的「新詩」作品；後者在一九一九年前闢有發表舊體詩詞的「文苑」、「詩錄」、「詩詞錄」等欄目，此後不再發表舊體詩詞，第二卷第六號（1920年8月5日）起在「詩」欄發表「新詩」作品。

　　此外，商務印書館主辦的老牌刊物《東方雜誌》對於發表舊體詩詞作品態度的轉變，同樣頗為微妙。該雜誌自第十八卷（1920年）之後，停辦「文苑」欄。此前這個欄目發表了包括陳衍、沈曾植、鄭孝胥、陳三立、樊增祥、夏敬觀、俞陛雲等文化名流的大量舊體詩詞。

而早在一九一六年，這些作者中的幾位領軍人物的舊體詩作品就被胡適當作能充分體現「今日文學之腐敗極矣」的一個典型，並且尖銳地加以指責，在胡適看來，這些名流的詩不過是「規摹古人，以能神似某人某人為至高目的，極其所至，亦不過為文學界幾件贋鼎耳，文學云乎哉。」[7]根本沒有什麼文學價值可言。年少氣盛的胡適的此番議論，顯露出一種直指舊體詩詞寫作的必除之而後快的激烈進攻性。儘管《東方雜誌》在撤銷「文苑」欄之後，並沒有為「新詩」作品提供發表空間，不過，當舊體詩詞已然從該雜誌上全面撤退，這同樣可以看作早新詩在其話語擴張進程中獲得的一次頗為可觀的間接勝利。

需要指出的是，五四報刊上「新詩」欄目並非長盛不衰，事實上，就整體情況而言，隨著早期新詩在詩藝上所遭遇的「信任危機」的到來，這些欄目在「新詩」發生幾年之後就不可避免地開始走向衰落。上海出版的《時事新報》副刊《學燈》，可以當作考察五四時期報刊「新詩」欄目興衰變遷的一面鏡子。

眾所周知，宗白華主持編務期間的《學燈》曾成功培養了新詩人郭沫若。郭沫若詩集《女神》中的絕大部分詩作，都曾發表在這個副刊上。不過，這個副刊最初並不刊登新文學作品，而是主要發表一些教育、時政、科技等方面的普及性文章。我們可以從當時《學燈》副刊的一則〈本欄啟事〉看到這一點：「投稿諸君，鑒邇來關於教育研究之來稿甚多，而本欄篇幅有限，實有美不勝收之歡，容陸續擇優刊登……」直至一九一八年十二月，《學燈》尚開設有刊登舊體詩詞的「雜俎」欄目。儘管該副刊早在一九一九年初宣布擴充內容的諸計畫時，就把發表新文學作品列入其中[8]，然而，直到整整半年之後，即同年的八月十五日，「新文藝」才作為一個常設欄目正式登陸《學

7　胡適：〈致陳獨秀〉，《新青年》第2卷第2號「通信」欄，1916年10月1日。
8　一九一九年二月五日該欄發表的〈本欄之大擴充〉的第九條為「新文藝　載新體詩文」。

燈》⁹。不難看出，在這種延遲的背後所隱藏的，是發生於新舊勢力之間的一種無形而有力的較量。

　　與當時「新詩」的興盛形勢相一致，《學燈》副刊「新文藝」欄目開闢之後，所發表的作品除少量譯作外，大多數是「新詩」作品，包括黃仲蘇、康白情、阮真、左舜生、宗白華等人的作品。郭沫若的處女作〈抱和兒浴博多灣中〉和〈鷺鷥〉，即發表在一九一九年九月十一日的「新文藝」欄裡。不過，值得注意的是，此時「新詩」並沒有完全取得在《時事新報》文學副刊上的壟斷性的話語權。與「新文藝」欄並存的該報第三版「文苑」欄目和《星期週刊・潑克》的「舊文藝」欄目，都有舊體詩詞發表。這種「新舊並置」的做法，自然與報紙編者對於讀者閱讀口味多樣性的考慮有關，不過，它也至少從某個側面提示了當時「新詩」處境的某種微妙意味。

　　「新文藝」欄目剛推出不久，就有一位讀者致信編者郭虞裳，相當委婉地批評了該欄目不夠「審慎」和所發表的作品缺乏美感等問題，雖未直接點明，這個議論顯然主要是針對「新詩」而發的：

> ⋯⋯學燈欄新添了一門新文藝，我非常贊成。但是新文藝正在萌芽時代，正在和舊文學奮戰的時代，應當出之以審慎。我恐怕有許多無聊的少年，見獵心喜，也像從前做舊體詩的樣子，隨意湊上幾句來投稿。那時讀者見了，非但不生美感，還要發出厭惡的心思，就給我們新文學的前途一個大大的打擊了。所以我請先生對於這門文字，抱一個寧可缺不可濫的主義。來稿於想像，情感，音節，讀者讀了的回想，四件事不注意，就不能算做的「詩」，不能算「新文藝」。¹⁰

9　當天的〈本欄啟事〉稱：「本欄自今日起另闢新文藝一門，倘蒙讀者投稿，任歡迎。此啟。」

10　〈通訊〉，《時事新報・學燈》1919年8月27日。

雖然郭虞裳也在來信後為這個欄目發表的作品和他的編輯工作，分別作了一些相應的辯護，希望這位讀者能夠提出一些「切實的批評」。不過，他仍然把這封讀者來信鄭重其事地發表在當日《學燈》副刊的頭條位置，並擬題為〈對於本報新文藝門的忠告〉。由此可見其對這封讀者來信的重視程度。

隨著新文學作品尤其是「新詩」作品的投稿數量的劇增，僅僅靠一個「新文藝」欄目，顯然無法滿足這種日益增長的版面需求。《學燈》副刊就適時推出「新詩」欄目，專門刊登「新詩」作品和以「新詩」形式翻譯的外國詩。

還有一個值得注意的現象是，一九二〇年代初期，《學燈》副刊發表「新詩」作品的欄目名稱出現一系列耐人尋味的變化。自一九二〇年一月六日起，該欄被正式命名為「新詩」，發表了郭沫若、康白情、成仿吾、田漢、黃仲蘇等人的大量詩作。一九二〇年五月至六月，該欄一度易名為「詩」，這兩個月發表的「新詩」作品數量銳減，總數僅為七首。該年七月，欄目又恢復「新詩」之名，發表的作品數量猛增，其中署名為「C. M. H」的作者一人就在這個月發表了十九首詩。而八月的「詩學討論號」和九月的「詩歌討論」與「新詩討論」，更與「新詩」欄目相得益彰，大大擴張了「新詩」的聲勢。十月，該欄目再次改名為「詩」（其中1922年1月以「詩歌」為欄名）。

一九二二年二月，《學燈》副刊恢復原有的「新文藝」欄而代替「詩」欄，發表包括「新詩」在內的各類作品；一九二二年七月起，「新文藝」又易名「文藝」，此後發表「新詩」的數量極少，以致一位早期新詩的忠實讀者專門為此寫信質詢《學燈》編輯。這位「新詩」的熱心擁躉者在信裡憂心忡忡地寫道：「我在廈門聽見徐玉諾先生說：『貴刊現在對於新體詩是完全不披露的。』又說：『貴刊把了許許多多人們所投來的新詩稿子，都毫不過目，盡數的收集起來，打成了兩大包……』真的嗎？記者先生！我聽了他所說的話，你想我有多

麼的詫怪？新體詩現在真成了爛貨了嗎？或者文學史上面，將來要記起『打成兩大包』的新詩的趣話嗎？又或是你們對於新詩是不看的，不管成熟和不成熟，都要一概抹殺的嗎？[11]。對此，編輯的回復尚顯得委婉和客氣：「我們並非絕對不登新詩，……我們希望自信味成熟的新詩稿件少些見賜……至於現代作家的近作，或自信能在詩壇上站得住的投稿，已經寄到，斷無不看過而登出，並不是一概抹煞……」[12]而在幾天之後，《學燈》編輯答覆另一位讀者的來信時，語氣就變得強硬多了：「學燈決定對於新詩起一種甄別運動。因為新詩太濫了。吳稚暉先生新發明了一個『白話打油詩』的名詞，不妨即用這個名詞來代表目下對於文學毫無學養而開口胡謅的新詩罷。」[13]一九二三年十月至一九二四年四月期間，「文藝」欄曾經「關門歇業」；一九二四年五月，「文藝」欄恢復，一九二五年一月至三月，該欄再次缺席。

　　發生於《學燈》副刊等媒體上的「新詩」欄目的一系列變化，實際上正折射出早期新詩由最初的「熱鬧」滑向後來的「寂寞」的某種變化軌跡。從早期新詩的合法性角度看，這種轉變喻示了在獲得外部空間的合法性之後，由於展開美學合法性議題的難度和延宕性，早期新詩不可避免地要經歷一個低迷階段。這種低迷狀況，一方面，可以在一些報紙副刊編輯對於「新詩」稿件態度的微妙變化上得到反映。譬如，《京報‧文學周刊》的編輯就曾抱怨道：「本刊近來接到稿子極多，但詩稿似乎太多。我們既不能發刊詩的專號，又不能盡量多登來稿，一方面對於投稿諸君抱歉，一方面還請以後多賜些論文或譯著的小說或戲劇。」[14]一度受到熱捧的「新詩」，在這裡遭到了毫不客氣的

---

11 成兩大包』的新詩的趣話嗎？又或是你們對於新詩是不看的，不管成熟和不成熟，都要一概抹殺的嗎？」參見唐翼舉：〈致編輯信〉，《時事新報‧學燈》「通訊」欄，1923年10月18日。

12 記者：〈答唐翼舉〉，《時事新報‧學燈》「通訊」欄，1923年10月18日。

13 記者：〈答王以仁〉，《時事新報‧學燈》「通訊」欄，1923年10月26日。

14 菊：〈我們的啟事〉，《京報‧文學周刊》第9期，1925年2月21日。

「冷卻」處理。與此相類似的是，江西南昌出版的《學殖》雜誌的創刊號（1920年7月1日發行）上的「詩」欄目同時刊載舊體詩和「新詩」作品，但在第二期之後，該欄目所發表的全部為舊體詩。另一方面，在那些對於「新詩」持反對立場的報刊上，舊體詩詞的發表空間得到一定程度的擴張，從而在聲勢上挽回了一些損失。作為反對「新詩」言論的重要聚集地的《學衡》雜誌就是一個範例。該雜誌「文苑」部分開設的「詩錄」和「詞錄」兩個欄目，自一九二二年創刊以來，堅持不懈，發表了梁啟超、王國維、陳寅恪、胡先驌、李思純、吳宓、吳芳吉、邵祖平、柳詒徵等文化學術界重量級人物的大量舊體詩詞。不論作者的陣容，還是作品的數量，都顯示了一種與「新詩」分庭抗禮的鮮明姿態。此外，《學衡》雜誌自第十九期（1923年7月出版）之後不定期開設的「譯詩」欄所發表的譯詩，所採用的也是舊體詩詞的形式。這同樣表明了《學衡》編者與「新詩」勢不兩立的傾向性。

二　「新詩集」標本──《嘗試集》與《女神》

　　《嘗試集》和《女神》是早期新詩的兩部具有一種界碑性質的詩集。關於這兩部新詩集，既有的論述往往在一種比較（基本上是抑《嘗試集》揚《女神》）中判斷兩者各自的價值。事實上，對於「新詩」合法性而言，儘管方向不一，這兩部詩集的標本意義可謂不相上下。

　　《嘗試集》可以說是胡適苦心經營的一本「新詩集」。胡適顯然意識到這部「開山之作」非同尋常的意義。他早在回國之前，就開始了編選工作。毫不誇張地說，胡適從一開始就把《嘗試集》當作一件相當嚴肅的事情來運作。比如，《嘗試集》序言作者的人選問題，就耐人尋味。我們現在讀到的序言出自大名鼎鼎的錢玄同的手筆。事實

上，胡適最初選定的序言作者，並非錢氏，而是大力反對胡適的「白話詩」的梅光迪。不過，胡適的這個請求遭到梅光迪的婉言拒絕，後者在一九一六年十二月二十八日寫給胡適的信裡寫道：「囑作序一節實不敢承，其理由有三。（一）迪現實未敢談詩，因未研究也。（二）序文者乃『諛墓』之類，安容反對家置喙？（三）迪全無名譽聲勢，作序無補。」[15]

胡適最初選擇梅光迪作為《嘗試集》序言作者，無疑體現了一種有利於「新詩」合法化的思路。因為即使得不到一種正面的評價，「反對家」出面作序這一行為本身，就是對「新詩」的一種支持。只可惜胡適的這個如意算盤，因梅光迪的拒絕而化為泡影。不過，有備而來的胡適很快就找到了替補方案：不僅請到錢玄同作序，並通過《新青年》這一話語陣地來大力為《嘗試集》做宣傳。另一方面，胡適的〈嘗試集自序〉一文，也先後在《解放與改造》、《北京大學日刊》和《新青年》等當時富有影響的刊物上發表。

除此之外，胡適邀約周氏兄弟、任鴻雋、陳衡哲夫婦等人為《嘗試集》「刪詩」。此舉的意義，遠遠超越了《嘗試集》這一個案本身，而體現為形成一股爭取「新詩」合法性的合力。《嘗試集》的不斷再版，不僅僅標誌著胡適本人「新詩」寫作的變化，更反映了「新詩」話語空間的擴張。

在與國內的同道者們相互切磋之外，胡適還把《嘗試集》的再版本寄給日本漢學家青木正兒[16]。後者當時正在撰文介紹中國的文學革命運動，對胡適頗有讚許之辭。胡適此舉的目的，顯然希望「新詩」能夠引起海外批評家的注意，從而取得一些國際性的影響。這個思

---

15 參見羅崗等編：《梅光迪文錄》（瀋陽市：遼寧教育出版社，2001年），頁177。

16 胡適在一九二〇年十一月十一日致青木正兒的信中寫道：「我曾寄《嘗試集》再版一本給先生，不知先生收到了沒有？」見耿雲志等編：《胡適書信集》上冊（北京市：北京大學出版社，1996年），頁251。

路，也體現在後來周作人把《雪朝》、《詩》、《詩年選》（疑為《新詩年選》）等「新詩」資料送給日本早稻田大學俄國文學教授片上伸[17]的做法上。「新詩」的這種「輸出」現象，儘管並未構成實質性影響，卻也是早期新詩合法性焦慮的一種體現。

　　這種苦心經營的痕跡，也體現在郭沫若的詩集《女神》中。儘管宗白華在序文裡聲稱，出版《三葉集》的初衷，「乃是提出一個重大而且急迫的社會和道德問題」[18]，似乎與文學無關，不過，該書的大篇幅內容談及詩歌卻是一個明顯的事實。憑藉其詩歌作品的魅力和勃發的熱情，郭沫若自然成為這部三人通信集的中心人物。他出版於一九二一年的詩集《女神》，與《三葉集》之間，顯然存在著一種密切的關聯。早在一九二二年，就有人把《三葉集》當作是《女神》的「導讀」：「沫若詩，頗有些人不大瞭解，這大概是未曾讀過《三葉集》的。有些朋友對我說，我總教他們讀一讀《三葉集》；好像我讀Shakespeare我們不妨先看一看Lamb的The Tales From Shakespeare。《三葉集》是《女神》的Introduction啊！」[19]不過，這位作者主要在《三葉集》裡找到了《女神》所蘊含的泛神論思想。事實上，《女神》與《三葉集》的關聯，可以從多方面進行考察。

　　首先，郭沫若在《三葉集》中的自我論述話語，為《女神》的出場作了重要的鋪墊。在寫給宗白華的第一封信[20]裡，郭沫若雖然基本沒有涉及自己的「新詩」作品，卻亮出一種富有浪漫主義色彩的詩歌觀念：「我想我們的詩只要是我們心中的詩意詩境底純真的表現，命

---

17 一九二二年九月二十日，周作人宴請來華的日本早稻田大學俄國文學教授片上伸，送給後者《雪朝》、《詩》、《詩年選》、《愛羅先珂童話集》各一本。據張菊香、張鐵榮編著：《周作人年譜（1885-1967）》（天津市：天津人民出版社，2000年），頁213。

18 《三葉集》〈宗序〉，田壽昌、宗白華、郭沫若：《三葉集》（上海市：亞東圖書館，1920年），頁1。

19 謝康：〈讀了《女神》以後〉，《創造》季刊第1卷第2期，1922年8月25日。

20 郭沫若：〈致宗白華〉（1920年1月18日），《三葉集》，頁5-21。

泉中流出來的 Strain，心琴上彈出來的 Melody，生底顫動，靈底喊
叫；那便是真詩，好詩，便是我們人類底歡樂底源泉，陶醉底美釀，
慰安底天國。」並提出了那個試圖為詩歌下定義的著名「公式」：

$$詩＝（直覺＋情調＋想像）＋（適當的文字）$$
$$\text{Inhalt} \qquad\qquad\qquad \text{Form}$$

　　這些舉措，為後來的更為展開的自我論述定下某種基調。在後來
寫給宗白華和田漢的信裡，郭沫若大量引用自己的詩和譯詩。其目
的，正是希望為某個觀點或想法尋求有力的佐證。譬如，在談到「新
鮮的感覺」對於抒情詩的重要性時，郭沫若舉出了自己受兒子的天真
姿態暗示而作的〈新月與晴海〉一詩，以支持前面的觀點。
　　其次，宗白華、田漢對於郭沫若詩歌的熱情談論，同樣可以看作
《女神》正式出場前的一種「造勢」。作為郭沫若「新詩」作品的發
稿編輯，宗白華不僅盛讚郭沫若具有抒情的天才，還提出一種極高的
期待：「一方面多與自然和哲理接近，養成完滿高尚的『詩人人格』，
一方面多研究古昔天才詩中的自然音節，自然形式，以完滿『詩的構
造』，則中國新文化中有了真詩人了」[21]，還對〈天狗〉、〈鳳凰涅槃〉
等詩做出了較為中肯和到位的評價，既點出這些詩作的優長，也毫不
諱言其中存在的問題。田漢則側重於指出郭沫若詩中的「意義」：「你
的〈鳳凰涅槃〉的長詩，我讀過了。你說你現在很想能如鳳凰一般，
把你現有的形骸燒毀了去，唱著哀哀切切的輓歌，燒毀了去，從冷淨
的灰裡，再生出個『你』來嗎？好極了，這絕不會詩幻想。」[22]而這種
「新生」，其實也可看作「新詩」和「舊詩」兩者關係的一個象徵。

21　宗白華：〈致郭沫若〉（1920年1月3日），《三葉集》，頁3。
22　田漢：〈致郭沫若〉（1920年2月9日），《三葉集》，頁32。

作為同道中人，郁達夫關於《女神》的評價，在平實的語氣中，包含著一種不容置疑的高度肯定：「《女神》的真價如何，因為郭沫若君是我的好友，我也不敢亂說，但是有一件事情，我想誰也應該承認的，就是，『完全脫離舊詩的羈絆自《女神》始』的一段功績。」[23]而鄭伯奇把胡適等人的新詩集當作《女神》出場的背景，以突出後者的重要性：「自新文學勃興以來，這兩三年間，也頗得許多收穫品；只可惜少些……詩集，以前也雖出過兩三部，大都分量很少，並且——說句不客氣的話，藝術味也不大豐富。《女神》當這時候，挺然露出她那優秀的姿質：實在是新文壇的一件可喜的事！出版界的一件可喜的事！」[24]不惟如此，後來有人甚至把《女神》提到一個無以匹敵的頂峰的高度：「《女神》是中國詩壇上僅有的一部詩集，也是中國新詩壇最先的一部詩集……」[25]

從《嘗試集》到《女神》，儘管兩者在出版時間上僅相隔一年，卻在後來的閱讀接受方面引起越來越大的分歧。這種分歧的不斷擴大，實際上反映了讀者對於「新詩」的美學自足性的期待在不斷增強。當然，這裡所謂的美學自足性，是一個十分含糊混雜的概念，它既與古典詩歌的藝術傳統有關，也接受了來自西方詩歌藝術的暗示。

三　寄寓的「新詩」

除在報刊上正式發表外，早期新詩也常常寄寓在其他文類中。這種「寄寓」，有的是片斷性的，更多的是整首詩（連同題目）出現。不管是片斷，還是整首詩，在小說裡都是分行書寫，這至少在最基本

---

23 郁達夫：〈女神之生日〉，《時事新報・學燈》1922年8月2日。

24 鄭伯奇：〈批評郭沫若君底處女詩集《女神》〉，《時事新報・學燈》1922年8月23日。

25 錢杏邨：〈郭沫若及其創作〉，見黃人影編：《郭沫若論》（上海市：光華書局，1931年），頁28。

的視覺印象上，向讀者提示著「新詩」的存在。

　　在小說文本中，「新詩」以不同的面目頻頻亮相。這種文類之間的滲透，頗似古代章回體小說在每個章節的開頭或結尾插入一首詩（「詩曰」），起到一種提示情節發展的作用。後者往往是一種被動的「鑲嵌」。或者說，它被置於一種高度體制化和程式化的文本策略之中，因而基本喪失了其文類自主性。相比之下，五四時期的小說作品多為短篇，除魯迅等幾位作者的作品較為成熟外，很多作品都缺乏文類的自覺意識，沒有自身的突出特點，正如當時有人指出的，「在這許多篇小說裡內，求其可以稱為真正是小說的，不是沒有，確是絕無僅有罷了。大多數只合稱為蒙上小說的皮，而實質都是淺薄的感想文或無謂的小品文字。」[26]小說文類意識的薄弱，在客觀上為「新詩」獲得一個相對寬鬆的寄身環境提供了可能。也正因如此，「新詩」在小說文本中能夠保持某種完整性與獨立性。而這種完整性與獨立性，使得讀者在閱讀小說文本時，也接觸到寄寓其中的「新詩」。

　　譬如，易家鉞的小說《老王》裡的主人公「老王」，是一個在大上海感到無所適從的外鄉人。正當苦悶彷徨之時，老王讀起一本詩集來：

　　　　此時正是黃昏。

　　　　他懶懶憫憫地信手翻開他那朋友地一本詩集，忽然看見一首題目寫作〈黃昏與黎明〉的詩，他便低聲地吟道：

　　　　「一樣的難過，

　　　　但只差一點兒：

　　　　一個是過去，

　　　　一個是將來。

26　楚茨：〈小說的使命〉，《民國日報・文藝旬刊》第8期，1923年9月16日。

一樣的天色，

但只差一點兒：

一個是由光明到黑暗，

一個是由黑暗到光明。

『夕陽』，

『初日』，

不是一樣的通紅嗎？

為什麼升？

又為什麼落？

不可思議的時間啊！」

　　他口裡不住的念道：「不可思議！……不可思議！……時間！……」無情的黃昏正一步一步地走過去了。[27]

從內容看，這首詩所渲染的對時間流逝的感傷和小說主人公的心境，是十分吻合的。不過，分行書寫的形式、跳躍的運思方式等，都讓這首詩獲得了一個自身的存在空間。儘管這首詩並不怎麼經得起藝術上的推敲，它至少在外形上看起來像「新詩」。對於早期新詩的合法性訴求而言，這就足夠了。

　　而在另一篇小說裡，「新詩」出現在主人公的日記中：

　　我越看越沒趣，心裡很悲很怒，五個指頭，很快地把書一頁一頁摺過。在最後一頁，寫著一段短詩，道是：

　　　　（一）

「滿紙傷心事，

---

27 家鋮：〈老王〉，《時事新報・學燈》1921年10月29日。

　　那堪細看？

　　悲哀的翳兒；

　　向我眼中亂飛！

　　怎樣不使我流淚？

　　世間的孤子，窮兒；

　　不知有多少？

　　我的反省，

　　不得不為你們流淚！」

　　　　　　（二）

　　「富貴的，窈窕的，

　　真是亂世的魔王！

　　趨炎附勢，

　　本是黑暗社會的現象，

　　今我神聖的教育界，

　　竟被捲入漩渦！

　　我為教育界羞！

　　我為教育前途哭！」

　　我把書一推，對著無知的牆壁呆著，腦海中充滿了「怎樣」……[28]

　　該小說的主人公是一位小學教師。由於他小時候常受人欺負，考上師範學校後，就以一種復仇的激進姿態對待老師；師範畢業後，卻又反過來壓制一些課堂上活躍的學生。小說中的「我」作為他的朋友，勸說他改正自己的缺點，卻無功而返。在這裡，詩成了有效濃縮主人公憤激之情的一種手段。

---

28 羅士棟：〈三冊日記〉，《時事新報·學燈》1922年2月14日。

　　而在成仿吾筆下，一首被反覆吟誦的「新詩」，似乎為嚴冬裡的流浪者送去了些許溫暖：

　　　　銀白色的雪花，紛紛飄落，不到一個早晨的工夫，早把一個暗淡的世界，用一層流動的光明包好了。他想起他一個朋友所作的詩，有這麼一首，他念了又念：

　　　　「一個白銀的宇宙！
　　　　我全身心好像要化為了光明流去，
　　　　啊，Open Secret 喲！」[29]

這篇小說主要著力於表現一種情緒性的內容，而非塑造某個人物。中間插入這幾行詩，正是為了強化一種抒情性氛圍。郁達夫讀過該小說後曾評價道，「這篇小說，其實是一篇散文詩，是一篇美麗的Essay……」[30]而在成仿吾的另一篇小說的對話裡，借用主人公的一首詩，折射出五四青年知識分子典型的迷惘症：

　　　　「佩悼！他那本詩集裡面的一首叫做〈杜鵑〉的詩，你還記得麼？」
　　　　「我不大記得了。」
　　　　「那麼我念給你聽罷：
　　　　『夜深了，
　　　　你怎麼只是悲啼，
　　　　教我好不難過？

---

29 成仿吾：〈一個流浪人的新年〉，《創造》季刊第1卷第1號，1922年3月15日。
30 參見附於該小說之後的郁達夫所作的按語。

我也想哭幾聲，

—— 不知為什麼 ——

只是我不知應該對著那一個。

我倒羨你，

你在「深夜」的胸上伏著；

她肯聽你，

她會懂得你。』」³¹

通過這首詩的譬喻，一個感傷、憂鬱的五四青年的形象變得更加鮮明起來。不過，在小說的結尾，這個憂鬱的青年已然振作起來，宣告要為了祖國合全人類的光明，而「犧牲一切去創造」。

與成仿吾小的說有一個「光明的尾巴」不同，另一位作者在小說結尾以一首「新詩」來進一步渲染主人公迷惘感：

寫到這裡，他覺得太無謂了，想不寫時，又覺得還有什麼沒有發洩似的，不肯放下這筆管，仍用它在這無辜的白紙上多事。但他想不（到）怎樣寫法才好，他拿出他朋友的信來，凝視了一刻，慢慢地回他道：

「你是一遊蕩者吧？

你的戀歌有誰和？

又為誰歌？

你也找不到和你的嗎？

你是一遊蕩者吧？

把你的心兒沉在大西洋裡，

31　成仿吾：〈灰色的鳥〉，《創造》季刊，第1卷第3期，1922年11月25日。

> 任其顛沛而震盪吧！
>
> 你是一遊蕩者吧？
>
> 把你的靈兒掛在山之巔
>
> 泉之源，
>
> 任其鵑鵑啼而潺潺流吧！」[32]

這是一首顯得較為完整的詩，較為充分地呈現了小說人物迷離無助的內心狀態。它既有效地配合了小說的敘事，又具有一種相對的獨立性。

在愛情題材小說中，出於抒情的需要，「新詩」更是得到作者的青睞。因為直接在敘述中插入一段散文式的抒情性語段，就可能顯得突兀和不自然，如果把這種抒情性內容置入「新詩」的形式之中，就獲得了某種合理性。譬如，在一篇題為〈一對相愛的〉[33]的小說中，男主人公向女主人公求愛的情書的一開頭，就是這樣一首「新詩」：

> 哦！好清麗的月夜！
>
> 姣好似我的愛人！
>
> 你的眼睛真美喲！
>
> 你的流睞真媚喲！
>
> 你老笑著對著我，
>
> 你怎麼多情？
>
> 未必你知道，
>
> 我是你的情人？
>
> （近作〈問天〉）

---

32 野萍：〈迷離〉，民國日報附刊《平民》第171期，1923年9月15日。

33 李之常：〈一對相愛的〉，《晨報》1921年3月2日、3日。

而在另一篇小說〈「愛」底神聖〉[34]裡，開頭出現的那首「新詩」，帶有一種鮮明的宣言色彩：

　　「愛」是神聖
　　有人侵犯——
　　我寧可犧牲。
　　為什麼犧牲？
　　保守上帝底命令。

　　我們婚約
　　雙方同情
　　誰來破壞我們底原基，
　　我們要有雄大底毅力和精神。
　　擁護「愛」底神聖。

這些直白的詩句的主要作用，是道出該小說的主旨，即反對包辦婚姻、爭取戀愛和婚姻的自由。

　　五四時期的詩人所創作的小說，更是「新詩」寄居的「樂園」。我們在郭沫若的一些小說（如《孤山的梅花》）裡發現這一點。曾有人這樣評價郭沫若的小說創作：「如果稱沫若做一個小說家，總不如稱他為詩人的恰當。……沫若的小說，……詩的風趣實在是很濃重的，簡直是詩的散文……」[35]在白采的小說《作詩的兒子》裡，這種特點也很突出。小說的主人公是一位「新詩人」，「新詩」作品自然成了推動情節的某種元素。在小說正文中，作者引用了主人公的六首「新詩」，

---

34 悟仇：〈「愛」底神聖〉，《新的小說》第1卷第3期，1920年5月10日。

35 錢杏邨：〈郭沫若及其創作〉，見黃人影編：《郭沫若論》（上海市：光華書局，1931年），頁28。

還在結尾附上二首更長的詩作。其密集程度由此可見一斑。

　　勿庸置疑，從寫作者自身的角度看，小說中出現的「新詩」自然是為小說文本服務的，因而處於一種「從屬」的地位。不過，在顯得鬆散的小說文本裡，由於這些「新詩」保持了較為突出的文類特徵以及文本的完整性與獨立性，在這種意義上說，小說文本就成為「新詩」展示自我形象的一個話語場地。

第二節　「新詩」在中學的傳播

　　五四前後的大學校園，無疑是各種新思潮最為活躍的地方。「新詩」的最初一批作者，從胡適到康白情，幾乎清一色是北京大學的教師和學生。隨著五四運動的開展，除一些特例之外，各大學對新文學的接受，就整體而言，已經成為一種主流。那麼，作為另一個重要的思想文化據點，中學就自然成了新文學傳播的下一個目標。受新文學思潮的影響，在當時的中學的語文教育中，白話文也日益占據一種主流位置。一九二〇年代，章士釗在披閱一所大學的入學考試試卷時，就曾對那些中學畢業生的作文抱怨道：「白話占數三之二，文言三之一。文言固是不佳，白話亦繚繞無以。」[36]

　　中學白話文教育的普及，為「新詩」的傳播打下扎實的基礎。而「新詩」在中學的傳播，既表明讀者群的進一步擴大，也說明其合法性得到了一種更廣泛的認同。與此同時，這種傳播也培養了一批潛在的作者。

---

36 章士釗：〈評新文化運動〉，鄭振鐸編選：《中國新文學大系‧文學論爭集》（上海市：上海文藝出版社，2003年影印本），頁195。

一　教科書與「新詩」

　　五四時期的中學語文教科書，作為傳播思想文化的一個重要載體，不可避免地受到新思潮的衝擊。早在文學革命發難的一九一七年，就有讀者致信《新青年》編者陳獨秀，提出了新文學運動與教科書的關係問題。一位讀者不滿於「今日學國文者，多取前人所作文字為讀本」的現狀，認為應該改革教科書，並建議陳獨秀等新文學運動的領導者們，「最好商諸群益或他書局，請其延聘長於國學而有新文學思想之人，刻選自古至今之文字，不論文言白話散文韻文，但須確有可取，即采入書中，以資雒誦。（私意此事對於後來學者頗覺重要）。」[37]而另一位讀者更把教科書的編纂作為新文學運動的一項重要內容：「……凡事破壞易而建設難。願先生今後之論調，當稍趨於積極的建設一方面。如何如何可以使言文漸相一致，如何如何而後可以使中國文學開新紀元。至學校課本宜如何編纂，自修書籍宜如何釐定，此皆今日所急應研究者也。」[38]雖然這些談論並非專門針對中學語文教科書問題，卻無疑也涵蓋了這個問題。

　　兩年之後，針對一位讀者認為《新青年》所刊登的作品以翻譯為主，缺乏可資初學者學習的白話文學範本的觀點，錢玄同作了一種委婉的辯護：「《新青年》裡的幾篇較好的白話論文，新體詩，和魯迅君的小說，這都算是同人做白話文學的成績品。『模範』二字，是斷不敢說；不過很願供給大家做討論批評的材料罷了。」而在該文的開頭部分，錢玄同也談到了教科書的問題：「改良小學校國文教科書，實在是『當務之急』。改古文為今語，一方面固然靠著若干新文學家製造許多『國語的文學』；一方面也靠小學校改用『國語教科書』。要是

37　佚名：〈致陳獨秀〉，《新青年》第3卷第3號「通信」欄，1917年5月1日。
38　張護蘭：〈致陳獨秀〉，《新青年》第3卷第3號「通信」欄，1917年5月1日。

小學校學生人人都會說國語，則國語普及，絕非難事。」[39]言下之意顯豁地表明，包括「新詩」的新文學的第一批出品，完全有資格選入國語教科書。

一九二○年一月，教育部根據全國教育聯合會和國語統一籌備會的決議案，訓令全國歌國民學校：「自本年秋季起，凡國民學校一、二年級，先改國文為語體文，以期收言文一致之效」。此令一出，全國各地的國語教科書紛紛亮相。像胡適、蔡元培、周作人等新文化運動的領軍人物，常常被當作某些教科書的賣點而加以宣揚。譬如，一則由朱毓魁編選、中華書局一九二○年出版的《國語文類選》的宣傳廣告寫道：「本書是選集現在最流行國語文，分文學，思潮，婦女，哲學，倫理，社會，法制，經濟，科學十類，做的人有胡適、蔡元培、陳獨秀……周作人……李大釗等都是新文學大家。」[40]對於「新詩」的傳播而言，中學語文教科書成為各種報刊和詩集之外的另一種重要途徑，同時也為「新詩」的合法性提供了一種有力支持。

事實上，胡適本人也十分關注當時中學語文教學的改革。他先後於一九二○年和一九二二年，分別在北京和濟南發表〈中學國文的教授〉[41]和〈再論中學的國文教學〉兩次演講。這兩次演講的主體內容基本一致，後者對前者作了進一步的擴充。其中關於「國語文的教材」問題，胡適主張把歷代優秀的白話文作品編入國文教材，「可使學生知道──白話文非少數人提倡來的，乃是千餘年演化的結果。我們溯追上去，自現在以至於古代，各個時代都有各個時代很好的白話文，都可供我們的選擇。有許多作品，如宋人的白話小詞，元人的白

39 錢玄同：〈答潘公展〉，《新青年》第6卷第6號「通信」欄，1919年11月1日。

40 見北京高等師範編：《教育叢刊》第2卷第3號（1921年5月出版）封底廣告。中華書局一九二一年出版的《國文讀本》封面上也有這則廣告。

41 該文發表於《新青年》第8卷第1號，1920年9月1日。

話小令，明清人的白話小說，都是絕好的文學讀物。」[42]至於國語的詩歌（即「新詩」），胡適的第一次演講，可能考慮到當時「新詩」根基不牢，而迂迴採取一種相對保守的態度，因此並沒有把它納入教材範圍，而到了第二次演講，詩歌已經赫然出現在教材之列[43]。

　　一九二二年十一月，《學校系統改革令》頒布實施，新學制正式誕生。新學制實施之後，在全國教育會聯合會的敦促下，成立了新學制課程標準起草委員會，著手擬定中小學主要學科課程綱要草案。該年十二月八日，中小學主要學科課程綱要草案在南京擬定。這對於中學語文教育的改革而言，無疑是一個重要契機和轉折點。其中，由馮順伯擬訂的《新學制高級中學必修科國語科學程綱要》明確規定，高級中學第一學年的國語科的甲項目標——「文學欣賞」的內容為「最近之文字」，教材分散文、小說、劇本、新詩四種[44]。此後，各種中等學校的國語教材紛紛選入「新詩」作品，使得「新詩」在中學教材中分得了原本被古典詩歌獨佔的席位。

　　譬如，根據何仲英編纂的《中等學校用白話文範參考書》第二冊可以推知，中等學校用教材《白話文範》也選入了三首新詩。該冊參考書專門轉載了胡適的〈談新詩〉全文，旨在為學生閱讀「新詩」作品提供某種指導：「新詩的由來和做法，胡適有〈談新詩〉一篇，錄左以供參考」[45]。後來在一套名為《初級中學國語文讀本》的教材中，由於意識到「語體文」所具有的「抒情達意，平易近人，明瞭而眾喻，立誠而寫實」的長處，編者也把「新詩」作品納入到該教材第

42　胡適：〈再論中學的國文教學〉，原載《晨報副刊》1922年8月27-28日。此處據姜義華主編：《胡適學術文集‧語言文字研究》（北京市：中華書局，1993年），頁60。

43　在該文所設想的「國語文的教材」的範圍，包括「戲劇與詩歌」一項。而所謂「國語的詩歌」，就是「新詩」。

44　參見顧黃初主編：《中國現代語文教育百年事典》（上海市：上海教育出版社，2001年），頁130-131。

45　何仲英編纂：《中等學校用白話文範參考書》，上海市：上海商務印書館，1920年版。

五學期的學習內容中：「以唐宋大家為主，而間以韻文，輔以新體詩歌」。這些「新詩」包括胡適的〈鴿子〉、〈奔喪到家〉，胡懷琛的〈明月〉、〈荒墳〉，沈尹默的〈人力車夫〉，劉復的〈學徒苦〉，周無的〈過印度洋〉，共七首。[46]而錢基博編著、教育部審定的《新師範講習用書‧國文》[47]，在當時被全國多所師範學校採用。該教材選用了胡適的〈人力車夫〉、〈鴿子〉兩首「新詩」作品。儘管編者所持的選擇標準──「所選白話詩，都音節爽亮」──可能有所偏頗，卻無可否認地為「新詩」在該教材中準備了一席之地，使胡適的這兩首詩，得以和詩經中的〈關雎〉、〈七月〉、屈原的〈卜居〉、曹操的〈短歌行〉、李白的〈月下獨酌〉、杜甫的〈石壕吏〉、蘇軾的〈虞美人〉、辛棄疾的〈賀新郎〉等古典詩歌名篇平起平坐，赫然躋身於「經典」的行列之中。在這些教材的結構體系中，儘管「新詩」作品只是居於一種輔助性的邊緣位置，不過，對於「新詩」的合法性而言，這無疑是一個重大的勝利。

　　如果說，何仲英和錢基博等人編著的教材所選的「新詩」作品還十分有限的話，那麼，一九二四年出版的吳遁生、鄭次川編輯的《新學制高級中學國語讀本‧近人白話文選》[48]，所收入的「新詩」就具有相當規模了。從該教材目錄我們可以看到，該教材選文分為八類，第八類為「詩類」，所收作品均為「新詩」，除胡適、周作人、俞平伯、康白情、劉半農、冰心、汪靜之、郭沫若等業已成名的詩人作品外，該教材還選用了雙明、章洪熙等一些不那麼有名的作者的詩，共收「新詩」作品三十餘首。需要指出的是，徐志摩的詩作雖然沒有被選入「詩類」，但是其散文〈曼殊斐兒〉被選入第四類「記述類」。而

---

46 參見振鏞：〈初級中學國語文讀本序例及目錄〉，《時事新報‧學燈》1923年10月12日。

47 該教材由上海中華書局一九二四至一九二五年出版。

48 吳遁生、鄭次川編輯：《新學制高級中學國語讀本‧近人白話文選》，上海市：商務印書館，1924年初版。

該文後所附錄有作者的詩〈哀曼殊斐兒〉。這種做法，實際上也構成了「新詩」的一種間接傳播。

在一篇題為〈中等學校國文教學之商榷〉的長文中，作者論及中等學校各年級國文教學的課程編制問題時，把「對新文學能作有系統之研究」，作為「高級第一學年」學習內容要求的一項。該項內容又分為四個部分：「散文文字的研究」、「小說的研究」、「戲劇的研究」、「新詩的研究」，其中「新詩的研究」的具體要求為：「新詩成立之理由及其特色，新詩評論的研究」[49]。從這個頗高的要求看，作者對於中學裡的「新詩」教育是相當重視的。後來作者也談到「語體文教材的選法」，並提出了選擇「新詩」作品的某種標準：「白話詩可以涵養性情，娛樂精神，宣導血氣，增進學生享受文藝的快樂，亦可間或選入。不過用意在增趣，不在仿作，須知。」[50]這個說法顯然流露出一種謹慎乃至幾分顧慮。不過，作者構想中的六冊「語體文教材」的前四冊，都有不少「新詩」作品入選，包括康白情、劉延陵、劉大白、俞平伯、朱自清、郭沫若、宗白華、聞一多、徐志摩、焦菊隱、陸志韋等人的作品，作者面顯得比較廣。胡適和周作人的「新詩」雖然沒有入選，但他們的詩論（胡適的〈談新詩〉，周作人的〈論小詩〉、〈情詩〉、〈詩的效用〉）卻被選入。[51]這種做法使作品和詩論兩者相得益彰，有利於增強「新詩」的整體傳播效果。

而到了一九二六年，北京孔德學校編寫的《初中國文選讀》[52]第五冊的選文內容，全部與「新詩」相關。除周作人、徐志摩、冰心的詩作外，鄭振鐸翻譯的泰戈爾的散文詩、胡適的〈談新詩〉也在入選之

49　王森然：〈中等學校國文教學之商榷〉（6），《京報副刊》第145號，1925年5月11日。

50　王森然：〈中等學校國文教學之商榷〉（12），《京報副刊》第160號，1925年5月26日。

51　詳情參見王森然：〈中等學校國文教學之商榷〉（12）、（13）、（14）、（15），《京報副刊》第160號、第161號、第162號、第164號，1925年5月26、27、28、30日。

52　《初中國文選讀》，北京市：孔德學校編印，1926年8月。

列。由此可見，「新詩」在當時的中學教育界受到了相當熱烈的追捧。

　　值得注意的是，可能出於同人作品入選中學教材數量偏少的考慮，創造社同人作品集《辛夷集》的編者，也表露出該書能夠被選作教材的某種強烈願望：「本集所摘取現代作家之詩文，以藝術味之最深贍者為主。……本集取材長短適宜，尤可供男女中小學國文教科之用。」[53] 而這本薄薄的小冊子，收入郭沫若、鄧均吾兩人共九首「新詩」。

　　需要指出的是，由於早期新詩整體水平的低下，當時選入中學課本的「新詩」作品自然難免良莠不齊、魚目混珠。胡適曾對於中小學白話教材問題作了如下檢討：「……在那個時代，白話的教材實在是太不夠用了，實在是貧乏的可憐！中小學的教科書是兩家大書店編的，裡面的材料都是匆匆忙忙的搜集來的；白話作家太少了，選擇的來源當然很缺乏；編纂教科書的人又大都是不大能做好白話文的，……白話文學還沒有標準，所以往往又不很妥帖的句子。」[54]其中「新詩」在這方面的問題顯得更為突出。不過，就傳播效果而言，「新詩」作品進入中學教科書，雖然還談不上通過展現某些成熟的藝術質素來打動讀者，卻無疑擴大了「新詩」合法性的基礎。

二　教師的鼓吹與宣揚

　　在新文學運動最初幾年，「新詩」和其他新文學作品一樣，在中

53　〈編輯大意〉，見創造社編：《辛夷集》，上海市：泰東圖書局，1923年初版。這個「編輯大意」基本上就是此前被用作宣傳該書的廣告語：「《辛夷集》係現代名家之詩文精選集，藝術味之深贍，詞句之精練，正如月下的睡蓮，花間的露珠。裝制精美，內容清麗，可作從事於新文學者之圭臬。取材嚴密，長短適宜，可充男女中小學之國文教科書。」見《創造》季刊第1卷第2期廣告插頁，1922年8月25日。

54　胡適：〈所謂「中小學文言運動」〉，原載《獨立評論》第109號，1934年7月15日。此處據姜義華主編：《胡適學術文集·新文學運動》（北京市：中華書局，1993年），頁224。

學課堂上是遭到抵制甚至歪曲的。關於自己中學時代的國文課，廢名
曾經回憶說：

> ……大約是民國六七年的時候，我在武昌第一師範學校裡念
> 書，有一天我們新來了一位國文教師，我們只知道他是北京大
> 學畢業回來的，又知道他是黃季剛的弟子，別的什麼都不知
> 道，至於什麼叫做新文學什麼叫做舊文學，那時北京大學已經
> 有了新文學這麼一回事，更是不知道了，這位新來的教師第一
> 次上課堂，我們眼巴巴的望著他，他卻以一個咄咄怪事的神
> 氣，拿了粉筆首先向黑板上寫「兩個黃蝴蝶，雙雙飛上
> 天……」給我們看，意若曰，「你們看，這是什麼話！現在居
> 然有大學教員做這樣的詩！提倡新文學！」他接著又向黑板上
> 寫著「胡適」兩個字，告訴我們〈蝴蝶〉便是這個人做的。[55]

在這位教師的課堂上，胡適的「新詩」作品〈蝴蝶〉，不幸地被當作
一個反面教材而遭受嚴厲壓制。由此我們不難想見，當時發生在中學
課堂上的新舊文學話語之爭，是十分激烈的。

由於受到保守的國文教師的影響，一些地方的中學生並不瞭解
「新詩」，反而喜歡胡懷琛等人的所謂「『新』詩」（周作人在文章中
特意在「新」字上加上括號，以示一種區別）。周作人曾對此批評
道：「中學生諸君的學識我雖然不知道，卻知道他們的老師多是復辟
派的『國學』家；恰巧在這國學家門牆之下的門人又多是歡迎《大江
集》一派的詩，──念著仄仄平平，領略一點耳頭的愉快罷了。」[56]
周作人的這種憂慮，實際上也表明了「新詩」擁護者對中學這一話語
場地的重視。

---

55 廢名：〈嘗試集〉，廢名：《論新詩及其他》（瀋陽市：遼寧教育出版社，1998年），
頁2-3。

56 式芬（周作人）：〈新詩的評價〉，《晨報副鐫》1922年10月16日。

　　不過，隨著文學革命整體性的推進，「新詩」在中學課堂上的待遇也逐漸得到改變。尤其在那些擁護新文學運動的教師的積極宣揚之下，「新詩」逐步樹立其正面的形象，從而得到學生的認識乃至喜愛。

　　作家丁玲曾回憶她在長沙上中學時，由於一位教師在課堂上的大力鼓吹和引導，使她喜歡上了新文學作品，特別是「新詩」作品。她不僅讀到了《新青年》、《新潮》等報刊上發表的詩作，還從書店購買當時出版的《女神》等新詩集。胡適、俞平伯、康白情、郭沫若等詩人的一些作品，甚至成為她能夠背誦如流的篇目。[57]顯然，在各類新文學作品中，「新詩」往往更能博得年輕讀者的青睞。

　　而一些「新詩」作者直接到中等學校任教，他們的言傳身教，更是有效地促進了「新詩」的傳播。最典型的一個例子，是「新詩」的熱情鼓吹者朱自清、俞平伯、劉延陵先後來到浙江第一師範學校任教，為「新詩」在該校的生根發芽營造了很好的氛圍，並催生了「湖畔詩人」群。關於彼時「新詩」的風行，該校畢業生曹聚仁曾回憶說：「由於後四金剛（引者按：指朱自清、俞平伯、劉延陵、王祺），乃產生了張維祺（按：此人並沒有參加湖畔詩社，記憶有誤）、汪靜之、馮雪峰、魏金枝這一串湖畔詩人，一時風尚所趨，他們都在寫白話詩了。連我也有一段時期，寫過許多新詩，刊在《覺悟》上，朱師還說我可以在這條路上發展下去的。」[58]

　　現代女作家沉櫻在中學讀書時，也在國文教師的授課中開始瞭解五四新文學，其中就包括馮至的詩：「在山東省立第一女子中學，沉櫻遇到了一位畢業於北京大學哲學系（應為英文系）、影響她一生的國文教師顧獻（應為「羨」）季。這位老師文才出眾，不僅給學生講

57　丁玲：〈魯迅先生於我〉，魯迅博物館等編：《魯迅回憶錄》（散篇・上）（北京市：北京出版社，1999年），頁386-387。

58　曹聚仁：〈後四金剛〉，見曹聚仁：《我與我的世界》（太原市：北岳文藝出版社，2001年），頁149。

解詩詞歌賦，尤其擁護新文學，一有機會就給學生講解『五四』運動後湧現的新作家及其作品，給大家朗誦他的朋友——詩人馮至給他的書信及其詩作……」[59]顧羨季，即顧隨，是馮至的摯友，一九二〇至一九二四年在山東省立第一女子中學任國文教員。由於深受新思潮的影響，儘管他本人寫得一手漂亮的舊體詩詞，卻不僅不排斥「新詩」，還為之大加宣揚。這種錯位現象在五四時期十分常見。

　　當時一些詩人到中學演講或講課，也成為「新詩」的有力宣揚者。比如，北京師大附中的文學社「曦社」曾請徐志摩演講，作為一個詩人，徐氏自然也談到了「新詩」問題[60]。

三　培養潛在作者

　　五四時期一些中等學校的學生刊物，也成為「新詩」的重要傳播渠道之一。天津南開學校編輯出版的《南開週刊》，曾數次以胡適的詩〈努力歌〉、〈威權〉，鄭振鐸的〈我是少年〉等「新詩」作品作為刊物的「卷頭語」[61]。這些詩雖然並不能代表當時「新詩」創作的最高水平，卻都具有某種勵志的色彩，因此很適合中學生閱讀。[62]這自然也是「新詩」在中學裡的一種有效的傳播途徑。正是在這樣的氛圍中，不少中學生不滿足於僅僅充當「新詩」的讀者，還紛紛躍躍欲

---

59 閻德純：〈沉櫻及其創作和翻譯〉，《新文學史料》1984年第2期。文中筆誤之處根據馮至的〈懷念羨季〉一文加以更正，見張恬編：《馮至全集》第5卷（石家莊市：河北教育出版社，1999年），頁55。

60 參見寒先艾：〈讀了〈算學與詩人〉以後〉，《晨報副鐫》1923年8月12日。

61 這些詩分別見《南開週刊》第1卷第3號（1925年9月28日）、第1卷第8號（1925年11月2日）。

62 趙景深在一九二八年曾說：「〈少年歌〉使我憶起鄭振鐸的〈我是少年〉，我以為這兩首詩是教科書中的材料，可以當作格言，甚至可以當作國歌；如說當作純粹的詩，似乎詩意不大濃郁。」趙景深：〈朱湘的短詩〉，趙景深：《現代文學雜論》（上海市：光明書局，1932年），頁121。

試，嘗試起「新詩」寫作來。這些作者構成了「新詩」寫作的一支重要的後備隊伍。南開中學畢業生、詩人辛笛晚年曾回憶說：「考入南開中學後，五四新文化運動的浪潮衝擊年輕的心。十六歲，我試寫了第一首白話小詩。」[63]

　　「新詩」在中學裡的傳播，同樣也得力於《新青年》、《新潮》、《時事新報》、《少年中國》等新文化刊物的強勢影響。在那些思想風氣較為開明的中學裡，學生們可以很方便地閱讀到這些報刊。詩人孫大雨一九一八至一九二二年在上海青年會中學就讀期間，喜愛閱讀上述報刊。受其啟發，他在學生會的支持下，創辦刊物《學生呼》，每期都發表有「新詩」作品。在此期間，孫大雨還在《少年中國》、《時事新報》、《小說月報》上發表詩作，更是直接參與了當時的「新詩」活動。[64]商務印書館主辦的《學生雜誌》在一九二〇年代就開設有「青年文藝」欄目，發表了不少中學生的「新詩」習作。譬如，一位中學生在詩裡寫道：

　　　　朋友們多嘲笑著我說：
　　　　「你又作詩呢！」
　　　　但是我何嘗是作詩呢？
　　　　不過是給思潮留下些痕跡罷了。

從這裡不難推測，在當時中學生中寫作「新詩」者並不在少數。

　　胡風在一篇文章裡談到，一九二〇年代初他在武昌上中學時，曾如饑似渴地閱讀各種「新詩」作品：「和一頭沒有吃飽的小牛走在青草地上一樣，我貪饞地讀著它們，各種不同的甚至互相矛盾的東西在

---

63 辛笛：〈辛笛詩稿自序〉，王聖思選編：《「九葉詩人」評論資料選》（上海市：華東師範大學出版社，1996年），頁379。

64 參見黃昌勇：〈孫大雨傳略〉（上），《新文學史料》1996年第2期。

我底單純的腦子裡面跳舞。我讀著《嘗試集》，也讀著〈女神之再生〉，讀著《嚮導》，也讀著《努力周報》……但使我真正接近了文學也接近了人生的卻是兩本不大被人知道的小書：《湖畔詩集》和王統照底《一葉》。」[65]這種不加選擇的閱讀方式，普遍存在於當時的中學生讀者群體之中。而這些閱讀經驗，顯然為胡風後來的「新詩」寫作提供了必要的知識準備。

　　與胡風的閱讀經驗相類似，胡適的《嘗試集》甫一出版，就進入了當時還是中學生的施蟄存的閱讀視野。後來他又漸次接觸到冰心、汪靜之、郭沫若等人的詩。其中郭沫若的詩對施蟄存的觸動最大。這些閱讀經驗同時也激發了施蟄存的寫作興趣，他曾把自己的詩作投寄上海《民國日報》副刊《覺悟》並得以發表。[66]馮至也曾談到自己在中學時代對「新詩」的熱愛：「我回想一九二○年的春天，我在中學讀書，在報紙上讀到《嘗試集》出版的消息，不等到北京來書，便迫不及待地給上海亞東圖書館寄去幾角錢的郵票訂購。書寄到後，如獲至寶，其中有些詩我很快就能背誦。」[67]而卞之琳也早在中學時代就是徐志摩詩歌的讀者，他回憶說：「就詩的關係說，我成為他的詩的讀者，卻遠在一九二五年我還在鄉下上初級中學的時候。我郵購到《志摩的詩》初版線裝本（後來重印的版本頗有刪節）。這在我讀新詩的經歷中，是介乎《女神》和《死水》之間的一大振奮。」[68]由於此前已積累閱讀冰心、郭沫若等人新詩集的經驗[69]，當卞之琳面對

---

65 胡風：〈理想主義者時代的回憶〉，見鄭振鐸、傅東華編：《我與文學》（上海市：生活書店，1934年），頁261。

66 參見楊迎平：〈施蟄存傳略〉，《新文學史料》2000年第4期。

67 馮至：〈讀《中國新詩庫》第三輯——致周良沛〉，張恬編：《馮至全集》第5卷（石家莊市：河北教育出版社，1999年），頁110。

68 卞之琳：〈徐志摩詩重讀志感〉，見卞之琳：《人與詩：憶舊說新》（北京市：生活‧讀書‧新知三聯書店，1984年），頁20。

69 參見卞之琳：〈完成與開端紀念詩人聞一多八十生辰〉，見卞之琳：《人與詩：憶舊

《志摩的詩》的時候，就不再是當初那種初學者的窘迫，而是具備一定的審美眼光和鑒賞力。當時中學生對於「新詩」的「熱讀」現象，由此可見一斑。

　　早期新詩在中學的傳播，一方面，有效地擴大了讀者基礎，拓展了「新詩」的話語場地；另一方面，中學生的「新詩」作品，雖然顯得較為稚嫩薄弱，但他們在中學時代的寫作嘗試，為「新詩」的寫作，培養了一批潛在的作者。這些作者中，有不少人後來成為新詩壇的得力幹將。

說新》（北京市：生活・讀書・新知三聯書店，1984年），頁7-8。

第五章
美學合法性的焦慮（上）

　　早在一九二一年，就有人注意到了新文學運動在藝術價值方面的缺失。而這種缺失，可能構成新文學的致命傷。這位論者指出，「我們現在都知道中國文學非徹底革新不可了。但這個當然不是變文言為白話的問題，也不單是從古典主義變到理想主義寫實主義的問題，實在講來，乃是文學的價值問題。」[1] 所謂「文學的價值」，主要不是體現在語體的更替和觀念的傳達上，而是傾向於意指透過優秀作品反映出的藝術性和美學價值。與這個觀點相對應，該論者還出示了使文學創作能夠成功的兩個條件——「天才」和「適度的藝術製作」。有趣的是，「新詩」寫作者周作人當時也向同仁們發出了這樣的「友情提示」：「文藝上的激變不是破壞文藝的法律，乃是增加條文：譬如無韻詩的提倡，似乎破壞了『詩必須有韻』的法令，其實他只是改定了舊時狹隘的範圍，將它放大，以為『詩可以無韻』罷了。」[2]

　　同樣地，當外部話語空間的合法性基本得到確立，「新詩」的美學合法性問題就成為當務之急。一九二二年，針對周作人對於當時思想界復古傾向的憂慮，一位作者借用《阿Q正傳》的典故，鄭重地表明自己對白話文和白話詩的信心：「我可以預言將來只有白話文與白話詩作者的增加，決不會有『駢律』作者的增加。……白話文與白話詩的趨勢好像也已經過了這個『盤辮子』的時代；現在雖然還不曾脫離『襯棉花』的時代，但我們可以斷定謝冰心汪靜之諸君絕不致再回

1　逾之：〈新文學與創作〉，《小說月報》第12卷第2號，1921年2月10日。
2　仲密（周作人）：〈文藝上的寬容〉，《晨報副鐫》1922年2月5日。

去做駢律了。」[3]盤辮子也好，襯棉花也罷，都可以看作是「新詩」為爭取外部生存空間合法性，而採取的某種對抗性策略所產生的某種後遺症的譬喻。一旦取得了「正統」位置之後，「新詩」就必須回到自身，尋求一種內在的美感和自身的藝術魅力。只有這樣，「新詩」才能真正贏得讀者的認可，找到自己的安身立命之所在。

第一節　新詩壇的內部辯難

胡適對早期新詩的成績表現出他一貫的樂觀態度。一九二二年，在盤點「五年以來白話文學的成績」時，他對「新詩」做出這樣的描述：「白話詩可以算是上了成功的路了。詩體初解放時，工具還不伏手，技術還不精熟，故還免不了過渡時代的缺點。但最近兩年的新詩，無論是有韻詩，是無韻詩，或是新興的『短詩』，都很有許多成熟的作品。我可以預料十年之內的中國詩界定有大放光明的一個時期。」[4]這種名不副實的表揚，有點類似母親對自己親生孩子的嬌寵。與胡適相比，周作人的說法就顯得冷靜得多，儘管其主調也體現為一種樂觀。一九二三年初，關於新文學的當下形勢，周作人做了如下評估：

> 中國新文學，我相信現在已經過了辯論時代，正在創造時代了。理論上無論說的怎樣圓滿，在事實上如不能證明，便沒有成立的希望。四五年前的新舊文學上，曾經起過一個很大的爭

3　Q.V.：〈讀仲密君《思想界的傾向》〉，《晨報副鐫》1922年4月27日。值得注意的是，本文作者可能多少誤解了周文的意思，對這種誤解，周作人曾無奈地辯解道：「反語在有些人常要當作正話看來」，「有青年見了我的話，看不出條件裡的反語的諷勸」。見仲密（周作人）：〈做舊詩〉，《晨報副鐫》1922年3月26日。

4　胡適：〈五十年來中國之文學〉，姜義華主編：《胡適學術文集・新文學運動》（北京市：中華書局，1993年），頁160。

門，結果是舊文學的勢力，漸漸衰頹下去了，但是這並非《新青年》上的嘲罵，或是五四運動的威嚇，能夠使他站住的，其實只因新文學不但有理論，還拿出事實來……所以占了優勢。古文體的小說戲曲，已經老老實實的死了，口語體的無韻詩因為年青一點，還在那裡受人家的冷眼，不過這只是早晚的問題，詩宗的衣缽終是歸他的了：古代的舊詩裡，誠然有許多比他更好的作品，但是現代更沒有人能做，而且他已經「做盡」了。我們的責任，便在依了這條新的道路，努力的做下去，使各種的新興文藝由幼稚而進於成熟，由淡薄而變為深厚……[5]

周作人在這裡雖然肯定了所謂「新的道路」的廣闊前景，卻也隱晦地道出早期新詩成績不佳的事實，並暗示在進入創造時期之後，只有在藝術上有所作為，走向成熟，變得深厚，「新詩」才能夠最終取得「詩宗的衣缽」。

一　新詩壇的「寂寞」處境

一九二二年前後，剛起步不久的「新詩」就大減最初幾年的銳氣，顯得有點步履蹣跚。諸如「詩壇沉寂」，甚至「新詩破產」之類的驚呼也時有可聞。其中，周作人的觀點很有代表性：

現在的新詩壇，真可以說消沉極了。幾個老詩人不知怎的都像晚秋的蟬一樣，不大作聲，而且叫時聲音也很微弱，彷彿在表明盛時過去，藝術生活的彈丸，已經想著老衰之坂了。新進詩人，也不見得有人出來。……所以大家辛辛苦苦開闢出來的新

5　周作人：〈讀《草堂》〉，《晨報副鐫》1923年1月12日。

詩田，卻半途而廢得荒蕪了，讓一斑閒人拿去放牛。……詩的
改造，到現在實在只能說到了一半，語體詩的真正長處，還不
曾將他完全的表示出來，因此根基並不十分穩固。[6]

這個描述所反映的當時新詩壇的狀況，應該說基本上是真實的。周作
人認為「新詩」運動只成功了一半，指的是外部合法性的獲得。而尚
未完成的一半，其實就是美學合法性的尋求。而他所提及的全面挖掘
「語體詩」（「新詩」）的長處，正是美學合法性的重要課題。

　　如果說周作人的態度還算溫和，那麼稍後一位作者對「新詩」的
批評就激烈得多：「據我個人的觀察，現在做新詩的都有一大病，就
是『言之無物』。詩固不必說什麼哲理，鼓唱什麼主義，但是，他是
人的情緒的凝結物；在他裡面至少也應有些感情的火花可以看見。而
現在所謂詩人的詩呢，大部分卻是流連風景，無病而呻之作。他們並
沒有要說的話，並沒有要傾吐的情緒，卻特地要去尋詩做。這種為作
詩而做的詩，那裡會做得好呢。而且也不配稱做詩。」[7]儘管此論有
以偏概全的嫌疑，卻切中「新詩」缺乏鮮活的詩質等要害，因而仍不
失其為一種「諍言」的效果。

　　當時已經初步接觸法國象徵主義詩歌的王獨清，更是深切地感受
到「新詩」在詩質方面普遍存在的虛弱與空洞的致命缺陷，認為在
「實質」上使「新詩」變得充實是刻不容緩的任務：「現在國內詩底

6　子嚴（周作人）：〈新詩〉，《晨報》1921年6月9日。該文後的「記者」附言就表達了
　　不同看法：「說『老詩人們以為大功告成，便即退隱』，我卻誠懇的希望此言不中。
　　今天本報所載新詩壇健將胡適之先生的近作，似可表示他們的勇猛精進的精神，子
　　嚴先生看了或者也覺快慰罷。」稍後俞平伯也寫了〈秋蟬的辯解〉（《晨報》1921年
　　6月12日）一文，提出了不同的看法：「拿辛苦開闢出來的土地，讓閒人來放牛，豈
　　但首創詩國的先生們不願意呢，我們也正如此。但在另一方面說，我們決不肯封鎖
　　詩國底疆土，博得壟斷者底權威，也不願創業的人們這樣做。……」
7　ＣＰ：〈對於新詩的諍言〉，《時事新報·文學旬刊》第37號，1922年5月11日。

作品，老實說，有許多狠有詩人天才的人，可惜都把詩當作專寫浮淺的景色，表送迎底個人感情的工具了！就真能做出兩句不錯的詩，究有甚麼價值？……我近來多讀外國詩集，愈覺給中國造實質上的新詩──形式上的新詩已是過去的事了──不是可緩的事。」[8]

　　「新詩」創作中出現的模式化傾向，也引起了一些論者的注意。其中一位論者指出，「以新詩而論，近來最流行的有『自然』，『大自然』，『宇宙』，『愛』，『生命』『詩人』，『上帝』等字樣。作者儘管將這些偉大的字眼向他詩裡塞，不管他容受得下否。譏諷舊詩的，以為不過是些風，花，雪，月，好歹總是詩了。現在我們也可以說，有了『自然』，『大自然』等，好歹總可填成一首新詩了；卻也只讀『自然』，『大自然』等幾個詞頭了！」[9]

　　俞平伯曾將衡量「新詩」是否成功的標準，設定為「能在前人已成之業以外，更跨出一步……決不是僅僅是一步一步踏著他們的腳跟，也決不是僅僅把前面的腳跡踹得淩亂了，冒充自己的成就的」。不過，按照這個標準，他很快就發現了自己的失望：「以這個立論點去返觀新詩壇，恐不免有些慚恨罷，我們所有的，所習見的無非是古詩的遺蛻，譯詩的變態；至於當得起『新詩』這個名稱而沒有愧色的，實在是少啊。」[10]對於稚弱的「新詩」來說，俞平伯的標準可能定得過高了。不過，其中折射出的對於「新詩」某種藝術獨立性與自足性的期待，十分值得注意。

　　更具諷刺意味的是，居然有一首「新詩」作品批判起「新詩」本身來：

8　王獨清：〈一隻鯉魚〉，《創造》季刊，第1卷第2期，1922年8月25日。

9　玄：〈獨創與因襲──對於近來作新詩者的箴言〉，《時事新報・學燈》1922年1月4日。

10　俞平伯：〈讀〈毀滅〉〉，《小說月報》第14卷第8號，1923年8月10日。

　　新詩破產了！
　　什麼詩！簡直是：
　　羅羅蘇蘇的講學語錄；
　　瑣瑣碎碎的日記簿；
　　零零落落的感慨詞典！[11]

「講學語錄」、「日記簿」、「感慨詞典」，三個與詩無關的名詞，強有力地篡奪了「詩」的主語地位。這個指向自身（儘管作者本人可能並未意識到）的、帶有悖論性質的批評，正表明在取得了外部空間的合法性之後，是進一步從美學上探討「新詩」合法性的時候了。早期新詩的藝術危機日漸突顯。

　　也有論者將早期新詩成績不佳的原因之一，歸結為批評界的不作為：「中國自有人提倡文學革命以來，已經數年，雖多少見出一點發揚與努力的氣象，而詩壇的收穫（兼創作與譯述而言）極為薄弱。（雖是書坊中一本本的新詩集，新詩選等出刊的不少，但有可供真正鑑賞與批評之價值者極少。）遲至今日，始有此專門研究之《詩》出現。這等原因，固不止一端，而批評界的寥落，與少有真正指導者與提倡者，自當為其重要原因。」[12]在該論者看來，稱職批評家的出現和批評空間的營造，是「新詩」進步的一個重要條件。

　　後來郭沫若的《女神》出版，彷彿為新詩壇注射了一支強心劑，在諸如「詩美」、「詩味」等方面為「新詩」挽回一些面子。不過，畢竟孤掌難鳴，僅憑一部《女神》，自然不可能徹底扭轉「新詩」的某種頹勢。

　　這種頹勢的呈現，使得一些較為自覺的「新詩」的寫作者和批評者回返到「新詩」本身，思考問題和尋求應對策略，以至於在新詩壇

11　轉引自佩弦（朱自清）：〈新詩〉（上），《一般》第2卷第2號，1927年2月5日。

12　王統照：〈對於詩壇批評者的我見〉，《詩》第1卷第3號，1922年3月15日。

內部，也出現了不少過激之辭，正如朱自清所描述的，「這時新文學主義者自己，有了非難新詩的聲音，而且愈過愈多。這種『蕭牆之禍』甚是厲害，新詩無論如何，看起來總似乎已走上了『物極必反』的那條老路。」[13]不過，如果能夠真正回到詩學問題上，進行不同觀點之間的砥礪，「新詩」這種的內部辯難無疑是十分必要的。

　　在上文引述的同一篇文章中，朱自清把一九二二年前後出現的「新詩壇冷落」的原因，概括為「生活的空虛」、作者群體的稚嫩、寫作的公式化等幾個方面。這個判斷是相當準確的。更重要的是，朱自清並不停留在人云亦云的「非難」上，而是看到了諸如「詩壇寂寞」之類的現象對於「新詩」發展所具有影響的積極一面：

> ……新詩壇雖確乎由熱鬧走向寂寞，而新詩的生命卻並未由衰老而到奄奄欲絕，如一般人所想。但好作品的分量，究竟敵不過那些「苦稻草，甘蔗渣，碎蠟燭」，我們也當承認。這也不見得是新詩的致命傷，因為混亂只是短時期的現象；而數年來的冷落，倒是一帖對症的良藥，足以奏摧陷廓清之功。[14]

在朱自清看來，遭遇「寂寞」與「冷落」，能夠讓一度狂熱的「新詩」寫作冷靜下來，進入一個自我調整的階段。而美學上的反思，自然是自我調整的重要內容。

　　與此同時，一些清醒的「新詩」作者也意識到寫作過程中出現的創造力不支的窘境。譬如，曾被文學研究會同人看好的詩人徐玉諾，就在寫給編輯的信中表達過這種無力感：「幾首詩現在寄上，這並不是我特意要如是作非馬非牛的詩，神力薄弱，無力作新法表現，只是

---

13 佩弦（朱自清）：〈新詩〉（上），《一般》第2卷第2號，1927年2月5日。
14 佩弦（朱自清）：〈新詩〉（上），《一般》第2卷第2號，1927年2月5日。

皺起的句子罷了。……如聖陶所說『鐐銬與新詩尤其有不解之緣了。』……」只要聯繫刊出的兩首詩（其中第一首的問題尤其突出），即可看出徐氏的這個表白並非一般意義上的謙辭，而是切實地道出了他在創作中遭遇到的困惑。[15]即便是當時在詩歌創作方面被普遍寄予厚望的徐志摩，在談到其第一部詩集《志摩的詩》時，同樣強調了自己的不足之處：「做詩的我，只覺著通體全是病，精神離著健全，即使有那一天，還差得遠著；……我這第一本當然是一碗雜碎，黃瓜與西瓜拌在一起，羊肉和牛肉燒成一堆，想著都有些寒傖。至少這集子裡該刪的詩還不少……」[16]透過略顯誇張的語氣，不難看出其中流露的一種清醒的自覺意識。

　　一九二五年初，《京報副刊》曾在讀者中開展了一次主題為「青年愛讀書」的全國性民意測驗，接受調查者被要求寫出自己最愛讀的十種書（刊）。一位來自廣東的年輕讀者列出了以下書目清單：《新青年》、《少年中國》、《隨園詩文集》、《文史通義》、《史記》、《漢書》、《詩經》、《三國演義》、《水滸》、《隨園詩話》。更值得注意的是，他在這個書目之後寫了一段「附注」：「我好詩，尤好七言近體；好新書，亦喜舊書。我個性很喜歡讀文學，尤喜歡讀詩，詩之中尤好七律七絕等近體詩，以其聲調甚好也；白話詩好者也願讀，但滿紙肉麻『她』，『心弦』，『的』，『呀』……之詩我就不願讀了。我知道，並且更武斷這些不是詩，這類詩定要絕種的，因為我——青年人——漸漸厭惡它們呢。」[17]從以上書目可以看出，這位讀者雖然似乎更偏愛古典作品，對新文化刊物也是比較熟悉的。問題在於，他代表「青年

---

15 參見《晨報附刊‧文學旬刊》第3號（1923年6月21日）徐玉諾〈憶紹虞〉、〈失了的情緒〉二詩之後的「記者附記」。有意思的是，對於徐的這番表白，該報編輯卻認為：「我以為玉諾作這兩首詩，不但沒有新鐐銬，也沒有舊鐐銬的痕跡。」

16 見周容的〈志摩的詩〉，《晨報副刊》第1291號，1925年10月17日一文後的「志摩附注」。

17 參見〈京報副刊青年愛讀書特刊〉（三），《京報副刊》1925年3月31日。

人」發言，一面宣揚「舊詩」的優長，一面也毫不諱言對於「新詩」的一種深深的失望。這種姿態本身是耐人尋味的。

　　與作者和讀者對於詩壇「寂寞」境況的慨歎相呼應的，是媒體也開始流露出對「新詩」的某種不信任感。新文學運動初期，媒體對「新詩」幾乎是不加選擇地大量刊用。不過，這種情況後來很快就發生了微妙的變化。譬如，到了一九二四年，《晨報附刊・文學旬刊》編輯王統照在一封回信中寫道：「信中所提議文旬中少登無味的短詩，極是。詩歌是文學中最高的作品；也是最難不過的。必須作者有真實的情感，及相當的藝術方能有創造的機能；方能用想像的力量將真實世界的假象的感覺寫出。現在詩歌之濫制，已成為青年人一種流行病，所以稍為好一點地文學雜誌及報紙已不肯隨便采登。其原因便是使人讀了不能有發現的愉快及感動，只是千篇一律，強湊生剝……」[18]從這番話我們可以看到，當時一些較為清醒的報刊編輯已不再單純迷信於「新詩」之「新」，而是在藝術方面對之提出了一種更高的要求。

二　聞一多、梁實秋的早期「新詩」批評

　　在早期新詩壇的力量格局中，胡適系詩人和後起的郭沫若都掌握了不小的話語權，占據著重要的位置。在這個相對平衡的格局中，聞一多和梁實秋的早期新詩批評則試圖開闢另一方天地，對早期新詩的相關議題作出較為平實的思考，從而構成了早期新詩壇的第三種力量。

　　新詩壇內部的美學辯難，往前可以追溯到一九二〇年宗白華和郭沫若的通信。在宗、郭二人的通信中，無論從篇幅還是氣勢看，郭沫若都無疑是主角。宗白華寫給的郭沫若信中，凡談及詩歌的部分，大

---

18 劍三（王統照）：〈復于守璐〉，《晨報附刊・文學旬刊》第48號，1924年9月21日。

多是表示一種贊同或認可，沒有進一步的討論。不過，其中有一封信可謂例外。在這封信裡，宗白華批評〈天狗〉一詩在形式方面「嫌簡單固定了點，還欠點流動曲折」，並進而建議郭沫若的「小詩」寫作，在「構造方面還要曲折優美一點，同做詞中小令一樣。要意簡而曲，詞少而工。」[19]這個批評基本上是一種「點評」，其所持的標準也主要來自古典詩歌，因此尚未觸及「新詩」更為內在的藝術問題。然而，這並不妨礙它成為後來更為豐富與多元的「新詩」美學爭論的先聲。

　　談論早期新詩，聞一多和梁實秋顯然是可以相提並論的。一方面，他們在新詩創作上彼此支持，相互激勵，多有贈答唱和之作；另一方面，由於知識背景的相似，兩人關於「新詩」的觀念也頗為接近。如果說聞一多和梁實秋早期的新詩寫作，基本上還處於「少作」階段，不免顯得較為粗糙稚嫩，乏善足陳，那麼，聞、梁兩人對於早期新詩的批評，卻由於流露出一種初步的藝術自覺意識，因而在當時的語境中顯示了不容小視的獨特性和重要性。

　　聞一多和梁實秋就讀的清華學校，雖然也位於北京這個五四新文化中心，但由於在辦學宗旨、歷史傳統、師生結構等諸方面的局限性，它在整體上體現了一種「美國化」的實用主義氣質，校方重視理工學科而忽視人文學科。因此對於思想運動，清華學校的反應顯然遠不如北京大學那樣敏感和激進。具體到五四時期如火如荼開展的新文學運動，清華師生參與的積極性自然也就不高。對此，青年時代的聞一多在當時就十分尖銳地批評道：「清華本不曾識文學底面。新文學底聲音初傳到我們耳朵裡的時候，曾惹起一陣『吳牛喘月』底聲潮，但是那值得了些什麼？新的做了一回時髦，舊的發了一頓腐氣，其實都是『夏蛙語冰』，誰也不曾把文學底真意義鬧清楚了。」[20]一種極端

19　宗白華：〈致郭沫若〉，參見田壽昌、宗白華、郭沫若：《三葉集》（上海市：亞東圖書館，1920年），頁26-27。

20　聞一多：〈敬告落伍的詩家〉，《清華周刊》第211期，1921年3月11日。

不滿之情溢於言表。與其師兄聞一多不同的是，對於「清華文學」的
前景，梁實秋卻顯得相當樂觀：「據我臆測，清華將要誕生的驕子，
將要貢獻的牢饗，將要樹植的大纛，就是文學的唯美主義、藝術的純
藝術主義。」[21]所謂「唯美主義」、「純藝術主義」，都表明梁實秋對文
學創作的藝術本體原則的推重。這種觀念，自然也滲入到梁實秋的新
詩批評中。事實上，梁實秋的早期新詩批評也已經把藝術本體原則當
作立論的重要前提。

　　在早期新詩陷入藝術發展的困境，面臨一種巨大的合法性危機之
時，聞一多和梁實秋，實際上充當了新詩壇內部一場大規模論爭的揭
幕者的角色。他們對《冬夜》、《女神》、《草兒》、《繁星》、《春水》等
早期新詩集的批評，已不再是此前普遍存在的那種同人之間惺惺相惜
的溫和文字，也不同於同時期創造社成仿吾等人出於話語權的派系爭
奪目的而做出的全盤清算[22]，而是在一定藝術標準的觀照之下，有褒
有貶，顯得較為中肯。值得注意的是，儘管其中也不乏意氣之辭，然
而這些批評卻開始對「新詩」的一些本體性問題做出一些初步的思
考。譬如，梁實秋在〈《草兒》評論〉裡寫道：「……往往最不合藝術
原則的作品，反倒是最時髦，最能流行一時。一般鑒賞家炫於其新，
不暇按其究竟，妄信盲從，非陷於不可救藥不止。即以我國新詩壇而
論，幾無一人心目中無《草兒》，《冬夜》者，後起之作家受其暗示於
傳染者至劇；……若以《草兒》比於我國新詩壇之先驅者，則誠有待
於一般批評家為之重新估定價值之必要。」[23]在這裡，我們不難注意
到，在梁實秋看來，「新」不再是評價「新詩」的一元指標，而是應
該代之以某種更為有效的藝術原則。這就是聞、梁等人對「新詩」的
既有成績進行「重新估定價值」的出發點。「藝術原則」是聞、梁早

---

21 梁實秋：〈對清華文學的建議〉，《清華周刊・文藝增刊》第2期，1922年12月22日。
22 可參見成仿吾：〈詩之防禦戰〉，《創造周報》第1號，1923年5月13日。
23 聞一多、梁實秋：《冬夜草兒評論》（北京市：清華文學社，1922年），頁1。

期新詩批評中經常出現的一個重要概念。

　　從某種意義上說，聞一多和梁實秋的聯合，實際上在具有北大背景的胡適系詩人和憑藉《女神》異軍突起的郭沫若之外，構成新詩壇的第三種力量，開闢了早期新詩的一個新的話語場域。在兩者的結合中，聞一多無疑是核心，梁實秋則是其堅定有力的鼓呼者和支持者。

　　根據聞一多的自述，他寫作「新詩」批評文章的最初緣由，是為自己日後正式出版新詩集《紅燭》作一種必要的鋪墊：「什麼雜誌報章上從得未見過我的名字，忽然出一本詩，不見得有許多人注意。我現在又在起手作一本書名《新詩叢論》。這本書上半本講我對於藝術同新詩的意見，下半本批評《嘗試集》、《女神》、《冬夜》、《草兒》……及其他詩人底作品。……我很相信我得詩在胡適、俞平伯、康白情三人之上，郭沫若（《女神》底作者）則頗視為勁敵。一般朋友也這樣講。但雖然有這種情形，我還是覺得能先有一部著作出去，把我的主張給人家知道了，然後拿詩出來更要好多了。況且我相信我在美學同詩底理論上，懂的並不比別人少；若要作點文章，也不致全無價值。」[24]儘管後來聞一多並沒有完全實現他的「新詩叢論」計畫，不過，透過這段頗為自負的自白式文字，我們仍然不難發現聞一多對於「新詩」的詩藝和美學諸方面的重視。事實上，此前在清華文學社舉辦的一次討論會上，聞一多在其所作的英文研究報告中，就對於當時流行的那種忽視詩歌形式要求的「新詩」作品，流露出一種強烈的不滿情緒[25]。這種不滿情緒，後來在聞一多的批評文章中得到不同角度的表達。

---

24 聞一多：〈致聞家駟信〉（1922年5月7日），轉引自聞黎明、侯菊坤：《聞一多年譜長編》（武漢市：湖北人民出版社，1994年），頁165。

25 當時的《清華周刊》（第229期，1921年12月9日）記述道：「開第二次常會，討論的題目是〈詩的音節問題〉，由聞一多報告研究的結果，聞君對於一般無音韻之新詩及美國新興之自由詩加以嚴重之抨擊。報告後略有辯難。」參見聞黎明、侯菊坤：《聞一多年譜長編》（武漢市：湖北人民出版社，1994年），頁147。

　　聞一多對《冬夜》的批評[26]，涉及詩的音節、想像方式、情感內容，以及詩歌觀念對創作的影響甚至標點符號的使用等問題。比如，關於詩的音節問題，聞一多既肯定了俞平伯一些詩作能有效地化用詞曲的音節，也批判了胡適的「自然音節」論：「所謂『自然的音節』最多不過是散文的音節。散文的音節當然沒有詩的音節那麼完美。俞君能熔鑄詞曲的音節於其詩中，這是一件極合藝術原則的事，也是一件極自然的事，用的是中國的文字，做的是詩，並且存心要作好詩，聲調鏗鏘的詩，怎能不收那樣的成效呢？」緊接著上文，作者又舉出郭沫若的〈密桑索羅普之夜歌〉一詩作為體現「曲折精密層出不窮的歐化句法」的範本，認為俞詩過分執著於詞曲的音節，「有了繁密的思想也無從表現得圓滿」，因此顯得破碎、囉唆、重複。而對於詩歌藝術本體性的強調，在引用幾個西方批評家的觀點之後，聞一多指出：「詩本來是個抬高的東西，俞君反拚命的把他往下拉，拉到打鐵的抬轎的一般程度。我並不看輕打鐵抬轎的人格，但我確乎相信他們不是作好詩懂好詩的人。不獨他們，便是科學家，哲學家也同他們一樣。詩是詩人作的，猶之乎鐵是打鐵的打的，轎是抬轎的抬的。」[27]在聞一多看來，早期新詩成績不佳的原因，很大程度上要歸結於「新詩」作者忽略了詩歌藝術的創造性，放逐了詩歌藝術本體精神。

　　從整體上看，聞一多對於《冬夜》的論述，比諸此前有關「新詩」的談論，其超越前者之處，體現在他能從既有的文本出發，將問題的探討引向詩歌藝術的一些具體層面，同時也揚棄了「新／舊」二元對立的思維邏輯。不過，這篇文章的缺點也是很明顯的。比如，思

---

26 據梁實秋回憶，〈《冬夜》評論〉一文曾由他投寄孫伏園主編的《晨報副刊》，「不料投稿如石沉大海，不但未見披露，而且原稿亦屢經函索而不退回。」此次事件促成梁實秋寫作《草兒》評論，並將兩文合刊為《冬夜草兒評論》，出版單行本。參見梁實秋：〈談聞一多〉，梁實秋：《雅舍懷舊——憶故知》（北京市：中國友誼出版公司，1986年），頁6。

27 聞一多、梁實秋：《冬夜草兒評論》（北京市：清華文學社，1922年），頁37-38。

路顯得較為散漫甚至淩亂，也沒有作者自己的鮮明觀點。這些缺點，在後來聞一多對郭沫若《女神》的批評中，在一定程度上得到糾正。

　　郭沫若是聞一多早期十分推崇的詩人[28]。比如，在〈《冬夜》評論〉中數次引用郭詩作為正面的例子；出版處女詩集《紅燭》時，以《女神》為藍本：「紙張字體我想都照《女神》底樣子」[29]，而該詩集的出版者也正是出版《女神》的上海泰東書局。聞一多評論《女神》的兩篇文章，一篇從「時代精神」入手，另一篇著眼於「地方色彩」，堪稱「姐妹篇」。對於《女神》所承載的時代精神，聞一多主要給予一種充分的肯定：「若講新詩，郭沫若君的詩才配稱新呢，不獨藝術上他的作品與舊詩詞相去最遠，最要緊的是他的精神完全是時代的精神——二十世紀底時代的精神。有人講文藝作品是時代的產兒。女神真不愧為時代底一個肖子。」[30]整篇文章的思路，也基本上是一種正面的論述。而從所謂「地方色彩」方面考察，聞一多認為《女神》就顯得薄弱了。聞一多不滿於當時「新詩」中本土文化基因的普遍匱乏，發出這樣的質詢：「現在的新詩中有的是『德謨克拉西』，有的是泰果爾，亞坡羅，有的是『心弦』，『洗禮』等洋名詞。但是，我們的中國在那裡？我們四千年的華胄在那裡？那裡是我們的大江，黃河，昆侖，泰山，洞庭，西子？又那裡是我們的三百篇，楚騷，李，杜，蘇，陸？」[31]具體到《女神》的缺憾與不足，作者羅列了濫用西方典故、夾雜西洋文字、篤信西方的哲學精神等幾項。聞一多對這些

28 比如，在〈《冬夜》評論〉中數次引用郭詩作為正面的例子；出版處女詩集《紅燭》時，以《女神》為藍本：「紙張字體我想都照《女神》底樣子」（1922年10月30日致吳景超、梁實秋信，見孫黨伯、袁謇正主編：《聞一多全集》，頁110），而該詩集的出版者也正是出版《女神》的上海泰東書局。

29 聞一多一九二二年十月三十日致吳景超、梁實秋信，見孫黨伯、袁謇正主編：《聞一多全集》，頁110。

30 聞一多：〈女神之時代精神〉，《創造周報》第4號，1923年6月3日。

31 聞一多：〈女神之地方色彩〉，《創造周報》第5號，1923年6月10日。

文化「病症」的診斷基本上是準確的，然而，他為此所出示的兩個解決方案（一為恢復對於舊文學的信仰，二為瞭解東方文化的韻雅魅力），卻分明流露出一種強烈的民族主義情緒，給人一種大而無當之感，難以落實到具體的操作層面。而「新詩」的問題本身，卻在無形之中被懸擱起來。這個現象也表明，在五四時代，即使像聞一多那樣從一開始就把文學當作「志業」的人，也很難純粹地談論文學問題，而是在談論中往往自覺或不自覺地偏離「正題」。

與聞一多相同的是，梁實秋的「新詩」批評文字，雖然其主要理論支撐點是浪漫主義的美學觀念，其中卻又顯露出某種接近於古典主義的藝術趣味。兩者的區別在於，梁實秋的這些文章顯示出，與聞一多相比，他更具有一種「批評家」氣質。從某種意義上說，他的文化身分更接近於瓦萊里（Paul Valéry, 1872-1945）所定義的那種「古典主義者」：「古典主義者是自身包含著一個批評家，並將其與自己的創作結合在一起的作家。」[32]關於這一點，我們可以在梁實秋〈《草兒》評論〉的開篇語裡得到一個印證：「藝術的批評家實在是負著兩重責任，一方面要指示藝術創作家以成功的途徑，一方面更要領導藝術鑒賞家上正當的軌道。」[33]

除〈《草兒》評論〉、〈《繁星》與《春水》〉[34]等有直接批評對象的文章之外，梁實秋還寫作了〈讀〈詩底進化的還原論〉〉[35]、〈詩的音韻〉[36]等具有較為濃厚的理論色彩的文章。

譬如，針對俞平伯所主張的藝術（詩）的效用的「向善」論，周

---

32 瓦萊里：〈波德萊爾的地位〉，見瓦萊里著、段映虹譯：《文藝雜談》（天津市：百花文藝出版社，2002年），頁174。

33 聞一多、梁實秋：《冬夜草兒評論》（北京市：清華文學社，1922年），頁1。

34 梁實秋：〈《繁星》與《春水》〉，《創造周報》第12號，1923年7月29日。

35 梁實秋：〈讀〈詩底進化的還原論〉〉，《晨報副鐫》1922年5月27-29日。

36 梁實秋：〈詩的音韻〉，《清華文藝增刊》第5期，1923年1月12日。

作人也曾在〈詩的效用〉一文中提出過質疑[37]。不過梁實秋的批駁顯得更為系統和深入。他先亮出自己對於藝術效用的不同觀點：「總之，我以為藝術是為藝術而存在的；他的鵠的只是美，不曉得什麼叫善惡；他的效用只是供人們的安慰與娛樂。」[38]在這裡，梁實秋把藝術的美和倫理的善清晰地區分開來，並進而闡述「詩的貴族性」這一命題。事實上，此前康白情曾在〈新詩底我見〉一文中頗為低調地提出過這個命題。他主要從詩的貴族性角度解釋詩歌形式革新的困難：「惟其詩是貴族的，所以從詩底歷史上看，他有種種形式的變遷，而究其實，一面是解放，一面卻是束縛；一面是容易作，一面卻是不容易作。」[39]而梁實秋則從「內容問題」和「傳染性問題」兩個方面，對該「詩的貴族性」問題作了一種較為充分的發揮：「詩是貴族的，因為詩不是人人能作，人人能瞭解的。詩是供一部分的人的娛樂安慰，至於是多數少數，可不必管他，詩的本身的價值絕不以賞鑒者數目之多寡而定。」不惟如此，梁實秋還十分堅定地宣稱：「從過去，現在，我們已證明詩是貴族的了；假如將來的人腦筋構造與現在的不致太差，則將來的詩也是貴族的。」[40]顯然，梁實秋所謂「詩的貴族性」，其實是為了強調詩歌藝術作為一種語言藝術特有的先鋒性和前沿性特點。在張揚詩的貴族性的同時，梁實秋還批判了早期新詩中的工具化傾向：「詩是為詩而寫的。詩的本身即是詩人的目的，……至於借詩為一種手段、工具，去達到別種目的，詩人縱不禁止這種舉動，自己是絕不屑做的。但自白話入詩以來，詩人大半走錯了路，只顧白話之為白話，遂忘了詩之所以為詩。收入了白話，放走了詩魂。尤有甚者，即是因為受了各種新思潮的影響，遂不惜把詩用作宣稱主

37　參見周作人：〈詩的效用〉，《晨報副鐫》1922年2月26日。

38　梁實秋：〈讀〈詩底進化的還原論〉〉，《晨報副鐫》1922年5月27日。

39　康白情：〈新詩底我見〉，《少年中國》第1卷第9期，1920年3月15日。

40　梁實秋：〈讀〈詩底進化的還原論〉〉，《晨報副鐫》1922年5月28日。

義的工具。」[41]儘管梁氏的這些觀點也有不少值得商榷之處，不過，其中關於詩歌本體的強調，對「新詩」藝術的成長而言，卻無疑具有一種重要的意義。

如果說，上述梁實秋的觀點主要是在「破」（駁論）中呈現的，那麼，〈詩的音韻〉一文，則體現了一種「立」（立論）的野心。文章開頭即援引葉芝（W.B.Yeats, 1865-1939）的著名論文《詩歌中的象徵主義》（*The symbolism of poetry*）中的一段話，以說明詩歌音韻的重要性。梁實秋認為，正是忽略了這種重要性，早期新詩缺乏基本的藝術魅力，「沒有耐人咀嚼的餘地」，因此必須「創造出新詩的新音韻」。他進而更具體地提出，應該從詩的韻腳（以日常通用的白話音韻為依據）、平仄（「律中有變，變中有律」）、雙聲疊韻（以之糾正「新詩」「平衍冗凡」的毛病）、詩行建構原則（「行子和長短，必要差不多」）等四個方面著手，建設「新詩」的音韻。梁實秋自然也意識到這個建設過程自然是漫長的，不過他仍然表示出極大的信心：「我們用白話作詩，若能按照藝術的安排，音樂的方法，當然可以產生出最完美的聲調。沒有一種藝術不是征服工具的困難的；白話既是我們作詩的正當的工具，便該努力征服他的困難，我相信新詩的音韻問題，誠有待於幾個真正的先鋒詩人去解決他。」[42]

梁實秋關於「新詩」音韻的論述，其邏輯理路不像守舊的批評者那樣只是「向後看」，如認為自古以來詩都有韻的，「新詩」也應該有韻之類；他的觀點是「向前看」的，因而具有一種前瞻性質，認為「新詩」應該在白話（現代漢語）的基礎上建立自己的全新的音韻體系。其意義並非體現在某種可操作性的獲得上，而是試圖通過這種討論，在一定程度上糾正了早期新詩觀念中那種忽略形式、內容至上等偏頗，從而為「新詩」美學合法性的尋求提供了一個思路。

---

41 梁實秋：〈讀〈詩底進化的還原論〉〉，《晨報副鐫》1922年5月29日。

42 梁實秋：〈詩的音韻〉，《清華文藝增刊》第5期，1923年1月12日。

　　梁實秋的早期新詩批評，一方面是對聞一多的「新詩」寫作和批評的熱烈呼應，另一方面，又以其「古典主義者」的立場，有效地避免了聞一多詩學觀念中民族主義的偏激。

　　無庸諱言，由於缺乏一種較為深厚的知識儲備和較為開闊的理論視野，聞一多、梁實秋的早期「新詩」批評，就整體而言，同樣帶有「少作」的某些特點，因此不可避免地存在這樣那樣的缺陷（如缺乏理論深度等）。不過，它們的意義在於，這些稍嫌單薄的批評文本，在「新詩」史上第一次較為自覺地主要從詩歌藝術的視角來探討問題，因而得以超越那些在外部問題上糾纏不休的批評文章。構成在早期新詩壇發言的另一種力量。至於後來兩位作者詩歌觀念的變化，下文將作進一步的論述。

三　其他作者的觀點

　　到了一九二三年，作為早期新詩親歷者之一的周作人關於「新詩」的一些言論，就有點「回退」的意味了：「現在的新詩人往往喜學做舊體，表示多能，可謂好奇之過，大白先生富有舊詩詞的蘊蓄，卻不盡量的利用，也是可惜。我不很喜歡樂府調詞曲調的新詩，但是那些圓熟的字句在新詩正是必要，只須適當的運用就好，因為詩並不專重意義，而白話也終是漢語。」[43]三年之後的一九二六年，周氏為劉半農詩集作序時，重申了這一觀點：「我想新詩總是要發達下去的。中國的詩向來模仿束縛得太過了，當然不免發生劇變，自由與豪華的確是新的發展上重要的原素，新詩的趨向所以可以說是很不錯的。我不是傳統主義（Traditionalism）的信徒，但相信傳統之力是不可輕侮的；……因了漢字而生的種種修詞方法，在我們用了漢字寫東

43　周作人：〈舊夢〉，《晨報副鑴》1923年4月12日。

西的時候總擺脫不掉的。」[44]就詩歌的藝術要求而言，這裡所謂的「回退」，毋寧說是一種「進步」，是認識程度的深化。周作人不僅看到了「傳統之力」的強大，還相當深刻地洞察到，漢語作為一種詩歌寫作語言，具有自身的歷史連續性和文化根性。

與周作人對「新詩」語言問題的重視相呼應，陸志韋對「新詩」的形式作了較為深入的思考與實踐。在陸志韋看來，那種過分追求文體解放的自由詩是「危險」的，「新詩」（陸氏固執地稱之為「白話詩」）仍然需要節奏和韻，「節奏千萬不可少，押韻不是可怕的罪惡」[45]。它們共同構成「新詩」的「軀殼」。不過，這裡的節奏和韻都被陸志韋賦予了新的含義。他提出「新詩」的節奏可以借鑒西方詩歌的抑揚法；而關於「新詩」的用韻，他結合自己的作品加以申說，態度是開放性的：主張打破用四聲押韻、不限制韻腳的位置、「押活韻，不押死韻」。

陸志韋的這些主張，在那些激進的「新詩」擁護者看來，也同樣是一種「倒退」，因而遭到各種非議。我們在陸氏的以下一段自述中就可以覺察到這一點：「所以我的做詩，不是職業，乃是極自由的工作。非但古人不能壓制我，時人也不能威嚇我。可怕呵，時人的威嚇！我的詩必不能見好於現代的任何一派。已經有人批評我是不中不西，非新非舊。」[46]他不在詩歌寫作上設定新舊對抗的緊張模式，而是視之為一種「自由的工作」，因此其創作心態顯得從容而不偏激。這在那個年代是十分難得的。

後來俞平伯相當謹慎地繼承和發揮了陸志韋關於「新詩」形式的

---

44 周作人：〈揚鞭集序〉，《語絲》第82期，1926年6月7日。

45 陸志韋：〈我的詩的軀殼〉，見陸志韋：《渡河》（上海市：亞東圖書館，1923年），頁24。

46 陸志韋：〈自序〉，見陸志韋：《渡河》，上海市：亞東圖書館，1923年。

觀點[47]。俞平伯認為，缺乏格律，不便吟詠，雖然不是「新詩」的致命傷，卻也構成其一個明顯的缺憾。他提出「若在吟詠一方面，則我覺得律之為物在詩中應當有個位置。……詩中有律不礙為自由，不礙為新，亦不礙為創造的。」[48]而如果要建立「新詩」的格律，需要注意以下幾點：「（一）句中之和當與句末之韻並重。（二）句法的參差須有一個限度。（三）詩一面有格律，一面仍能適合語法之自然。（四）用韻處不可過多，押韻時不可牽強。（五）造句不可拗澀，不當規定平仄四聲。」[49]

　　前文述及前期創造社作者群的關於「新詩」的談論中，包含著某種帶有派系色彩的攻擊性。不過，透過這種話語的濃厚硝煙，我們也可以在其中發現一些「片面的真理」。比如，成仿吾對詩歌創作中想像力作用的強調：「詩的職務只在使我們興感 to feel 而不在使我們理解 to understand。使我們理解，有更明瞭更自由的散文。詩的作用只在由不可捕捉的創出可捕捉的東西，於抽象的東西加以具體化，而他的方法只在運用我們的想像，表現我們的情感。一切因果的理論與分析的說明是打壞詩之效果的。」[50]在今天看來，這樣的觀點不過是詩歌理論的一些基本常識。然而，對於問題重重的早期新詩來說，這種常識卻顯得彌足珍貴。只是由於受該文論戰基調的壓抑，它們自然很難引起讀者的注意。

　　隨著談論的深入，我們注意到，維新派宿將梁啟超也就「新詩」的音韻問題發表了自己的看法：「我雖不敢說無韻的詩絕對不能成

47　這種謹慎體現在：作者聲明他談論格律問題的目的，「只指出一個缺憾的存在，並不以此缺憾攻擊新詩，也不視此缺憾為新詩之致命傷，而且也不在此想什麼彌補缺憾底方法。」參見俞平伯：〈詩的新律〉，O. M. 編：《我們的七月》（上海市：亞東圖書館，1924年），頁174。

48　俞平伯：〈詩的新律〉，O. M. 編：《我們的七月》，頁173-174。

49　俞平伯：〈詩的新律〉，O. M. 編：《我們的七月》，頁175。

50　成仿吾：〈詩之防禦戰〉，《創造周報》第1號，1923年5月13日。

立，但終覺其不能移我情。韻固不必拘定什麼《佩文齋詩韻》、《詞林正韻》等，但取用普通話念去合腔便好。句中插韻固然更好，但句末總須有韻。（自然非句之末，隔三幾句不妨。）若句末為語助詞，則韻挪上一字，（如匪報也，永以為好也。）我總盼望新詩在這種形式下發展。」[51]客觀地說，梁氏的意見雖然比起章太炎等人來要開通得多，卻也沒有多少創新之處。不過，以他的身分參與有關「新詩」發展問題的討論，這一行為本身，便是一種富有象徵意味的支援。事實上，據胡適寫給陳獨秀的信可知，此前梁啟超曾寫就一篇批判白話詩的文章，後來經過胡適的反駁與勸說，梁氏才決定不發表該文。[52]與這種觀念變化相聯繫的是，梁啟超在這個時期發表的詞，也已經相當白話化，幾乎可以當作是一種「新詩」作品[53]。

五　文類觀念的重建

在「新詩」美學合法性的建立過程中，文類意識的自覺，無疑是題中應有之義。一位西方學者曾指出，對於某一文類的形成和生長，作為一種「模子」（mode）的文類觀念具有一種「結構」的作用：

---

51 梁啟超：〈致胡適之〉（1925年7月3日），參見丁文江、趙豐田編：《梁啟超年譜長編》（上海市：上海人民出版社，1983年），頁1054。事實上，早在一九二〇年，梁啟超就開始關注「新詩」，他曾在寫給胡適的信中說，「超對於白話詩問題，稍有意見，頃正作一文，二三日內可成，亦欲以公上下其議論。」（〈與適之老兄書〉1920年10月18日）參見丁文江、趙豐田編：《梁啟超年譜長編》，頁922。

52 參見胡適約一九二一年初〈致陳獨秀信〉，見耿雲志等編：《胡適書信集》上冊（北京市：北京大學出版社，1996年），頁262。

53 下面這首〈西江月·托缽〉就是一個典型的例子：「香積炊煙散後，／只桓齊供完時。／各人受用各些兒。／缽裡醍醐一味。／／達磨十年作甚？／黃梅半夜傳誰？／不如搗碎這銅皮，／免得慧能搗鬼。」這些詞發表於《晨報副鐫》1925年10月1日、5日「詩歌」欄。

文類引發構形……文類同時向前及向後看。向後，是對過去一
系列既有的作品的認識，……向前，文類不僅會激發一個嶄新
作品的產生，而且會逼使後來的批評者對新的作品找出更完全
的形式的含義……文類是一個引發結構的「模子」。[54]

作為一種新興的文類，「新詩」文類觀念的「構形」作用，其「向後
看」的參照系，主要是西方既有的詩歌作品；「向前看」則意味本土
創作實踐的不斷展開。兩者相比，早期新詩作者的努力顯然更偏重於
「向前看」。

　　「新詩」必須全然是新的，這一觀念也滲透到對於「新詩」文類
的構想中。劉夢葦在考察早期新詩的整體狀況後，寫道：「我希望大
家能夠多從創造方面努力：創造新的音韻，新的形式與格調。我們詩
底意境與技術不是取法古人，也不是模擬西洋；我們底詩是新詩，是
創造的中國之新詩。」[55]這種論調有意懸置中外兩大傳統，似乎給人
一種凌空蹈虛之感。值得注意的是，這裡所透露出的「創新」衝動，
顯然不同於此前為新而新的單純的語言變革要求，而是隱含著一種美
學合法性的焦慮。

　　于賡虞也對「新詩」之「新」做出了不同於以往的界說：

從舊詩解放出來的新詩，我們認此為中國詩學進步的大轉機則
可，若以此為解放的終極則不可。我們直接用語言來抒寫內在
蘊藉的複雜的，倏變的情感，比文言更順利，更深刻，而且更
活現或更逼近些，這是誰都承認的。但我們要認清，所謂新並

---

54 Claudio Guillén. *Literature as System* (Princeton. 1971), pp. 109, 119. 轉引自葉維廉：
　　〈東西比較文學中模子的應用〉，見《葉維廉文集》第1卷（合肥市：安徽教育出版
　　社，2002年），頁27。
55 劉夢葦：〈中國詩底昨今明〉，《晨報副鐫》1925年12月12日。

不只在形式新，更要使其內涵新，就是要將因襲的傳統思想完全拋卻，使詩歌中有一個生動，活躍與獨自性的「我」在。如以白話寫出來的詩，都是新詩，於是隨便寫去，是乃大謬不解！我們所要求的新，是詩的內涵有個性的創造，讀起來能使人感受到清新的，個別的風趣，而且使我們飄泊的靈魂因此而獲得歸宿。[56]

在這裡，作者清醒地認識到，要使「新詩」成為一種真正獨立自足的文類，從文言到白話的語言變革，只是必要條件之一，而詩形、詩質其他方面的要求，同樣必須全方位地加以探索。

　　值得注意的是，在〈譚詩〉[57]一文裡，穆木天運用法國象徵主義的某些詩歌理論，不再像此前不少論者那樣在一些枝節性的問題上糾纏不清，而是開始從詩歌的藝術本體的高度來談論「新詩」問題。這種回到詩歌藝術本體的談論，首先體現在對「新詩」的文類自足性的確認上：「我們的要求是『純粹詩歌』。我們的要求是詩與散文的純粹的分界。我們要求是『詩的世界』。」為了清算胡適「作詩如作文」的詩歌觀念在早期新詩中所造成的過分散文化等不良影響，讓「新詩」真正成為在藝術上經站得住腳的詩歌，而不是那種「給散文的思想穿上了韻文的衣裳」的贗品，穆木天特別強調了「詩歌語法」超越於散文文法的彈性與活力：「詩有詩的 Grammaire，絕不能用散文的文法規則去拘泥他。詩句的組織法得就思想的形式無限的變化。詩的章句構成法得流動，活軟，超於散文的組織法。用詩的思考法去想，用詩的文章構成法去表現，這是我的結論。」穆木天關於詩歌本體性的思考內容，也體現在揚棄了作為「新詩」主要價值標準的「新」，

---

56 于賡虞：〈詩歌與思想〉，《京報・文學週刊》第27期，1925年7月11日。
57 穆木天：〈譚詩──寄沫若的一封信〉，《創造月刊》第1卷第1期，1926年3月16日。

而以一種具有某種形而上意味的「詩的統一性」和「詩的連續性」，來提升「新詩」的品格。文中所謂的「詩的統一性」和「詩的連續性」，兩者互為表裡，在內在價值向度上是一致的。

　　穆木天的觀點得到了他的朋友王獨清的響應和補充。他從法國象徵主義那裡借來「純詩」的概念，試圖為中國詩壇下一副「猛藥」：「要治中國現在文壇審美薄弱和創作粗糙的弊病，我覺得有倡 Poèsie pure 的必要。——木天！如你所主張的『詩的統一性』和『詩的連續性』，我怕也只有 Poèsie pure 才可以表現充足。」[58]

第二節　散文詩——一種解困策略

　　在二十世紀中國文學整體發展格局中，雖然漢語散文詩幾乎與新詩同時出現，但與詩歌、小說等其他文類的熱鬧喧囂相比，散文詩始終處於一種邊緣的位置，其文類邊界顯得相當模糊，其文化身分也曖昧不明。儘管如此，一代代的散文詩作者仍孜孜不倦地探索著，試圖建立這一文類的獨立藝術王國。而在漢語散文詩近百年的藝術探索歷程中，有關文類邊界的思考也成為一個聚訟紛紜的話題，有必要對之作出一番梳理。

一　散文詩與早期新詩

　　在五四新文學運動中，散文詩的出現具有一種微妙的意味。一方面，它是被引進的西方新近的詩歌資源的一部分，為「新詩」提供某種新的可能性；另一方面，它又與早期新詩的散文化傾向一拍即合，大大支持了「新詩」的「形式解放」。

58　王獨清：〈再譚詩——寄給木天伯奇〉，《創造月刊》第1卷第1期，1926年3月16日。

　　散文詩在中國的引進，幾乎與「新詩」的發生同步，正如「ＹＬ」（劉延陵的筆名）所言，「白話詩在中國還未被一般人承認為詩，而散文詩的名辭又已自東西洋傳來。」在該作者看來，散文詩是「新詩」的一個組成部分：「是的，／我們要白話詩，／要散文詩，／要打破一切形式的束縛而能自由表現精神的一切自由詩呢！」[59]而在外國散文詩作品的譯介方面，早在一九一五年七月，《中華小說界》二卷七號刊載俄國作家屠格涅夫四章散文詩的文言譯文，總題為《杜謹納夫之名著》，譯者為劉半農。這可能是外國散文詩在中國的最初翻譯介紹。而「散文詩」這一文類名稱，在中國第一次出現於一九一八年五月出版的《新青年》第四卷第五號。該期雜誌發表的劉半農譯詩〈我行雪中〉前，譯者所引述美國某月刊編輯的評論中有「結撰精美之散文詩」等語。[60]後來隨著「新詩」運動的進一步展開，本土的散文詩創作也得到一種鼓勵與激發。像早期新詩作者劉半農、魯迅等人，同時也是用白話寫作散文詩的最早嘗試者。劉半農的《曉》（1918）、魯迅的〈自言自語〉（1919）等是中國散文詩第一批較為成熟的出品。

　　在上述背景之下，也有人把散文詩當作「新詩」的一種典型「體裁」加以談論：「最初自誓要作白話詩的是胡適，在一九一六年，當時還不成什麼體裁。第一首散文詩而備具新詩的美德的是沈尹默的〈月夜〉，在一九一七年。繼而周作人隨劉復作散文詩之後而作〈小河〉，新詩乃正式成立。」[61]這裡所說的「散文詩」，更多地是指早期新詩作品的某種「散文化」特徵。後來廢名對這個觀點也表示認同，

59　ＹＬ（劉延陵）：〈論散文詩〉，《時事新報・文學旬刊》第23號，1921年12月21日。

60　以上論述依據王光明先生所作的考證。參見王光明：《散文詩的世界》（武漢市：長江文藝出版社，1987年），頁91。該書為中國第一部散文詩理論專著。

61　編者：〈一九一九年詩壇略記〉，北社編：《新詩年選：一九一九年》，上海市：亞東圖書館，1922年。

並進而將「散文詩」理解為用以指稱「新詩」某種區別性的文體特徵的一個概念:「這個評語很有識見,也無非是人同此感而已,這一首〈月夜〉確是新鮮而別致。不過他所謂『散文詩』。我們可以心知其意,實在這裡『散文詩』三個字恐怕就是『新詩的美德』。」[62]

　　值得注意的是,在關於早期新詩的一些談論中,「散文詩」和「自由詩」這兩個概念常常糾纏不清。譬如,在當時的一篇文章[63]裡,有論者以自由詩的分行形式重新排列「道學派」詩人邵雍的「幾篇散文詩」,如〈風霜吟〉:

　　　見風而靡者,草也;
　　　　　見霜而隕者,亦草也;
　　　見風而鳴者,松也;
　　　　　見霜而淩者,亦松也。
　　　見風而靡,
　　　見霜而傷,
　　　焉能為有!
　　　焉能為囚!

顯然,上例不過是一些長短不一的駢句的分行排列而已,無論在語言還是在形式上,都幾乎看不出作者所標榜的「詩壇革命的精神」。然而,通過對這些詩例的考察,該文作者卻發表了這樣的評論:「他的自由詩和現在的散文詩不同。現在的散文詩,是別於韻文——有韻的詩——而言。他的作品卻依舊有韻,而不受舊的韻律所支配,正如現在的自由詩。」其隱含的目的是顯而易見的,正如作者在文中所聲稱

---

62 廢名:〈沈尹默的新詩〉,廢名:《論新詩及其他》(瀋陽市:遼寧教育出版社,1998年),頁37。

63 郭紹虞:〈邵雍的自由詩〉,《時事新報‧文學旬刊》第38期,1922年5月21日。

的，「硬要引出一個自由詩（Free Verse）的鼻祖，以助現時提倡自由詩者張目了。」而另一位論者在參考了一些外國理論後，提出這樣的觀點：「散文詩的詩形，比較自由詩還要新些，也可以說是自由詩以上的自由詩。」[64]這個觀點的出發點是試圖區分散文詩與自由詩，卻在無意間使兩者的界線顯得更加模糊。

早期新詩的弄潮兒郭沫若在當時也有與此類似的表述。他在寫給李石岑的一封信裡聲稱：「……詩應該是純粹的內在律，表示它的工具用外在律也可，便不用外在律，也正是裸體的美人。散文詩便是這個。我們試讀太戈兒的《新月》、《園丁》、《幾丹伽里》諸集，和屠格涅夫與波多勒爾的散文詩，外在的韻律幾乎沒有。惠迭曼的《草葉集》也全不用外在律。我國雖無『散文詩』之成文，然如屈原〈卜居〉、〈漁父〉諸文以及莊子《南華經》中多少文字，是可以稱為『散文詩』的。」[65]這裡不僅指明了漢語散文詩的外國來源，也十分形象地概括了散文詩的文類特徵，同時還在本土傳統經典作品中「發現」和「追認」散文詩的存在。而在寫給宗白華的信中，郭沫若還寫道：「近來詩的領土愈見窄小了。便是敘事詩，劇詩，都已跳出了詩域以外，被散文占了去了。詩的本職專在抒情。抒情的文字便不采詩形，也不失其詩。例如近代的自由詩，散文詩，都是些抒情的散文。自由詩散文詩的建設也正是近代詩人不願受一切的束縛，破除一切已成的形式，而專抱詩的神髓以便於其自然流露的一種表示。」[66]在郭沫若看來，散文詩和自由詩幾乎是同一個概念，二者和散文的關係十分密切。後來王任叔更是直截了當地把「分行的雜詩」當作是「散文

64 路易譯述：〈新詩的話〉（三），《時事新報・學燈》1922年2月18日。

65 郭沫若：〈論詩三劄〉，見《郭沫若全集・文學卷》第15卷（北京市：人民文學出版社，1990年），頁338。

66 郭沫若：〈致宗白華〉（1920年2月16日），見田壽昌、宗白華、郭沫若：《三葉集》（上海市：亞東圖書館，1920年），頁46。

詩」，其理由很簡單，就是「因為他也沒有押腳韻的」[67]。

　　之所以造成這種混淆文類名目、對散文詩文類特性認識不清的現象，其重要原因之一，是早期新詩的過分追求所謂「自由」和散文化的傾向。對於這種傾向，沈從文曾不無諷刺地批評道：「新詩既毫無拘束，十分自由，一切散文分行寫出幾乎全可以稱為詩，作者魚龍百狀，作品好的好，壞的壞，新詩自然便成為『天才努力』與『好事者遊戲』共通的尾閭。」[68]沈從文這個看法是在一九三〇年代提出的，自然難免帶點理論「後設」的苛求意味，卻也切中早期新詩的要害。

　　事實上，早在一九二〇年，就有人從正面角度來肯定白話詩與散文之間的文類「越界」問題：「詩呢，他自從擺脫了音律、形式以來，他的發展，是向散文裡面侵略。一面保存他的實體，——音律形式以上的，音律形式並非詩。——一面卻又滲用了散文的技術。」[69]這種觀點無疑是相當樂觀的。不過它顯然將白話詩的形象刻畫得過於強大了。其實，當白話詩向散文發動「侵略」之後，其後果更大的可能是被散文「同化」，而難以真正「保存他的實體」。關於這一點，我們可以在早期新詩作品中找到不少例證，如康白情的一些白話詩作品。後來孫俍工對這個觀點作了一種發揮：「詩歌侵入散文領域所發生的散文詩，如朱自清底《毀滅》，俞平伯底〈迷途底鳥的贊頌〉等冥冥中已潛伏有一種偉大的勢力在裡面等待爆發……」[70]在他看來，散文詩產生源於詩對散文的入侵，這種入侵為早期新詩提供了新的話語活力，無疑是處於發展低潮期的早期新詩的解困策略之一。後來有

---

67 王任叔：〈對於一個散文詩作者表一些敬意〉，《時事新報‧文學旬刊》第37號，1922年5月11日。

68 沈從文：〈新詩的舊賬——並介紹《詩刊》〉，《沈從文文集》第12卷（廣州市：花城出版社、三聯書店香港分店，1984年），頁180。

69 周無：〈詩的將來〉，《少年中國》第1卷第8期，1920年2月15日。

70 俍工：〈最近的中國詩歌〉，文學研究會編：《星海》（上）（上海市：商務印書館，1924年），頁172。

人在談論徐志摩的新詩創作時，把這種看法表達得更為具體：「志摩的詩……在新詩壇也創造出幾種奇格；這幾種奇格，是幾首大膽寫下的散文詩——〈嬰兒〉,〈毒藥〉,〈常州天寧寺聞禮懺聲〉等，都算是新詩壇的異幟。」[71]

本著一種認為「我們對詩的形式力求複雜，樣式越多越好」的詩歌觀念，穆木天把散文詩當作豐富「新詩」形式多樣性的特殊途徑之一：「中國一般人對散文詩，是不是有了誤解我不知道。……在我自己想散文詩是自由句最散漫的形式。雖然散文詩有時不一句一句的分開——我怕他分不開才不分——他仍是一種自由詩罷？所以要寫成散文的關係，因為旋律不容一句一句分開，因旋律的關係，只得寫作散文的形式。但是他是詩的旋律是不能滅殺的。」[72]事實上，穆木天當時的〈北山坡上〉、〈落花〉、〈我願〉等自由詩作品就帶有明顯的散文詩的某種形式特徵。

有意思的是，周作人曾將散文詩比喻為「詩與散文中間的橋」[73]，後來又把自己的「新詩」作品稱為「別種的散文小品」：「這些『詩』的文句都是散文的，內中的意思也很平凡，所以拿去當真正的詩當然要失望，但如算他是別種的散文小品，我相信能夠表現出當時的情意，亦即是過去的生命，與我所寫的普通散文沒有什麼不同。」[74]這個模稜兩可的說法，實際上道出了早期新詩高度散文化的事實：儘管加上了「別種」的限定語，也難改「新詩」面目的「散文小品」化。或者說，不少早期新詩都被寫成了「散文詩」。沈從文在一九三〇年代對這個問題作了進一步論述。他把周作人等「北方幾個詩人」的詩，與郭沫若的詩所引起的不同的讀者反應情況相比較，對此評價

---

71 周容：〈志摩的詩〉,《晨報副刊》第1291號，1925年10月17日。

72 穆木天：〈譚詩——寄沫若的一封信〉,《創造月刊》第1卷第1期，1926年3月16日。

73 子嚴（周作人）：《美文》,《晨報》1921年6月8日。

74 周作人：〈過去的生命序〉,周作人：《過去的生命》,上海市：北新書局，1929年。

道：「在第一期詩人中，周作人是一個使詩成為純散文最認真的人，譯日本俳句同希臘古詩，也全用散文去處置。使詩樸素單一僅存一種詩的精神，抽去一切略涉誇張的詞藻，排除一切繁冗的字句，使讀者以纖細的心，去接近玩味，這成就，實則就是失敗。……因為讀者還是太年青，一本詩，缺少誘人的詞藻作為詩的外衣，缺少悅耳的音韻，缺少一個甜蜜熱情的調子，讀者是不會歡喜的，不能歡喜的。」[75]

　　從某種意義上說，作為「新詩」文類之下的一個亞文類，散文詩的引進，實際上構成了對早期新詩合法性的一種支持。在最初的倡導中，散文詩就被當作「新詩」的一個部類而加以談論的：「我國新詩，大部分自由詩；散文詩極少，周作人的〈小河〉他自己說不是散文詩；在此我不得不希望有真的散文詩出現；於詩壇上開一新紀元。」[76]鄭振鐸則有意識地把散文詩當作「新詩」中與自由詩等平行的一種詩體。在他看來，「散文詩在現在的根基，已經是很穩固的了」，在列舉世界各國散文詩作者的成績後，鄭振鐸說：「中國近來做散文詩的人也極多，雖然近來的新詩（白話詩）不都是散文詩。」[77]散文詩寫作在當時的流行程度由此可見一斑。而《時事新報》副刊《學燈》的「新詩」、《晨報副鐫》的「詩」等發表「新詩」作品的專欄裡，也都發表過散文詩作品[78]。

　　中國倡導者們關於散文詩的觀念，顯然與此前胡適提出的「詩體大解放」的觀念存在著一種內在的關聯。正如梁實秋在一九三〇年代所指出的，「十幾年來一般人都似乎隱隱約約的有一種共同的觀念，以為我們現在寫白話詩了，什麼形式技巧都不必要了，我們要的是內

---

75 沈從文：〈論劉半農〈揚鞭集〉〉，《沈從文文集》第十一卷（廣州市：花城出版社、三聯書店香港分店，1984年），頁132。

76 滕固：〈論散文詩〉，《時事新報·文學旬刊》第27期，1922年2月1日。

77 西諦：〈論散文詩〉，《時事新報·文學旬刊》第24號，1922年1月1日。

78 例如，《學燈》1920年3月12日發表的黃仲蘇的〈春天來了〉，就是一首散文詩；《晨報副鐫》1923年1月15日發表了周作人的散文詩〈畫夢〉。

容，詩和散文的分別不在形式。於是『散文詩』大為時髦，因為散文詩是解放到家的詩體。」梁實秋還對鄭振鐸論述散文詩的某些觀點提出嚴厲批評，認為後者「明顯的是有意要為當時散文詩的時尚尋理論上的根據和例證。但是很不妥當。」[79]梁氏在這裡所持的顯然是一種新古典主義的文學立場，一味為作為藝術紀律之一的詩歌形式辯護，因此忽略了散文詩藝術發展的可能空間，不免有點矯枉過正的嫌疑。

二　「詩的散文」，還是「散文的詩」？

談論散文詩的文類邊界，自然繞不開它與散文和詩歌之間的微妙的「三角關係」。對於這一關係的描述和思考，在不同的語境中，在不同論者的筆下呈現出多元化的樣貌。

美國《普林斯頓詩學百科全書》（*Princeton Encyclopedia of Poetry and Poetics*）對「散文詩」（Prose Poem）這一概念的解釋是：「一種包含抒情詩的部分或全部特徵的作品，其外在形式是散文的。」該詞條還把散文詩和詩性散文（poetic prose）、自由詩（free verse）及短散文（a short prose passage）區分開來，並明確規定散文詩的長度通常為半頁到四頁，最後指出散文詩這一概念所指稱的是一種高度自覺的藝術形式。[80]顯然，這裡對散文詩文類特徵的描述，更傾向於將之當作一種「散文的詩」。

而孫紹振先生在其專著《文學創作論》中，則更傾向於把散文詩當作散文的一種亞文類，認為散文詩的產生，是「犧牲一點散文的具體的特殊的感覺和知覺以及某種量的準確性，以成全詩的概括集中」。在考察當代漢語散文詩的寫作實際之後，他指出：「散文詩本來

79　梁實秋：《現代文學論》，見徐靜波編：《梁實秋批評文集》（珠海市：珠海出版社，1998年），頁164。

80　轉引自 Michel Delville, *The American Prose Poem,* University Press of Florida, 1998, p2.

可以有兩種發展趨向，一是詩向散文靠攏；二是散文向詩靠攏。但就目前創作的實際來說，它更接近於詩。所以當前的『散文詩』是『散文的詩』而不是『詩的散文』。」[81]其潛臺詞是，「詩的散文」作為散文詩的一條發展路徑尚未被開掘出來，需要寫作者展開更深入的探索。

　　當然，更多的論者表達了讓散文詩的文類邊界同時向詩歌和散文延伸，從兩個向度獲得用於自身藝術發展的活力和動力。在林以亮看來，散文詩應該是一個吸取散文和詩兩種文類優長的「混血兒」：「文學作品，從其內容上說，大體可以分為散文和詩，而介乎這二者之間，卻又並非嚴格地屬於其中任何一個，存在著散文詩。在形式上說，它近於散文，在訴諸於讀者的想像和美感的能力上說，它近於詩。就好像白日與黑夜之間，存在著黃昏，黑夜與白日之間，存在著黎明一樣，散文詩也是一種朦朧的、半明半暗的狀態。」而具體到散文詩的寫作實踐，林以亮在該文中明確指出其超乎其他文類的難度：「散文詩是一種極難運用到恰到好處的形式，要寫得好散文詩，非要自己先是一個第一流的詩人或散文作家，或二者都是不可。」[82]

　　與林以亮的謹慎態度相比，謝冕先生對漢語散文詩的發展前景的展望就顯得十分樂觀：「散文詩的『兩棲性』便成了它在文學體系中的特殊的一種身分。它的『雙重性格』使它有可能兼采詩和散文之所長……，摒除詩和散文之所短……。在詩歌的較為嚴謹的格式面前，散文詩以無拘束的自由感而呈現為優越；在散文的『散』前面，它又以特有的精煉和充分詩意的表達而呈現為優越。在全部文學藝術品類中，像散文詩這樣同時受到兩種文體的承認和『鍾愛』、同時存在於兩個不同的環境中而又迴避了它們各自局限的現象，大概是罕有的。」[83]這裡所說的「兩棲性」，是對散文詩文類邊界的一個多少有點

81　孫紹振：《文學創作論》（福州市：海峽文藝出版社，2004年），頁423。

82　林以亮：〈論散文詩〉，《文學雜誌》（臺北）第1卷第1期，1956年9月20日。

83　謝冕：〈散文詩的世界〉，《散文世界》1985年第10期。

理想化的設計，而要真正將之落實到寫作層面，顯然不是一件容易的事。而在一些初學者那裡，這種「兩棲性」可能被扭曲為一種便利性。他們會認為散文詩比詩和散文都好寫，於是隨意下筆，製造出一堆贋品，正如余光中警告的那樣，這樣的贋品「是一種高不成低不就，非驢非馬的東西。它是一匹不名譽的騾子，一個陰陽人，一隻半人半羊的 faun。往往，它缺乏兩者的美德，但兼具兩者的弱點。往往，它沒有詩的緊湊和散文的從容，卻留下前者的空洞和後者的鬆散。」[84]這個堪稱嚴厲的警告其實也從反面提示了散文詩寫作藝術努力的方向。

　　相形之下，王光明先生對散文詩的文類特質的認識，顯得更為理性：「夢想散文詩囊括詩和散文的長處，成為比詩、比散文更美的一種文學形式，也是錯誤的。任何一種文類形式，總是由若干要素組成，要素與要素之間，不是毫無聯繫、雜亂無章的，而是有其內在聯繫，透過一定的結構組織起來的。把兩種不同的藝術結合在一塊，其中任何一種藝術形式的要素和功能都會有所犧牲。……散文詩是有機化合了詩的表現要素和散文描寫要素的某些方面，使之生存在一個新的結構系統中的一種抒情文學形式。從本性上看，它屬於詩，有詩的情感和想像；但在內容上，它保留了詩所不具備的有詩意的散文性細節。從形式上看，它有散文的外觀，不像詩歌那樣分行和押韻。」[85]此處強調的「新的結構系統」，正是在散文詩的文類邊界之內建立的。而當這個結構系統逐漸強大，又反過來推動文類邊界的擴張。

　　韋勒克和沃倫關於文學的分類的觀點，對於考察散文詩的文類邊界富有啟發意義：「現代的類型理論明顯是說明性的。它並不限定可能有的文學種類的數目，也不給作者們規定規則。它假定傳統的種類

---

84 余光中：〈剪掉散文的辮子〉，余光中：《連環妙計》（上海市：上海文藝出版社，1999年），頁108。

85 王光明：《現代漢詩的百年演變》（石家莊市：河北人民出版社，2003年），頁167。

可以被『混合』起來從而產生一個新的種類（例如悲喜劇）。它認為
類型可以在『純粹』的基礎上構成，也可以在包容或『豐富』的基礎
上構成，既可以用縮減也可以用擴大的方法構成。……現代的類型理
論不但不強調種類與種類之間的區分，反而把興趣集中在尋找某一個
種類中所包含的並與其他種類共通的特性，以及共有的文學技巧和文
學效用。」[86]因而，我們不必急於為漢語散文詩劃定一條文類界線，
或者為其貼上某個本質化的文類標籤，而是應深入到豐富多彩的文本
中，去感受散文詩文類邊界移動的活力。

三　《野草》的典範意義

　　一個文類的區別性特徵，首先要通過一系列的典範文本來體現。
魯迅是中國散文詩寫作最早的實踐者之一。魯迅的散文詩集《野草》
得益於波德萊爾和屠格涅夫等人的影響，以新鮮的語言形式、獨特的
想像方式和強烈的現代意識，為漢語散文詩寫作確立了文本典範。
　　魯迅的第一組散文詩作品總題為〈自言自語〉，最初連載於一九
一九年八月至九月間的《國民公報》「新文藝」欄，作者署名「神
飛」。這組散文詩共七章，初步顯現了魯迅散文詩寫作的藝術特質，
可以看作是《野草》的前身（如〈自言自語〉中的〈我的兄弟〉被改
寫成《野草》中的〈風箏〉，〈火的冰〉也可看作是〈死火〉的草稿
等），〈火的冰〉可說是其中最為出彩的一章：

　　　　流動的火，是熔化的珊瑚麼？
　　　　中間有些綠白，像珊瑚的心，渾身通紅，像珊瑚的肉，外

---

86 勒內・韋勒克、奧斯汀・沃倫著、劉象愚等譯：《文學理論》（北京市：文化藝術出
　　版社，2010年），頁270。

層帶些黑，是珊瑚焦了。

好是好呵，可惜拿了要燙手。

遇著說不出的冷，火便結了冰了。

中間有些綠白，像珊瑚的心，渾身通紅，象珊瑚的肉，外層帶些黑，也還是珊瑚焦了。

好是好呵，可惜拿了便要火燙一般的冰手。

火，火的冰，人們沒奈何他，他自己也苦麼？

唉，火的冰。

唉，唉，火的冰的人！

從「火」到「冰」，從「燙手」到「冰手」，幾乎在一瞬之間發生，構成了一種強大的矛盾張力，更值得注意的是，這種矛盾張力不是向外釋放而消解的，而是被置於「人」的主體之中：「火的冰的人」，也就是說，這種張力在主體的內部左衝右突，揭示了現代人的精神焦慮和心靈苦痛。而這正是魯迅作品中最常見的主題之一。

作為一位文體家，魯迅在小說、散文、雜文、詩歌等文類的寫作上均有令人矚目的建樹。《野草》共二十三篇，一九二四年九月至一九二六年四月之間寫於北京，陸續發表於《語絲》周刊，〈題辭〉寫於一九二七年四月二十六日，一九二七年結集，由北新書局出版。《野草》的出現，是中國散文詩走向成熟的一個重要標誌。

魯迅曾稱這些散文詩為「大半是廢弛的地獄邊沿的慘白色的小花，當然不會美麗」[87]，事實上，正是這「小花」和「地獄」的絕望而堅韌的對峙，構成了魯迅作品中的一道獨特的風景。這種絕望與堅韌的交織，可以說是貫穿《野草》的主題，就像作者在〈題辭〉所寫的：

---

[87] 魯迅：〈《野草》英文譯本序〉，《魯迅全集》第4卷（北京市：人民文學出版社，2006年），頁365。

天地有如此靜穆，我不能大笑而且歌唱。天地即不如此靜
穆，我或者也將不能。我以這一叢野草，在明與暗，生與死，過
去與未來之際，獻於友與仇，人與獸，愛者與不愛者之前作證。

為我自己，為友與仇，人與獸，愛者與不愛者，我希望這
野草的朽腐，火速到來。要不然，我先就未曾生存，這實在比
死亡與朽腐更其不幸。

去罷，野草，連著我的題辭！

「野草」和「地火」的緊張關係，呼應了「小花」和「地獄」的對
峙，而「明與暗，生與死，過去與未來」、「友與仇，人與獸，愛者與
不愛者」，這些密集的矛盾主題在《野草》的各篇作品中得到不同形
式的表現。

〈影的告別〉以一種獨白的方式，來表達現代人徘徊於希望與失
望之間的一種心理絕境：

然而我終於彷徨於明暗之間，我不知道是黃昏還是黎明。
我姑且舉灰黑的手裝作喝乾一杯酒，我將在不知道時候的時候
獨自遠行。

嗚呼嗚呼，倘是黃昏，黑夜自然會來沉沒我，否則我要被
白天消失，如果現是黎明。

我願意這樣，朋友——

我獨自遠行，不但沒有你，並且再沒有別的影在黑暗裡。
只有我被黑暗沉沒，那世界全屬於我自己。

這裡的「影」，顯然可以看作是詩人的另一個自我形象。這個自我分
裂的過程似乎在一種平和氣氛中展開（被作者設置為朋友之間的告別
儀式），其結局卻是一種深深的絕望——「被黑暗沉沒」。而黑暗和空

虛，成了出走的自我承擔世界的唯一方式，這也是魯迅面對他那個時代的一種獨特姿態，正如孫玉石所指出的，「『影』的充滿矛盾的聲音，深刻地展示了魯迅所處的時代與生活環境中內心深處所有的黑暗與虛無的一個方面，同時也展示了一個先驅者在毛矛盾四伏中而進行的『絕望的反抗』的悲涼色彩。」[88]

　　而〈墓碣文〉則借用現代小說的敘述技巧，將絕望主題處理得更為尖銳：

> 我在疑懼中不及回身，然而已看見墓碣陰面的殘存的文句——
> 　　「……抉心自食，欲知本味。創痛酷烈，本味何能知？……
> 　　「……痛定之後，徐徐食之。然其心已陳舊，本味又何由知？……
> 　　「……答我。否則，離開！……」
> 我就要離開。而死屍已在墳中坐起，口唇不動，然而說——
> 　　「待我成塵時，你將見我的微笑！」
> 　　我疾走，不敢反顧，生怕看見他的追隨。

如果說〈影的告別〉寫的是自我分裂，那麼，〈墓碣文〉表現的是一種自我毀滅或自我犧牲。儘管「我」和「死屍」之間隔著夢和墳墓雙重屏障，卻又真切地感受到來自後者的威脅。這種威脅，與其說是身體上的，不如說是精神上的。換言之，「抉心自食」的死屍（墓主），其實構成了對「我」的嚴厲拷問。因此，有人認為〈墓碣文〉「是從《野草》的各種各樣的暗影中抽取出來的絕望與懷疑之精靈的墓表似

---

88 孫玉石：〈現實的與哲學的——魯迅《野草》重釋〉（上海市：上海書店出版社，2001年），頁36。

的東西，或者在這個意義上應該說是《野草》中的《野草》。」[89]

　　同樣是表現矛盾主題，〈死火〉卻不像〈影的告別〉、〈墓碣文〉那樣充滿悲觀、絕望的情緒，而是顯現出幾分亮色。這篇作品採用了一種對話的形式，寫「我」（詩人主體）和「死火」形象的對話：

> 「唉唉！那麼，我將燒完！」
> 「你的燒完，使我惋惜。我便將你留下，仍在這裡罷。」
> 「唉唉！那麼，我將凍滅了！」
> 「那麼，怎麼辦呢？」
> 「但你自己，又怎麼辦呢？」他反而問。
> 「我說過了：我要出這冰谷……」
> 「那我就不如燒完！」

儘管該篇的結局也是悲劇性的——「我終於碾死在車輪底下」，卻始終有希望的火光在跳躍閃動。不過，就整體而言，〈死火〉所呈現的，仍然是一個矛盾交織的情境，正如一位研究者所指出的，「『死火』隱喻著魯迅的內心狀況，陷入自己心中那冷的、荒蕪的深處是一種受難，他並不願永遠蟄伏下去，因而呼喚一種有行動的生活。但是按照詩中矛盾的邏輯，這行動又終將導致死亡。……詩人一方面是消極的，抑鬱的，一方面又悸動不安地要求行動。」[90]

　　總之，《野草》在語言、形式、藝術手法等諸層面為我們展示漢語散文詩這一文類寫作的豐富的可能性，為後來的寫作者提供了一個醒目的參照。

89　木山英雄著、趙京華編譯：《文學復古與文學革命》（北京市：北京大學出版社，2004年），頁338。

90　李歐梵著、尹慧珉譯：《鐵屋中的吶喊》（長沙市：岳麓書社，1999年），頁113。

第三節　歌謠──「新詩」的潛在資源

　　周作人、劉半農等人提倡收集整理歌謠的最初目的，主要是民俗學意義上的。而當「新詩」被普遍認為缺乏必要的美學質素，寫作者們四處尋求解困策略之際，歌謠就被當作「新詩」的可能性資源之一。除在理論上把「新詩」與歌謠的關係作為一個話題加以探討外，一些寫作者也在創作實踐中大膽地借鑒歌謠，並取得了一定的成績。當然，也有人對「新詩」借鑒歌謠的做法持懷疑的態度。

一　歌謠與「新詩」

　　討論「新詩」和歌謠的關係問題，最早可以上溯到晚清的詩界革命。在考察黃遵憲的「新派詩」與民歌之間的密切關係之後，夏曉虹指出，「通過民歌對這位被梁啟超譽為『近世詩人能熔鑄新理想以入新風格者』（〈飲冰室詩話〉）的詩傑的深刻影響，並聯繫到黃遵憲的詩歌與詩論在『五四』文學革命的參加者中所受到的稱頌，我們便可以認識到，在中國詩歌的整個發展歷史中，民歌始終對文人詩產生著強大的作用。現代白話詩儘管出現於『五四』時代，但它要求打破古板的格律束縛，達到口語化與通俗化的思想根基，則早已深埋在晚清『詩界革命』的歷史土壤中。」[91]由此可見，儘管「新詩」和「新派詩」所接受的民間歌謠影響具有不同的表現：前者在自由詩的形式框架裡吸收歌謠的語言、技巧等；後者則在不改變舊體詩的前提下，以歌謠的某些活力因子來衝擊板結的詩語符碼，然而，它們在觀念上卻無疑是一脈相承的。

　　隨著五四新文學對民間文學資源的開掘，對民間歌謠的收集、整

---

91 夏曉虹：《詩騷傳統與文學改良》（杭州市：浙江文藝出版社，1998年），頁192。

理，一時間蔚為風潮。根據朱自清在一九二九年所作的統計，截至當時，已出版或將出版的歌謠集多達六十種。[92]「新詩」與歌謠（民歌）的關係問題也逐漸浮出水面。有學者曾經準確地指出歌謠之於「新詩」確立合法性的重要作用：

> 在這種新的詩歌言說方式的建構中，胡適、沈尹默等人利用「白話」的自由和靈活脹裂了傳統詩體的桎梏，是一種傾向；而劉半農等人以民間謠曲等「小傳統」為資源，又是另一種傾向。民間謠曲從本源上說是一種在「口裡活著」的文學，語言上是口語化的，內容上不太受正統道德規範和文人價值規範的約束，因而能給「白話詩」注入清新活潑的意趣和口語化、現實化的品格，順應了「新詩」從文人化向平民化轉變的時代要求。[93]

這個論述把歌謠對於「新詩」的可能影響，鎖定為「意趣」和「品格」，既不誇大也不貶低，可謂深中肯綮。

　　早在一九一八年二月，北京大學設立歌謠徵集處，由沈尹默、劉復、周作人、沈兼士、錢玄同五人「分任其事」。同時在《新青年》等媒體上發布〈北京大學徵集全國近世歌謠簡章〉[94]。事實上，這次徵集活動的成績並不盡如人意[95]。一九二二年，為了擴大搜集和研究

92　參見朱自清：《中國近世歌謠敘錄》，朱喬森編：《朱自清全集》第8卷（南京市：江蘇教育出版社，1990年），頁52-72。

93　王光明：《現代漢詩的百年演變》（石家莊市：河北人民出版社，2003年），頁84-85。

94　參見《新青年》第4卷第3號，1918年3月15日。

95　「原定民國八年六月三十日為徵集截止期；九年十二月三十一日為編輯《中國近世歌謠彙編》、《中國近世歌謠選粹》告竣期；十年北京大學二十五周年紀念日為「彙編」、「選粹」兩書出版期。後來各個預定的期間都挨過了，各項預定的工作卻都沒有完成。」見陳子展：《最近三十年中國文學史》（上海市：上海古籍出版社，2000年），頁273。

的範圍，成立了北京大學歌謠研究會，並發行《歌謠周刊》。周作人為《歌謠周刊》創刊號撰寫〈發刊詞〉，認為搜集歌謠的目的有二：其一，「歌謠是民俗學上的一種重要資料，我們把它輯錄起來，以備專門的研究；這是第一個目的。」接著引用意大利衛太爾[96]「根據這些在歌謠之上，根據在人民的真感情之上，一種新的『民族的詩』也許能產生出來」的觀點，認為搜集歌謠「不僅是在表彰現在隱藏著的光輝，還在引起當來的民族的詩的發展；這是第二個目的。」[97]此前郭沫若在談論「新詩」寫作時，也高度肯定了歌謠的魅力：「原始人與幼兒對於一切的環境，只有些新鮮的感覺，從那種感覺發生出一種不可抵抗的情緒，從那種情緒表現成一種旋律的言語。這種言語的生成與詩的生成是同一的；所以抒情詩中的妙品最是俗歌民謠。」[98]這個觀點雖然沒有直接將「新詩」與歌謠相聯繫，卻由於出現在談論「新詩」寫作的文字中，因而也暗示了歌謠之於「新詩」寫作的某種借鑒作用。

　　周作人很早就曾具體地指出，歌謠可供「新詩」借鑒之處在於它的「調子」：「我想新詩的節調，有許多地方可以參考古詩樂府與詞曲，而俗歌——民歌與兒歌——是現在還有生命的東西，他的調子更可以拿來利用。」[99]後來他更直接闡明「新詩」與歌謠的整體上的關係：「民歌與新詩的關係，或者有人懷疑，其實是很自然的，因為民歌的最強烈最有價值的特色是他的真摯與誠信，這是藝術品的共通的

---

96 衛太爾（Baron Guido Vitale），一八九六年意大利駐華使館參贊，曾收集北京民歌一七〇首，名為《北京歌唱》（*Pekinese Rhymes*）。

97 〈發刊詞〉（周作人作），《歌謠》第1號，1922年12月17日。該文發表時未署名。據陳子善、張鐵榮考證，該文作者為周作人。參見陳子善、張鐵榮編：《周作人集外文》上集（海口市：海南國際新聞出版中心，1995年），頁477-478。

98 郭沫若：〈致宗白華〉（1920年2月16日），見田壽昌、宗白華、郭沫若：《三葉集》（上海市：亞東圖書館，1920年），頁45。

99 周作人：〈兒歌〉附記，見《晨報》，1920年10月26日。

精魂，於文藝趣味的養成極是有益的。吉特生說，『民歌……有那一種感人的力，不但適合於同階級，並且能感及較高文化的社會。』這個力便是最足供新詩的汲取的。」[100]而胡適讀過衛太爾所編《北京歌唱》後，也頗有感觸地說：「現在白話詩起來了，然而做詩的人似乎還不曾曉得俗歌裡有許多可以供我們取法的風格與方法，所以他們寧可學那不容易讀又不容易懂的生硬文句，卻不屑研究那自然流利的民歌風格。這個似乎是今日詩國的一樁缺憾罷。」[101]胡適在這裡顯然把歌謠當作「新詩」寫作的一種潛在的活力來源。

　　郭沫若、周作人分別側重於表揚歌謠的新鮮活力和「真」的精神；胡適則欣賞歌謠風格的「自然流利」。這些觀點分別折射了各自的文學觀念（郭的浪漫主義文學觀、周所謂的「人的文學」，胡所謂的「詩的具體性」）。然而，這些提倡者都主要從「新詩」借鑒歌謠的可能性這一角度來展開談論，沒有就操作層面的問題作更為深入的探討。

　　一九二四年，孫俍工在一篇關於「新詩」的綜述性文章裡，更進一步把歌謠的收集當作可能促進「新興的詩歌」發展的「兩種趨勢」之一，認為「周作人、沈尹默諸人從事的中國各地歌謠底徵集，這種運動的成績很有可觀；……可以算是民眾文學勃興的福音，將來的成功不可限量」[102]。不過，這個說法也只是泛泛之論，就事論事，並沒有深入到問題的內部。

　　不可否認的是，這種借鑒意識在當日已經相當普遍。一位讀者在閱讀當時出版的一本童謠集之後，曾發出這樣的慨歎：「這本小小的冊子，或者不能當作豐富的收穫，不過我自首至尾讀了一遍以後，心裡十分開朗，大部分的生命，我覺得比現在流於濫調的新詩尤為可

---

100 仲密：〈歌謠〉，《晨報副鎸》1922年4月13日。

101 胡適：〈北京的平民文學〉，《努力周報》增刊《讀書雜誌》第2期，1922年10月1日。

102 俍工：〈最近的中國詩歌〉，文學研究會編：《星海》上（上海市：商務印書館，1924年），頁172。

貴。」把童謠與「新詩」作了一個鮮明的比照，其對於「新詩」既有成績的不滿由此可以想見。若要改變「新詩」所面臨的這種困境，該讀者認為，學習歌謠便是有效的策略之一：「我們固不必把新詩建築於民歌或童謠的基礎上，但加以研究觀摩，我跟相信對於新詩的前途至少也有幾分利益和幫助。」[103]就整體判斷，這個觀點同樣是概括性與展望性的。

與上述一些觀點相比，詩人何植三關於歌謠與「新詩」關係的看法，就顯得較為具體，也更具操作性。一方面，他提醒「新詩」作者要注意避開學習歌謠的誤區，「現在做新詩的人，不能因為歌謠有韻而主有韻，新詩正應不必計較有韻與否；且要是以韻的方面，而為做新詩的根據，恐是捨本逐末，緣木求魚罷。」另一方面，他又明確指出了「新詩」借鑒歌謠的具體可能性：「歌謠所給新詩人的：是情緒的迫切，描寫的深刻；本來做詩須有迫切的情緒，有情緒然後很逼迫的寫出來；否則便不是詩，便不會成詩……讀歌謠研究歌謠，也可得著積貯；這積貯即啟示許多方法，使描寫時得許多傳神的幫助……」[104]上述何植三的觀點，顯然已經涉及到某些操作層面的問題。而文中提及的這些借鑒的可能性，事實上在後來劉半農等人的創作實踐中得到較為充分的體現。

二　劉半農等人的實踐

在創作方面，劉半農對民謠的借鑒力度最大，也取得了一定的成績。《揚鞭集》中的一部分作品和《瓦釜集》，就是這方面成績的體現。在一封寫給周作人的信中，劉半農不僅對自己借鑒民謠的作品頗

103　青柳：〈讀《各省童謠集》第一冊〉，《歌謠》第20號，1923年5月27日。
104　何植三：〈歌謠與新詩〉，《歌謠周年紀念增刊》1923年12月17日。

為自信，認為「我的詩歌所能表顯，所能感動的社會，地域是很小的。但如表顯力與感動力的增強率，不小於地域的縮減率，我就並沒有失敗」[105]，還明確地把以方言（江陰方言）和民歌聲調（「四句頭山歌」）寫詩，當作是「新詩」寫作的一種重要「試驗」：「我這樣做詩的動機，是起於一年前讀戴季陶先生的〈阿們〉詩，和某君的〈女工之歌〉。這兩首詩都做得不錯：若叫我做，不定做得出。但因我對於新詩的希望太奢，總覺得這已好之上，還有更好的餘地。我起初也說不出所以然來。後來經過多時的研究與靜想，才斷定我們要說誰某的話，就非用誰某的真實的語言與聲調不可：不然，終於是我們的話。」[106]由此可見，其學習民謠的目的不在於簡單的模仿，而是把它當作一種「新詩」創作的重要啟示，並且提出了一個頗高的要求。

對於《揚鞭集》中那些能夠有效汲取民謠的某些質素為「新詩」所用的作品，沈從文曾給予高度評價：「劉復在詩歌上的試驗，有另外的成就，……他有長處，為中國十年來新文學作了一個最好的試驗，是他用江陰方言，寫那種方言山歌。用並不普遍的文字，並不普遍的組織，唱那為一切成人所能領會的山歌，他的成就是空前的。一個中國長江下游農村培養長大的靈魂，為官能的放肆而興起的欲望，用那微見憂鬱卻仍然極其健康的調子，唱出他的愛憎，混和原始民族的單純與近代人的狡獪，按歌謠平靜從容的節拍，歌熱情鬱怫的心緒，劉半農寫的山歌，比他的其餘詩歌美麗多了。」據此，沈從文還樂觀而大膽地推論道：「《揚鞭集》作者為治音韻的學者，若不缺少勇氣，試作江陰方言以外的俗歌，他的成就，一定可以在中國新詩的發

---

105 劉半農：〈寄《瓦釜集》稿與周啟明〉（1921年5月20日作），劉復：《半農雜文第一冊》（北平市：星雲堂書店，1934年），頁137。

106 劉半農：〈寄《瓦釜集》稿與周啟明〉（1921年5月20日作），劉復：《半農雜文第一冊》，頁135。

展上有極多幫助的。」[107]在這裡，沈從文高度肯定了民間歌謠對於「新詩」藝術發展的重要參照價值。

那麼，劉半農這些詩作究竟取得了怎樣的成績呢？我們來看沈從文從《揚鞭集》裡舉出的一個詩例：

> 劈風劈雨打濕仔我格燈籠火，
> 我走過你門頭躲一躲。
> 我也勿想你放脫仔棉條來開我，
> 只要看看你門縫裡格燈光聽你唱唱歌。

這首詩表現的是中國民歌裡常見的那種欲說還休、旁敲側擊的愛情主題。它的魅力，就在於含蓄委婉的話語中隱藏並微露出一種強烈的渴望。一般讀者不難領會其中的悠長意味。不過，詩中所嵌入的「仔」、「格」等方言字彙，雖然增加了某種鄉土色彩，卻也在客觀上造成了該方言區以外的讀者的閱讀障礙。這無疑是「新詩」借鑒歌謠的一個難題。

而作於一九二〇年的〈教我如何不想她〉一詩，可以說是劉半農新詩創作中汲取歌謠資源的一首成功之作：

> 天上飄著些微雲，
> 地上吹著些微風。
> 啊！
> 微風吹動了我頭髮，
> 教我如何不想她？

---

107 沈從文：〈論劉半農《揚鞭集》〉，《沈從文文集》第11卷（廣州市：花城出版社、三聯書店香港分店，1984年），頁135、138。

月光戀愛著海洋，
海洋戀愛著月光。
啊！
這般蜜也似的銀夜，
教我如何不想她？

水面落花慢慢流，
水底魚兒慢慢游。
啊！
燕子你說些什麼話？
教我如何不想她？

枯樹在冷風裡搖。
野火在暮色中燒。
啊！
西天還有些兒殘霞，
教我如何不想她？

這首詩質樸單純，深得歌謠的真傳，後來還被譜成歌曲，一度廣為流傳。另一方面，它又具備「新詩」所要求的一種現代品格（如主體凸現、多義性等等）。其最大的成功之處在於，通過營造一種回環往復的旋律，有力地推動了情感的抒發進程，讓原本氾濫的情感之流獲得一種必要的秩序。

事實上，劉半農向民間的「瓦釜」之音借力的做法，不僅從故鄉的歌謠得到啟發，顯然還受到西方文學史上在這方面卓有建樹的彭斯

（Robert Burns）等人的啟發[108]。因此，就整體而言，劉半農在這一方面的成就顯得比其他作者更為突出。

　　在理論鼓呼的同時，周作人也是學習歌謠的一個努力實踐者。譬如，他曾模仿兒歌作了這樣的一首詩：

　　兒　歌

　　　小孩兒。你為什麼哭？
　　　你要泥人兒麼？
　　　你要布老虎麼？

　　　也不要泥人兒，
　　　也不要布老虎。
　　　對面楊柳樹上的三隻黑老鴰，
　　　哇兒哇的飛去了。

對於這種模仿，周作人清醒地認識到其中的難度。在這首詩後的「附記」裡，他先點明「新詩」寫作從歌謠那裡汲取一些要素的可能性，隨後又不得不承認說：「我這一篇只想模擬兒歌的純樸這一點，也還未能做到。」在他看來，模仿兒歌創造「新詩」的最大難度，在於「容易變成稚而且髦的詩」[109]，即在高度成人化的表達話語中流失了兒歌最本真的質素。這首〈兒歌〉也曾在《新青年》上發表過，在形式上與《晨報》的版本略有不同：

108　在〈寄《瓦釜集》稿與周啟明〉一文裡，作者提到了彭斯、William Barnes, Pardric Gregary等詩人。同上，頁136。

109　周作人：〈兒歌〉「附記」，見《晨報》1920年10月26日。

兒　歌

　　小孩兒，你為什麼哭？
你要泥人兒麼？
你要布老虎麼？
　　也不要泥人兒，
也不要布老虎；
對面楊柳樹上的三隻黑老鴰。
哇兒哇兒的飛去了。[110]

　　受到周作人的影響，一向樂於嘗試「新詩」實驗的胡適，也曾
「試作」了一首兒歌：

兒歌

　　兒歌最不易作，周作人先生曾試作了一首，我也試作一首。

天上一個月月，
地上一個影影。
我搖頭，他也搖頭，
我不動，他也不動。

　　與周作人清醒地認識到這種「試作」的困難不同，胡適卻對這種
「試作」的效果表示出一種十足的自信：「這詩不用尾韻而用雙聲。
一，月，月，影，影，搖，也，搖，也，皆雙聲字。天，地，頭，
他，動，他，亦雙聲字。雙聲可以代尾韻。……」[111]事實上，胡適作

---

110 周作人：〈兒歌〉，《新青年》第8卷第4號，1920年12月1日。
111 參見耿雲志主編：《胡適遺稿及秘藏書信》第11冊（合肥市：黃山書社，1994年），
　　頁376-377。

的這首兒歌，同樣流露出成人話語的那種生硬與做作。不過，胡適把它當作一種「新詩」來寫的行為與態度本身，似乎更值得我們注意。

此外，早期新詩作者俞平伯也曾把一些民間歌謠改寫成「新詩」的形式。他的〈吳聲戀歌十解〉[112]，也是有意模仿歌謠的作品。不過，俞氏在這方面的努力成績不佳，早在當時就有人指出：「俞平伯君取俗歌『高山有好水，平地有好花；家家有好女，無錢莫想他』四句，譯為數十行的新詩，但我們讀起來，覺得遠不如原詩的好，只因平伯於藝術上太不經濟了。」[113]

就總體而言，這些模仿歌謠的「新詩」作品取得了一定成績，將一些樸素、鮮活的因子輸入「新詩」作品中，使之獲得一些新的表現技巧。不過，這些作品更重要的意義在於，它們為早期新詩美學合法性的訴求增加了一個可能性的砝碼。

三　質疑的聲音

關於現代詩歌寫作與民歌的關係問題，英國民謠的收集者和研究者蔡爾德（Francis James Child）曾經警告說：「民謠是極難由高度文明化德現代人模仿的，而大多數重新創造出這種詩歌的嘗試都歸入可笑的失敗。」[114]事實上，劉半農在當時也清醒地認識到這種困難。譬如，對於以方言和民歌聲調寫詩，劉半農說：「我懸著這種試驗，我自己並不敢希望就在這一派上做成一個詩人；因為這是件很難的事，恐怕我的天才和所下的工夫都不夠。」[115]儘管如此，民謠仍然以其樸

---

112 見O. M. 編：《我們的七月》（上海市：亞東圖書館，1924年），頁155-160。

113 畹春：〈評〈不值錢的花果〉〉下，《時事新報・學燈》1922年11月23日。

114 弗蘭西斯・詹姆斯・蔡爾德：《英格蘭和蘇格蘭流行民謠》一九六五年重版本附錄。轉引自阿蘭・鮑爾德著、高丙中譯：《民謠》（北京市：崑崙出版社，1993年），頁124。

115 劉半農：〈寄《瓦釜集》稿與周啟明〉（1921年5月20日），劉復：《半農雜文第一

素的語言和鮮活的表現力，吸引著當時日漸陷入困境的「新詩」。對於「新詩」與歌謠的關係，也先後出現一些不同的意見。

對那種過分強調歌謠對於「新詩」寫作的意義的做法，朱自清在歌謠收集和研究正熱火朝天的時候，就提出了質疑。他認為「歌謠的音樂太簡單，詞句也不免幼稚，拿它們做新詩的參考則可，拿它們做新詩的源頭，或模範，我以為是不夠的。」[116]後來，對上述劉半農和俞平伯的作品，他做出這樣的評價：「都仿得很像，可是都只當作歌謠，不當作詩。」有意明確地將「歌謠」與「詩」區分開來。因為在他看來，「在現代，歌謠的文藝的價值在作為一種詩，供人作文學史的研究；供人欣賞，也供人摹仿——止於偶然摹仿，當作玩藝兒，卻不能發展為新體，所以與創作新詩是無關的……」[117]

梁實秋也對「新詩」試圖從歌謠汲取某種活力的做法很不以為然，認為「現今中國從事於採集歌謠者不知凡幾，無論他們的動機是為研究或是為鑒賞，其心理是浪漫的。……我們若把文學當作藝術，歌謠在文學裡並不占最高的位置。中國現今有人極熱心的收集歌謠，這是對中國歷來因襲的文學一個反抗，也是我前面所說『皈依自然』的精神的表現。……歌謠的採集，其自身的文學價值甚小，其影響及於文藝思潮者則甚大。」[118]李健吾在回顧「新詩」近二十年的發展歷程時，同樣委婉地批評了詩人向歌謠學習的某種權宜色彩：「一句話，人是半舊不新，自然也就詩如其人。他們要解放，然而尋不見形式，只好回到過去尋覓，於是，曲、詞、歌謠，甚至於白樂天的詩，

　　冊》（北平市：星雲堂書店，1934年），頁137。

116 朱自清：〈唱新詩等等〉，朱喬森編：《朱自清全集》第4卷（南京市：江蘇教育出版社，1990年），頁220。

117 朱自清：〈歌謠與詩〉，朱喬森編：《朱自清全集》第8卷（南京市：江蘇教育出版社，1990年），頁275-276。

118 梁實秋：〈現代中國文學之浪漫的趨勢〉，見徐靜波編：《梁實秋批評文集》（珠海：珠海出版社，1998年），頁49-50。

都成為他們眼前的典式。」[119]

　　事實上，「新詩」真正可能從歌謠那裡獲得的有益啟示，正是那些風格性的因素（如樸素、簡潔等），而非一種直接的文本間的影響。更重要的是，「新詩」向歌謠開放，有助於拓寬後者的前進視野，從而進一步鞏固其合法性的基礎。

---

119 李健吾：〈新詩的演變〉，原載1935年7月20日《大公報》「小公園」第1740號。此
　　處據郭宏安編：《李健吾批評文集》（珠海：珠海出版社，1998年），頁24。

第六章
美學合法性的焦慮（下）

第一節　早期新詩的形式問題

　　近年來，學界對新詩的傳統問題多有論述，也不乏新見。然而，論者往往圍繞「新詩有沒有傳統」這樣一個「大問題」來展開爭論，因此可能多少顯得有些空泛，甚至有將「傳統」本質化和陷入某種兩元對立模式的危險。筆者以為，關於現代漢詩傳統的思考，不妨還原到不同的歷史語境中，回到那些具體的問題上來，細加分析、清理，或許會更為有益和有效。這裡，筆者以早期新詩理論與形式傳統的關係為切入點，試圖對現代漢詩錯綜複雜的傳統問題的一個側面，作出一種描述。

　　新詩的最初發生，是以形式的變革（胡適在〈談新詩〉中不無驕傲地謂之「詩體的大解放」）作為突破點的。白話的引進和外來形式的橫向移植，生長成新詩形式稚嫩的雙翼。一般現代文學史和新詩史的敘述基本不出於此。然而，筆者要追問的是，在這種略嫌空疏的敘述中，似乎忽略了對過程的複雜性的考察，自然難免有所遺漏。白話詩果真如此簡單地「打倒」舊詩嗎？舊詩的形式觀念難道不曾在新詩發生過程中留下一點痕跡嗎？若有，又是如何留下痕跡的？這些都是需要深入考察的問題。

一　被遮蔽的傳統

　　在早期新詩理論主張中，古典詩歌的形式傳統是作為被打倒的對

象出現的。以胡適為發端，新文學倡導者們自信心十足，紛紛對白話詩發表自己的看法。這是問題顯在的一面。另一方面，在這些姿態昂揚的議論所持的唯「新」是從的邏輯縫隙中，我們仍然不難看到「舊」的頑固而清晰的影子。

胡適的〈文學改良芻議〉[1]一文，在嚴厲批判陳伯嚴所作舊詩「摹仿古人」的「奴性」之後，意氣風發地自我宣稱：「不作古人的詩，而惟作我自己的詩」。至於怎樣才算是「我自己的詩」，胡適也只是大而化之，因此語焉不詳：「今日作文作詩，宜採用俗語俗字。與其用三千年前之死字，不如用二十世紀之活字。」而談到白話入詩，胡適又不得不回到古典詩歌資源中去尋求論據支持：「當是時，白話已久入韻文。觀唐宋人白話之詩詞可見也。」由此可見，胡適對白話詩的思考尚且顯得浮泛和表淺。劉半農是胡適文學改良論最早的積極響應者之一。他的〈我之文學改良觀〉[2]一文，在「韻文之當改良者」的名目下，對於詩歌形式的變革提出一些具體的主張。關於韻式問題，認為應該「破壞舊韻，重造新韻」，具體的做法是，第一，「作者各就土音押韻」；第二，「以京音為標準，由長於京語者造一新譜，使不解京語者有所遵依」；再者，由「國語研究會」「以調查所得，撰一定譜，行之於世」。關於體式，主張「增多詩體」，「自造，或輸入他種詩體，並於有韻之詩外，別增無韻之詩」。與胡適相比，劉半農的這些主張顯得更為務實，具有某種操作性，對待傳統的態度也較為寬容與平和。不久之後，在另一篇文章中，劉半農的語氣也漸漸變得激烈起來：「現在已成假詩世界。其專講聲調格律，拘執著幾平幾仄方可成句，或引古證今，以為必如何如何始能對得工巧的，這種人我實在麼沒工夫同他說話。」[3]儘管該文主旨在於對古典詩歌的「真」

1　胡適：〈文學改良芻議〉，《新青年》第2卷第5號，1917年1月1日。

2　劉半農：〈我之文學改良觀〉，《新青年》第3卷第3號，1917年5月1日。

3　劉半農：〈詩與小說精神上之革新〉，《新青年》第3卷第5號，1917年7月1日。

與「假」問題，作一種比較細緻的考察，主要談論的是詩歌精神、內容層面的問題，並大段援引英國十八世紀著名批評家約翰生博士（Dr. Samuel Johnson）的文章來佐證自己的觀點，但其對舊詩形式的攻擊，已散發出濃重的火藥味。

以上對舊詩形式的發難，是在胡適〈談新詩〉發表之前出現的。此時連「白話詩」這一提法都還不那麼名正言順。例如，胡適在一九一七年十一月二十日寫給錢玄同的信中已經使用了「白話詩」的提法[4]，但後者在一九一八年一月為《嘗試集》寫序時，並沒有採用這個概念，而代之以「白話韻文」。後來俞平伯和胡適先後在《新青年》發表直接以「白話詩」入題的文章[5]，才使「白話詩」這一概念稍稍站穩腳跟。因此，儘管已經相當激進，這些論調往往還只能掛靠在「文學改良」或「文學革命」等大框架之內，方能得以稍加展開。換言之，只有在胡適正式命名「新詩」之後，早期新詩理論才更集中地開展對古典詩歌傳統的清算。而這種清算，自然又以形式問題為中心。

〈談新詩〉[6]是最重要的早期新詩理論文本之一。它的寫作背景，被作者胡適樂觀地描述為：「現在做新詩的人也就不少了。報紙上所載的，自北京到廣州，自上海到成都，多有新詩出現」。在這種「喜人」情勢下，胡適認為有必要鞏固白話詩取得的成果，並感到某種命名的衝動。在這篇頗為自得的文章裡，胡適重申了他一貫主張的文學進化論，並以早期白話詩幾個並不怎麼高明的文本，擺出一副四兩搏千斤的姿態，試圖挑戰古典詩歌的形式規範。這種策略或姿態，在當時的主流語境中是非常有效的。有趣的是，在憂慮那殘留在白話

4　胡適：〈論小說及白話韻文〉，《新青年》第4卷第1號「通信」欄，1918年1月15日。

5　俞平伯：〈白話詩的三大條件〉、胡適：〈我為什麼要做白話詩──《嘗試集》自序〉，分別見《新青年》第6卷第3號「通信」欄，1919年3月15日；第6卷第5號，1919年5月。

6　胡適：〈談新詩〉，《星期評論》紀念號，1919年10月10日。

詩上的舊詩「蹤跡」（如「詞調」、「曲調」等）的同時，胡適也有限
地承認了舊詩形式中某些因素在新詩中的合法性：「這種音節方法，
是舊詩音節的精采，……能夠容納在新詩裡，固然也是好事。」此
外，在用韻等問題上，胡適也流露出類似的某種「觀望」心態，認為
「有韻固然好，沒韻也無妨」，並在詞曲那裡尋找新詩用韻自由的支
持：「平仄可以互相押韻這是詞曲通用的例，不單是新詩如此。」這
其實是過渡時期的特有現象之一。事實上，在白話詩興起的時候，對
西方詩歌的翻譯還很零星、不自覺，遠跟不上白話詩形式建設的緊迫
需要。這樣，就自然出現了一個灰色的、模糊的過渡地帶：蹣跚起步
的白話詩所面對的，一方面是舊形式傳統揮之不去的陰影（儘管不為
胡適等人承認）；另一方面是來自尚屬遙遠的西方詩歌朦朧的形式啟
示。這種過渡狀態，在以胡適為代表的留學生身上體現得最為明顯。
這或許也解釋了為什麼，胡適一邊強烈質疑陳獨秀在《青年雜誌》上
刊登謝無量的長篇排律，一邊又創作帶有「詞調」的白話詩（甚至在
《新青年》發表「白話詞」），並在一些理論主張中默認了舊詩形式某
些因素。

　　與其師胡適相比，康白情對待舊詩的形式傳統的態度上顯然更為
激進。他的長文〈新詩底我見〉[7]，繼承了胡適關於新詩的一些主要
論點，如文學進化論、主張「自然的音節」、「形式的解放」等。康白
情將「舊詩」與「新詩」兩個概念對舉，認為：「新詩所以別於舊詩
而言。舊詩大體遵格律，拘音韻，講雕琢，尚典雅。新詩反之，自由
成章而沒有一定的格律，切自然的音節而不必拘音韻，貴質樸而不講
雕琢，以白話入行而尚典雅。新詩破除一切桎梏人性底陳套，只求其
無悖詩底精神罷了。」進而言之，「新詩在詩裡，既所以圖形式底解
放，那麼舊詩裡所有的陳腐規矩，都要一律打破。」這種典型的二元

7　康白情：〈新詩底我見〉，《少年中國》第1卷第9期，1920年3月15日。

對立思維，倒是和陳獨秀那種「必不容反對者有討論之餘地」的老革命黨口吻不無相通之處。即使這樣，康白情的形式革新觀念同樣存在著某種猶疑，如對舊詩形式某些因素的肯定：「舊詩底好的，或者音調鏗鏘，或者對仗工整，或者詞華穠麗，或者字眼兒精巧，在全美底一面，也自有其不可否認底價值」；而談到新詩用韻問題，他也承認「偶然用韻以增美底價值」的某種可能性。不過，就總體而論，康白情詩論中對於新詩中舊詩形式傳統的清算，無疑要比胡適、劉半農他們來得更加徹底。值得指出的是，在這篇主要以二元對立思維為主導的文章裡，康白情發現了新舊形式之間複雜糾纏的關係：「惟其詩是貴族的，所以從詩底歷史上看，他有種種形式的變遷，而究其實，一面是解放，一面卻是束縛；一面是容易作，一面卻是不容易作。」儘管此論未必出於一種自覺意識，在當時的語境中卻顯示出相當難得的清醒。

　　郭沫若是《時事新報》副刊《學燈》培養和力捧的一位新詩人。他的成長道路不同於胡適和「胡適系」的早期白話詩人。眾所周知，胡適接受的是二十世紀詩歌的最新潮流——意象派，堪稱前衛；而郭沫若師承的，卻是通過日本中轉的，像以惠特曼等人為代表的十九世紀的後浪漫主義，在當時西方人看來是落伍的流派。儘管如此，同為早期新詩運動的代表性人物，兩者之間仍然具有不少可比性。郭沫若與該副刊編輯宗白華的通信，是早期新詩的重要理論文獻，後來收入著名的《三葉集》。其中有不少對浪漫主義詩歌觀念的闡述。《女神》時期的郭沫若，儘管也鄙稱自己一直不曾中斷寫作的舊詩為「破銅爛鐵」，卻又頗為正式（甚至有些自得）地將它們編織進談論新詩寫作的信函（1920年1月18日）[8]之中。在該信中，郭沫若還以自由詩形式分行分節，重新排列李白的古體詩〈日出入行〉，並加上各種新式標點：

8　郭沫若：〈致宗白華〉，《少年中國》第1卷第9期，1920年3月15日。

日出東方隅，
似從地底來，
歷天又復入西海；
六龍所舍安在哉？
其行終古不休息，
人非元氣安能與之久徘徊？

草不謝榮於春風。
木不怨落與秋天。
誰揮鞭策驅四連？
萬物興歇皆自然！

義和！義和！
汝奚汩沒於荒淫之波？
魯陽何德：駐景揮戈？
逆道違天，矯誣實多！
吾將囊括大塊，
浩然與溟涬同科！

　　從上面的排列方式看，這首古詩至少在視覺效果上，如郭沫若所言，「簡直成了一首絕妙的新體詩」。這種對古典詩歌文本的形式重構是頗耐人尋味的。在其表面看似「顛覆」的做法背後，可能隱含著對於傳統的一種不自覺的認同，儘管這種「傳統」是經過一番選擇的。而在另一封致宗白華的信（1920年3月3日）[9]中，郭沫若以每個詩節六行五言的體式翻譯雪萊的名詩《百靈鳥曲》（*To a Skylark*，郭原信

9　田壽昌、宗白華、郭沫若：《三葉集》（合肥市：安徽教育出版社，2000年），頁80-104。

中寫作 *Ode to a Skylark*，可能有誤。一般譯為《給雲雀》）。這是另一個方向的「改寫」。只需稍加對比後來查良錚那至少在形式上較忠實於原作的譯本[10]，就不難看出，郭所採取的這種舊形式對原詩作了幅度不小的「裁剪」。值得注意的是，就在同一封信中，郭沫若也用自由詩形式翻譯了海涅、惠特曼、歌德、韋伯（Max Weber）等人的詩。這兩種形式的並用，可能透露出郭對外來形式的某種不信任感。考察上述信函所透露的郭沫若對待形式傳統態度的矛盾性和複雜性，我們看到，原本被描述為簡單的「狂飆突進」的「革命」詩人形象，開始顯露出一種駁雜特徵。

最後要談談李思純的〈詩體革新之形式及我的意見〉[11]一文。該文可以看作是對早期新詩理論主張和創作的一種初步盤點。作者特別注意和強調詩歌的形式問題，指出：「我們不希望詩體的改革，永遠為幼稚、粗淺、單調的新詩。而希望他進步成為深博、美妙、複雜的新詩。」進而揭示新詩在形式上超越舊詩的重要性：「新詩的創造，豈僅能以精神勝於舊詩自豪。換言之，若藝術方面的形式上還遠遜舊詩。那麼，精神方面，何能離形式而獨完呢？」李思純不僅從藝術本體論角度探討了詩的藝術和詩的形式問題，對中國詩的形式與歐美詩的形式，也作了十分細緻的比較；同時梳理了晚清以來中國詩歌的革新歷程及其得失。其中不乏富有見地的觀點。特別值得一提的是，文章最後部分談到「今後的新詩創造問題」時，作者把「多譯歐詩，輸入範本」和「融化舊詩及詩詞之藝術」兩者並列，無疑顯示了作者面對傳統的一種積極健康、自覺自為的心態，迥異於上文提及諸位倡導者那

---

10 查良錚的譯本在詩行詩節的排列、韻式等方面基本上保留了原詩的面貌。參見查良錚（穆旦）譯：《雪萊抒情詩選》（北京市：人民文學出版社，1958年），頁100-104。該詩英文原文可參見The New Oxford Book of Romantic Period Verse, pp562-564, Edited by Jerome J. McGann, Oxford University Press, New York, 1993。

11 李思純：〈詩體革新之形式及我的意見〉，《少年中國》第2卷第6期，1920年12月15日。

種欲言又止的矛盾與猶疑。當然，李思純在該文中所做的，也只是初步的總結而已，不可能是一種「終結」性的匡正。事實上，在後來的不少新詩理論中，仍然投下了早期新詩理論某種偏狹邏輯的陰影。

關於早期新詩的接受問題，有研究者曾指出，「很多讀者仍是以舊詩的『閱讀程式』來接受新詩的，詞句的精美，詩意的含蓄，音律的和諧，都是這一『程式』包含的因素……」[12]這裡所謂的「舊詩的『閱讀程式』」，顯然主要體現在形式規約上。無庸置疑，在早期新詩理論的鼓動者那裡，這種近似於一種潛意識的「閱讀程式」同樣會起作用，影響他們的詩歌觀念。只是由於他們刻意為之的規避和求新話語的強力作用，這種影響往往被遮蔽了。

二　形式的焦慮

在創作實踐方面，早期新詩對藝術形式的焦慮尋找，同樣在激進的主流中不乏某些微妙的「變數」。早期新詩在形式上可以說處於一種「無序」狀態。早在一九一五年，陳獨秀就以〈贊歌〉為題，在《青年雜誌》上選譯了泰戈爾散文詩集《吉檀迦利》（*The Gitanjali*）中的四章[13]，不過採用的是五言詩的形式。這種裁剪與上述郭沫若的做法，可謂有過之而無不及。不過，在譯本邊上所附的這些散文詩的英語原文，至少為那些具備一定英語閱讀能力的讀者，提供了對於詩歌形式的一種別樣啟示。同時，譯本與原文並置，構成一個對話空間。在兩種語言與兩種形式之間，讀者可能獲得一種更加全面和深入的閱讀感受。雖然陳獨秀翻譯這些散文詩的目的，主要在於宣揚泰戈爾「宗教哲學之理想」，並無意於詩歌形式的變革，然而，由於出現

12　姜濤：〈早期新詩的「閱讀問題」〉，《中國現代文學研究叢刊》2002年第3期。

13　陳獨秀譯、達噶爾作：〈贊歌〉，《青年雜誌》第1卷第2號，1915年10月15日。在同期雜誌中，還發表了陳獨秀用騷體翻譯的〈美國國歌〉。

在文學革命的前夜，這種翻譯活動在某種意義上折射出詩歌形式的焦慮感。到了後來，這種焦慮感由胡適等人正式擺上桌面，成為新詩發生的主要動力之一。

　　發表在《新青年》第六卷第二號頭條位置的〈小河〉（以詩作為頭條，這在《新青年》是絕無僅有的，可見編者對該詩的重視程度），曾被胡適稱為「新詩中的第一首傑作」。關於這首詩的形式，作者周作人在詩前小序裡說道：

> 有人問，我這詩是什麼體，連自己也回答不出。法國波特來爾（Baudelaire）提倡起來的散文詩，略略相像，不過他用的是散文格式，現在卻一行一行的分寫了。內容大致仿那歐洲的俗歌；俗歌本來最要葉韻，現在卻無韻。或者算不得詩，也未可知；但這是沒有什麼關係。[14]

在這裡，周作人指出了兩種西方詩歌體式：「散文詩」和「俗歌」，似乎解釋了這首詩的形式來源。然而，這兩種體式又分別被分行書寫和「無韻」兩種書寫策略模糊化了。其實，這首帶有寓言色彩的詩完全可以看作是自由詩。此處之所以產生類似的關於形式的「無名」的困惑，最主要的原因恐怕在於早期新詩對形式問題的輕視。當時詩人們更關注的是所謂「精神」，即內容層面的問題。回到〈小河〉這首詩，如「水只在堰前亂轉；／堅固的石堰，還是一毫不動搖。／築堰的人，不知到那裡去了？」這些詩句所蘊涵的象徵意味，以及整首詩所體現的所謂「詩體解放」的精神[15]，恐怕才是當時人們高度評價它

14　周作人：〈小河〉，《新青年》第6卷第2號，1919年2月15日。

15　胡適的〈談新詩〉，就有對周氏兄弟白話詩的盛讚：「我知道的『新詩人』，除了會稽周氏弟兄之外，大都是從舊式詩、詞、曲裡脫胎出來的。」這個評價，正是從詩體解放的角度說的。

的主要根據。[16]正如姜濤所言，「對『詩』而言，當外在的格律形式，不再成為合理的規定，其本質以及邊界，必須重新獲得詮釋。在相關的詩論中，詩的文類規定不是僅僅停留在字句、音律、章節之美的強調上，從發生學角度進行的，有關詩歌的『主體性』論述大幅度擴張，『情感』與『想像』代替形式上的規約，成為詩的根據。」[17]周作人對〈小河〉形式的簡短解釋，正透露了在新文學的主體性擴張進程中，早期新詩在文類規約方面的散漫和形式特徵上的某種漂移性。

　　事實上，周作人這種論調後來在俞平伯那裡得到延續和進一步的發揮。後者在談到自己的詩歌創作時，聲稱：「我只願隨隨便便的，活活潑潑的，借當代的語言，去表現出自我，在人類中間的我，為愛而活著的我。至於表現出的，是有韻的或無韻的詩，是因襲的或創造的詩，即至於是詩不是詩；這都和我的本意無關，我以為如要顧念到這些問題，就可根本上無意於做詩，且亦無所謂詩了。」[18]這種對詩歌形式要求的有意忽視，是與俞平伯所謂「一個是自由，一個是真實」的「兩個做詩的信念」相聯繫的。有意思的是，朱自清卻在俞平伯詩裡看到「有種特異的修詞法，就是偶句。偶句用得適當時，很足以幫助意境和音律的凝練。平伯詩裡用偶句極多，也極好。」進而指出：「他詩裡用韻底處所，多能因其天然，不露痕跡；……平伯用韻，所以這樣自然，因為他不以韻為音律的唯一要素，而能於韻以外求得全部詞句底順調。平伯這種音律底藝術，大概從舊詩和詞曲中得來。」[19]以上評述不僅揭示了俞平伯在詩歌形式諸方面的苦心經營，還毫不含糊地指出了這些經營背後的駁雜來源。

---

16 有趣的是，胡適的〈樂觀〉（1919年9月作）一詩，在結構上明顯模仿了周作人的〈小河〉。這就使〈小河〉具有了某種範本的意味。出人意料的是，許德鄰編選的《分類白話詩選》選了〈樂觀〉，卻沒有選〈小河〉。

17 姜濤：〈早期新詩的「閱讀問題」〉，《中國現代文學研究叢刊》2002年第3期。

18 俞平伯：〈《冬夜》自序〉，《冬夜》，上海市：亞東圖書館，1922年。

19 朱自清：〈《冬夜》序〉，見俞平伯：《冬夜》，上海市：亞東圖書館，1922年。

　　產生這種形式迷誤的深層動因，是當時知識分子激烈強調自我的言說姿態。正如葉維廉所言，「白話負起的使命既是把新思潮（暫不提該思潮好壞）『傳達』給群眾，這使命反映在語言上的是『我有話對你說』，所以『我如何如何』這種語態（一反傳統中『無我』的語態）便頓然成為一種風氣。惠特曼《草葉集》裡『Song of Myself』的語態，事實上，西方一般的敘述語法，都瀰漫著五四以來的詩。」[20]

　　事實上，對早期新詩的攻擊，自新詩發生以來就從未中斷過。如胡適留美同學朱經農，早在胡適在美國談論白話詩時，就持反對意見。後來胡適回國，和陳獨秀諸人發起文學革命。朱遠隔重洋，仍不忘對白話詩提出自己的批評：「足下的白話詩是很好的，念起來有音，有韻，也有神味，也有新意思。我決不敢妄加反對。不過《新青年》中所登他人的『白話詩』，就有些看不下去了。」所謂「看不下去」的原因，在朱看來，主要問題出在形式問題上，具體地說，就是白話詩缺乏「規律」，因此他提出自己的主張：「要想『白話詩』發達，規律是不可不有的。此不特漢文為然，西文何嘗不是一樣。如果詩無規律，不如把詩廢了，專做『白話文』的為是。」[21]這裡所謂的「規律」，顯然意指詩歌形式上的某種規定性。雖然此論所持的古典詩歌的價值取向，卻也正中早期新詩的「死穴」。明眼人一看即知，這裡表面上只批評「他人的『白話詩』」，其實並沒有放過胡適本人。因此，胡適的回信也絲毫不含糊。他先舉出沈尹默的詩〈月夜〉為例，稱之為「幾百年來哪有這種好詩」，繼而以「我們做白話詩的大宗旨，在於提倡『詩體的釋放』」為由，婉言拒絕了老朋友關於「白話詩應該立幾條規則」的建議。[22]

20　葉維廉：《中國詩學》（北京市：生活・讀書・新知三聯書店），1992年。

21　朱經農：〈致胡適〉（1918年6月5日），見《新青年》第5卷第2號「通信」欄，1918年8月15日。

22　胡適：〈答朱經農〉（1918年7月14日），見《新青年》第5卷第2號「通信」欄，1918

如果說朱經農的批評還算溫和，那麼胡先驌的〈評嘗試集〉[23]可謂火力猛烈。該文洋洋二萬餘言，援引大量中西材料，以胡適的《嘗試集》為標靶，展開激烈的批評。文章開頭將計就計，大刀闊斧，把一部《嘗試集》，刪得只剩下「胡君自序中所承認為真正白話新詩者」十一首。即使這勉強「過關」的十一首詩，在胡先驌看來，「無論以古今中外何種之眼光觀之。其形式精神。皆無可取。」由此可見其言辭之苛刻尖利。具體到形式問題，胡先驌搬用古今中外各種材料，先後為古詩的「對仗句法」、「音節」、「叶韻」等形式要素作出辯護。其中，針對胡適的「改良詩體」的主張，胡先驌在指責胡適「不知詩歌之原理」之餘，也表現出對古典詩歌形式的極大信任：

> 總而論之。中國詩以五言古詩為高格詩最佳之體裁。而七言古五七言律絕為其輔。如是則中國詩之體裁既已繁殊。無論何種題目何種情況。皆有合宜之體裁。以為發表思想之工具。不至如法國詩之為亞力山大體所限。尤無庸創造一種無紀律之新體詩以代之也。

在今天看來，胡先驌這種極力維護舊詩，全盤否定新詩的做法，不過是一種「守舊派」徒勞的掙扎。然而，正如孫紹振所言：「胡先驌在反對五四新詩的立場，在大方向上肯定是錯誤的，但是，他的錯誤，不是一般粗淺的謬誤，而是一種深刻的錯誤，有時，深刻的錯誤比之膚淺的正確有價值得多。正是因為這樣，他在模仿、脫胎與創造這一點上，比之胡適更經得住歷史的考驗。」[24]從某種意義上說，胡先驌對早期新詩乃至後來整個現代漢詩的形式問題，發出了最初的警

年8月15日。

23　胡先驌：〈評嘗試集〉，《學衡》第1期，1922年1月。

24　孫紹振：〈論新詩第一個十年的流派嬗變〉，《文藝理論研究》2002年第3期。

告。這種反對的聲音儘管是「反動」的，卻是構成現代漢詩生長語境的一個不可或缺的部分。不過，在主流話語的壓抑之下，這種聲音卻一直沒有得到足夠的重視。

　　另一個有力的反對聲音來自胡懷琛。他對胡適《嘗試集》的批評，比胡先驌更早。更重要的是，他不像胡先驌完全站在對立面去否定新詩，而是在承認白話詩的前提下對胡適的白話詩提出批評。不僅僅批評，胡懷琛還不憚於「越俎代庖」之嫌疑，自作主張地為胡適改詩。他的〈讀胡適之《嘗試集》〉一文，雖然沒有什麼真正具有建設性的意見。不過，文中通過修改胡適的〈蝴蝶〉、〈小詩〉等詩的修改，帶出了對《嘗試集》乃至整個早期新詩「音節」問題，並引發了支持胡適的劉大白、朱執信、胡澈、王崇植和支持胡懷琛的劉伯棠、朱僑兩派人馬的激烈爭論，卻是值得注意的。[25]此此爭論後不久，胡懷琛以「新文學傳習所」名義出版詩集《大江集》[26]時，以「模範的白話詩」自許，顯示出一種欲為白話詩師者的勃勃野心。然而，其所謂新派詩的形式觀的旨歸是「以五七言為正體」，因此不可能通向真正具有現代意義的新詩。

三　新形式的脆弱性

　　關於保守勢力對於早期新詩的攻擊，我們同樣可以在俞平伯、羅家倫、康白情等人的反駁中窺見一斑。俞平伯曾把反對新詩的人分為三類：「反對詩的改造」、「反對中國詩的改造」、「反對我們改造中國詩」。其中第三類反對者最具挑釁性：他們這樣攻擊新詩作者「詩

25　關於胡懷琛為胡適改詩的事件及事件背後的意味（如胡懷琛身分的含混性、新詩壇
　　的內部話語權紛爭等），姜濤曾作過相當出色的論述。參見姜濤：〈「為胡適改詩」
　　與新詩發生的內在張力〉，《北京大學學報》（哲學社會科學版）2003年第6期。
26　胡懷琛、陳東阜：《大江集》，上海市：國家圖書館，1921年。

是可以用白話做的，詩是極該用白話做的，詩不但要有新的介殼，並且要有新精神的；但是你們這班人都沒有詩人的天才，要來冒冒昧昧改造中國詩是決不行的，好比一個極好的題目，給『冬烘先生』糟蹋了，你看《新青年》、《新潮》登載的白話詩，不中不西，像個什麼呢？」[27]這裡所謂「不中不西」的責難，主要是從形式的角度發出的。儘管說「這一派……本來可以不論的」，事實上，俞平伯對該派的意見十分重視。這點我們可以在文章中作者反省「白話詩可惜掉了底下一個字」的危險，以及主張「增加詩的重量……限制數量」都可看出一些端倪。而諸如「做詩的自然也要尋個老師。西洋詩和中國古代近於白話的作品……我們都要多讀」之類的說法，簡直就是對上述責難的直接回應。

　　而羅家倫的〈駁胡先驌君的〈中國文學改良論〉〉[28]一文則把矛頭直指胡先驌，認為後者的文章「名為〈中國文學改良論〉，實是自己毫無改良主張和辦法。只是與白話文學吵嘴」。作者把胡先驌的文章「大卸五塊」，分別加以批駁。其中第四部分涉及白話詩的形式問題。其理論依據基本來自胡適，但在一些具體邏輯推論上比胡適更進一步。比如，針對胡先驌抬出華滋華斯、白郎寧、拜倫等英國詩人，認為「詩家必不盡用白話，徵諸中外皆然」的觀點，羅家倫以一種酷似胡適描述中國白話詩發生過程的口吻，來敘述華滋華斯和柯勒律治的「白話詩」：「Wordsworth 痛恨當時 Pope 等古典主義的詩。文學革命之風始於蘇格蘭後，Wordsworth 同他的朋友 Coleridge 同住在英倫本部 Somerset 提倡文學革命，極力做白話詩。」這裡，當時流行的諸如「文學革命」、「白話詩」等概念被巧妙地「挪用」了。而這種

27　俞平伯：〈社會上對於新詩的各種心理觀〉，《新潮》第2卷第1號，1919年10月30日。

28　羅家倫：〈駁胡先驌君的〈中國文學改良論〉〉，《新潮》第1卷第5號，1919年5月1日。這篇文章的副標題為「解答幾種對於白話文學的疑難」，可見胡先驌是作為「白話文學」反對者的代表人物被作者選中的。

「挪用」，在下文對「西洋近來新詩潮流」的敘述中更是變本加厲：

> 十八世紀末葉……一般文學革命家，紛紛以白話做詩，卒把古
> 典主義推倒。等到十九世紀的末葉，當年的白話詩又展轉成了
> 一種形式，於是有位新文學大家 Whitman 出來，提倡絕對自由
> 不限韻的白話詩。初做的時候也免不了大家的疑惑；但是他們
> 從詩的本體源流，同新詩的特質研究一番，也就恍然大悟。繼
> 續出了 Synge 同 Yeats 兩位大文學家；從歷代的詩細細研究所
> 得，知道歷代最好的詩，都是用當時的語言做的，於是他們也
> 就極力創造白話不限韻的新詩，成了許多傑作，新詩的勢力，
> 從此日見發揚。

這段似是而非的含混敘述（請注意發生在「自由不限韻的白話詩」與
「白話不限韻的新詩」兩個概念之間的悄悄「滑行」），有效地鞏固了
早期新詩抗衡反對勢力的話語權力。在這裡，作者不僅對白話詩的合
法性作了辯護，也為當時白話詩的既有形式找到了遠方的「源頭」。

　　有論者曾以胡適的新詩理論主張為中心，對新詩形式的獲得過程
作了這樣的描述：「詩體解放衝破了這種穩態結構，並進而提倡「自
然音節說」，經過那時一批詩人的嘗試，從而使新詩開始衝破傳統的
語音組合結構，從傳統節奏超穩態結構中解放出來。具體表現為：音
組的自由建構，從一字組到五字組都出現了；音組的自由組合，各種
性質的音組參差混用建行；輕音音節大量出現，杜絕了對自然語言的
縮略，散文句式真正進入詩行。真正的現代新詩誕生了。」[29]這種說
法顯然把問題簡單化了。所謂「傳統節奏超穩態結構」，並不表現為
一個固定的目標，而是作為一套潛隱的話語規則，嵌入到古典詩歌形

---

29 許霆：〈胡適「詩體解放」的文學史意義〉，《文藝理論研究》1996年第3期。

式中。要真正破解這種話語規則的權力架構，必須代之以另一套話語規則。事實上，早在一九二〇年，就有人談到白話詩與散文之間的文類「越界」問題：「詩呢，他自從擺脫了音律、形式以來，他的發展，是向散文裡面侵略。一面保存他的實體，——音律形式以上的，音律形式並非詩。——一面卻又滲用了散文的技術。」[30]

　　而到了一九二〇年，連胡適本人也憂慮起新詩的狀況來。他在〈夢與詩〉的「自跋」裡說：「簡單一句話：做夢尚且要經驗做底子，何況做詩？現在人的毛病就在愛做沒有經驗做底子的詩。」[31]當然，胡適這裡所說的「經驗」，主要是從詩歌內容的角度來談的，卻對形式問題避而不談。由此也不難看出胡適對於新詩形式問題認識上的某種迷失。

　　從劉半農編《初期白話詩稿》[32]看，早期新詩作者對白話詩的「書寫」是很有意思的。由於與書法相結合，這些手稿在很大程度上模仿了古代詩人的書寫方式。在八位作者中，只有當時尚在美國的陳衡哲用的是鋼筆（所謂「硬筆」），其餘七位都是用中國傳統的書寫工具——毛筆書寫的。這種書寫方式或許洩露了早期白話詩人對古典詩歌趣味的某種隱秘的流連情結。像沈尹默的〈雪〉、〈除夕〉、〈月〉、〈三弦〉，胡適的〈四月二十五夜作〉，沈兼士的〈真〉等詩的手稿看，書法的造詣頗高，然而從中也可發現，這些作品連最基本的分行意識都還不具備。有趣的是，白話詩創作只是偶爾為之的陳獨秀[33]，

30　周無：〈詩的將來〉，《少年中國》第1卷第8期，1920年2月15日。

31　胡適：〈夢與詩〉，《嘗試集》（北京市：人民文學出版社，2000年），頁67。

32　劉半農編：《初期白話詩稿》北平市：星雲堂，1932年影印，北京市：書目文獻出版社，1983年重印。

33　劉半農在《初期白話詩稿》序文裡說：「陳仲甫先生白話文做得很多，舊體詩做得很好，白話詩就我所知道的說，只有『除夕』一首。」其實此說有誤。早在上世紀三十年代，阮無名就考證出陳獨秀所作白話詩並非僅此一首，還作有〈答劉半農的D——詩〉，發表在《新青年》第7卷第2號。參見阮無名：《中國新文壇秘錄》（上海市：南強書局，1933年6月初版），頁46。

卻在〈丁丑除夕歌〉（一名〈我與他〉）[34]這首詩的手稿裡，採用了西方詩歌常用的詩行高低錯開的分行手法。現將該詩前十二行按手稿排列如下（豎排改為橫排）：

古往今來忽有我。

　歲歲年年都遇見他。

明年我已四十歲，

　他的年紀不知是幾何？

我是誰？

　人人是我都非我。

他是誰？

　人人見他不識他。

他何為？

　令人痛苦令人樂。

我何為？

　拿筆方作除夕歌。

……

這些詩行自然不可避免地帶有古詩詞的痕跡（如大量的七言句式，讓人油然想起古詩的節奏），然而，這種詩歌建行的方式，與上述沈尹默等人的白話詩相比，可以說是相當自覺的。

有意思的是，趙景深在一九二八年出版的《中國文學小史》[35]裡，把早期新詩劃分為四個時期：未脫舊詩詞氣息（以《嘗試集》為代表），無韻詩（以《草兒》、《冬夜》為代表），小詩，西洋詩體（以

---

34 見《新青年》第4卷第3號，1918年3月15日。這首詩發表時的詩行排列方式與手稿一致。該期「詩」專欄還發表有沈尹默、胡適、劉半農三人的〈除夕〉同題詩。

35 趙景深：《中國文學小史》，上海市：光華書局，1928年初版。

《女神》為「端緒」）。這種分期方法的標準顯然主要著眼於形式因素。它未必能很好地跟一般文學史的時間線性敘述吻合，卻十分敏銳地突出了早期新詩的形式問題（新思想、新內容急切地尋找恰切的形式），儘管作者並沒有作更進一步的展開論述。

第二節　創作上的反映

　　「新詩」美學的合法性尋求，除理論上的主張之外，最終要落實到文本的基本層面，由一系列在藝術上具有較高質量的文本來反映。郭沫若的《女神》可以說是初步呈現「新詩」某種整體性的美學特徵的最早一部新詩集。不過，它不可能一下子解決「新詩」美學建構的所有問題。事實上，就詩藝而言，《女神》還存在著很多缺陷。「新詩」美學合法性的尋求，是一個漫長而艱難的過程，它需要更多詩人在創作實踐上提供有力的支持。《女神》之後，新詩壇一度陷於沉寂，隨著徐志摩、聞一多、李金髮、穆木天等人的先後亮相，「新詩」的創作活動才得到一種多向度、更堅實的展開。而《晨報副鐫・詩鐫》的出現，為逐漸走向自覺的新詩寫作構築了一個重要的話語平臺。

一　多向度展開的探索

　　考察「新詩」美學合法性的尋求歷程，徐志摩無疑是一個重要人物。趙景深曾這樣描述徐志摩的出現給詩壇帶來的新變化：「當時人們寫慣了無韻詩和小詩。徐詩忽以西洋詩體在時事新報的學燈欄內刊出。記得這首詩的題目是《康橋再會罷》，每行字數相等，標點或句讀常在每行之間，不一定在每行之末。」[36]有意思的是，這首詩第一次發

---

36 趙景深：〈志摩師哀辭〉（《徐志摩年譜・代序》），見陳從周編：《徐志摩年譜》，上
　　海書店，1981年影印本。

表時，被排字工人排成三段散文。這樣一來，這首詩既沒有音節，又顯得參差不齊，與一般的「無韻詩」沒什麼兩樣。徐志摩對此很不滿意，特意寫信要求更正，於是該報把這首詩按照原來的排列方式，再一次發表[37]。編輯在詩前的按語中表達了歉意：「原來徐先生作這首詩的本意，是在創造新的體裁，以十一字作一行（亦有例外），意在仿英文的 Blank Verse，不用韻而有一貫的音節與多少一致的尺度，以在中國的詩國中創出一種新的體裁。不意被我們的疏忽把他的特點掩掉了。這是不特我們應對徐先生抱歉，而且要向一般讀者抱歉的。」[38]這段詩壇軼事表明，徐志摩對「新詩」的形式問題十分重視。

　　徐志摩的第一本詩集《志摩的詩》[39]甫一出版，就得到不少好評。一位作者在痛陳當時新詩壇存在的「膚淺」、「鑿句」等弊病之後，對徐志摩的詩作了一種高度的肯定：「《志摩的詩》在我的心目中算是新詩裡一個少見的集子，一個成功的遺留品。」[40]而一篇評論作了一個這樣的總體評價：「這個集子裡有不少的抒情詩，都是新詩界水平線以上的作品。」[41]這個評價看似四平八穩，實則道出該詩集對於改變「新詩」的低迷狀態所具有的某種重要性。而另一位論者則把徐志摩作為「新詩人」的代表人物，以區別於胡適、俞平伯等所謂的「舊詩人」，進而認為徐志摩的詩歌創作是推動「新詩」進步的兩大動力之一：「至於新詩人的新風格，譬如徐志摩散在各種日刊、週刊、旬刊、雜誌上的詩，便給新進的詩人一個很大的風格的改革。」[42]這裡所說的「風格」，顯然是指「新詩」發展的某種新路向。

---

37 這首詩第一次發表在一九二三年三月十二日《時事新報‧學燈》「文藝」欄，第二次發表於同月二十五日該欄。

38 見徐志摩：《康橋再會罷》詩前「記者按」，《時事新報‧學燈》1923年3月25日。

39 徐志摩：《志摩的詩》，上海市：中華書局（代印），1925年8月初版。

40 于成澤：〈評《志摩的詩》〉，《京報‧文學周刊》第32期，1925年8月22日。

41 周容：〈志摩的詩〉，《晨報副刊》第1291號，1925年10月17日。

42 汪震：〈新詩進步談〉，《京報‧文學周刊》第37期，1925年9月26日。

陳西瀅曾指出《志摩的詩》超越《女神》的地方，就在於它較為自覺的形式探索：「《女神》裡的詩幾乎全是自由詩，很少體制的嘗試。《志摩的詩》幾乎全是體制的輸入和試驗。經他試驗過有散文詩、自由詩、無韻體詩、駢句韻體詩、奇偶韻體詩、章韻體詩。雖然一時還不能說到它們的成功與失敗，它們至少開闢了幾條新路。」[43] 時隔半個世紀之後，卞之琳也把《志摩的詩》和郭沫若的《女神》相提並論，分別給予兩者很高的評價：「《女神》是在中國詩史上真正打開一個新局面的，在稍後出版的《志摩的詩》接著鞏固了新陣地。」與眾多認為徐志摩後期詩作優於早期的觀點不同，卞之琳的看法是，《志摩的詩》應該當作「新詩」史上的一個重要關節點。具體而言，他認為徐志摩的創作已經初步具備詩歌語言的自覺意識：一方面，能夠「用我們活的漢語白話寫起自己的詩」，「用現代漢語，特別是口語入詩，都能吐出『活』的，乾脆利落的聲調，很少以喜聞樂見為名，行陳詞濫調之實」；另一方面，「徐志摩用白話寫詩，即便『自由詩』以至散文詩，也不同於散文，音樂性強。」[44]

徐志摩之於「新詩」美學合法性的意義，曾被邵洵美描述為類似於某個重要「樞紐」的作用：「我以為胡適之等雖然提倡了用白話寫文章寫詩，但他們的成就是文化上的；在文學上，他們不過是盡了提示的責任。我相信文學的根本條件是『文字的技巧』，這原是文學者絕對不能缺少的工具；但是他們除了用文言譯成白話以外，並沒有給我們

---

43 陳西瀅：〈新文學運動以來的十部著作〉下，《西瀅閒話》（北京市：中國文聯出版公司，1993年〔據新月書店1931年三版排印〕），頁211。

44 卞之琳：〈徐志摩詩重讀志感〉，見卞之琳：《人與詩：憶舊說新》（北京市：生活·讀書·新知三聯書店，1984年），頁23-26。卞之琳在另一篇文章裡，也把《志摩的詩》「新詩」看作藝術走向成熟的一部重要代表作，參閱卞之琳：〈新詩與西方詩〉，見卞之琳：《人與詩：憶舊說新》（北京市：生活·讀書·新知三聯書店，1984年），頁187-188。

看過一些新技巧。這番工作到了徐志摩手裡，才有了一些眉目……」[45]
事實上，從胡適到徐志摩的轉變，正體現了「新詩」合法性從最初外
部話語空間的爭取朝向注重內在藝術要求的一種重心轉移。

　　對於徐志摩當時的創作，同樣也存在一些質疑的聲音。就在《志
摩的詩》出版之後不久，一位作者拿這部詩集的裝幀設計來小題大
做。在一番冷嘲熱諷之後，這位作者堂皇地談到了詩歌的「音節」和
「修辭」問題：

> 　固然，音節是詩歌中不可缺少的要素，但一味地在重重疊疊，
> 反反覆覆的油腔滑調上用工夫，而忘記了吟詠性情的原則，未
> 免太糟蹋詩人的靈魂吧。
> 　修辭自是作詩所不可少的手段，但誰到過大海裡一塊礁石上聽
> 浪濤的狂撲？誰到過喜馬拉雅的頂巔聽天外風的回想？真的藝
> 術是真實的，誠信的，有時為增強文章的效力起見可酌用誇飾
> 與想像，然亦宜求「誇而有節，飾而不誣」。[46]

在所謂「音節」方面，該作者顯然無法認同徐志摩從西方引進的詩歌
形式；而關於詩的「修辭」，兩個缺乏質詢力度的反問表明，他並未
真正認識到想像之於現代詩歌的重要意義。有意思的是，可能考慮到
作者措辭的偏激，發表該文的編輯孫伏園在文後按語中試圖為徐志摩
的詩辯護，卻顯然不得要領[47]。

　　徐志摩早期的「新詩」創作，儘管還存在許多不足（如徐氏自謂

---

45 邵洵美：〈自序〉，《詩二十五首》，上海市：時代圖書公司，1936年。

46 胡侯楚：〈談談線裝的新詩〉，《京報副刊》第290號，1925年10月6日。

47 孫伏園認為，胡侯楚所批評的重點，只是徐志摩早期的詩，他的辯護理由是，「詩
　體初革的時候，半文不白的詩大概誰都有幾首的，徐先生的這類詩也都在前半期，
　所以我覺得並無傷於他的全體。」

的「初期的洶湧性」，即抒情缺乏節制等問題），對於「新詩」的合法性而言，卻具有一種承前啟後的作用：在繼承早期新詩一些合法性成果的同時，開啟了「新詩」尋求和建構其美學合法性的漫長歷程。

　　除徐志摩之外，其他一些在詩藝上同樣具有某種自覺意識的詩人，也展開了各自不同方向的探索。這些探索活動，為「新詩」藝術的發展注入新鮮的活力，帶來了新的轉機，正如劉夢葦所描述的，「新詩經了這幾年的摸索，漸漸地到了光明的路上來了。從最近來的報章雜誌上看來，我們知道，《嘗試集》已是陳跡，《繁星》、《春水》也成了往事，《冬夜》、《草兒》等底時代甚至《女神》，《紅燭》，《蕙的風》底時代都已經過去了。凡留心詩壇的人，大概都讀到了徐志摩，聞一多，于賡虞，蹇先艾，朱湘諸先生底近作罷；他們彼此或者認識或者還是陌生，但他們無形中走上了很近似的路。」[48]而所謂「很近似的路」，指的是這些詩人的寫作，大多能夠考慮藝術規律的作用，注重語言、形式、技巧等方面的推敲、斟酌，並盡量排除非詩因素的干擾。

　　以聞一多的《紅燭》為例，詩人這部處女詩集，在藝術上雖然比後來的《死水》幼稚得多，然而，它卻超越了當時一般「新詩」作品的水平。尤其是在詩歌形式方面，《紅燭》體現了詩人執著的探索努力。當時的一位批評者曾指出這點：「《紅燭》集中的詩有用腳韻的，……亦有不用韻的，但讀去都很諧和，沒有聱牙詰屈的地方，這便在他配制字音時的審慎周詳，不是隨隨便便，拈來即是。他詩中歐化的句子極多，繁複曼衍的句子更多，然而他能知道他是在寫詩，詩的美有賴於音節，遂使峨嵋易於得到很好的印象。」[49]如果說《紅燭》尚屬稍嫌稚嫩的少作，那麼，聞一多此後的詩歌創作日漸顯露出一種自覺與成熟，正如朱湘在一九二五年讀過聞一多的近作〈淚

48　劉夢葦：〈中國詩底昨今明〉，《晨報副鐫》1925年12月12日。
49　為法：〈評〈紅燭〉〉續，《時事新報・學燈》1924年11月29日。

雨〉、〈薤露詞〉（後來改題為〈也許〉）等後所說的,「他近來的進步
實在可驚,他的這些詩較之從前的〈紅燭〉詩彙（〈小溪〉除外）在
音節上和諧的多多,在想像上穩銳了不少,在藝術上也到了火候,尤
其是辭藻,他的第二本詩彙,在今夏回國時即將印行。這個第二本詩
彙,就上述的諸詩看來,問世之後,一定要在新詩壇放一異采:是可
斷言的。」[50]儘管其中可能多少夾雜一些友情的成分,不過,朱湘對
於聞一多詩歌在藝術方面的進展及其之於「新詩」的重要意義的描
述,就整體而言卻基本是準確的。

　　我們來看聞一多的〈淚雨〉（1925）一詩:

　　　　淚　雨
　　　　我在生命的陽春時節,
　　　　曾流過號饑號寒的眼淚,──
　　　　那原是舒生解凍的春霖,
　　　　那也便兆徵了生命的悲哀。

　　　　我少年的淚是四月的陰雨,
　　　　暗中澆熟了酸苦的黃梅。
　　　　如今正式黑雲密布,雷電交加,
　　　　我的熱淚像夏雨一般滂沛。

　　　　中途的悵惘,老大的蹉跎,──
　　　　我知道我中年的苦淚更多;
　　　　中年的淚定似秋雨淅瀝,
　　　　梧桐葉上敲著永夜的悲歌。

50　見聞一多詩〈淚雨〉後的「朱湘附識」,《京報副刊》第107號,1925年4月2日。

誰道生命的嚴冬沒有眼淚？
老年的悲哀是悲哀的總和。
我還有一掬結晶的老淚，
要開作漫天的愁人花朵。

這首詩借鑒了英語詩歌中常見的「四行體」形式，每個詩節四行，四個詩節以大自然的四季流轉，分別隱喻人生的四個階段。朱湘對〈淚雨〉的評價甚高，認為這首深受濟慈影響的詩雖不及濟慈的原作，卻「不失為一首濟慈才作得出的詩」，並且特別表揚了該詩用韻方面的成功之處：「用韻極為藝術的：頭兩段寫以前，是一韻，末兩段寫以後，換了一韻，換的愉快之至。」[51]

朱湘曾如此概括其一九二五年之後「新詩」寫作對於中國古典詩歌的一個重要部分——詞的借鑒：「我自從十二年的冬天，賭氣離開了清華，在社會上浪遊了兩年半，到此刻又回校，精神隨著肉體的舒適而平定下來了。我到了安心作詩的時候了。兩年來作了許多詩，特別注重的是音節；因為在舊詩中，詞是最講究音節的，所以我對於詞，頗下了一番體悟的功夫。」[52]事實上，此前已有論者在評論于賡虞的詩作時談及「新詩」與詞的關係。針對當時有人指責于賡虞的詩太像舊詞，認為這是「新詩」的一種反古現象，該論者反駁道，「我所知道的是詩只有真與偽，好與壞的區別，沒有昨日今日與明日之別，我們所以作新詩運動的，是因為舊詩有很多妨害詩的生命的發展的格律，不是因舊詩全沒一首有生命的，不是以舊詩詞全沒一點包有生命的核仁，該設法培滋，長養它的。舊詞中確有些好的，確有些比現在詩壇上的新產品好得多多的。賡虞近作是不是得力於舊詞，我不知道，但就他們的另一種美好說吧，我以為確有些相類。」他甚至

51　見聞一多詩〈淚雨〉後的「朱湘附識」，《京報副刊》第107號，1925年4月2日。
52　朱湘：〈詩的產生〉，《文藝創作講座》第2卷，上海市：光華書局，1933年。

把「新詩」十分有限的成績在很大程度上歸功於「舊詞」：「新詩中較好的作品，往往竊用舊詞中一二雋語，以自誇新穎，或觸此悟彼，因讀古詞而聯悟許多可用的新鮮妙句。」[53]

而在經過一段最初的創作實踐之後，當日的青年詩人馮至也深切地感受到「新詩」美學合法性的焦慮：「在我們友人談話中，每每聽到人批評新詩，我總憤憤不平。什麼『沒有一首看得下去』呀，什麼『新詩狗屁』呀，我聽了非常難過。我十分希望能夠做幾首比較『驚人』一點的詩，我這種渴望比渴望女人厲害得多。我要在這半年內專門讀詩，小說絕對不看，——這也可以說是一種反感。不能不注意形式，又不能太注意了！現在我只要拿起筆來寫一個字，便覺得沒有詩味……」[54]馮至這個頗為激烈的反應表明，此時的「新詩」寫作者應對指責與批評，不能一味淩空蹈虛地強調「新詩」之「新」或它的所謂「先進性」，而是要拿出質量過硬作品來說話，只有這樣，才能夠真正具有一種說服力。值得注意的是，「形式」和「詩味」兩個美學問題，在這裡也被提出來，顯示了作者對詩藝的初步思考。

二　《晨報副鐫·詩鐫》——一個界碑

如上所述，徐志摩、聞一多等詩人的「新詩」寫作已經初步顯露出一種自覺意識，彼此之間也不乏相通互補之處，因而亟需一個園地來聚合他們的力量。《晨報副鐫·詩鐫》的出現，可謂適逢其時。

一九二六年四月創刊的《晨報副鐫·詩鐫》[55]，曾被當時一位論

---

53 周仿溪：〈虞廩近作與舊詞〉，《京報·文學週刊》第34期，1925年9月5日。

54 馮至：〈致楊晦信（1925年9月20日）〉，馮姚平編：《馮至全集》第12卷，石家莊市：河北教育出版社，1999年。

55 徐志摩主編：《晨報副鐫·詩鐫》第1號，1926年4月1日出版，同年6月10日出版第11號後停刊。

者當作劃分新詩發展史前後兩個時期的「關鍵」。該論者如此闡述
《晨報副鐫・詩鐫》的一種標誌性意義:「《詩鐫》之提倡創造新韻律
運動,表面類似反動,實則在新詩建設的路上更前進了一步。當時新
詩作品漫無紀律而且粗製濫造,引起反感不少,不但守舊的人對新詩
更加唾棄,即一般青年讀者也厭倦了。《詩鐫》的主張爭投合當時讀
者心理,同時主持《詩鐫》的幾位作家依照他們自己的主張寫出好些
作品來,這些詩大都有韻,較多詞藻,形式整齊,讀者眼前一新,不
期而然地同情於這種傾向了。」[56]這個觀點實際上也提示了,面對早
期新詩寫作缺乏藝術自律意識等偏誤,《晨報副鐫・詩鐫》作者群所
做出的某種反撥的共同努力。

　　作為這份副刊的始作俑者,徐志摩後來在一段創作自述裡也指認
了這一點:「我的第一集詩──《志摩的詩》──是我十一年回國後
兩年內寫的;在這集子裡初期的洶湧性雖已消減,但大部分還是情感
的無關闌的氾濫,什麼詩的藝術或技巧都談不到。這問題一直要到民
國十五年我和一多今甫一群朋友在《晨報副鐫》刊行《詩刊》時方才
開始討論到。一多不僅是詩人,他也是最有興味探討詩的理論和藝術
的一個人。我想這五六年來我們幾個寫詩的朋友多少都受到《死水》
的作者的影響。」[57]這裡既突出了《晨報副鐫・詩鐫》的標誌性意
義,也揭示了《晨報副鐫・詩鐫》作者群在詩藝追求上的某種內在的
一致性。

　　而徐志摩為《晨報副鐫・詩鐫》撰寫的發刊詞,更是透露出一種
力圖提升「新詩」品格的勃勃野心:

　　　　我們幾個人都共同著一點信心:我們信詩是表現人類創造力的
　　　一個工具,與音樂與美術是同等同性質的;我們信我們這民族

---

56 余冠英:〈新詩的前後兩期〉,《文學月刊》第2卷第3期,1932年2月29日。
57 徐志摩:〈《猛虎集》序〉,徐志摩:《猛虎集》,上海市:新月書店,1931年。

這時期的精神解放或精神革命沒有一部像樣的詩式的表現是不完全的；我們信我們自身靈性裡以及周遭空氣裡多的是要求投胎的思想的靈魂，我們的責任是替他們摶造適當的軀殼，這就是詩文與各種美術的新格式與新音節的發見；我們信完美的形體是完美的精神的尾韻的表現；我們信文藝的生命是無形的靈感加上有意識的耐心與勤力的成績；最後我們信我們的新文藝，正如我們的民族本體，是有一個偉大美麗的將來的。[58]

在這裡自然還可以看到啟蒙話語的顯明的痕跡。不過，徐志摩此論的重點，落在了對「文藝的生命」的強調上。

《晨報副鐫・詩鐫》所發表作品體現出某種共同的特點，表明了編者對「新詩」形式問題的重視。換言之，在這裡，「新詩」的形式問題第一次作為一個詩藝課題，被認真地思考並得到創作實踐的響應。孫大雨曾回憶說：「一九二五年夏天，……我到浙江海上普陀山佛寺客舍裡住了兩個來月，想尋找一個新詩所未曾而應當建立的格律制度。結果被我找到，可說建立了起來，我寫得了新詩裡第一首有意識的格律詩，並且是一首貝屈拉克的商乃詩。翌年一九二六年四月十日發表在北京《晨報・詩鐫》上。而聞一多在四月十五日的《晨報・詩鐫》上發表他的第一首格律詩〈死水〉是在五天之後……」[59]當然，孫大雨在這裡認為當時就已經建立起「新詩」的「格律制度」，顯然是一種過於自信的說法，甚至有點自我戲劇化的味道。事實上，「新詩」的形式建設需要一個漫長的過程，至今仍處於探索之中。不過，作者從西方詩歌汲取資源，探索「新詩」格律的做法本身，是很有意義的。它也向我們提示了《晨報副鐫・詩鐫》的編者和作者對於

---

58 志摩：〈詩刊弁言〉，《晨報副鐫・詩鐫》第1號，1926年4月1日。

59 孫大雨：〈我與詩〉，孫近仁編：《孫大雨詩文集》（石家莊市：河北教育出版社，1996年），頁314。

「新詩」形式問題的一種自覺意識。聞一多的詩作〈死水〉，堪稱體現這種意識的一個樣板：

　　　　這是一溝絕望的死水，
　　　　清風吹不起半點漪淪；
　　　　不如多扔些破銅爛鐵，
　　　　爽性潑你的剩菜殘羹。

　　　　也許銅的要綠成翡翠，
　　　　鐵罐上繡出幾瓣桃花；
　　　　再讓油膩織一層羅綺，
　　　　微菌給他蒸出些雲霞：

　　　　讓死水酵成一溝綠酒，
　　　　飄滿了珍珠似的白沫；
　　　　小珠笑一聲變成大珠，
　　　　又被偷酒的花蚊咬破。

　　　　那麼一溝絕望的死水，
　　　　也就誇得上幾分鮮明。
　　　　如果青蛙耐不住寂寞，
　　　　又算死水叫出了歌聲。

　　　　這是一溝絕望的死水，
　　　　這裡斷不是美的所在，
　　　　不如讓給醜惡來開墾，
　　　　看他造出個什麼世界。[60]

60　聞一多：〈死水〉，《晨報副鐫‧詩鐫》第3號，1926年4月15日。

對於這首詩的毀譽，都聚焦於它的形式上。否定的觀點認為，這首詩過分追求一種整飭的形式效果，致使整首詩死板得像「豆腐塊」或「麻將牌」；肯定的看法則認為，這首詩體現了聞一多所主張的所謂詩歌應具備「繪畫的美」、「音樂的美」、「建築的美」的「三美」要求。事實上，以上兩種觀點各執一端，都有所偏頗。與之相比，最近一位論者對〈死水〉的把握，就顯得相當全面而深入：〈死水〉之所以成為典範性的作品並不全是由於格律的嚴謹，而是內容與形式的高度統一，更準確地說是禁錮封閉的形式與要求解放的情感之間矛盾生成的一個藝術奇跡。」[61]換言之，〈死水〉的這種相當突出的形式，不僅僅是為了獲得視覺和聽覺效果，更蘊含著一種深遠的象徵意味。

在聞一多、徐志摩的帶動、影響之下，饒孟侃、楊世恩、劉夢葦、蹇先艾、朱大枬等人的詩，也突出地顯示了作者在形式上的實驗意識。

與創作上的「格律化」傾向相呼應，「新詩」的格律問題也被當作一個嚴肅的話題加以談論。饒孟侃提出了「新詩的音節」這一命題，認為在當時「新詩」的發展形勢下，迫切需要認真思考和探討這個命題：「新詩雖然已經有了好幾年的生命，但是在音節上並沒有多大的貢獻；有的作家在這方面固然早已經就了範圍，現在正在繼續他們的試驗，但是一般的寫詩的還是在那裡專門講求字面上的堆砌，對於音節並沒有相當的自覺，相當的注意。所以這時候我們尤其有討論音節的必要。」與此前胡適等人談論「音節」往往拘泥於「雙聲疊韻」之類的瑣碎話題不同，在饒孟侃看來，「一首詩的音節，絕不是專指那從字面上念出來的聲音；把它的可能性分析一下，實在包含得有格調，韻腳，節奏，和平仄等等的相互關係。」按照這個說法，「音節」基本上就成了「形式」的代名詞。值得注意的是，作者在這

---

61 王光明：《現代漢詩的百年演變》（石家莊市：河北人民出版社，2003年），頁219。

裡毫不忌諱平仄這一曾被唾棄的「舊詩」的程式，並且把它堂而皇之地重新提出來。饒孟侃所謂的「平仄」，當然已不是既往用於談論近體詩的那個概念。事實上，他試圖運用西方詩歌格律理論的某些概念，來「翻新」漢語詩歌的形式問題：「其實一個字的抑揚輕重完全是由平仄裡產生的，我們要拋棄它即是等於拋棄音節中的節奏和韻腳；要沒有它的那種作用，一首詩裡也只有單調的音節。」[62]

饒孟侃此論一出，很快就有人擔心關於「新詩的音節」的提倡，可能會導致「一種新詩舊詩間的東西」的產生，削弱「新詩」業已取得的地位。對此，饒氏辯稱，「詩根本就沒有新舊的分別」，應該揚棄那種「把新詩和舊詩看作兩種絕對的標準，認為絲毫不能容混」的非新即舊的二元對立邏輯。在他看來，從「舊詩」裡獲取形式資源不僅是可能的，也是「安全」的：「我們現在所謂的新詩的音節，卻沒有被平仄的範圍所限制，而且還有用舊詩和詞曲裡的音節同時不為平仄的範圍所限制的可能。」他進一步指出，「新詩的音節」的建設在當時的情下況不容樂觀，基本上還處於一個模仿的階段（以模仿外國詩為主），只有完全擺脫模仿，「新詩的音節」才能達到「完美的境界」。[63]這個要求無疑十分理想化，卻也顯示了作者對於不斷提升「新詩」藝術的殷切期待。

聞一多的〈詩的格律〉[64]顯然受到饒孟侃論文的啟發。他首先駁斥了那種認為談格律就是自我束縛的看法，認為「只有不會跳舞的才怪腳鐐礙事，只有不會做詩的才感覺格律的束縛。對於不會做詩的，格律是表現的障礙物，對於一個作家，格律變成了表現的利器。」從而把格律問題提到了一個相當高的高度，使之獲得一個更開闊的談論空間。聞一多所謂的「詩的格律」，是在饒孟侃已有論述（主要著眼

---

62 饒孟侃：〈新詩的音節〉，《晨報副鐫‧詩鐫》第4號，1926年4月22日。

63 饒孟侃：〈新詩的音節〉，《晨報副鐫‧詩鐫》第6號，1926年5月6日。

64 聞一多：〈詩的格律〉，《晨報副鐫‧詩鐫》第7號，1926年5月13日。

於詩歌形式的聽覺方面的因素）的基礎上，增加了「視覺方面的兩個問題」，也就是在詩歌的「音樂的美（音節）」之外，提出「繪畫的美（詞藻）」和「建築的美（節的勻稱和句的均齊）」兩個概念加以補充。

創作實踐和理論主張的齊頭並進，成就了《晨報副鐫・詩鐫》在「新詩」美學合法性尋求過程中所扮演的重要角色。正是在這個意義上，《晨報副鐫・詩鐫》儘管存在時間很短，卻成為現代漢詩歷史上的一個重要界碑。

第三節　詩歌翻譯的支持

作為「舊詩」的反動者，「新詩」最為直接的藝術資源，無疑是橫向的西方詩歌。關於這一點，我們在當時一位作者的偏激觀點中不難看到：「舊詩是不能給我們多大的新生命了。那麼，我們還是去找西洋的名著去。荷馬的，歌德的，盡可以細細地一讀──我們又要搬運西洋貨了；其實我們不是甘心『數典忘祖』的，實在因為我們自己的金礦裡沒有可以盡量研究的東西呵，……──至少也要把各國的名詩選集，普遍地一讀。」[65]顯然，在這位作者看來，中國古典詩歌的傳統對於「新詩」而言是有名無實的，只有西方詩歌才夠資格充當「新詩」寫作的範本。

詩歌翻譯之於「新詩」的發展，具有一種多方面的意義。它不僅僅體現為各種文本在兩種語言之間的轉換，為「新詩」寫作提供一個現成的參照系；事實上它也能動地參與了「新詩」的寫作活動：既間接鍛煉了寫作者的語言表達能力，也測試了現代漢語在詩歌寫作上的表現力與可能性。

---

65 董秋芳：〈我對於中國現時新詩界的感言〉，《民國日報・覺悟》1923年11月18日。

一　翻譯觀念的轉變

　　早期新詩的一個突出的現象，就是寫作與翻譯兩者常常同步進行，密切相關。不少詩人同時也是外國詩歌的翻譯者。胡適、周作人、郭沫若、田漢、聞一多、徐志摩等等，莫不如此。事實上，在「新詩」外部合法性的爭取過程中，翻譯就曾起過很重要的作用。不過，就整體而言，這一時期的詩歌翻譯還顯得較為零星，缺乏足夠的系統性和自覺意識。而在美學合法性的尋求過程中，詩歌翻譯就必須走向前臺，為「新詩」真正成為「詩的」，鍛造自身的藝術品格，建立獨立的美學體系，提供一種更為有力的支持。作為早期新詩的重要親歷者之一，朱自清很早就認識到這一點，他清明地提出，應該把「大規模地有系統地試譯外國詩」，當作「新詩」的出路之一：

> ……譯專集也成，總集也成，譯莎士比亞固好，譯 Goedeu Lreaxsury 也行。但先譯總集或者更方便些。你可以試驗種種詩體，舊的新的，因的創的；句法，音節，結構，意境，都給人新鮮的印象（在外國也許已陳舊了）。不懂外國文的人固可有所參考或仿效，懂外國文的人也可以有所參考或仿效；因為好的翻譯是有它獨立的生命的。[66]

儘管朱自清這番議論發表於一九三〇年代，不過其中所流露的焦慮感，卻無疑是從早期新詩那裡「遺傳」而來的。

　　新文學運動初期，人們對外國文學作品尤其是詩歌的翻譯並不十分自覺。當時曾有人這樣描述西方詩歌的接受狀態：「有一位大學教授

66　朱自清：〈論中國詩的出路〉，朱喬森編：《朱自清全集》第4卷（南京市：江蘇教育出版社，1990年），頁293。

教起西洋詩來，說什麼是『外國大雅』，什麼是『外國小雅』，什麼是
『外國國風』，什麼是『洋離騷』……要希望學生『溝通中外』。」[67]
此處雖帶有一種漫畫式的誇張語調，卻也從一個側面折射出當時一些
人接受心態上的自高自大。以如此封閉的心態面對外國詩歌，自然很
難從中汲取有益的養分，更談不上什麼溝通中外了。而在一九二〇年
代初，有人在談到日本翻譯界時，頗為其「盡平生之力為之」的敬業
態度而折服，還特別舉出詩歌翻譯為例，「即以譯詩而論，遇著很好
的詩，一日譯一首也說不定，一個月譯一首也說不定，能經過這道工
夫然後發表給人刊，影響又自不同……」[68]這個看法，實際上也間接
表達了對於當時中國詩歌翻譯現狀的不滿。所幸在這種不景氣的狀態
之下，仍有人在堅持認真地做一些詩歌翻譯的工作。

　　翻譯詩歌的困難，可以說是一個世界性的話題。對此，一些偏激
者甚至乾脆斷言：詩歌不可譯。譬如，美國詩人弗羅斯特（Robert
Frost, 1874-1963）認為詩歌就是翻譯過程中失去的東西。五四時期的
譯者也普遍遭遇到這種困難。周作人很早就曾發表過關於譯詩問題的
議論：「原作倘是散文，還可勉強敷衍過去，倘是詩歌，他的價值不
全在於思想，還與調子及氣韻很有關係的，那便是沒有法子。要尊重
原作的價值，只有不譯這一法。」[69]周作人注意到，優秀的詩歌翻譯
不僅僅是思想內容的傳達，還必須在詩藝諸方面（所謂「調子及氣
韻」等）有所作為。在他看來，不成熟的現代漢語，顯然無法勝任第
二個方面的工作。這也是造成當時詩歌翻譯困難的最主要原因。因
此，他號召新文學作者們致力於創作，提高本土語言的表現力，在此
基礎上逐步推進翻譯活動。在這裡，周作人的思路是單向的。事實
上，他忽略了翻譯活動本身的能動性，即翻譯反過來同樣能夠影響著

67　志希：〈古今中外派的學說〉，《新潮》第2卷第1號，1919年10月。
68　太郎：〈一夕話——談日本文學〉，《時事新報・文學旬刊》第52期，1922年10月10日。
69　仲密（周作人）：〈譯詩的困難〉，《晨報》1920年10月25日。

創作和本土語言的生長。不過，周作人本人頗為活躍的詩歌翻譯活動
表明，他在實踐上其實並不完全遵循上述思路。

　　與周作人相對消極的態度不同的是，一九二四年，當「新詩」創
作從整體上陷入某種低潮的時候，其個人創作處於上升階段的詩人徐
志摩，採取了一種積極主動的應對方式。他選擇了「*Perfect Woman*」、
「*The Rainbow*」、「*Where My Books Go*」等若干首英語短詩，在《晨報
副鎸》、《小說月報》等報刊公開徵集這些詩作的漢譯，呼籲更多的有
志者來參與譯詩的實踐：

> 我們想要徵求愛文藝的諸君，曾經相識與否，破費一點工夫做
> 一番更認真的譯詩的嘗試；用一種不同的文字翻來最純粹的靈
> 感的印跡。我們說「更認真的」；因為膚淺的或疏忽的甚至褻
> 瀆的譯品我們不能認是滿意的工作；我們也不盼望移植鉅製的
> 勇敢；我們所期望的是要從認真的翻譯研究中國文字解放後表
> 現縝密的思想與有法度的聲調與音節之可能；研究這新發現的
> 達意的工具究竟有什麼程度的彈力性與柔韌性與一般的應變
> 性；究竟比我們舊有的方式是如何的各別；如其較為優勝，優
> 勝在那裡？為什麼？譬如蘇曼殊的拜倫譯不如郭沫若的部分的
> 莪麥譯，……為什麼舊詩格所不能表現的意致的聲調，現在還
> 在草創時期的新體即使不能滿意的，至少可約略的傳達，如其
> 這一點是有憑據的，是可以共認的，我們豈不應該依著新開闢
> 的途徑，憑著新放露的光明，各自的同時也是共同的努力，上
> 帝知道前面沒有更可喜更可驚更不可信的發現！[70]

在這裡，徐志摩的急切期望和良苦用心表明，他實際上是把一種自覺

---

70 徐志摩：〈徵譯詩啟〉，《小說月報》第15卷第3號，1924年3月10日。又見《晨報副
　鎸》1924年3月22日。

自為的詩歌翻譯，當作鍛造「新詩」的美學品質、提升現代漢語作為詩歌語言的藝術表現力的一個有效途徑。這個呼籲是富有象徵意味的。它標誌著詩歌翻譯走向一個更自覺的階段，並與「新詩」的創作實踐建立起一種更為緊密的互動關係。

　　在徐志摩等人的鼓吹之下，詩歌翻譯活動的確變得更加積極主動。越來越多的「再譯」現象，就是其中一個突出的方面。所謂「再譯」，就是在已有一種或多種漢譯的情況下，重新翻譯某一首外國詩歌作品。譬如，鍾無對韋叢蕪翻譯的朗弗洛（H. W. Longfellow, 1807-1882）的〈處女的哀歌〉作了重譯處理，譯名改成〈處女的悲歌〉[71]；天心再譯了〈相見於不見中〉（「*Present in Absence*」），此詩共三節，胡適曾翻譯過其中的第三節[72]。而在此之前，創造社詩人郭沫若、成仿吾不滿於孫銘傳（孫大雨）從英文譯本轉譯的歌德的詩《牧羊者的哀歌》，兩人一同從德文原文再譯了這首詩。[73]

　　徐志摩本人也是「再譯」的熱心實踐者。在讀過胡適翻譯的波斯詩人莪默的一首詩之後，他也忍不住要親自「操刀」，重新翻譯一次。對此，他這樣解釋道：「……我一時手癢，也嘗試了一個翻譯，並不敢與胡先生的『比美』，但我卻以為翻詩至少是一種有趣的練習。只要原文是名著，我們譯的人就只能憑我們各人的『懂多少』，憑我們運用字的能耐，『再現』一次原來的詩意……」[74]這段話再次表明了上文所述的徐志摩的詩歌翻譯觀，即詩歌翻譯與「新詩」寫作是互動的。後來他在〈一個譯詩問題〉、〈葛德的四行詩還是沒有翻好〉[75]兩文中，以歌德的一首四行詩為例，更加深入而細緻地探討了「再譯」

---

71 參見《晨報附刊‧文學旬刊》第39號，1924年6月21日。

72 參見《晨報副鐫》，1924年12月8日。

73 參見《中華新報‧創造日》，1923年7月24日。

74 徐志摩：〈莪默的一首詩〉，《晨報副鐫》1924年11月7日。

75 分別見《現代評論》第2卷第38期（1925年8月29日）、《晨報副鐫》1925年10月8日。

問題。除徐志摩本人外，這首詩的譯者還有胡適、郭沫若、朱家驊、周開先等，可謂陣容強大。由於掌握的外語語種的差異，這些譯者的翻譯方式也不盡相同：胡、徐是根據歌德詩的英譯轉譯的，而朱家驊則直接從德文原文翻譯。徐志摩文章標題中的「還是沒有翻好」一語，既是對一次具體翻譯事件所作的總體評判，也體現了他對於詩歌翻譯認真與執著的態度。

從翻譯的不易成功，側面反映出創作的難度；讓「新詩」從「濫作」的泥淖中掙脫出來，真正回到詩藝的建設層面上來，這也是徐志摩提倡詩歌翻譯的一個重要目的：「近來做新詩成了風尚。誰都來做詩了。見了月亮做詩，遊園做詩，講故事做詩——假如接一次吻，更不用說，那是非做詩不可的了。我這裡副刊收到的稿子除了『新詩』，差不多就沒有別的了。一個朋友說，活該！都是你們自己招出來的。這真變了殃了——白話詩殃。有消解的一天嗎？一個法子是教一班創作熱的青年們認識創作的難。我所以重新提起這四行詩的譯事，要一班同學們從知道翻譯難這件事認清創作的更不易。」[76]在徐氏這種認真精神的感召下，胡適後來又動手重譯了一遍葛德（歌德）的這首四行詩[77]。且不論其效果如何，這種接二連三的再譯行為本身，就表明了譯者的一種較為自覺、成熟的心態。

當然，在日趨活躍的詩歌翻譯中，也不可避免地魚龍混雜，產生了諸如跟風趨時之類的弊病。正如當時一位作者所尖銳諷刺的：「現在一班時髦文學家和新詩人，都喜歡譯詩；其實作新詩也就夠他們出風頭了，他們還想百尺梢頭更進一步地去譯詩。懂得也要譯，不懂也要譯；譯得成詩也好，不成詩也好，橫直譯詩總是一件很時髦的事。」[78]

---

76 徐志摩：〈葛德的四行詩還是沒有翻好〉，《晨報副鐫》1925年10月8日。

77 參見胡適之：〈重譯葛德的詩四行〉，《晨報副鐫》1926年3月29日。

78 ＭＡ：〈讀刘丁先生的〈又是一棵小小的臭草〉之後〉，《京報‧文學周刊》第20期，1925年5月16日。

不過，就總體而言，此時的詩歌翻譯在藝術水平、自覺意識等方面都取得了明顯的進步，從而有力地支持了「新詩」美學合法性的尋求。

二　技術諸層面的探討

隨著翻譯觀念的轉變，關於詩歌翻譯的討論，也逐步深入到一些技術層面的問題之中。

一位譯者曾列舉出以下三種情況，說明詩歌翻譯應如何在內容（「價值」）和形式（「風格音節」）之間做出相應的取捨：「我以為譯詩要達原有的風調很難，要達原有的音節更難──有時竟可說是絕對不能。所以如果一首詩失去了原有的風調音節就失去原有的價值，則這首詩萬不必譯。如果失去兩者而原有的價值尚無大損失，就不必為保存原有的風格與音節之十分之一或百分之一，而使意義上暗晦。如果失去兩者而原有的價值絲毫無傷，就更不必為保存風格音節而使文字受不必要的歐化以陷於暗晦。」[79] 從上述文字看，作者顯然傾向於「內容第一」的翻譯原則，在方法上自然也就更認同「意譯」。

詩人郭沫若也曾在一篇文章裡表明反對直譯的態度：「我對於翻譯素來是不贊成逐字逐句的直譯，我以為『原文中的字句……或先或後，或綜或析，在不損及意義的範圍以內，味氣韻起見可以自由移易』。」而具體到譯詩，他認為「譯詩不是件容易的事情，把原文看懂了，還要譯出來是『詩』才行」[80]，顯然強調了譯者主觀能動性的作用。

而在面對如何處理原作的格律問題時，茅盾曾提出如下解決方案：「凡是有格律的詩，固然也有它從格律所生出來的美，譯外國有格律的詩，在理論上，自然是照樣也譯為有格律的詩，來得好些。但

79　雲菱：〈論譯詩〉，《詩》第1卷第3號，1922年3月15日。
80　郭沫若：〈答孫銘傳君〉，《中華新報‧創造日》第37期，1923年8月31日。

在實際，拘拘於格律，便要妨礙了譯詩其他的必要條件。而且格律總不能盡依原詩，反正是部分的模仿，不如不管，而用散文體去翻譯。翻譯成散文的，不是一定沒有韻，要用韻仍舊可以用的。」[81]這裡表露了一種鮮明的態度：當理論和實踐發生齟齬時，茅盾認為，應選擇犧牲原作形式上的美學因素，而成全某種「意義」在兩種語言之間的傳達。

與郭沫若、茅盾等人不同的是，徐志摩顯然更看重原作中所蘊含的音樂美。一九二四年，他借翻譯波德萊爾的詩〈死屍〉之機，以其特有的浪漫激情和玄思妙想，發表了一通關於詩歌音樂性的感慨和議論：「詩的真妙處不在它的字義裡，卻在它不可捉摸的音節裡；他刺載著也不是你的皮膚（那本來就太粗太厚！）卻是你自己一樣不可捉摸的靈魂……是的，都是音樂——莊周說的天籟地籟人籟；全是的。你聽不著就該怨你自己的耳輪太笨，或是皮粗，別怨我。」[82]這裡對詩歌音樂性的談論，儘管缺乏一種論理所必需的明晰性，卻表現出一種初步的藝術本體自覺意識，不像此前的論者只是乾巴巴地談論「音節」、「韻」等話題。然而此論一出，先後招致魯迅和劉半農的痛批[83]。這個事件富有象徵意味。儘管魯、劉的話鋒所主要針對的不是詩歌音樂性本身，而是徐志摩那種誇張語調和神秘主義姿態[84]，卻也從一個側面提示了當時「新詩」美學談論空間的逼仄。

---

81 玄珠（茅盾）：〈譯詩的一些意見〉，《時事新報・文學旬刊》第52期，1922年10月10日。

82 徐志摩：〈死屍〉「譯序」，《語絲》第3期。1924年12月1日。

83 魯迅和劉半農分別在《語絲》第5期（1924年12月15日）、第16期（1925年3月2日）上，發表〈「音樂」？〉、〈徐志摩先生的耳朵〉，對徐氏的言論加以尖刻的諷刺。

84 卞之琳對此評論說：「……為魯迅舉出來挖苦說是『神秘談』的一段文字，卻有幾分像《尤利西斯》意識流或自由聯想式的文風……真不知他扯到那裡去了，有如他自己批評另一篇文字所說的『瞎扯』……」見卞之琳：〈徐志摩譯詩集序〉，江弱水等編：《卞之琳文集》中卷（合肥市：安徽教育出版社，2002年），頁327。

隨著翻譯界整體水平的逐步提升，一些較為自覺的譯者在談論詩歌翻譯時，也更多地在「藝術」、「美」等議題之下來展開相關的討論。比如，在當時一次關於詩歌翻譯的論爭中，一位譯者對某種機械死板的直譯方法表示出強烈的不滿：「王君答辯文中第一點以為翻譯底藝術應當是一對一的『鴛鴦譯』，不能因美底關係把原意於可能的範圍內略為更動。我說王君可以抱著一本英漢大字典替詩裡的生字找配偶，卻夠不上談譯詩底問題！」並明確地提出，「譯詩不僅是文字上的轉移動作；最高等的譯詩當是譯者醋讀原詩後的重創品。」[85]這個觀點既點明了詩歌翻譯中熟悉原作的必要前提，也強調了譯者能動性與創造性在翻譯中的重要作用。

翻譯過程中發生的變異自然也是不可避免的，而這種變異反過來又影響著「新詩」的寫作。比如，李金髮的《微雨》二十六首譯詩。其中包括波德萊爾、保爾・福爾、魏爾倫、泰戈爾、拜倫等詩人的作品。其中以法國詩人的作品為主。對於李金髮詩歌翻譯中的編譯現象，卞之琳曾評價道：「過去李金髮首先介紹的法國十九世紀後期象徵派詩，原來都是格律詩，而且條理清楚，合乎正常語法，在他白話文言雜糅的譯筆下，七長八短，不知所云，一度影響過我國的所謂『象徵詩』。」[86]事實上，文白雜糅的特點，不僅出現在李金髮的譯詩裡，在他的詩歌寫作中同樣存在。

三　翻譯與創作的互動

翻譯是一種創造性的工作，詩歌翻譯尤其如此。某一時期的詩歌翻譯往往與同時期的詩歌寫作構成一種互動關係。具體到一個集作者

---

85 子潛（孫大雨）：〈論《異域鄉思》與辯証〉，《京報副刊》第107號，1925年4月2日。
86 卞之琳：〈譯詩藝術的成年〉，見卞之琳：《人與詩：憶舊說新》（北京市：生活・讀書・新知三聯書店，1984年），頁196。

與作者雙重身分於一身的個體，這種互動關係表現得更加突出，就像
郭沫若所形容的：

> 譯雪萊的詩，是要使我成為雪萊，是要使雪萊成為我自己。譯
> 詩不是鸚鵡學舌，不是沐猴而冠。
> 男女結婚是要先有戀愛，先有共鳴，先有心聲的交感。我愛雪
> 萊，我能感聽得他的心聲，我能和他共鳴，我和他結婚了。
> ——我和他合而為一了。他的詩便如像我自己的詩。我譯他的
> 詩，便如像我自己在創作的一樣。[87]

在這裡，不僅翻譯和創作的界限被取消，連原作者和譯者都不分彼此
了。郭沫若此語一方面刻意強調了翻譯過程中譯者的主體性，另一方
面也透露出早期新詩和西方詩歌的親密關係。

　　與郭沫若那種充滿浪漫色彩的表述方式不同，朱自清曾以一種富
有理論色彩的語言，指出翻譯對於拓展「新詩」藝術發展的可能性空
間的重要意義：「新文學運動解放了我們的文字，譯詩才能多給我們
創造出新的意境來。這裡說『創造』，我相信是如此。將新的意境從
別的語言移植到自己的語言裡而使它能夠活著，這非有創造的本領不
可。……譯詩對於原作是翻譯；但對於譯成的語言，它既然可以增富
意境，就算得一種創作。況且不但意境，它還可以給我們新的語感，
新的詩體，新的句式，新的隱喻。」[88]此論從詩形（語感、詩體、句
式）和詩質（意境、隱喻）兩個層面，提示了詩歌翻譯對於「新詩」
合法性的全方位支持。

　　而周作人的看法卻並不像朱自清那樣樂觀。他在重申其一貫主張

---

87 郭沫若：〈雪萊的詩·小序〉，《創造季刊》第1卷第4期，1923年2月1日。

88 朱自清：〈譯詩〉，朱自清：《新詩雜話》（北京市：生活·讀書·新知三聯書店，1984
　　年），頁71-72。

的「詩不可譯」的論調之後，對翻譯與創作之間的互動關係也表示質疑：「我相信只有原本是詩，不但是不可譯，也不可改寫的。誠實的翻譯只是原詩的講解，像書房裡先生講唐詩給我們聽一樣，雖是述說詩意，卻不是詩了。將自己的譯本當作詩，以為在原詩外添了一篇佳作，那是很可笑也是可恕的錯誤；──凡有所謂翻譯的好詩都是譯者的創作，如菲孜及拉耳特的波斯詩，實在只是『讀唵瑪哈揚而作』罷了。」[89]在周作人看來，好的翻譯也只能非常有限地傳達一首詩的「詩意」，因此，在譯文和原文之間橫亙著一條難以逾越的鴻溝。

　　早期新詩寫作和詩歌翻譯之間的互動，也在「新詩」的傳播中得到體現。五四時期報刊上的「新詩」欄目發表的作品，往往兼容創作與翻譯。這種兼容現象，顯示了「新詩」寫作與詩歌翻譯之間的緊密關係。譬如，北京誠學會刊物《創造》第一卷第二號，在發表李開先翻譯的五首「安納特朗的詩」（Anacreontic Poems）的同時，也發表了譯者自己創作的二首詩作。值得注意的是，譯作和創作均為自由詩體，翻譯和寫作時間也幾乎重合（前者署1922年7月31日，後者則分別為當年的6月22日和7月25日）。[90]這種現象表明，當時不少作者一邊翻譯，一邊寫作。兩者的互相影響與互相滲透自然不可避免。此外，與胡適把譯詩當作「我的『新詩』成立的紀元」的做法相類似，一九二〇年代初的《時事新報》副刊《學燈》的「新詩」欄目也發表了不少譯詩[91]。

　　值得一提的是，在翻譯與創作之間也曾出現一種非良性的互動，即創作者一味模仿甚至抄襲最新的譯詩，根本不具有自身的創造性。

89　周作人：〈希臘的小詩〉，周作人：《自己的園地》（北京市：人民文學出版社，1998年），頁149-150。

90　參見李開先譯：〈安納特朗的詩〉，《創造》第1卷第2號，1922年12月30日。

91　例如，一九二〇年三月二十日發表郭沫若譯〈風光明媚的地方〉（《浮士德》的一部分），同年七月二十日發表周作人譯雪萊〈戀愛〉，等等。

一個典型的例子是，當時一位名為歐陽蘭的作者發表的一首詩〈有翅的情愛〉，被揭發為是對郭沫若所翻譯的一組雪萊詩作（涉及若干首）的抄襲。揭發者振振有辭地指出，這首詩和郭譯雪萊詩「句子竟有三分之二相同」，並且一一列舉出兩者之間的相似之處，進而斷定作者根本不是在創作，而是「增減一二虛字東抄一句西抹一句」的抄襲行為[92]。這篇揭發文章發表後，曾引起了一場不小的討論。其實，從嚴格意義上說，歐陽蘭的這首詩不能算作抄襲，因為它並不是對既有的某一首詩的直接複製，而是從若干首郭譯雪萊詩中分別摘取了一些詩行，而後重新組合成一首「詩」。不過，這種貌似高明的做法其實缺乏詩歌寫作必要的創造性，這是顯而易見的。而當時關於此類現象的熱烈討論，正反映了「新詩」創作界和翻譯界的某種反思意識。

---

92 陳永森：〈抄襲的能手〉，《京報副刊》第114號，1925年4月10日。

結語

　　本書將論述對象的時間跨度設定為一九一七至一九二六年，是基於如下考量：一九一七年胡適在《新青年》正式發表「白話詩」，標誌著「新詩」的誕生；而在一九二六年，《晨報副鐫・詩鐫》創刊，提出「要把創格的新詩當一件認真事情做」。在這一「短時段」內，聚集了現代漢詩從外部話語空間合法性到美學合法性的種種相互糾纏的問題。當這一時段被置於二十世紀文學史的敘述框架之中，往往有一種被簡化、被刪削的危險。甚至在一些「新詩」史著作裡，也存在類似的問題。這種簡化或刪削的直接後果，就是把發生之初的「新詩」，描述為一個壓倒「舊詩」的理所當然的「勝利者」，因而忽略了問題的豐富性和過程的複雜性。為盡可能呈現其本來面目，本文的做法是：試圖把這個時段作一種「放大」處理，即還原到當日的語境，深入發掘和仔細辨析當時的原始材料，從中梳理出一條反映現代漢詩尋求合法性過程的線索。

　　在二十世紀中國文學的現代性建構的大背景之下，現代漢詩合法性的尋求，構成其百年歷史行程中的一個富有意味的起步階段。一方面，通過合法性諸種力量的運作，現代漢詩在自我命名和自我身分的確認中，塑造了自身的形象，建立起一個不斷擴大的話語空間；另一方面，現代漢詩的不少迄今為止尚在思考和探索之中的問題，都早在這個階段就已被提了出來。比如，求「新」的詩歌觀念，語言、形式方面的種種試驗，西方詩歌的翻譯等等，都是一些當時曾被激烈討論過的話題。而考察在這些問題之間所產生的摩擦、糾纏和碰撞，不僅能夠在歷時性上勾畫出早期新詩合法化的軌跡，也在共時性上構成整

體觀照現代漢詩的發展歷程的一個有效視角。

　　需要指出的是，在現代漢詩的合法性尋求過程中，既收穫了一批最初的果實，發現了諸多可能性，同時也產生了一系列的「後遺症」：在詩歌觀念上，求「新」情結占據了中心位置；在處理傳統問題時，不僅來不及自覺、系統地譯介西方詩歌，更為了奪取話語場地而展開對「舊詩」的全盤清算，從而導致「傳統」被懸置，在這種斷裂狀態中，「新詩」無疑難以獲得一種自足性；在詩歌語言方面，變革的意義被過分強調，「白話」儼然成為早期新詩的一項重要指標；在詩歌形式問題上，先有一味追求「解放」與「自由」的迷誤，使得早期新詩普遍存在「散文化」的弊病，後有一種矯枉過正的反撥，對形式問題的強調陷入本質化的泥淖。

　　早期新詩為了獲取自身的合法性，借重了進化論的不少理念，這在當時的語境裡是有效的，也是必要的。不過，正如韋勒克（René Wellek, 1903-1995）曾警告的那樣，「把達爾文或斯賓塞的演化論用在文學上是錯誤的，因為不存在同可以作為演化基礎的生物種類類似的固定不變的文學類型」，因此，「文學內部發展史的問題即演變這個中心問題必須根據下面這種理解重新加以研究：時間並非只是整齊劃一的事件序列，而價值也不能只是創新。這個問題十分複雜，因為不管在任何時刻都會涉及到整個過去並且包羅一切價值。我們必須拋棄輕易得出的解決方案，並且正視現實中的全部具體濃密性和多樣性。」[1]「新詩」的發展問題同樣如此。當話語場地建立之後，「新詩」必須回到最基本的問題上來，並在與相關的問題的砥礪中，探索自身發展的可能性空間。

　　隨著現代漢詩探索的展開，這些一度被遮蔽的「後遺症」也漸次

1　雷內‧韋勒克：〈文學史上的演變概念〉，見雷內‧韋勒克著、張今言譯：《批評的概念》（杭州市：中國美術學院出版社，1999年），頁49。

「浮出水面」。而這些問題的再次露面，正體現了現代漢詩合法性問題的開放性、當下性特點和「未完成」狀態。

參考文獻

一　報刊

《新青年》　新青年社編輯　1915-1922年

《每周評論》　李大釗主編　1918-1919年

《新潮》　北京大學新潮社編　1919-1922年

《少年中國》　少年中國學會編　1919-1924年

《少年世界》　少年中國學會南京分會編　1920年

《星期評論》　戴季陶、沈玄廬編　北京市　人民出版社1981年影印本

《時事新報‧學燈》　上海市　時事新報館主辦　1918-1926年

《晨報》　1919-1921年

《晨報副鐫》　北京市　晨報副刊社主辦　1921-1928年

《民國日報‧覺悟》　上海市　民國日報館主辦　1919-1931年

《小說月報》　上海市　上海商務印書館　1921-1931年

《文學旬刊》(《文學》週刊、《文學週報》)　文學研究會編　1921-
　　　1923年

《努力周報》　胡適主編　北京市　努力周報社主辦　1922-1923年

《讀書雜誌》　《努力周報》附刊

《詩》　中國新詩社編(後改為文學研究會刊物)　1922-1923年

《學衡》　吳宓主編　上海市　中華書局　1922-1923年

《京報‧文學週刊》　北京市　京報社編　1924-1925年

《京報副刊》　北京市　京報社編　1924-1926年

《現代評論》　現代評論社編　1924-1928年

《語絲》　語絲社編　1924-1930年

《創造季刊》　創造社編　上海市　泰東圖書局　1922-1924年

《創造周報》　創造社編　上海市　泰東圖書局　1923-1924年

《創造月刊》　創造社編　上海市　泰東圖書局　1926-1928年

《創造日》　創造社編　上海市　中華新報附刊　1923年7月-11月

《洪水》　創造社編輯　上海市　光華書局　1925-1927年

《新的小說》　上海新潮社張靜廬主編　上海市　泰東圖書局　1920-
　　　　1921年

《新月》　徐志摩主編　上海市　新月書店　1928-1932年

《詩刊》　徐志摩編輯　上海市　新月書店　1931-1932年

《文學》　文學社編輯　上海市　生活書店　1933-1937年

《現代》　施蟄存、杜衡主編　上海市　現代書局　1932-1935年

《新詩》　卞之琳編　上海市　新詩社　1936-1937年

《文學雜誌》　朱光潛編輯　上海市　上海商務印書館　1937、1948年

二　詩集

新詩社編輯部　《新詩集》（第一編）　上海市　新詩社出版部
　　　　1920年1月

胡　適　《嘗試集》　上海市　上海亞東圖書館　1920年3月

許德鄰編　《分類白話詩選》　上海市　崇文書局　1920年8月

胡懷琛　《大江集》　上海市　國家圖書館　1921年3月

郭沫若　《女神》　上海市　泰東圖書局　1921年8月

俞平伯　《冬夜》　上海市　上海亞東圖書館　1922年3月

康白情　《草兒》　上海市　上海亞東圖書館　1922年3月

漠　華等　《湖畔》　杭州市　湖畔詩社　1922年4月

朱自清等　《雪朝》　上海市　上海商務印書館　1922年6月

汪靜之　《蕙的風》　上海市　上海亞東圖書館　1922年8月

北　社編　《新詩年選：一九一九年》　上海市　上海亞東圖書館
　　　　1922年8月

冰　心　《繁星》　上海市　上海商務印書館　1923年1月

陸志韋　《渡河》　上海市　上海亞東圖書館　1923年7月

聞一多　《紅燭》　上海市　泰東圖書局　1923年8月

宗白華　《流雲》　上海市　上海亞東圖書館　1923年12月

雪峰等　《春的歌集》　杭州市　湖畔詩社　1923年12月

劉大白　《舊夢》　上海市　上海商務印書館　1924年3月

朱　湘　《夏天》　上海市　上海商務印書館　1925年1月

梁宗岱　《晚禱》　上海市　上海商務印書館　1925年3月

徐志摩　《志摩的詩》　上海市　中華書局（代印）　1925年8月

李金髮　《微雨》　上海市　北新書局　1925年11月

劉半農　《揚鞭集》（上卷）　上海市　北新書局　1926年6月

趙家璧主編、朱自清編選　《中國新文學大系・詩集》　上海市　良
　　　　友圖書印刷公司　1935年　上海市　上海文藝出版社影印
　　　　2003年

趙景深原評、楊揚輯補　《半農詩歌集評》　北京市　書目文獻出版
　　　　社　1984年

三　專著、文集

田壽昌、宗白華、郭沫若　《三葉集》　上海市　上海亞東圖書館
　　　　1920年

胡　適　《胡適文存》　上海市　亞東圖書館　1921年

胡懷琛編　《《嘗試集》批評與討論》　上海市　泰東圖書局　1922年

聞一多、梁實秋　《冬夜草兒評論》　北京市　清華文學社　1922年

胡懷琛編　《詩學討論集》　上海市　新文化書社　1924年再版

胡　適　《胡適文存二集》　上海市　上海亞東圖書館　1924年

文學研究會編　《星海》（上）　上海市　上海商務印書館　1924年

趙景深　《中國文學小史》　上海市　光華書局　1928年

草川未雨　《中國新詩壇的昨日今日和明日》　北京市　海音書局
　　　　1929年

胡　適　《胡適文存三集》　上海市　上海亞東圖書館　1930年

黃人影編　《郭沫若論》　上海市　光華書局　1931年

王哲甫　《中國新文學運動史》　北平市　景山書社　1933年

鄭振鐸、傅東華編　《我與文學》　上海市　生活書店　1934年

譚正璧　《新編中國文學史》　上海市　光明書局　1936年

錢基博　《現代中國文學史》（增訂本）　上海市　世界書局　1936年

趙家璧主編、胡適編選　《中國新文學大系・建設理論集》　上海市
　　　　良友圖書印刷公司　1935年　上海市　上海文藝出版社影印
　　　　2003年

趙家璧主編、鄭振鐸編選　《中國新文學大系・文學論爭集》　上海
　　　　市　良友圖書印刷公司　1935年　上海市　上海文藝出版社
　　　　影印　2003年

趙家璧主編、鄭振鐸編選　《中國新文學大系・史料・索引》　上海
　　　　市　良友圖書印刷公司　1936年　上海市　文藝出版社影印
　　　　2003年

張靜廬輯注　《中國近代出版史料》（初編）　北京市　中華書局
　　　　1957年

張靜廬輯注　《中國近代出版史料》（二編）　上海市　群聯出版社
　　　　1954年

張靜廬輯注　《中國現代出版史料》（甲編）　北京市　中華書局
　　　　1954年

張靜盧輯注　《中國現代出版史料》（乙編）　北京市　中華書局　1955年

張靜盧輯注　《中國現代出版史料》（丙編）　北京市　中華書局　1956年

張靜盧輯注　《中國現代出版史料》（丁編）　北京市　中華書局　1959年

張靜盧輯注　《中國出版史料》補編　北京市　中華書局　1957年

中共中央馬克思、恩格斯、列寧、斯大林著作編譯局研究室編　《五四時期期刊介紹》　北京市　生活・讀書・新知三聯書店　1959年

中國社會科學院近代史研究所中華民國史組編　《胡適來往書信選》　北京市　中華書局　1979年

張允侯等編　《五四時期的社團》　北京市　生活・讀書・新知三聯書店　1979年

中國社會科學院近代史所編　《五四運動回憶錄》　北京市　中國社會科學出版社　1979年

拉法格著、羅大岡譯　《文論集》　北京市　人民文學出版社　1979年

魯　迅　《魯迅全集》　北京市　人民文學出版社　1981年

龔濟民、方仁念編　《郭沫若年譜》天津市　天津人民出版社　1982、1983年

郭沫若著作編輯委員會編　《郭沫若全集》　北京市　人民文學出版社　1982-1992年

徐志摩　《徐志摩全集》　香港　商務印書館　1983年

《茅盾全集》編輯委員會編　《茅盾全集》　北京市　人民文學出版社　1984、1997年

朱自清　《新詩雜話》　北京市　生活・讀書・新知三聯書店　1984年

沈從文　《沈從文文集》　廣州市　花城出版社、三聯書店香港分店　1984年

韋勒克、沃倫著、劉象愚等譯　《文學理論》　北京市　生活・讀書・新知三聯書店　1984年

卞之琳　《人與詩：憶舊說新》　北京市　生活・讀書・新知三聯書店　1984年

梁宗岱　《詩與真・詩與真二集》　北京市　外國文學出版社　1984年

朱光潛　《詩論》　北京市　生活・讀書・新知三聯書店　1984年

羅新璋編　《翻譯論集》　北京市　商務印書館　1984年

孫玉石　《中國初期象徵派詩歌研究》　北京市　北京大學出版社　1985年

楊匡漢、劉福春編　《中國現代詩論》（上編）　廣州市　花城出版社　1985年

饒鴻競等編　《創造社資料》　福州市　福建人民出版社　1985年

賈植芳編　《文學研究會資料》　鄭州市　河南人民出版社　1985年

王曉明編　《文學研究會評論資料選》　上海市　華東師範大學出版社　1986-1992年

北京圖書館編　《民國時期總書目》（語言文學）　北京市　書目文獻出版社　1986年

陳紹偉編　《中國新詩集序跋選》　長沙市　湖南文藝出版社　1986年

陳獨秀　《獨秀文存》　合肥市　安徽人民出版社　1987年

波德萊爾著、郭宏安譯　《波德萊爾美學論文選》　北京市　人民文學出版社　1987年

羅貝爾・埃斯卡皮著、于沛選編　《文學社會學》　杭州市　浙江人民出版社　1987年

孫玉石主編　《中國現代詩導讀》　北京市　北京大學出版社　1990年

喬納森・卡勒著、盛寧譯　《結構主義詩學》　北京市　中國社會科學出版社　1991年

孫玉石　《中國現代詩歌藝術》　北京市　人民文學出版社　1992年

王光明　《散文詩的世界》（修訂本）　武漢市　長江文藝出版社　1992年

葉維廉　《中國詩學》　北京市　生活‧讀書‧新知三聯書店　1992年

馬爾科姆‧布雷德伯里、詹姆斯‧麥克法蘭編、胡家巒等譯　《現代主義》　上海市　上海外語教育出版社　1992年

北京圖書館編　《民國時期總書目》（文學理論、世界文學、中國文學）　北京市　書目文獻出版社　1992年

賈植芳、俞元桂主編　《現代文學總書目》　福州市　福建教育出版社　1993年

唐德剛譯注　《胡適口述自傳》　上海市　華東師範大學出版社　1993年

姜義華主編　《胡適學術文集‧新文學運動》　北京市　中華書局　1993年

王光明　《艱難的指向——「新詩潮」與20世紀中國現代詩》　長春市　時代文藝出版社　1993年

耿雲志主編　《胡適遺稿及秘藏書信》　合肥市　黃山書社　1994年

李　怡　《中國現代新詩與古典詩歌傳統》　重慶市　西南師範大學出版社　1994年

錢鍾書　《七綴集》（修訂本）　上海市　上海古籍出版社　1994年

孫黨伯、袁謇正主編　《聞一多全集》　武漢市　湖北人民出版社　1994年

聞黎明、侯菊坤編　《聞一多年譜全編》　武漢市　湖北人民出版社　1994年

袁可嘉　《半個世紀的腳印：袁可嘉詩文選》　北京市　人民文學出版社　1994年

林同華編　《宗白華全集》　合肥市　安徽教育出版社　1994年

王曉明　《刺叢裡的求索》　上海市　上海遠東出版社　1995年

吳學昭整理　《吳宓自編年譜》　北京市　生活・讀書・新知三聯書
　　　店　1995年

奧・帕斯著、趙振江譯　《批評的激情》　昆明市　雲南人民出版社
　　　1995年

周策縱著、周子平譯　《五四運動史》　南京市　江蘇人民出版社
　　　1996年

朱喬森編　《朱自清全集》　南京市　江蘇教育出版社　1988-1997年

吳思敬　《心理詩學》　北京市　首都師範大學出版社　1996年

姜　建、吳為公編　《朱自清年譜》　合肥市　安徽教育出版社
　　　1996年

俞平伯　《俞平伯全集》　石家莊市　花山文藝出版社　1997年

陳萬雄　《五四新文化的源流》　北京市　生活・讀書・新知三聯書
　　　店　1997年

王曉明主編　《二十世紀中國文學史論》　上海市　東方出版中心
　　　1997年

現代漢詩百年演變課題組編　《現代漢詩：反思與求索》　北京市
　　　作家出版社　1998年

王曉明主編　《批評空間的開創》　上海市　東方出版中心　1998年

歐陽哲生編　《胡適文集》　北京市　北京大學出版社　1998年

鄭振鐸　《鄭振鐸全集》　石家莊市　花山文藝出版社　1998年

王曉明主編　《批評空間的開創》　上海市　東方出版中心　1998年

吳學昭整理注釋　《吳宓日記》　北京市　生活・讀書・新知三聯書
　　　店　1998、1999年

龍泉明　《中國新詩流變論》　北京市　人民文學出版社　1999年

雷內・韋勒克著、張今言譯　《批評的概念》　杭州市　中國美術學
　　　院出版社　1999年

哈貝馬斯著、曹衛東等譯　《公共領域的轉型》　上海市　學林出版
　　　社　1999年

孫玉石　《中國現代主義詩潮史論》　北京市　北京大學出版社
　　　　1999年

馮姚平編　《馮至全集》　石家莊市　河北教育出版社　1999年

奚　密　《從邊緣出發──現代漢詩的另類傳統》　廣州市　廣東人
　　　　民出版社　1999年

鄭　敏　《詩歌與哲學是近鄰──結構-解構詩論》　北京市　北京
　　　　大學出版社　1999年

張菊香、張鐵榮編著　《周作人年譜》　天津市　天津人民出版社
　　　　2000年

李歐梵　《現代性的追求》　北京市　生活‧讀書‧新知三聯書店
　　　　2000年

林　庚　《新詩格律與語言的詩化》　北京市　經濟日報出版社
　　　　2000年

羅崗等編　《梅光迪文錄》　瀋陽市　遼寧教育出版社　2001年

曹伯言整理　《胡適日記全編》　合肥市　安徽教育出版社　2001年

馮　並　《中國文藝副刊史》　北京市　華文出版社　2001年

皮埃爾‧布迪厄著、劉暉譯　《藝術的法則──文學場的生成和結
　　　　構》　北京市　中央編譯出版社　2001年

曹聚仁　《我與我的世界》　太原市　北岳文藝出版社　2001年

伊夫‧瓦岱講演、田慶生譯　《文學與現代性》　北京市　北京大學
　　　　出版社　2001年

趙毅衡編選　《「新批評」文集》　天津市　百花文藝出版社　2001年

江弱水等編　《卞之琳文集》　合肥市　安徽教育出版社　2002年

葉維廉　《葉維廉文集》　合肥市　安徽教育出版社　2002年

馬泰‧卡林內斯庫著、顧愛彬等譯　《現代性的五副面孔》　北京市
　　　　商務印書館　2002年

周作人　《知堂回憶錄》　石家莊市　河北教育出版社　2002年

戴　燕　《文學史的權力》　北京市　北京大學出版社　2002年

吳思敬　《走向哲學的詩》　北京市　學苑出版社　2002年

王光明　《文學批評的兩地視野》　北京市　北京大學出版社　2002年

王光明　《面向新詩的問題》　北京市　學苑出版社　2002年

王光明　《現代漢詩的百年演變》　石家莊市　河北人民出版社
　　　2003年

本尼迪克特・安德森著、吳叡人譯　《想像的共同體──民族主義的
　　　起源與散佈》　上海市　上海人民出版社　2003年

柄谷行人著、趙京華譯　《日本現代文學的起源》　北京市　生活・
　　　讀書・新知三聯書店　2003年

陳平原等編　《大眾傳媒與現代文學》　北京市　新世界出版社
　　　2003年

王建開　《五四以來我國英美文學作品譯介史（1919-1949）》　上海
　　　市　上海外語教育出版社　2003年

衛茂平　《德語文學漢譯史考辯──晚清和民國時期》　上海市　上
　　　海外語教育出版社　2004年

陳國球　《文學史書寫形態與文化政治》　北京市　北京大學出版社
　　　2004年

木山英雄著、趙京華編譯　《文學復古與文學革命──木山英雄中國
　　　現代文學思想論集》　北京市　北京大學出版社　2004年

楊匡漢　《中國新詩學》　北京市　人民出版社　2004年

劉福春　《新詩紀事》　北京市　學苑出版社　2004年

陸耀東　《中國新詩史（1916-1949）》第一卷　武漢市　長江文藝出
　　　版社　2005年

姜　濤　《「新詩集」與中國新詩的發生》　北京市　北京大學出版
　　　社　2005年

張桃洲　《現代漢語的詩性空間──新詩話語研究》　北京市　北京
　　　大學出版社　2005年

雷蒙・威廉斯著、劉建基譯　《關鍵詞──文化與社會的詞匯》　北
　　京市　生活・讀書・新知三聯書店　2005年

孫玉石　《中國現代解詩學的理論與實踐》　北京市　北京大學出版
　　社　2007年

孫玉石　《《野草》研究》　北京市　北京大學出版社　2007年

孫玉石　《中國現代詩學叢論》　北京市　北京大學出版社　2010年

謝冕等著　《百年中國新詩史略》北京市　北京大學出版社　2010年

駱寒超　《二十世紀新詩綜論》　北京市　人民文學出版社　2010年

孟　澤　《何所從來──早期新詩的自我詮釋》　北京市　九州出版
　　社　2011年

附錄一
試論現代漢詩形式的發生

引言

　　近年，關於晚清至五四的思想文化諸方面問題的研究逐漸升溫，已經蔚然成為一種「顯學」。文學研究無疑是其中的一個重要課題。在既有的相關論述中，我們不難看到，包括「新詩」在內的「新文學」，往往被輕便地當作「中西文化碰撞」的一個當然結果，或者被當作中國近現代思想史的一個「附著物」。事實上，儘管被裹挾在政治變革、社會思潮的滾滾洪流之中，文學仍然有著自身的發展邏輯。即使最具「斷裂」感的「白話詩」，也不是一夜之間「突發」的，而是有一個不算漫長卻也並非急就的發生過程。

　　本文襲用王光明先生在《現代漢詩的百年演變》一書中所全面而深入闡述的「現代漢詩」[1]概念，以「形式」問題為中心，試圖從晚清到五四這一被稱為「千年未有之變局」（張之洞語）的歷史時段中梳理出一條其最初的發生線索。這是一項具有相當難度的工作，既要細心辨認已略顯模糊的歷史面孔而獲取必要的「實證」，更要注意避免滑入某種進化論的陷阱。

1　王光明提出，作為對問題重重的「新詩」概念的超越性替代，「現代漢詩」體現了這樣的基本內涵：「以現代經驗、現代漢語、詩歌本體要求三者的良性互動，創造自己的象徵體系和文類秩序，體現對中國偉大詩歌傳統的伸延和拓展。」參見王光明：《現代漢詩的百年演變》（石家莊市：河北人民出版社，2003年），頁640。

古典形式的困境

　　在晚清稍具「進步」意識的知識分子中，對像寧調元那樣「作詩，每為格律所縛，心苦之」[2]的慨歎，心有戚戚者想必不乏其人。事實上，在此之前，遊歷過英國、法國、瑞士等西方國家的王韜，曾如此「反思」自己的詩歌：「夫今之所為詩者，煩手新聲，風雅弗尚，正軌幾亡，謬種百出，必當矯除陋習，剪剔榛芳。雖在顓門，毋苟述作。足下知之素矣，何用言哉？屬酬瓊汁，病廢疏懶，都未能了，深為疢懷。」[3]表面上批評自己的詩作偏離所謂風雅的正軌，並為未能及時與友人酬唱表示歉意，其實也流露出對那種拿腔拿調的詩歌應酬方式的深深厭倦，因此堪稱前者的先聲。而在維新派知識分子梁啟超等人那裡，據一位學者考證，甚至表現出一種「以詩詞為戒，相率而戒詩」的激進姿態。[4]溫和的厭倦也好，激進的否定姿態也罷，這些寫作者的焦慮都可以歸結為關於古典詩歌體制的焦慮，其核心正是形式問題。

　　在談到輝煌燦爛的唐詩給宋代詩人構成的巨大壓力時，錢鍾書先生曾指出：「前代詩歌的造詣不但是傳給後人的產業，而在某種意義上也可以說向後人挑釁，挑他們來比賽，試試他們能不能後來居上，打破紀錄，或者異曲同工，別開生面。……有唐詩作榜樣是宋人的大幸，也是宋人的大不幸。」[5]而對清末的詩人來說，恐怕很難，或者說根本不可能將作為障礙的「不幸」有效地轉化成作為動力的「幸」。一

2　寧調元：《致傳鈍根》（1903年），引自鄭逸梅、陳左高主編：《中國近代文學大系·書信日記集一》（上海市：上海書店，1992年），頁272。

3　王韜：《與海上友人》，引自《中國近代文學大系·書信日記集一》，頁46。

4　如，梁啟超在《變法通議·論文學》認為那些想以詩詞名世者不過是「浮浪之子」；譚嗣同則在《莽莽齋詩補遺》中說詩歌是「無用之呻吟」。參見劉納：《嬗變——辛亥革命至五四時期的中國文學》（北京市：中國社會科學出版社，1998年），頁3。

5　錢鍾書：《宋詩選注·序》，北京市：人民文學出版社，1958年。

方面，傳統（詩歌意象、想像方式、語言技巧等）像一個嚴絲合縫的繭，死死地箍緊了詩歌寫作者的創造力；另一方面，就創作主體而言，沿襲了一千多年的詩歌形式已經「內化」成一種「無意識」。在經過一番訓練之後，「詩歌」在參差不齊的作者中被源源不斷地「自動」生產出來。流行至今的諺語「熟讀唐詩三百首，不會吟詩也會吟」，或許正可看作形式高度體制化的一個鮮活寫照。作為「遲來者詩人」，他們顯然並不具備「努力地顛覆破壞前驅者的不朽性」[6]的能力，相反地，他們中的很多人的作品常自覺或不自覺地成了傳統藉以顯身的某種通道。

　　在傳統濃重的陰影之下，晚清民初詩人主要採取兩種應對策略：一種是回返式的，即試圖從古代詩歌資源中汲取活力，這個策略既被保守的「同光體」（以宋詩為宗，以陳三立、鄭孝胥、沈曾植等人為領袖）和「兼采唐宋派」（以張之洞、樊增祥、易順鼎等人為領袖），也同樣被以「革命」自號、將盛唐詩歌奉為圭臬的南社詩人所採用。另一種是外向性的、「求新」的策略，其中又包括兩個向度：一是將外來名詞納入舊有的詩歌形式框架之中，其中以「詩界革命派」[7]的「新派詩」最為突出；再者，以舊形式謹慎地翻譯外國詩歌。從根本上看，上述兩種應對方式都是在不打破舊形式的前提下，尋找某些能夠使詩歌藝術得以增值的新的可能性。兩者相比，前者幾乎是一條重複、模仿古人的死路，而後者雖然談不上坦途，卻流露出吸納和消化各種新鮮經驗，從而使舊形式生長出「新質」的積極意圖。或者可以

6　哈羅德・布魯姆著、徐文博譯：《影響的焦慮》（北京市：生活・讀書・新知三聯書店，1989年），頁165。

7　這些詩歌派別的命名借用自錢仲聯：《中國近代文學大系・詩詞集・導言》，參見本社編：《中國近代文學的歷史軌跡》（上海市：上海書店出版社，1999年），頁146-149。

說，那條「多年以來隱而不張的現代性線索」[8]已經在此處初露端倪。儘管從某種意義上說，它也不可避免地體現了「中體西用」的思維模式，但在客觀上又無疑有力地撼動了古典詩歌的形式鐵律。後者在詩歌形式變革方面的種種努力，雖然沒有取得實質性的突破，卻為後來胡適發起的白話詩運動提供了重要的啟示。[9]

　　隨著通商口岸的開放和不少中國人走出國門「睜眼看世界」，在晚清的詩歌裡，也開始出現意象、情境的「進口」。近年有論者在談論中國現代性體驗時，提出「震驚中帶有羨慕，羨慕中含著震驚，震驚和羨慕交融一體」的「驚羨體驗」[10]的概念，這一概念或許可以移用來描述這些詩歌中的一部分作品。如蔣智由發表於一九〇二年《新民叢報》第三號「詩界潮音集」欄目的〈盧騷〉：「世人皆欲殺，法國一盧騷。民約昌新義，君威掃舊驕。力填平等路，血灌自由苗。文字收功日，全球革命潮。」在這首僅有四十字的五律中，出現了「法國」、「盧騷」、「民約」（即《社會契約論》）、「平等」、「自由」、「全球」、「革命」共七個指示一種全新的「驚羨體驗」的「新詞語」。其密集程度不可謂不高。值得注意的是，這些「新詞語」的加入，不僅沒有最終漲破舊形式，反而被相當妥當地置於舊形式之中。只要稍加分析該詩頷聯、頸聯的相當工整的對仗和較為嚴格的平仄，我們就不難發現作者爛熟於胸的形式技巧。這樣的詩非常切近地踐行了梁啟超

8　王德威：《被壓抑的現代性》，見《想像中國的方法》（北京市：生活・讀書・新知三聯書店，1998年），頁7。

9　如胡適在《四十自述》（見曹伯言編：《胡適自傳》（合肥市：黃山書社，1986年）提及他當年受梁啟超那些發表在《清議報》、《新民叢報》上的那些有關激進「破壞」的言論影響至深。而在一九二二年發表的《五十年來中國之文學》（見《胡適文存》第二集第二卷，上海市：亞東圖書館，1928年）中胡適盛讚黃遵憲能「用俗語寫詩」，似乎是一種「追認」，卻也間接說明了同一個問題。

10　王一川：《中國現代性體驗的發生》（北京市：北京師範大學出版社，2001年），頁260。

關於「詩界革命」的論述:「過渡時代,必有革命。然革命者,當革
其精神,非革其形式。……能以舊風格含新意境,斯可以舉革命之實
矣。」[11]同時也在為當時日益發展的革命思潮鼓呼吶喊。但若我們進一
步追問,讀者從這首格律整飭的詩中得到了什麼?除尚屬和諧的音律
之外,不過是一些抽象的概念名詞。原本生動鮮活的內容被「裁剪」
成迎合押韻、平仄需要的刻板符號。因此,在舊形式貌似強大的「消
化」新經驗的能力背後,隱藏著其表現新世界的一種捉襟見肘的窘境。

而對被梁啟超在〈飲冰室詩話〉中「經典化」的黃遵憲的〈今別
離〉組詩,[12]恐怕就不能簡單地以「驚羨體驗」來描述了。這四首以
「別離」為總題,分別寫火車輪船、電報、照片、地理時差等近代事
物或經驗的五言古體詩,如果不加任何注釋,很容易被「誤讀」成一
般的閨怨情詩。與〈盧騷〉口號式的呼告不同,所謂新事物或新經
驗,被黃遵憲以嫻熟的手法巧妙地揉進一種形象化的、具有濃烈的古
典氣息的詩歌情境中。如果聯繫錢仲聯詳細的「箋注」[13],我們可以
發現這組詩先後化用了孟郊、張籍、蘇軾、韓愈、杜甫、李商隱等前
人的某個詩句或某種詩意。對這些既有的詩語符碼的編織,同樣隱約
地透露出舊形式的一種無力感。當然,在這組詩裡,由於詩人思想意
識一定程度的「近代化」,因此有某種迥異於前的新詩意從古典化的
情境中「溢出」。例如其中第四首這樣寫道:「恐君魂來日,是妾不寐
時,妾睡君或醒,君睡妾豈知,彼此不相聞,安怪常參差。舉頭望明
月,明月方入扉,此時想君身,侵曉剛披衣。君在海之角,妾在天之

---

11 梁啟超:《飲冰室詩話》,引自陳引馳編:《梁啟超學術論著集‧文學卷》(上海市:
　　華東師範大學出版社,1998年),頁376。

12 梁啟超在《飲冰室詩話》中這樣說道:「黃公度集中,名篇不少。至其〈今別離〉
　　四章,度曾讀黃集者,無不首記誦之;陳伯嚴推為千年絕作,殆公論也。」引自陳
　　引馳編:《梁啟超學術論著集‧文學卷》,頁350。

13 參見錢仲聯:《人境廬詩草箋注》上冊(上海市:上海古籍出版社,1981年),頁
　　516-522。

涯，相去三萬里，晝夜相背馳，眠起不同時，魂夢難相依。」此處借
助錯隔的時空，呈現出「君／妾」這兩個主體之間不斷換位的關係，
從而使詩歌情境獲得了一種錯綜迷離的美學效果。而這種「溢出」現
象，從側面提示了詩歌形式變革的迫切要求。謝冕先生曾經十分敏銳
地指出，「黃遵憲的〈今別離〉不經意間卻向我們傳達出一個嶄新的
信息，即一個生活在封建農業社會中的知識分子面對現代文明時所具
有的新奇感，以及他處理這些感受時所面臨的表達方式的匱乏」。[14]這
一觀點是深中肯綮的。

詩歌翻譯的推動

　　與上述將「新詞語」、「新意境」納入舊形式的努力相呼應，晚清
一些意識較為開放的文人開始以舊形式翻譯外國詩歌。據錢鍾書先生
考證，美國詩人朗費羅（H. Longfellow）的〈人生頌〉（*A Psalm of Life*）早在一八六四年以前就被譯成漢語，可能是當時「總理各國事
務衙門」的高官董恂根據英國駐華公使威妥瑪（Thomas Francis Wade）的粗糙譯文的再譯。其譯文被製作成精緻的扇面書法，作為
禮物送給原詩作者。因此，「〈人生頌〉既然是譯成漢語的第一首英語
詩歌，也就很可能是任何近代西洋詩歌譯成漢語的第一首。」[15]若干年
之後，中華印務總局一八七三年出版的、由著名政論家王韜編譯的
《普法戰紀》第一卷收入的〈祖國歌〉和〈法國國歌〉。其中，以
「騷體」翻譯的〈祖國歌〉「疑為晚清時代第一首漢譯德國詩歌」[16]，

---

14 謝冕：《1898：百年憂患》（濟南市：山東教育出版社，1998年），頁63-64。

15 錢鍾書：《漢譯第一首英語詩〈人生頌〉及有關兩三事》，見錢鍾書：《七綴集》（修
　　訂本）（上海市：上海古籍出版社，1994年），頁138。

16 衛茂平：《德語文學漢譯史考辨：晚清和民國時期》（上海市：上海外語教育出版
　　社，2004年），頁3。

作者為德國詩人阿恩特（Ernst Moritz Arndt）；而以七言古詩翻譯的
〈法國國歌〉（即〈馬賽曲〉）是法國一位上尉軍官里勒（Rouget de
Lisle）一七九二年的作品。[17]

　　然而，肇端開啟以後，並沒有引發大規模的詩歌翻譯活動。雖然
一八四〇年以後，中國人對西方的科技、物質方面的成果不得不折
服，並流露出強烈的學習的願望，然而，在文學、道德諸方面，仍舊
有一種「大國情結」在作怪。正如錢鍾書所言，「大家承認自然和一
部分社會科學是『泰西』的好，中國該向它學，所以設立了『同文
館』；同時又深信文學、道德哲學等是我們家裡的好，不必向外國進
口，而且外國人領略到這些中國東西的高妙，很可能歸化，『入我門
來』，所以也應該來一個『同倫書院』。翻譯外國作品能使外國作家去
暗投明，那把詩扇彷彿是釣餌，要引誘郎費羅嚮往中國。」[18]這個觀
點可以證諸當時文人郭嵩燾、馮平等人的相關言論。[19]此外，在談論
外國詩人時，也常從古典詩歌的立場出發，把他們與李白、李商隱、
李賀等古代詩人曲為比附，且重心都無一例外地落在後者那裡。[20]正
是受這種文化心理背景的左右，以文言和舊形式翻譯外國詩歌，只能
是有所選擇和相當有限的。截至一九一四年，也僅有蘇曼殊與黃侃合

---

17 參見阿英編：《晚清文學叢鈔‧域外文學譯文卷》第一冊，北京市：中華書局，
　　1961年。
18 錢鍾書：《漢譯第一首英語詩〈人生頌〉及有關兩三事》，見《七綴集》（修訂本），
　　頁142。
19 郭嵩燾說：「此間（指英國）富強之基與其政教嚴密，斐然可觀；而文章禮樂不逮
　　中華遠甚。」（《使西紀程》）馮平則稱：「以言乎科學，誠相形見絀；若以文學
　　論，未必不足以稱伯五洲，彼白倫（拜倫）、莎士比亞、福祿特兒（伏爾泰）輩，
　　固不逮我少陵、太白、稼軒、白石諸先哲遠甚也。」（《夢羅浮館詞集‧序》）轉引
　　自郭延禮：《中西文化碰撞與近代文學》（濟南市：山東教育出版社，1999年），頁
　　126、128。
20 如蘇曼殊談到拜倫和雪萊的詩歌時，說：「拜輪猶中土李白，天才也。師梨猶中土
　　李賀，鬼才也。」轉引自錢基博：《現代中國文學史》（長沙市：嶽麓書社，1986
　　年），頁101。

譯《拜倫詩選》（1908）、《潮音》（1911，譯有拜倫、雪萊、彭斯、歌德等人的詩），應時譯《德詩漢譯》（1914，譯有歌德、烏蘭德、斐爾格等人的詩）等寥寥幾部稍具規模的翻譯詩歌專集出版，與當時蓬勃的小說翻譯形成一種鮮明的對比。

　　儘管如此，零星的詩歌翻譯活動卻在蘇曼殊、梁啟超、馬君武、胡適等人那裡斷斷續續地進行著。特別值得一提的是，對拜倫〈哀希臘〉一詩的多人多種版本的翻譯[21]，其實折射出舊形式在面對體現西方語法與「詩法」的西方詩歌時十分尷尬的轉化困境。關於〈哀希臘〉的漢譯，後起的譯者胡適曾頗為自得地說：「此詩之入漢文，始於梁任公之《新中國未來記》小說。惟任公僅譯一三兩章。其後馬君武譯其全文，刊於《新文學》中。後蘇曼殊複以五言古詩譯之。……頗嫌君武失之訛，而曼殊失之晦。訛則失真，晦則不達，均非善譯者也。……三年二月一夜，以四小時之力，譯之。既成復改削數月，始成此本。更為之注釋，以便讀者。蓋詩中屢用史事，非注，不易領會也。」[22]若將胡適「騷體」形式的譯文與原詩作一種對比閱讀，不難發現，胡適所謂「失真」、「不達」之類的指責完全可以「完璧歸趙」地用於他自己的譯文。頗有意味的是，這篇譯序寫於一九一六年五月，正值胡適正式提出寫作白話詩的前夕。幾個月之後就要成為「開路先鋒」的胡適，在此時還如此信任舊形式。這實際上也提醒我們，胡適在從舊詩到「新詩」的轉型過程中的作用，不僅僅是一個造反者的角色，同時還是一道重要的橋樑。

　　與蘇曼殊等人自信能以舊形式翻譯外國詩歌[23]不同的是，梁啟超

---

21 有論者將之稱作「清末的『拜倫現象』」，並以之作為「清末知識分子追求革命浪漫和個性解放的表徵」與「近代文學性情思的表徵」。參見陳萬雄：《五四新文化的源流》（北京市：生活‧讀書‧新知三聯書店，1997年），頁168。

22 胡適：《哀希臘歌（譯詩）‧序》，《嘗試集》「附錄」《去國集》（北京市：人民文學出版社，1998年），頁92。

23 如蘇曼殊對自己翻譯的拜倫詩就顯得相當自信：「今譯是篇，按文切理，語無增

在〈新民說〉中在引用一首英語詩歌時，不加**翻譯**，而是直接引用原文。[24]這裡當然不能排除有語言隔閡方面的原因，但我更願將之解釋為某種對應形式的闕如。換句話說，梁啟超在當時的漢語語境中找不到一種能準確地傳達原作內容的形式，與其以舊形式勉強翻譯而大失原味，不如直接出示原文。這個例子從另一側面反映了漢語詩歌對一種新形式的呼喚。

晚清民初的詩歌，是一種過渡時代的詩歌，如果單從藝術上看，可以說是十分薄弱的。或許正因為如此，在李歐梵的〈追求現代性（1895-1927）〉一文的第一部分「清末文學（1895-1911）」裡，主要談論的是「新小說」的理論與實踐，而幾乎沒有關於當時詩歌的論述。[25]然而，晚清民初詩歌的重要性又是不可忽視的，正是在晚清民初的詩歌裡，凝固的舊形式與變動的時代精神之間的矛盾空前地突現出來，到了非決斷不可的時候。近年有論者將近代的文學的整體形態描述為「開放型的文學」[26]。筆者認為，就形式問題而言，近代詩歌仍然具有一種相當頑強的封閉性。與其說是它已然「開放」，不如說在種種內外因素的作用之下，近代詩歌形式成規開始出現裂縫。

有趣的是，胡適的早期白話詩作品〈蝴蝶〉（1916年8月作），或許可以看作是漢語詩歌形式現代蛻變的一個象徵：

　　兩個黃蝴蝶，雙雙飛上天。

飾，陳義悱惻，室辭相稱，世有作者，亦將有感乎斯文。」（《拜倫詩選·自序》）見阿英編：《晚清文學叢鈔·域外文學譯文卷》第一冊，頁5。

24 見夏曉虹編：《梁啟超文選》上冊（北京市：中國廣播電視出版社，1992年），頁123-124。

25 參見李歐梵：《現代性的追求》（北京市：生活·讀書·新知三聯書店，2000年），頁179-189。

26 參見郭延禮：《中國近代文學發展史》第一卷（北京市：高等教育出版社，2001年），頁37。

　　　　不知為什麼，一個忽飛還。

　　　剩下那一個，孤單怪可憐；

　　　　也無心上天，天上太孤單。

從厚繭中掙脫出來之後，闊大的藍天已經在眼前展露無遺，然而稚嫩
的翅膀還無力真正領略它的深遠魅力。這裡也喻示了現代漢詩藝術發
展要面對的巨大難度。

白話──新形式的支點

　　　現在該是胡適正式出場的時候了。他一九一五年九月十七日所作
的〈送梅覲莊往哈佛大學〉雖然首次出現了「文學革命」這一提法，
也多處用了「外國字」，[27]但從整體而言，該詩還只是對梁啟超「詩界
革命」、「文界革命」某些觀念的發揮。胡適自己後來解釋說，「我那
時常提到中國文學必須經過一場革命；『文學革命』的口號，就是那
個夏天我們亂談出來的。」[28]「亂談」一詞道出了胡適此舉的某種自發
性。不久後胡適更具體到詩歌創作的層面，提出「詩國革命何自始？
要須作詩如作文」[29]，但仍未跳出梁氏的「革命」話語的思維模式。
直到一九一六年七月二十二日，胡適在一首長達幾百句共一千多字的
「遊戲詩」裡，正式將白話「迎入」詩歌，徹底瓦解了舊詩的形式規
範。這首具有酬答性質（旨在回應梅覲莊的來信）的詩，實際上採用
了以文為詩的手法，若僅從內容上看的確無足稱奇。關於這首詩，胡

27　原詩寫作：「新潮之來不可止，文學革命其時矣。」參見胡適：《嘗試集》「附錄」
　　《去國集》（北京市：人民文學出版社，1998年），頁115-116。

28　胡適：《逼上梁山──文學革命的開始》，見胡適選編：《中國新文學大系·建設理
　　論集》（上海市：上海文藝出版社，2003年影印本），頁6。

29　胡適：《逼上梁山──文學革命的開始》，見《中國新文學大系·建設理論集》，頁
　　7。

適說：「這一首遊戲的白話詩，本身雖沒有多大價值，在我個人做白話詩的歷史上，可是很重要的。」[30]其實，這首詩何止對胡適個人的白話詩創作而言具有重要意義，它對於現代漢詩形式的確立，同樣具有不可低估的價值。

用白話寫詩，意味著建立一種完全不同於古典詩歌以文言建構的語法和「詩法」的現代詩歌話語系統的開端。甚至與晚清詩歌「以內容和語言的物質性打破了古典詩歌內容與形式的封閉性」的「物質性的反叛」[31]不同，白話詩更偏向於一種形式建構訴求的「語言性反叛」。或者說，「白話」是現代漢詩形式發生的一個有力支點。而胡適十分敏銳地抓住了這一點，並以之作為詩歌變革乃至文學革命的突破口。而正是在這個問題上，胡適的留美同學兼論敵梅光迪（覲莊）和任鴻雋（叔永）等人也毫不相讓。他們為維護古典詩歌的「正體」地位，堅決反對用白話寫詩，梅光迪說：「文章體裁不同，小說、詞曲故可用白話，詩文則不可，」因為在他看來，「詩者，為人類最高最美之思想感情之所發宣，故其文字亦須最高最美，擇而又擇，選而又選，加以種種格律音調以限制之，而後始見奇才焉，故非白話所能為力者。」[32]任鴻雋也勸告胡適最好能繞開詩歌，從其他方面著手文學革命。不過，梅、任兩人的發難不僅沒有讓胡適放棄努力，反而更堅定了他的志向：「我當時打定主意，要作先鋒去打這座未投降的堡壘：就是要用全力去試做白話詩。」[33]這裡的「先鋒」一詞，既宣示了胡適的一種激進姿態，也隱隱表明某種「悲壯」的意味。

---

30 胡適：《逼上梁山——文學革命的開始》，見《中國新文學大系·建設理論集》，頁18。

31 王光明：《現代漢詩的百年演變》，頁33。

32 引自梅光迪一九一六年八月間寫給胡適的信。參見羅崗等編：《梅光迪文錄》（瀋陽市：遼寧教育出版社，2001年），頁168、170。

33 胡適：《逼上梁山——文學革命的開始》，見《中國新文學大系·建設理論集》，頁19。

　　現代漢詩的雛形——白話詩為什麼最終由留學美國的胡適來完成，而不是像魯迅、周作人、郭沫若等留日學生？這是一個值得細加推敲的問題。其中當然不能排除某些「偶然性」的因素，但是主要原因恐怕在於以下幾點。首先，胡適早年在上海的中國公學學習時，由於參加白話雜誌《競業旬報》的撰稿和編輯工作，因此得到一種較為全面的白話文寫作訓練。[34]後來在《四十自述》裡，胡適聯繫文學革命，高度肯定了這種訓練的重要性：「我不知道我那幾十篇文字在當時有什麼影響，但我知道這一年多的訓練給了我自己絕大的好處。白話文從此成了我的一種工具。七、八年之後，這件工具使我能夠在中國文學革命的運動裡做一個開路的工人。」[35]此外，胡適的舊詩大多作於他以白話寫小說和論文之後，而且胡適對格律相對寬鬆的古體詩更感興趣，甚至「覺得律詩原來是最容易做的玩意兒」，[36]表明其所受古典詩歌的影響看來並不很深。再者，胡適在美國留學長達八年時間，養成了相當純熟的英語思維。比如，胡適在美國康乃爾大學求學時就對公開講演興趣盎然，並在美國東西部不少地方都作過公開講演。[37]由此可見其英文的熟練程度是相當高的。而從語言學角度看，現代白話文的語法資源主要來自歐美語言尤其是作為主流語言的英語。胡適先後在一九一六年十月致陳獨秀的信和一九一七年一月所作〈文學改良芻議〉中，將「須講求文法之結構」（「須講文法」）單列為文學革命（改良）「八事」中的一條。[38]雖然胡適對此條的解釋語焉不詳，卻

34　據有關學者考證，胡適曾以「鐵兒」、「期自勝生」的筆名在《競業旬報》上發表了
　　多篇白話小說、雜記等。參見魏紹昌主編：《中國近代文學大系・史料索引集二》
　　（上海市：上海書店，1996年），頁125。

35　胡適：《四十自述》，見曹伯言編：《胡適自傳》（合肥市：黃山書社1983年），頁62。

36　參見胡適：《嘗試集・自序》，《嘗試集》（北京市：人民文學出版社1998年），頁135-
　　152。

37　參見唐德剛譯注：《胡適口述自傳》（上海市：華東師範大學出版社，1993年），頁
　　51-54。

38　分別見《中國新文學大系・建設理論集》，頁31-33、34-43。

不妨將之看作是受英語思維影響的一個佐證。更重要的是，這方面的影響已具體到胡適的詩歌寫作，胡適在康乃爾大學時就用英文寫詩，並曾以一首自由詩和一首十四行詩向該校農學院院長求教。對此，王潤華提出一個富有見地的觀點，認為胡適的英文詩創作是其「改革中國新詩的心意」的「最早反映」[39]。

　　而魯迅等人留學的日本，雖然自明治維新以後就開始在科技、哲學、文學等各方面積極主動地向西方學習，並翻譯了大量的西方著作。然而日本的儒家文化的底色和君主專制的保守，至少在語言層面上壓抑或延宕了中國留日學生的革新衝動。儘管如李怡所言，「在中國現代文學發生的過程中，日本作為激活中國作家生存感受、傳輸異域文化『中介』所具有的特殊意義值得注意。在傳統中國文學的創作資源消耗殆盡、創造能力日漸枯竭時，是中國作家在日本對於西方文化的『體驗』首先完成了對創作主體的自我激活，令他們在全新的意義上反觀自己的世界，表達前所未有的新鮮感悟，這便有效地推動了中國現代文學的發生。」[40]但這種「激活」作用的大規模生效，如魯迅的小說創作、郭沫若的詩歌創作，無疑都發生在胡適提倡白話詩和白話寫作之後。像魯迅的〈摩羅詩力說〉雖然早在胡適出國之前就已經發表，並發出先覺者對當時沉悶黑暗的現實的質詢與呼告：「今索諸中國，為精神界之戰士者安在？有作至誠之聲，致吾人於善美剛健者乎？有作溫煦之聲，援吾人出於荒寒者乎？」[41]用的卻是詰屈聲牙的文言。而郭沫若甚至在「創作新詩的熱情正澎湃起來的一九一九年，

39　王潤華：《從「新潮」的內涵看中國新詩革命的起源》，見王潤華：《中西文學關係研究》（臺北市：東大圖書公司，1978年），頁237-238。

40　李怡：《「日本體驗」與中國現代文學的發生》，《中國社會科學》2004年第1期，頁157-168。

41　魯迅：《摩羅詩力說》，一九〇七年作，原載一九〇八年二月、三月《河南》月刊第二號、第三號，署名「令飛」。此據《魯迅全集》第一卷（北京市：人民文學出版社，1981年），頁100。

他也沒有停止使用『舊體』」，寫有七絕〈少年憂患〉等。[42]

　　因此，與魯迅等人相比，胡適更容易破解文言思維所隱含的話語權力架構，也更易於生成用白話寫作詩歌，並以此打破舊詩的形式鐵律的觀念。

創作實踐的開步

　　如果說胡適最初的白話詩還只是實驗室裡的「實地試驗」，那麼，當他和《新青年》相遇之後，白話詩就開始走向公開化而獲得一種「合法性」。胡適正式在《新青年》發表白話詩之前，曾經和舊詩作者打了一場雖不算激烈卻頗有意味的話語場地的爭奪戰。事情的起因是謝無量在《新青年》前身《青年雜誌》一卷三號上發表的一首五言排律引起胡適的極端不滿，他致信編者陳獨秀，尖銳地指出發表這首「古典主義之詩」的做法與《青年雜誌》倡導「寫實主義」文藝的主張之間的矛盾，並引經據典、條分縷析地揭示出該詩的諸多「不通」之處，最後順水推舟，提出「文學革命」的八條主張。[43]陳獨秀對此的回應是：「以提倡寫實主義之雜誌，而錄古典主義之詩，一經足下指斥，曷勝慚感！惟今之文藝界寫實作品，以僕寡聞，實未嘗獲覯。本志文藝欄，罕錄國人自作之詩文，即職此故。……若以西洋文學眼光，批評工部及元、白、柳、劉諸人之作，即不必吹毛求疵，其拙劣不通之處，又焉能免？望足下平心察之。」[44]陳獨秀在這裡委婉地批評了胡適「全盤西化」的激進態度。此外，陳對胡的「八事」主

---

42 見劉納：《嬗變——辛亥革命至五四時期的中國文學》（北京市：中國社會科學出版　　社，1998年），頁24。又見王繼權等編：《郭沫若年譜》上冊（南京市：江蘇人民出　　版社，1983年），頁86。

43 胡適：《寄陳獨秀》（1916年10月），見《中國新文學大系・建設理論集》，頁31-33。

44 獨秀：「答胡適」，《新青年》二卷二號「通信」欄，1916年10月1日。

張的第五、第八兩條也提出異議。不過，一個顯然的事實是，自《青年雜誌》一卷五號開始，直至一九一七年二月一日出版的《新青年》二卷六號開始發表胡適的白話詩，這個雜誌就沒有再刊登舊體詩。這樣的「空場」現象，彷彿是對呼之欲出的白話詩亮相的一次隆重預告。對白話詩而言，這無疑是一次重大的勝利。或許正是在這個意義上，陳平原指出，「《新青年》的創刊並沒有以文學形式革命為己任，但本身卻孕育著文學形式的革命。」[45]對白話詩來說，《新青年》的「孕育」作用尤其顯著。繼胡適之後，沈尹默、劉半農、陳獨秀、魯迅、俞平伯、沈兼士、李大釗、周作人等人也先後在《新青年》發表白話詩，構成了最初的規模不小的作者群體。這些作者《新青年》這樣在當時全國思想文化界頗具影響力的刊物上的集結，並以之作為一個重要的話語據點，使白話詩得到一種更具普遍意義的合法化。

　　需要指出的是，胡適第一次在《新青年》發表白話詩（1917年2月1日，第二卷第六號），到後來逐漸得到沈尹默、劉半農等人的響應（1918年1月15日，第四卷第一號），中間相隔大約一年時間。這可能是因為胡適最初發表的「白話詩」還只是一些「白話化」的詩詞，號召力不大。如〈朋友〉（收入《嘗試集》時更名為〈蝴蝶〉，例詩見上文）詩前「小序」稱：「此詩天憐為韻，還單為韻，故用西詩寫法，高低一格以別之。」[46]這種做法可能是模仿西方詩歌「詩形」的最早嘗試。然而對當時的讀者來說，該詩更容易被當作一首不那麼規矩的五言詩來閱讀，因而忽略了作者「嘗試」的良苦用心。而其他如〈月〉、〈孔丘〉等，更是直接採用了古詩的形式，雖然嵌入了幾個白話詞語。另外，人們對「白話入詩」這一新觀念的接受恐怕也需要一個過程。儘管步履維艱，白話詩還是緩緩地向前行進，開始了探尋一種更

---

45 陳平原：《論白話文運動》，見陳平原：《在東西方文化碰撞中》（杭州市：浙江文藝出版社，1987年），頁168。

46 參見胡適：《白話詩八首》，《新青年》二卷六號，1917年2月1日。

成熟的語言和更有效的形式。

　　初期白話詩最初主要是在一種變形的舊形式框架內獲得「白話」
的。正如胡適在〈談新詩〉裡所指出的，初期的白話詩作者都帶有舊
詩詞的某種「腔調」。[47]以胡適《嘗試集》為例，第一編所收的詩，大
多遵循五七言的句式或直接標示某種詞牌名（如「沁園春」、「生查
子」等），儘管遭到白話的有力扭曲，舊形式餘威猶存。到了第二
編，句式的齊整被打破，有些詩雖帶有「詞調」，卻顯得相當模糊，
很難讓人聯想起某種完整的格律模式。正如姜濤所言，「由文言到白
話，由古典詩體向現代自由詩體的轉化，雖然在某種理解中，是基於
文體連續性的一種韻文體系內部的變化，但『合於自然的追求』，帶
來的卻是表述體系本身的整體打破：邏輯化的語言開始瓦解封閉的意
象展現，與聲韻的優美相比，『意義』的邏輯關聯和轉換，成了新詩
更為重要的表現力。這種變化的軌跡，恰好呈現於……《嘗試集》
『第一編』與他不認可的『第二編』間。」[48]值得注意的是，這裡還
收入三首譯詩。雖然胡適早在一九〇八年就翻譯過英語詩歌，[49]但當
時採用的是文言和舊形式，與晚清其他的詩歌翻譯的「中體西用」思
維並無二致。而這裡的譯詩，用的是加入大量虛詞並體現歐化語法的
白話，形式上基本上也基本保留原詩建行建節的方式。由於在當時漢
語語境裡並無先例可依，而胡適所稱的古代白話詩此時也根本派不上
用場，從某種意義上說，這樣的翻譯也是一種創造。事實上，它也構
成胡適白話詩寫作的一個重要部分。這也就是為什麼，胡適後來會鄭

47　據胡適分析，在初期白話詩作者中，除周氏兄弟外，都帶有明顯的舊詩詞的影響，
　　如沈尹默的古樂府腔、胡適自己的「詞調」、俞平伯等人的詞曲味等。參見胡適：
　　《談新詩》，《中國新文學大系·建設理論集》，頁294-311。

48　姜濤：〈「為胡適改詩」與新詩發生的內在張力〉，《北京大學學報·哲學社會科學
　　版》，2003年第6期。

49　胡適以五言和七言相間的新詩翻譯Thomas Campbell 的詩「A Soldier's Dream 」，譯
　　題為《軍人夢》。參見胡適：《四十自述》，曹伯言編：《胡適自傳》，頁65-66。

重其事地把那首譯詩〈關不住了〉（"Over the Roofs"）當作「我的『新詩』成立的紀元」，並且聲稱該詩的音節「不是五七言舊詩的音節，也不是詞的音節，乃是『白話詩』的音節」。[50]關於這點，王光明曾將胡適的這首譯詩與同一首詩的文言翻譯作過精彩的對比，指出：「這不是胡適翻譯水平的勝利，甚至不是詩歌感受力理解力的勝利，而是『白話』的勝利，更準確地說是用現代口語傳達現代思想感情風格的勝利。……現實中流動的『白話』和自由詩的形式……使詩歌變得與現代感情經驗可以和平共處了。」[51]而第三編的詩大多寫於一九二〇年後，從中不難看出，經過幾年寫作實踐，胡適對「白話」的運用越來越熟練。薄薄一部《嘗試集》，可說是顯現白話詩如何逐漸掙脫舊詩語言、形式等殘存影響的一個極佳樣板。有學者在揭示胡適的「文學革命」與梁啟超的「詩界革命」的內在關聯後，對胡適的「工具革命論」提出批判：「以胡適為代表的時代的文化焦慮與其說是在將語言由古文與白話的轉換導向文學的形式，毋寧說更熱望於白話對於傳達新的價值觀的巨大潛能。……理論上的假設是，白話能否創造美的文學是決定白話能否作為工具的關鍵，但在實效上，利用白話創造美的文學是證明白話之所以優越的手段，確定這工具為正宗的目的並非為了創造美的文學。」[52]這裡對胡適「革命話語」中理論假設與實際效果之間的斷裂現象的反思，就整體而言是很有價值的。然而，我們並不能據此抹殺白話詩對於現代漢詩形式發生的意義。事實上，具體到白話詩問題，以上的批判恐怕也很難落到實處。因為在白話詩階段，首要課題在於尋找真正屬於自身的語言和形式，而諸如「創造美的文學」等方面的問題只能在此之後逐漸展開。這種先後關係當然不能隨意顛倒。

---

50 參見胡適：《嘗試集再版自序》，見《中國新文學大系・建設理論集》，頁315-322。

51 王光明：《現代漢詩的百年演變》，頁81。

52 陳建華：《「革命」的現代性──中國革命話語考論》（上海市：上海古籍出版社，2000年），頁246。

　　總之，以胡適為代表的白話詩，在利用既有白話資源的同時，借重西方詩歌的形式，為現代漢詩迄今為止仍處於「進行時」狀態的形式探索邁出了艱難的第一步。

結語

　　透過晚清民初梁啟超、黃遵憲等人對舊形式不自覺的搖撼，以及胡適高擎「白話詩」大旗，以一種全新的文學觀念實現了對梁、黃等人「舊瓶裝新酒」的超越，現代漢詩獲得了最初的形式。儘管這種形式還顯得相當孱弱，卻為漢語詩歌尋求新的話語方式和獲得新活力，打開了通往豐富的可能性的一個向度。周作人曾將「白話文」與「古文」作了生動的比較：「白話文有如口袋，裝進什麼東西去都可以，但不能任何東西都不裝。而且無論裝什麼，原物的形狀都可以顯現出來。古文有如一只箱子，只能裝方的東西，圓東西則盛不下，而最好還是讓它空著，任何東西都不裝。」[53]周氏在這裡對白話的彈性與活力的強調，同樣也適用於白話詩。正是作為現代漢語雛形的白話，夯實了現代漢詩發生的話語基礎，為漢語詩歌開闢了一個全新的形式創造空間。需要指出的是，「白話」只在最初的形式策略上對文言構成某種「革命性」。而在後來現代漢詩更具包容性的話語系統中，對現代漢語詩性潛質的挖掘代替了類似白話／文言的緊張二元對立。事實上，胡適早在一九一七年十一月就說過：「吾於去年（五年）夏秋初作白話詩之時，實力屏文言，不雜一字。……其後忽變易宗旨，以為文言中有許多字盡可輸入白話詩中。故今年所作詩詞，往往不避文言。」[54]胡適這種令人捉摸不定的態度轉變，當然不能排除應對外部

---

53 周作人：《中國新文學的源流》（上海市：華東師範大學出版社，1995年），頁63-64。
54 參見胡適：《論小說及白話韻文》，《新青年》四卷一號「通信」欄，1918年1月15日。

強大壓力的策略性考慮，卻也暗示了現代漢詩在獲得最初的形式之後，應該回到詩歌藝術問題本身進行建設和創造，而不是在外部問題的紛爭中迷失自我。

本文原刊於《河南社會科學》2005年第1期

附錄二
現代漢詩的本位尋求
──論王光明著《現代漢詩的百年演變》[*]

　　與小說、散文等文類從古代向現代的「和平過渡」不同，「新詩」自發生伊始就不可避免地成為一個爭訟紛紜的複雜話題：它的文類「合法性」的艱難爭取，它對於語言、形式等「自我」形象的苦苦尋找，它在中國整個二十世紀波詭雲譎的文化語境中的消長沉浮，它接納本土與外來傳統時所遭遇的多重壓力，它與主流意識形態之間齟齬而糾纏的曖昧關係等等。在風雨飄搖的百年行程中，這些都已經先後沉積為文學史的鮮活材料。面對「新詩」如此斑駁複雜、撲朔迷離的面貌，儘管已有不少論者做過這樣那樣的闡述努力，並且各自取得了或大或小的成績，然而，與其他文類頗見成效的同類研究相比，表面上喧囂熱鬧的二十世紀漢語詩歌的研究，卻似乎缺乏一種有效和到位的整體性的理論描述和問題梳理。在這種情況之下，王光明《現代漢詩的百年演變》的出版，可謂適逢其時。

現代漢詩──命名的意義

　　「現代漢詩」並不是本書獨創的概念，事實上，它曾被用作一本民間詩刊的刊名，近年來也曾出現在一些學者的論著中。[1]但是，在

---

[*] 王光明：《現代漢詩的百年演變》，石家莊市：河北人民出版社，2003年。本書係國家社會科學「九五」規劃重點課題的結項成果。

[1] 《現代漢詩》是一本一九九一年創刊、先後在北京、深圳、杭州、上海等地發行的民間詩刊；奚密直接使用過「現代漢詩」的概念，不過她的用法與本書中該概念的

本書中，它無疑是第一次作為一個核心概念，被系統、全面地納入一個理論構架。在王光明看來，作為一種文類概念，「新詩」在話語流通過程中日益「貶值」，「無論從理論和實踐上看，『新詩』這一名目都過於浮泛，只能是中國詩歌尋求現代性過程中一個臨時性的、權宜性的概念」（頁6），已經無法用以有效地指稱二十世紀以及未來仍然在行進和生長的漢語詩歌，因此，必須從詩歌的本體要求和現代漢語的特質出發，找尋一個能夠真正反映「以現代經驗、現代漢語、詩歌本體要求三者良性互動，創造自己的象徵體系和文類秩序，體現對中國偉大詩歌傳統的伸延和拓展」（頁640）的豐富內涵和彈性活力的命名。這個命名就是「現代漢語詩歌」，簡稱「現代漢詩」。

　　不過，王光明不是簡單地對「新詩」這一概念棄之不用，而是作了一番追本溯源式的「知識考古」。他在以黃遵憲、梁啟超等人為代表的晚清詩歌革新運動中找到了「新詩」概念的濫觴。那些從浩如煙海的材料中被精心翻檢出的當時頻繁出現的「新詩」、「新派詩」、「新世界詩」、「新詩國」等詞彙，顯然直接構成了延伸向後來由胡適正式命名的「新詩」的一個表親譜系。這種緊緊抓住關鍵詞「新」，並對之作出一種必要的辨析和廓清（如對黃遵憲之「新」和梁啟超之「新」的差異性，本書第一章第四節就作了相當精彩的比較分析），然後由此向相關論題輻射開來的做法，可能受到雷蒙德‧威廉斯（Raymond Williams）的文化批評方法的啟發。[2]儘管與威廉斯整合思

內涵有較大出入（參見奚密：《從邊緣出發》，廣州市：廣東人民出版社，2000年）；而臧棣似乎更鍾情於「漢語現代詩歌」的提法（參見臧棣：〈後朦朧詩：作為一種寫作的詩歌〉，《文藝爭鳴》1996年第1期）。

2　威廉斯曾以工業、民主、階級、藝術、文化五個關鍵詞為主要關節點，繪製了一幅從十八世紀五〇年代到十九世紀初英國的思想文化變遷的地形圖，指出：「在我們現代的意義結構中，這些詞的重要性隨時可見。它們的用法在關鍵時期發生變化，是我們對共同生活所持的特殊看法普遍改變的見證。」參見雷蒙德‧威廉斯著，吳松江等譯：《文化與社會》（北京市：北京大學出版社，1991年），頁15。

想文化的龐大野心相比，王光明在這裡要處理的似乎只是一個「小題目」，即試圖通過理清一些基本概念和基本問題，以點帶面地描述一種文類的發生發展過程。然而，兩者在方法論上卻不無相通之處。

在對「新詩」之「新」作一番歷史鉤沉之外，王光明還富有創造性地全新定位「新詩」，指出：「『新詩』不是複合性的文類名詞，而是一個動賓結構。二十世紀的中國詩歌的特質，並不局限於五四時期那種基於新／舊對抗視野所給出的那些指標，也不能只通過舉證『經典』文本的方法作出簡單的概括。這是一個重新創造它的作者與讀者的歷史過程，一串迂迴探尋的腳印，一個在實踐中尋求認同和修改的夢想。」（頁10）此處被重新起用的「新詩」概念，不再具有那種否定一切的對抗性姿態，而是獲得了一種流動性和對話性，更多地體現為對現代漢語詩歌藝術創新可能性的密切關注。

對「新詩」概念的清算，自然不能放過從古典詩歌體制向現代意義的「新詩」過渡的一個重要的中介性概念──「白話詩」。王光明在五四文學革命大背景下，以「白話詩」始作俑者胡適的創作和理論主張為中心展開論述，認為在「新詩」的「白話詩」時期，「最大的意義並不是建構一種新的詩歌美學，而是試圖建構一種新的詩歌言說方式。在這種新的詩歌言說方式的建構中，胡適、沈尹默等人利用『白話』的自由和靈活脹裂了傳統詩體的桎梏，是一種傾向；而劉半農等人以民間謠曲等『小傳統』為資源，又是另一種傾向。」（頁84）在上述肯定性判斷和資源梳理之後，王光明從漢語詩歌在語言、藝術思維、想像方式等方面的現代要求出發，進一步揭示出「白話詩」的歷史局限性：「『白話詩』時期的新詩，不論是在『大傳統』中尋求突破，還是在『小傳統』中開拓新路，本質上都還是『工具』和外在形式的變化，以及題材的時代性遷移，而不是詩歌思維、感覺和想像方式的現代轉變。」（頁90）

在本書中，「現代漢詩」的命名充分考慮到二十世紀中國詩歌焦

慮的現代性訴求。從某種意義上說，「新詩」概念所顯露的求新、唯新情結，就是這種現代性焦慮的表徵之一。但是，「新詩」所尋求的往往是與「革命」、「自我」「進步」等觀念緊密聯繫的現代性，而不是一種美學意義上的現代性。前者通往自外於詩歌的某種歷史的或社會學的價值立場，而後者則指向詩歌藝術本身的推進與發展。「現代漢詩」這一命名的重心顯然落在後者那裡。它對「現代漢語」、「詩歌本體要求」、「象徵體系」、「文類秩序」、「詩歌傳統」等涵義的借重，清晰地表明美學現代性的內向性特徵。當然，它也沒有忽略「現代經驗」的外向汲取與吸收。行文至此，筆者不由地想起一九四〇年代袁可嘉提出的「新詩現代化」主張。[3]這個主張已經流露出對既有「新詩」概念的隱約不滿和對現代性建構的朦朧嚮往，認為「現代詩歌是現實、象徵、玄學的新的綜合傳統」[4]。可惜的是，由於過分仰仗西方資源特別是新批評的某些文學觀念，缺乏對當時「新詩」語言形式和本土語境的深刻認識，它的理論價值不能不大打折扣。儘管如此，應該承認，「新詩現代化」的理念為包括本書作者在內的後來者反思「新詩」現代性的各種議題，提供了某些有價值的思想線索。

　　以開放性的詩學觀念——「現代漢詩」及其相關理論闡述，有效地拆解了潛伏於「新詩」概念之下的某種權力話語的運作架構，為當下漢語詩歌研究注入新的活力和動力，是本書的一個重要成果。可以毫不誇張地說，本書「現代漢詩」的莊嚴命名，為二十世紀漢語詩歌研究的更全面展開確立了一個堅實的話語支點。當然，作者也清醒地意識到，「現代漢詩」一詞並不指稱一個凝固的結論，而是面向二十

3　袁可嘉在一九四七至一九四八年間發表了〈新詩現代化〉、〈新詩現代化的再分析〉、〈新詩戲劇化〉、〈談戲劇主義〉、〈詩與民主〉等以「論新詩現代化」為總論題的系列文章。可參見袁可嘉：《半個世紀的腳印——袁可嘉詩文選》，北京市：人民文學出版社，1994年。

4　袁可嘉：〈新詩現代化〉，見《半個世紀的腳印——袁可嘉詩文選》（北京市：人民文學出版社，1994年），頁50。

世紀漢語詩歌「從無到有、從有到好、從不自覺到自覺、從無序到規律的創造、沉澱、凝聚的過程」（頁19）。隨著詩歌實踐領域的不斷開拓，這個概念的內涵無疑也將日益豐富。

切入具體的歷史形態

　　命名之後要做的，是更為艱苦、複雜的現代漢詩百年歷史的梳理工作。不過，值得注意的是，本書並非一部一般意義上的「詩歌史」著作，正如孫玉石先生所作的精準判斷，「這本論述中國詩歌百年演變的書……是屬於『史論』性質的一部專著。它不是百年詩史，卻有百年詩史所不能取代的價值。它尊重歷史事實，又不拘泥嚴格史述研究的框架。」[5]其實，王光明在本書「後記」裡也暗示過這一點。從全書敘述結構看，作者有意揚棄了一般文學史那種平板和瑣碎的書寫方式。筆者以為，完全可以借用王光明談論洪子誠文學史寫作的某些觀點來描述本書，如「切入了歷史的具體形態」，「以個人化的敘述抵達非個人化的歷史圖景」，「不只是為了銘刻文學的歷史記憶，簡單匆忙地把歷史合理化，也是為了反抗時間與權力的化約，以延宕給出歷史事件的『終審裁斷』的策略，敞開歷史的多元複雜性」等觀點，[6]都彷彿是王光明關於本書的某種自況。

　　本書的時間跨度設定為一八九八年至一九九八這一百年。這個設定雖然也有敘述策略方面的某種考慮，但更多地體現為對一些重要事件的特別指認。在王光明看來，一八九八年裴廷梁〈論白話為維新之本〉[7]一文的發表，是中國五四文學運動的肇端，對現代漢詩而言，

5　孫玉石：〈現代漢詩的百年演變・序二〉。

6　王光明：〈「鎖定」歷史，還是開放問題？〉，見王光明：《文學批評的兩地視野》（北京市：北京大學出版社，2002年），頁100-101。

7　原載無錫：《中國官音白話報》第十九、二十期，1898年8月27日出版。

同樣具有發生學上的重要參考價值；而一九九八年《現代漢詩：反思
與求索──一九九七年武夷山現代漢詩國際學術研討會論文彙編》[8]
的出版，是一次以「現代漢詩的本體特徵」這一詩學主題，整合紛繁
蕪雜的二十世紀漢語詩歌研究的相當成功的嘗試，[9]「現代漢詩」的
概念也從此得到越來越廣泛的認同和響應。因此，這兩個年份並非信
手拈來，而是經過作者深思熟慮的、能夠準確標示本書論題某種歷時
性的一個謹嚴選擇。

　　在這個時間範疇內，「歷史的具體形態」是什麼？作者又是如何
「以個人化的敘述抵達非個人化的歷史圖景」呢？

　　只需瀏覽一遍本書的章節目錄，有心的讀者就不難發現，這裡幾
乎沒有具體的時間性名詞，而「新詩」（第二章）、「自由詩」（第三
章）、「散文詩」（第四章）、「格律詩」（第五章）、「現代格律詩」（第
八章）、「現代詩」（第九章）等一系列文類概念或亞文類概念則顯得
十分突出，它們實際上可以被看作經過作者精心「剪裁」的、現代漢
詩演變過程中的一個個「歷史的具體形態」。王光明以問題的因果關
係作為敘述的內在邏輯，徹底打破了線性敘述帶來的思維慣性和思想
惰性。這種結構章節的方法顯示出作者所主張的「開放問題」的強烈
意識，即從某個核心問題出發，層層向外輻射，帶出更多更細緻的子
問題，讓它們互相碰撞，互相激發，「敞開歷史的多元複雜性」，從而
營造一個自由開闊的話語空間。

　　以本書第三章「自由詩的基本理念」為例：首先，為「自由詩」
專闢一章的做法，可以說是相當大膽的。在那些熱衷於「主義」、「流

8　現代漢詩百年演變課題組編：《現代漢詩：反思與求索──1997年武夷山現代漢詩
　　國際學術研討會論文彙編》，北京市：作家出版社，1998年。

9　詳情可參閱王光明：〈20世紀中國詩歌的反思──「現代漢詩國際研討會述要」〉，
　　原載《文藝爭鳴》1998年第2期，亦作為「附錄二」收入《現代漢詩的百年演變》
　　一書。

派」等空泛名目的論者那裡，「自由詩」恐怕只能是一個無關緊要的陪襯性概念。王光明卻獨闢蹊徑，認為「從『白話詩』到『新詩』的發展過程，也是自由詩一元論詩歌觀念的形成過程。……『解放』和『自由』在文類中的『沉澱』，就是確立了自由詩這一詩歌形式。」（頁115）繼而從自由詩的體制、自由詩與早期「新詩」的親密關係、自由詩遭受的浪漫化的「污染」以及自由詩需要反思的問題等四個方面，清明地揭示出「新詩」對自由詩的誤讀關係及其不良後果。本章結尾作者精當地指出：「『新詩』不僅不能在自由詩名義下放棄現代漢語詩歌形式的尋找，而且必須從現代漢語的特質出發去探索自己的詩歌形式。」（頁145）正是通過這種十分個人化的敘述方式，作者向我們敞開了一度被「時間與權力」遮蔽和化約的某種複雜性和多元性。

　　強調「切入了歷史的具體形態」和注重「個人化的敘述」，並不就意味著歷史感的缺席。王光明在本書「導言」中提出一種富有見地的分期法，把二十世紀中國詩歌的現代重建活動劃分為三個時期：晚清到五四前後為古典詩歌體制的破壞時期，二○年代中期到四○年代為現代漢語詩歌的建設時期，五○年代之後的「兩岸三地」詩歌為分化與多元探索時期。（頁10-18）這種分期法深入詩歌發展的內在脈絡，避免了一般文學史著作對社會學分期的簡單仿效。事實上，在本書非線性敘述結構中，也隱伏著一條從晚清直到二十世紀九○年代的時間「虛線」。而在一些章節內部，亦不時有時間脈絡的清晰呈現，如第四章中就勾勒了散文詩從草創時期到當下五個階段的發展線索。而從方法論上說，本書秉持的強調對歷史的整體性把握的文學史觀，與黃子平等學者所倡導的旨在「把目前存在著的『近代文學』、『現代文學』和『當代文學』這樣的研究格局打通」的「二十世紀中國文學」[10]遙相呼應。不過，縱觀全書，不難看出王光明對「二十世紀中

---

10 參見黃子平、陳平原、錢理群〈論「二十世紀中國文學」〉，《文學評論》1985年第5期。

國文學」構想的某些方面內容（如它的全球化情結、泛社會學特徵、「悲涼」美學原則等）是有所保留的或者說是有所修正的，由此可見王光明對這個構想的借鑒是超越性的，甚至是批判性的。

　　另一方面，與在時間向度上把現代漢詩當作偉大中國詩歌傳統的一個發展階段相對稱，在空間向度上，本書將臺灣、香港的詩歌寫作納入「二十世紀漢語詩歌的版圖」，認為前者的主要特徵是「在仰賴美國的語境中，利用『移植』西方文化的合法性，以現代主義詩歌的文本策略作個人抗衡與自療，撫慰無根之傷和放逐之痛」（頁419），而後者則「把現代城市生活的經驗、感覺和想像，帶入了現代漢語詩歌的話語系統，從而讓我們知覺城市生活的經驗，認識現代城市的性質，反省人與城市的關係」（頁477）。此舉有效地破解了以往意識形態的人為阻隔，既充分展現了臺灣、香港詩歌生態的地緣性和獨特性，又整合了「兩岸三地」的詩歌現象，大大拓展了現代漢語詩歌的話語空間和藝術可能性，因而也體現了一種歷史感。

藝術本體論立場

　　藝術本體論是本書一以貫之的學理立場。無論是理論思辨，還是個案剖析，作者都立足於詩歌的想像方式和現代漢語特點，都落實到意象、語言、形式、技巧變化的考察之中。而在近年席捲學界的「文化批評」風潮中，不少人盲目地投入到新一輪西方術語的搬運工作。似乎顯得「過時」的藝術本體論常常被束之高閣。

　　作為一位敏感多思的學者，王光明自然也強烈地感受到這種批評話語的騷動。不過，他對文化批評的態度始終是理性的和辯證的。在一篇與他人的對話裡，他在肯定「文化批評的好處是能讓文學重新連接與外部世界的聯繫，提高接納世界和影響社會的作用」的同時，也看到「文化批評的意識形態閱讀，在一切文本中發掘單一底層文本的

傾向，通向的是普遍主義和本質主義，⋯⋯具有某種化約一切的專制品格」，最後他出示了自己的鮮明觀點：「在文化批評成為一種時尚的時候，我認為更應該強調文學批評的不可替代性，即使以意識形態批判為目標，在面對文學作品的時候，也得尊重文學想像世界的方式，先從語言和形式下手，不可直奔意識形態結論。」[11] 從中我們可以看出王光明對文化批評方法的審慎和警覺，而這種審慎和警覺的態度反過來凸顯了他在文學研究中對藝術本體論立場的堅持。

　　具體到現代漢詩研究，藝術本體論立場的堅持不是空喊口號或徒有姿態，而是必須首先從詩歌文本入手，更多地探尋一些諸如意象、語言、形式、技巧等詩歌的「內部問題」。這樣就不僅要求論者必須有基本的理論素養和邏輯推演能力，更要求他在藝術直覺的敏銳、文學趣味的純正甚至想像力的活躍等方面有所作為。本書隨處可見的精彩的文本細讀，正顯示了王光明突入文本內部釋放其藝術能量的過人才華。

　　比如對聞一多詩作〈也許〉的解讀：「人生的悲苦也許莫過於坐看兒女夭折，但巨大的悲慟卻用一種催眠曲的形式表現出來，那樣深，卻又那樣『淡』，就像清澄無底的深潭。它表現的是一種不信、不忍、不能接受的現實，如果按照浪漫主義的抒情邏輯，不知會有多少鼻涕眼淚。但在這裡，無法面對的陌生的死，變成了死者生時熟悉的睡。不是以死當睡，不是以其生若浮、其死若休的虛無主義抹平生死的界限，而是抓住神情恍惚時的幻覺，節制、疏導、超越有強烈感情用事的題材，避免浪漫主義感情淹沒美學的傾向，避免流行的濫情主義和感傷主義。」（頁214）這裡既有對詩歌情感內容的玩味揣摩，又有對語言、形式、技巧的全面把握。如此精微通透而又不乏理論觀

---

11 王光明等：〈批評：自我反思與學理尋求——關於90年代文學批評的對話〉，見王光明：《文學批評的兩地視野》（北京市：北京大學出版社，2002年），頁167-168。

照的讀法，令人歎為觀止。在本書他處，作者對戴望舒的〈雨巷〉
（頁266-267）、余光中的〈雙人床〉（頁452-454）、北島的〈船票〉
（頁537-538）等作品也作了十分出色的文本分析。

　　與文本細讀相呼應，王光明對現代漢詩各個發展時期詩歌現象的
理論思辨，都能最終回到語言、形式等基本問題上來，因此從另一側
面支持了他的藝術本體論立場。

　　本書對當代政治抒情詩代表人物郭小川詩歌創作的深入挖掘，就
是這方面的一個典型例證。郭小川的詩歌創作於一個國家話語君臨一
切、個人話語遭到高度壓抑的時代，因此，對它的考察很容易陷入兩
種誤區：要麼以庸俗社會學的觀點作一番空洞的圖解；要麼採取虛無
主義的否定態度，從現象表面輕巧地一掠而過。然而王光明不這樣
做。他透過彌漫於郭詩中濃重的意識形態空氣，在郭小川交錯運用的
「階梯式的詩行」、「自由詩形式」、「新歌行體」等幾種不同形式和技
巧的微妙變化中，發現其詩歌的參差水平和複雜面貌，並由此得出一
個中肯的結論：「大致說來，當傾斜於真實感受和詩學要求的時候，
郭小川寫出了他最具個人特色、最有深度的詩，顯出了自己很高的藝
術才華和闊大的藝術胸襟；反之，當傾斜於理念和政治學，和那些東
西完全認同的時候，他的詩失去了獨立的思想和藝術特色，失去了新
鮮、有力的感覺，成了時代理念的傳聲筒。」（頁368）這個著眼於內
在「詩學要求」的結論，同樣顯露出明確的藝術本體論的價值取向。

　　如果說談論郭小川採用的是從外部進入內部的方式，那麼，王光
明和林庚之間展開的「對話」，可以說是相當專業的詩學觀念的內在
砥礪。憑藉其深厚的古典詩歌功底和豐富的詩歌創作經驗，林庚在一
九五〇年代後提出了「五字組」、「半逗律」、「典型詩行」等詩歌建行
的概念，並以此建構「『五四體』的九言詩」。其論據之充足，論證之
縝密，往往令一般論者無從置喙。然而，通過相當細緻的辨析、勘
察，王光明卻從中發現了語言學、詩學各個層面的某種缺陷。如對林

庚以「五字組」和「四字組」作為詩歌建行的基本單位，他提出了這
樣的質疑：「『五字組』和『四字組』是否就是現代漢語中最常見的音
組？或許它們可以作為一個最小的音段，卻大多不能作為一個最小的
音組，因為它們還可以進行拆分。……在現代漢語中，二字組最多，
三字組次之，四、五字組往往能被二、三字組分解。」（頁397-398）
這種從現代漢語的特性出發來談論詩歌問題，是對二十世紀中國文學
特別是詩歌迥異於古典文學的特殊價值的深刻體認，正如學者王曉明
所言，「倘若換個角度，不從通常的文學史價值，而從文學與特定的
語言現實的關係著眼，你就會發現，正是近代以來漢語變遷的歷史，
賦予了二十世紀中國文學一種特殊的文學價值」[12]。而關於林庚「九
言詩」藝術上的失敗原因，作者的概況也是很有見地的：「由於林庚
在考慮『典型詩行』的節奏時過分專注於『民族性』，又把『民族
性』的主要特點放在不大規範、不怎麼代表現代漢語特徵的口語上，
他『五四』體的九言詩探索失敗了。」（頁399）然而，作者也指出，
從現代漢詩藝術探險的角度看，林庚的形式實驗具有不可忽視的意
義：「他希望從漢語發展過程找到『民族形式』的內在規律，面對語
言的變化創造新的形式，因而仍然給現代漢語詩歌的形式建設留下了
非常寶貴的啟示。」（頁399-400）詩學觀念的這種極富專業色彩的磋
商、探討，也延伸向作者對何其芳、卞之琳「現代格律詩」理論主張
的分析。（參見頁400-407）

　　藝術本體論的多向度的堅持，既有力地夯實了本書的理論基礎，
又使本書獲得了一種面向現代漢詩各種藝術問題發言的內斂品格。

---

12 王曉明：〈二十世紀中國文學史論・序〉，見王曉明主編：《二十世紀中國文學史論》
　　（三卷本），上海市：東方出版中心，1997年。

結語

　　這部洋洋五十萬言的專著，幾乎調動起作者二十多年來的全部知識儲備，試圖以「一種文學史的研究角度和敘述方法」，表達「對二十世紀中國詩歌變革歷程的基本觀察」。（頁723）本書首先十分敏銳地以「新詩」這一被使用幾十年的重要概念出現的邏輯裂縫作為切入點，然後經由對這個概念的辨析、勘探，帶出現代漢語詩歌百年演變歷史中留下的各個層面的問題。需要指出的是，它又不像一般文學史著作那樣僅僅按時間順序作一種「歷史化」的簡單羅列和線性描述，而是細緻考察在現代漢詩作為一個文類的發生、生長過程中所呈現的問題和可能性，因此具有一種敞開的言說空間與開放的論述結構。本書既體現了王光明蘊藉深厚的學養，也是他一九九〇年代後所致力的從批評向學術轉型的一項重要成果。它的出版對於二十世紀漢語詩歌研究和詩歌寫作，乃至對於二十世紀中國文學研究和教學，顯然都具有重要的理論意義。

　　　　　　　　　　　本文原刊於《文學世紀》（香港）2004年第1期，

　　　　　　　　　　　　　　　　　　　《詩探索》2004年春夏卷

附錄三
抒情姿態的變化
──現代漢詩與民生關係的一種考察

一

　　由於受到時代特殊的啟蒙語境的影響，現代漢詩自發生伊始，就與民生主題密切地聯繫在一起。這種緊密聯繫其實是五四新文學的一個共同特點，正如沈從文曾經描述的那樣，「新文學運動的初期，大多數作者受一個流行觀念所控制，就是『人道主義』的觀念，新詩作者自然不能例外。」[1]早期新詩中不乏高揚人道主義大旗的詩作，胡適、沈尹默的同名詩〈人力車夫〉、劉半農的〈相隔一層紙〉、〈賣蘿蔔人〉、周作人的〈畫家〉、羅家倫的〈雪〉等等，都是一些頗具代表性的例子。

　　五四初期的北京大學教授胡適，坐在一輛「如飛」的人力車上，卻有些突兀地發出這樣的慨歎：「客看車夫，忽然中心酸悲」。大概是看那車夫顯得稚嫩瘦弱，一打聽他的年齡，「今年十六」，果然尚未成年，於是，一種惻隱之情油然而生：「你年紀太小，我不坐你車。我坐你車，我心慘淒。」（胡適〈人力車夫〉）而劉半農的〈相隔一層紙〉，則向我們展現了隆冬季節被一張薄紙所隔開的兩個世界的巨大反差：屋裡的老爺享受著溫暖的爐火還嫌太熱，屋外的乞丐凍得咬牙切齒，真可謂冷熱兩重天。不難發現，這些詩作所流露的情感，儘管

1　沈從文：〈新詩的舊賬──並介紹《詩刊》〉，《沈從文文集》第12卷（廣州市：花城出版社、三聯書店香港分店，1984年），頁179。

被包裹上一層人道主義的糖衣，卻仍然是一種自上而下（居於社會上層的大學教授面向作為下層平民的人力車夫）的有限憐憫。這種情感可能不失其真誠，不過就實際表達效果而言，顯然是十分微薄的。這是中國第一代現代知識分子的一種居高臨下的抒情姿態，帶著一種鮮明的「知識分子腔」，自然難以真正觸及民生主題的內核。早在一九三○年代，早期新詩的親歷者朱自清就指出其局限性：「初期新詩人大約對於勞苦的人實生活知道的太少，只憑著信仰的理論或主義發揮，所以不免是概念的，空架子，沒力量。」[2]

　　在此，筆者無意苛責胡適等人的作品，而是試圖由此揭示，現代漢詩處理民生主題時體現在詩藝層面的某種先天性不足。這種不足，概而言之：眼高手低，有心無力。事實上，這種不足與缺陷在現代漢詩後來的發展歷程中不斷地重現，一直延續到當下的詩歌寫作中。一個典型的例子是，臧克家寫於一九三○年代的詩〈洋車夫〉[3]，除語言技巧方面稍有改進之外，在抒情姿態、話語方式上都與胡適的〈人力車夫〉如出一轍。在更多的情況下，由於某種時代性氛圍的強大影響，這種不足還常常成為諸如「多作描寫社會實際生活的作品」[4]、「把自己推進了新的生活洪流裡去，以人群的悲苦為悲苦，以人群的歡樂為歡樂，使自己的詩的藝術，為受難的不屈的人民而服役，使自己堅決地朝向為這時代所期望的，所愛戴的，所稱譽的指標而努力著創造著」[5]、「新詩也有很大缺點，最根本的缺點是還沒有和勞動人民

2　朱自清：〈新詩的進步〉，見《新詩雜話》（北京市：生活・讀書・新知三聯書店，1984年），頁9。

3　該詩全詩如下：「一片風嘯湍激在林梢，／雨從他鼻尖上大起來了，／車上一盞可憐的小燈，／照不破四周的黑影。／／他的心是個古怪的謎，／這樣的風雨全不在意，／呆著像一隻水淋雞，／夜深了，還等什麼呢？」

4　鄧中夏：〈貢獻於新詩人之前〉，《中國青年》第10期，1923年12月。

5　艾青：〈論抗戰以來的中國新詩〉，《文藝陣地》第6卷第4期，1942年4月。

很好地結合」[6]之類的非文學性議題張揚其某種理念的口實。

　　而早期新詩壇聚訟紛紜的所謂詩的平民性與貴族性之爭，也從理論的向度說明了現代漢詩與民生問題之間的某種表達困境。譬如，針對康白情所主張的「『平民的詩』，是理想，是主義；而『詩是貴族的』卻是事實，是真理」[7]這一論調，俞平伯就提出了不同的觀點，認為「新詩」應該是一種平民的詩，即所謂「詩底進化的還原論」。具體到新詩的寫作實踐，俞氏認為，「新詩不但是材料須探取平民底生活，民間底傳說，故事，並且風格也要是平民的方好。」[8]俞平伯的這個觀點，與五四時期的大多數理論文本一樣，顯然是一種姿態性很強的宣言式的話語。事實上，包括他本人在內的早期新詩作者，他們的「新詩」寫作都未曾真正實現從內容到風格的「平民化」。因此，這些所謂「新詩」的平民性的談論，實際上都不同程度地架空了「新詩」和民生問題的有效聯繫。

　　現代漢詩與民生主題之間的關聯，首先應該是一種美學意義上的。換言之，民生主題在詩裡不應是一種社會學的存在，而是必須得到一種想像性的、藝術化的呈現。就一首詩的寫作而言，民生主題不應僅僅體現為一種內容要素（「寫什麼」），更需要在語言、形式的支持下訴諸一種美學效果（「怎麼寫」），否則就可能淪為觀念的傳聲筒，詩歌的本體性特徵也就將遭到放逐。現代漢詩對民生問題的介入，必須採取一種詩歌的方式，而非流於某種機械性的現實「再現」或標語口號式的叫喊。換言之，這種介入的旨歸，不是社會學或政治學層面的某種意義，而是必須最終落實到詩歌文本的美學效果上。

6　周揚：〈新民歌開拓了詩歌的新道路〉，見《詩刊》編輯部編：《新詩歌的發展問題》第1集（北京市：作家出版社，1959年），頁3。

7　康白情：〈新詩底我見〉，《少年中國》第1卷第9期，1920年3月。

8　俞平伯：〈詩底進化的還原論〉，《詩》第1卷第1號，1922年1月。

二

　　一九九○年代以來，對於民生主題的抒寫，構成了現代漢詩寫作越來越重要的一個方面。一位學者將之概括為一種「平民化傾向」，認為這種傾向「體現了詩人在經歷了八十年代封閉的、高蹈雲端式的實驗後，對現實的一種回歸，是詩人面對現實生存的一種新的探險」[9]。與其說這是面向現實的一次「回歸」，不如說是面對這個時代出現的種種新情況，詩人的話語姿態所做出的一種主動調整。事實上，一九九○年代之後，中國社會階層的結構發生了巨大的變化，往昔那種均質化的「同志」關係已經轟然瓦解，新興的社會階層不斷出現，尤其是從鄉村湧向城市的龐大的務工群體，逐漸成為支撐當下中國社會發展的一個堅實基座。在這個大背景之下，現代漢詩必須尋求一種新的語言策略，才可能有效地表述內涵日漸多元化的民生問題。

　　只要考察當下的詩歌寫作狀況，我們就不難發現，現代漢詩關於民生主題的抒寫，已經發生一些重要的變化，諸如語言形式的豐富與多樣化，主題內涵的新開掘，主體言說方式的變化等。這些變化是令人鼓舞的。其中，抒情姿態的變化是最為突出的，即詩人的抒情姿態，由原先居高臨下的「代言」變成設身處地的「立言」，這個變化為現代漢詩的發展帶來了新的藝術空間。

　　沈浩波的組詩〈文樓村紀事〉，一方面延續了其一貫的犀利、尖銳的風格，另一方面又流露出某種終極關懷的溫情。這組作品運用一種冷敘述的新聞式筆法，冷靜而銳利地向讀者呈現了河南省一個愛滋病肆虐的村莊令人觸目驚心的慘像。譬如，〈程金山畫圈〉一詩，不動聲色地講述了一個家族正在遭受的滅頂之災：

9　吳思敬：〈轉型期的中國社會與當代詩歌主潮〉，《江蘇行政學院學報》2001年第2
　　期。

金山領我們／去看祖墳前的大石碑／／石碑是早幾年豎的／刻
滿了程氏宗族／最近五代子孫的名字／／我們讓金山／在所有
患病的名字上畫個圈／／金山說／這個容易／上面的太老，下
面的太小／十年前，都沒賣血／／一邊念著／一邊拿粉筆／在
中間那一堆名字上畫圈／／程國富、程俊富、程俊奎／程春
山、程鐵梁、程鐵成／程鐵山、程金山……／／他念出了自己
的名字／一手撐著石碑／一手笨拙地／在上面畫了個白圈／／
他沒有停留／他接著畫／／那時清明未到／麥苗青青／一叢叢
新墳／簇擁著祖墳

一個個鮮活強健的生命，逐漸淪為一個個被愛滋病病魔「圈定」和蠶食的蒼白符號。步步逼近的死神，正在無情地切割著一個家族原本茁壯蓬勃的命脈。結尾部分的描寫，貌似不經意，實則強化了死亡氛圍的濃烈。值得注意的是，在這組詩裡，作者並非一味抒發某種廉價的同情，而是窺測到一些隱藏在表象深處的某種意味。這樣的抒情，不是直線式的直抒，而是顯得更為曲折和豐富。譬如〈啞巴說話〉，寫當地的一個啞巴利用人們的同情心，趁火打劫，向外地來客勒索錢財。作者毫不留情地批判了人性中的這種醜陋一面：「啞巴啞巴／我分明地聽到你在說話／那惡狠狠的聲音／──『五百／少他媽討價還價』」。在詩人筆下，愛滋病不再僅僅是一種肉體上的絕症，從某種意義上說，它也是我們這個時代病入膏肓的文化症候的一個隱喻。這種富有反諷意味的批判話語，既體現了詩人的洞察力和良知，也表明了詩歌介入現實的可能性。不僅如此，這組詩還流露出一種深刻的自省意識。當詩人遠赴歐洲參加某個詩會，在歐洲人充滿優越感的聒噪聲中，詩人卻想起了愛滋村，於是反躬自問：「我不知道／我不知道／當我將這一組詩歌寫出／我不知道我是否是同樣可恥」（〈我不知道我是否可恥〉）。

　　與沈浩波詩歌一針見血的鋒利不同，楊鍵是一位「像松樹一樣生長」的詩人，他曾經是一位下崗工人，過著一種「與藍天和大地共享清貧的繁榮」的生活，他的詩在樸素的語言裡流動著一種博大的悲憫情懷。這樣的詩，從容，不做作，「再也沒有造句的惆悵」（〈白頭翁〉），肆意地揮灑生命的歌哭。像〈獅子橋〉一詩，寫的是農民工的日常生活，作者並沒有自外於這一表現對象，而是將自己融入其中：看著碼頭上晚歸的農民工，「他們在回家去，／我痛苦得想蹲下來」。這首詩裡人稱代詞的變化耐人尋味：前半部分用的是「他們」，後半部分則用「我們」，「他們」與「我們」合而為一。從某種意義上說，這也表明抒情主體與表現對象之間的一種身分重合。楊鍵的筆下還常常出現「夜裡的老乞丐」、「兩頰落滿煤灰的鄉下婦女」、「偷鐵的鄉下小女孩」等，這些弱勢者的形象，都被深深投下詩人主體形象的影子。甚至在一隻保護幼崽的母鼠驚惶失措的眼光裡，詩人也發現了其中所折射出的「灰暗和貧窮」（〈母愛〉），這種「灰暗和貧窮」，當然不僅屬於老鼠的世界，更屬於人世。有論者曾把楊鍵命名為「草根詩人」，認為在他的詩裡，「草根性與悲憫之心是與生俱來的，深入骨髓的」[10]。這個命名在一定程度上刻意突出了楊鍵詩歌的某種平民特質，不過，也不可避免地遮蔽了其他一些可能更為重要的藝術特質。楊鍵詩歌的問題在於，他的表達有時過於急切，情感的流露有時顯得太直接，這樣，表現對象之間的距離反而被拉得更遠。

　　謝湘南從一位都市打工者到一位詩人的成長，同樣也是反映現代漢詩抒寫民生主題的新變化的一個樣板。他的詩〈一起工傷事故的調查報告〉，前兩節敘述一個女工的受傷過程，是不加任何主觀情感的「調查報告」，第三節的幾個「據說」以工友的口吻來描述女工工作條件的惡劣，似乎要引向一種譴責的情感抒發，卻又被結尾的轉折戛然中止：「事發當時　無人／目睹現場」。如果說謝湘南早期的一些詩

---

10 李少君：〈草根詩人楊鍵〉，《中華讀書報》2004年4月7日。

作在詩藝上尚嫌單薄，那麼，他的〈蟑螂〉卻初步顯現出一種成熟與豐富：

> 蟑螂，你是我的病，／你是我食物的鏈條，／你是我從鄉村湧入城市的親戚，／你是我坐在飛機上的自卑。／／蟑螂，你要和我一起去追誰？／我們的追逐註定要從一萬米的高空墜落．／我們距離太陽越近我們變成灰燼越快。／我們也別想坐在雲彩之上談理想，／我們輕輕地飄落，上不了大報的頭條。／／蟑螂，你和我也別想在一首詩裡炒作。／春節到了，你也別以跳樓來威脅我，／你不給我分擔房租，我也沒理由給你發工資。／你失戀的時候，我同樣給你安慰；／我戀愛的甜蜜，你也常據為已有。／／蟑螂，在這小小的地球上，我們屬□非法同居。／我從未憎惡過你，／因為有時我也自覺喜歡陰暗。／從各自的作息時間，我們都喜歡把自己納入／崇高一族。我在臥室裡放圓舞曲，／你在廚房裡跳華爾茲⋯⋯

這裡的蟑螂，不同於卡夫卡小說《變形記》裡的甲蟲，詩中的抒情主人公並沒有變形為蟲，而是與蟲同居，與蟲共舞，惺惺相惜。人與蟲之間相互獨立，又相互依存。兩者之間不是同質化的疊合關係（這是現代主義文學常用的手法），而是一種平等的對話關係和相互指稱的「親戚」關係。

　　和〈蟑螂〉一樣，盧衛平的〈玻璃清潔工〉和榮榮的〈鐘點工張喜瓶的又一個春天〉，也不約而同地以小昆蟲來象喻底層小人物。前者把玻璃清潔工比作蒼蠅：「比一隻蜘蛛小／比一隻蚊子大／我只能把他們看成是蒼蠅／吸附在摩天大樓上／玻璃的光亮／映襯著他們的黑暗／更準確的說法是／他們的黑暗使玻璃明亮」。在這裡，「蒼蠅」不再是那種骯髒的昆蟲，而是被賦予了某種閃光的人格。這一意象符

號的內涵因此得到一種更新。後者則以螞蟻來比附鐘點工低微的幸福:「她仍把自己放得很低很低／比世俗的生活更低／低到不再抽綠開花／低到塵土裡　一隻跑動的／螞蟻　追趕著她的溫飽」,一個人的幸福,跟一隻螞蟻的溫飽相差無幾。與謝湘南筆下個性張揚的蟑螂相比,這裡的蒼蠅和螞蟻顯然弱小得多,他們所指代的底層形象也顯得更為卑微。

　　同樣是寫小人物,老了的〈一個俗人的帳目明細表〉一詩,將一個「俗人」灰暗、壓抑的人生圖景,簡化成一長串的數字。這些原本十分枯燥的數字,經過作者對統計學語言的一種「戲擬」式處理,成為標識困窘的生存境遇的醒目刻度。詩的結尾帶著一種無可奈何的否定意味:「除了骨灰盒200、火葬費400／請用剩下的59400買一片荒地／把一生的痛深深地埋了吧!」字裡行間透露出一種徹骨的悲涼。

　　對於鄉村世界的想像,也是現代漢詩抒寫民生主題的一項重要內容。我們注意到,晚近的鄉村題材詩歌,在抒情姿態上也發生了明顯的變化:不再把鄉村設定為一個世外桃源或文化避難所,而是在鄉村與自身的過去、鄉村與城市、鄉村與現代世界等多重關係中,重新塑造一個更為豐滿的鄉村主體。只要對比一九九〇年代初期農業題材詩歌的矯情傾向,及其對於鄉村生存境遇的表面粉飾,就不難察覺晚近詩歌中鄉村想像的深度和有效性。

　　在龐雜的當下詩歌景觀中,批評家王光明敏銳地發現了詩人辰水[11]。這一發現的意義在於,它表明現代漢詩的鄉村經驗表達已被提升到一個新的層次。在辰水的詩裡,一方面,鄉村保持著一些諸如墳墓、馬匹、槐棘樹、春天的河流等原有的風貌,另一方面,在它那裡又出現了一些微妙的變化,比如對都市的嚮往,一條「通往北京的鐵路線」,寄託了民工的希望,也延伸了鄉村孩子們想像的快樂。(〈春

---

11 王光明在編選《2002-2003中國詩歌年選》(廣州市:花城出版社,2004年)時,選用了辰水的五首詩作,並在該書前言裡對之作了重點評介。

夏之交的民工〉）更值得注意的是，詩人的主體觀照角度的變化，尤其是關於鄉村死亡的思考，顯然是有意提升常常被忽略的鄉村生命的意義：「此刻我無法關心自己內心的痛苦／母親和弟弟他們內心的痛苦／我只在乎那些穿堂而過的風／它們從父親的身上帶走了些什麼／父親的靈魂隨那些風又去了哪裡」（〈穿堂風〉）。

同樣是抒寫鄉村經驗，如果說辰水構築「紙上的村莊」，「在紙上說出我的村莊／說出那個村莊的大和小」（〈紙上的村莊〉），所採用的是一種較為沉靜、平和的抒情風格，那麼，王夫剛的方式就顯得有些激烈：「走近大河。在那裡我遇到了祖國的問題。／支流奪走了它的根系。永恆的大地／在傾斜，詩人們在撒謊。／我心裡亂極了……不是由於疲倦／而是由於沉默」（〈走近大河〉），這裡抒發的是一種徹骨的大愛大恨，鄉村題材的局限性在這裡被超越了。撒謊的詩人終將遭到鄉村和大地的放逐，真正有良知的詩人應該調整自己的話語姿態，「在廣闊的鄉村安下我的心──／在廣闊的鄉村，安下我緩慢的心／死水泛起微瀾的心／一覽無餘的心，像盲腸一樣／多餘的心……」，這顆心充滿熱愛與悲涼，裸露而又秘密，沉默並且黑暗。（〈在廣闊的鄉村安下我的心〉）這樣「入乎其內，出乎其外」的抒情姿態，才可能真正切入民生問題的內核。

以辰水、王夫剛等詩人為代表的新寫作群體的出現，標示著鄉村經驗的詩歌想像得到了新的拓展，也意味著底層人物不再僅僅是一種被表現的對象，而且逐漸成長為自我表達的主體。對於現代漢詩寫作的這種新現象，王光明從抒情主體的角度給予了較高的評價：

　　這樣的詩歌世界不是文人想像中的田園牧歌世界，「鄉下」不是為了對比城市才得到表現的。許多年以來，多少人自以為代表沉默的人民說話，但很少看到這樣搖撼心靈、沒有矯情的詩作。不是因為他們不同情農民，甚至也不全然因為不瞭解鄉村

的生活，而是由於戴著別樣的眼鏡，因此被小康社會遺忘的農
村社會，似乎是理所當然地在文學中被扭曲和遺忘。是的，鄉
村也在變化，現代化的聲浪也席捲、搖撼著沉默的土地，但有
多少人能感同身受地理解中國農民在城市化進程中所付出的代
價和犧牲？[12]

此論揭示了現代漢詩在處理民生主題時話語有效性的普遍缺失，因而
突現了調整抒情姿態的重要意義。

三

　　在論及文學與底層的關係時，批評家南帆辨析了「底層」的表述
與被表述之間的悖論，指出，「文學企圖表述底層經驗，但是，身為知
識分子的作家無法進入底層，想像和體驗底層，並且運用底層所熟悉
的語言形式。……如何彌合知識分子與底層的距離是一種揮之不去的
焦慮。」[13]就二十世紀中國文學的整體而言，此論基本上是準確的。
不過，如果我們把談論範圍縮小到一九九〇年代以降的當代文學，這
個觀點或許就需要做出一定的修正。在這一時段裡，一些出身於「底
層」的作家（詩人）的出現，使得底層經驗獲得了一種主動表達的機
會。比如，上文提及的謝湘南、楊鍵、辰水等詩人，莫不如此。
　　相形之下，另一位論者的描述，可能更切近於本文所討論的抒情
姿態的轉變問題：「底層自我表述的有效性有賴於底層知識分子的敘
述，以庶民記憶與經驗再現的方式真實地呈現出底層意識，從而獲得
表述自我的話語權力。底層文學必須構建一種『美學原則』，一種在

---

12 王光明：《2002-2003中國詩歌年選》〈前言〉（廣州市：花城出版社，2004年），頁
　　5。

13 南帆：〈底層：表述與被表述〉，《福建論壇》2006年第2期。

語言、敘述立場、文化趣味上與中產階級知識分子迥然不同的底層美學。另一方面，不能否定非底層知識分子底層書寫的意義，他們的底層想像有時構成了文學價值世界的一個重要維度。」[14]這裡所說的「底層自我表述」和「定非底層知識分子底層書寫」，正是我們所期待的詩人轉變後的抒情姿態。

與小說、散文文類的「寫實性」特徵不同的是，詩歌表現民生主題，更側重於一種「象徵性」，因此需要特別警惕現代漢詩表現民生主題的非詩化傾向。這裡所謂的「非詩化」，是指只注重傳達某種觀念，而放棄了詩歌的藝術本體要求。詩人西川在一九九〇年代初就曾聲稱，「從一九八六年下半年開始，我對用市井口語描寫平民生活產生了深深的厭倦，因為如果中國詩歌被十二億大眾庸俗無聊的日常生活所吞沒，那將是件極其可怕的事。」[15]儘管此論主要是針對當時「市井口語詩」的氾濫而發的，卻也從一個角度提示了現代漢詩處理民生主題的一些潛在的危險，諸如只滿足於日常生活場景的羅列而完全忽略了詩藝要求。

最後，需要說明的是，本文討論現代漢詩與民生主題的關係，並非為了彰顯某方面力量以對抗另一種力量，而是試圖通過這種論述表明，抒情姿態的這種變化，使得抒寫民生主題的詩歌寫作拓展了自身的藝術空間，獲得了藝術上的自足性，從而豐富了現代漢詩的語言、風格等諸方面的可能性。

本文原刊於《河南社會科學》二〇〇六年第六期，《人大複印資料・中國現代、當代文學》二〇〇六年第九期全文轉載

14　劉小新語，參見南帆等：〈底層經驗的文學表述如何可能？〉，《上海文學》2005年第11期。

15　西川：〈答鮑夏蘭、魯索四問〉，見西川：《大意如此》（長沙市：湖南文藝出版社，1997年），頁245。

附錄四
論「九葉」詩人在一九四○年代的會合

引言

　　縱觀一九三○年代後半期以降的中國新詩寫作，對現代詩歌藝術的種種探索與實驗被日漸邊緣化，「現實」與「現代」之間的齟齬越來越深。此前由梁宗岱、戴望舒、聞一多、馮至、卞之琳等人發起和初步發展的漢語詩歌的現代性建構從此被局限在一個不斷縮小的範圍之內。誠然，在一九三○年代至一九四○年代這樣一個內亂與外患交困的特殊時期，詩人以他們的創作介入現實是無可厚非的。這既與詩人們內心的責任感相關，也和中國社會的特點分不開：「中國社會不允許這種詩脫離社會的『純化』。在中國這個環境中詩只能不純化。因為社會從來要求詩為它分擔憂患與追求。傳統儒家的入世詩觀也潛入了知識分子的意識深處，是中國詩人一廂情願地為社會代言，並對之做出承諾。」[1]此論既道出了現實社會問題對新詩寫作隱潛的規定性，又揭示了中國詩人身處的一種不無無奈的表達困境。一九三○年代後半期之後，這種規定性和表達困境顯得更為突出。從這個角度看，「九葉」詩人在一九四○年代的會合，可謂適逢其時。

1　謝冕：《新世紀的太陽》（長春市：時代文藝出版社，1993年），頁188。

西南聯大「新詩圈」

　　當然，在主流之外還有不少詩歌的支流堅持以自己的聲音歌唱，特別是現代主義詩歌藝術的探索從未停止過。一九三〇年代末至一九四〇年代初活躍在昆明西南聯大的「西南聯大詩人群」表明，中國現代詩歌依然「在路上」。這群詩人中，不僅有早負盛名的馮至、卞之琳、聞一多等人，也有一批充滿青春活力的青年詩人穆旦、鄭敏、杜運燮、王佐良等。西南聯大是戰時中國三所最著名的高等學府北大、清華、南開的聯合體，在當時被稱為「民主的堡壘」。在這裡詩歌藝術的民主也得到極大發揚。兩代詩人的關係十分融洽，他們的詩歌活動構成了一種互文關係。前輩詩人不僅自己創作詩歌，如馮至在聯大期間創作出版《十四行集》的同時，也注重對下一代詩人的鼓勵與培養，如聞一多主編的《現代詩鈔》選入不少穆旦、杜運燮、王佐良等學生輩作者的詩；朱自清在〈詩與建國〉一文中給予杜運燮的詩〈滇緬公路〉較高的評價等。而後輩詩人既從前輩那裡直接得到創作實踐上的啟示，又通過他們開設的一些課程（如馮至的德國文學課）和譯介的詩人作品，更深入地瞭解西方現代詩歌。此外，值得一提的是，英國詩人、學者燕卜遜在聯大執教的短短時間裡，對青年一代詩人產生了深刻的影響。特別是燕卜遜講授的那門當代英詩課程，「內容充實，選材新穎，從霍普金斯一直講到奧登，前者是以『跳躍節奏』出名的宗教詩人，後者剛剛寫了充滿激情的《西班牙，1937》，所選的詩人中有不少燕卜遜的同輩詩友。因此，他的講解也非一般學院派的一套，而是書上找不到的內情、實況，加上他對語言的精細分析」，[2]深受學生的喜愛。燕卜遜的到來，不僅帶來了西方現代詩，特別是當代

2　王佐良：〈穆旦：由來與歸宿〉，見《一個民族已經起來》（杭州市：江蘇人民出版社，1987年），頁8。

英國詩的清新氣息，更為重要的是，他的言傳身教促成了詩人穆旦等人詩歌觀念的轉變。

在西南聯大這樣一個獨特文化語境中生成的西南聯大詩人群，是「一群自覺的現代主義者，是新詩的探險隊」。[3]他們的詩歌創作取得了突出的成績，為現代漢詩建立了一個重要的話語據點。這裡要著重指出的是，作為西南聯大詩人群主體部分的青年詩人們，實際上是後來的「九葉」詩人群體的雛形。這個觀點基於如下兩個理由：首先，後來形成的「九葉詩群」作為一個現代主義詩歌群體，其現代性的追求、詩歌精神的向度是承襲西南聯大詩人群的；其次，在聯大時期，南方（主要集中於上海）的那些詩人辛笛、陳敬容、唐湜等人尚未結成一個群體。不過，同樣不可忽視的是，後來被稱為上海詩人群的陳敬容、唐湜、辛笛等詩人在「九葉詩群」形成之前，都或多或少地接觸過西方現代派詩歌。如陳敬容不僅翻譯過里爾克的一些詩作，詩歌創作也深受里爾克的影響。在此期間，唐湜「讀到卞之琳的《西窗集》與馮至、梁宗岱、戴望舒們的譯詩，更在課室裡念到 Ｔ‧Ｓ‧艾略特、Ｒ‧Ｍ‧里爾克的作品，又進入了一個新的世界，試作了一些新的探索」。[4]我們或許可以將他們的這些活動看作是西南聯大詩人群集結前的「熱身」。

西南聯大詩人群並非只躺在大學的象牙塔內玩弄一些現代技巧，作幾聲無病呻吟。他們的詩同樣是介入現實的，只不過是以一種現代詩歌的方式介入現實。他們中的代表人物、被認為是位於「四十年代新詩現代化的前列」[5]的詩人穆旦，對於西方現代派的詩歌技巧的借

3　張同道：《探險的風旗》（合肥市：安徽教育出版社，1998年），頁19。

4　唐湜：〈我的詩藝探索〉，見《新意度集》（北京市：生活‧讀書‧新知三聯書店，1990年），頁193。

5　袁可嘉：〈詩人穆旦的位置〉，見《半個世紀的腳印》（北京市：人民文學出版社，1994年），頁158。

鑒是較為成功的。他的詩如〈防空洞裡的抒情詩〉、〈在寒冷的臘月的夜裡〉等也有著豐滿的現實血肉，穆旦甚至還被當時的現實主義詩刊《新詩歌》的編者認為是「戰鬥的文藝戰士」。[6]與當時的主流詩人抒寫現實題材不同的是，穆旦的詩歌語言較為節制、內斂和冷靜，這就避免了那種滑行在現實表面之上的空洞叫喊。然而，作為一個具有自覺的現代意識的詩人群體，西南聯大詩人群在當時卻常常受到排拒，親歷者鄭敏在幾十年後寫道：「現代派又在三四十年代返回它的祖先的故鄉：中國詩壇。尤為可笑的是，在它祖輩的故鄉，它受到了種種嘲諷、咒罵甚至禁止。」[7]正如前文提及追求漢語詩歌的現代性的詩人往往被放逐，西南聯大詩人群、唐湜、陳敬容們都概莫能外。因此，這些「同路人」的集結就成為一個重要而緊迫的課題。

《詩創造》上的集結

　　抗戰結束後，中國社會並沒有順利地向和平與民主過渡，而是充滿動盪與憂患。當抵抗外敵的鬥爭一旦轉化為國內兩種政治力量的鬥爭，主流詩歌就很自然地充當起簡單傳聲筒的角色。這就是一九四六年至一九四九年間政治抒情詩大量湧現的原因。政治意識形態之間的鬥爭也間接造成了文壇各派別之間的對壘，而對壘的各派系紛紛創辦刊物作為自己的話語陣地。

　　一九四七年七月《詩創造》的創刊也不能排除有這樣的意圖。作為當時該刊主要編者之一的唐湜曾寫道：「臧先生到頭辦這個詩刊也可能是想團結一些青年詩人與阿壟們對壘。」[8]《詩創造》是上海星群出版社（原名星群出版公司）出版的詩刊，它的編輯工作一開始由出

6　薛汕：〈四十年代的《新詩歌》〉，《新文學史料》1988年第1期。

7　鄭敏：〈世紀末的回顧：漢語言的變革與中國新詩創作〉，《文學評論》1993年第3期。

8　唐湜：〈九葉在閃光〉，《新文學史料》1989年第4期。

版社的創始人、詩人、畫家曹辛之（杭約赫）主持，並得到了臧克家的大力支持，臧利用其在文壇上的影響和各種關係為《詩創造》的誕生創造了不少條件。他除了在這個刊物上發表詩作外，還「經常在大方向上給予指導」，並且「在決定辦《詩創造》時，他提出要注意兩點：一、刊物一定要搞現實主義；二、不要太暴露，否則出不了兩期就會出問題」。[9]由此可見，臧克家與《詩創造》的關係十分密切。作為這個刊物的指導性的參與者，他的詩歌觀念不可能不影響《詩創造》的整體風格傾向。因此，雖然在《詩創造》上發表的詩「風格多種多樣，有十四行詩，也有山歌民謠；有政治諷刺詩，也有抒情小唱」，[10]似乎形成一種兼容並包之勢，但是，其中的主流派仍然是主張現實主義的政治抒情詩（如袁水拍、臧克家、陳侶白等人的詩）。

　　《詩創造》對於「九葉詩群」形成的重要意義，在於它促成了上海詩人們的首次集結，從而為後來的「九葉」詩人們的會合做了鋪墊。透過參與《詩創造》的編輯工作和在這個刊物上發表詩作，辛笛、陳敬容、唐湜、杭約赫等人既得到相互結識的機會，同時又以他們的作品體現了一個共同的指向——追求新詩現代化。唐湜在後來回憶道：「在《詩創造》中，我與敬容、唐祁關係較好，在辛之的支持下，初步形成了一個四人核心。」[11]事實上，作為《詩創造》的實際負責人的曹辛之，是傾向於主張多作現代詩藝探索的，所以他與幾位現代主義色彩較為濃厚的詩人，如陳敬容、唐湜、唐祁等人建立了良好的關係。但是，在當時那種特殊的時代氛圍裡，他們的詩歌藝術主張很快就遭到來自對立面的反駁。後來接手《詩創造》編輯工作的林宏、赫天航回憶說：「一九四八年春，林宏、康定、燮伯從外地相繼

9　林宏、赫天航：〈關於星群出版社與《詩創造》的始末〉，《新文學史料》1991年第3期。

10　曹辛之：〈面對嚴肅的時辰〉，見《「九葉詩人」評論資料選》（上海市：華東師大出版社，1996年），頁370。

11　唐湜：〈九葉在閃光〉，《新文學史料》1989年第4期。

來到上海，開始參加《詩創造》的編輯工作。逐漸在刊物的選稿標準上，林宏、康定等人的意見與辛之、唐湜等人不時發生矛盾，前者認為在殘酷的現實環境下，要多登戰鬥氣息濃厚與人民生活緊密聯繫的作品，以激勵鬥志，不能讓脫離現實、晦澀玄虛的西方現代詩作充斥版面；後者則強調詩的藝術性，反對標語口號式的空泛之作，主張講究意境和色調，多作詩藝的探索。」[12] 從這裡我們不難看出持不同藝術主張者之間隱藏的深刻矛盾，甚至還有相互否定。此時的《詩創造》，對於一心想推動一場新的詩歌運動的唐湜等詩人來說，已經在很大程度上構成了一種阻力。因此，他們需要一個新的陣地來亮出自己的藝術旗幟。而在另一方面，林宏等人的意見由於與臧克家的詩歌保持一致而得到臧克家的大力支持（關於這點可參閱上引林宏、赫天航文章）。臧克家在這場爭論中做出立場上的傾斜，無疑加速了《詩創造》內部詩人的分裂和《中國新詩》的誕生。

　　一九四八年六月，《詩創造》改由林宏、康定、田地等人主持編務；在當時時任上海金城銀行信託部主任的詩人辛笛的貸款支持下，曹辛之等人另行創辦一個詩刊《中國新詩》，由方敬、辛笛、杭約赫、陳敬容、唐湜、唐祈任編委。在《中國新詩》創刊號上，有兩篇文章值得引起我們的注意，一篇是《中國新詩》的「代序」〈我們呼喚〉。這篇文章在極其尖銳地批判了當時詩壇空洞和貧乏的病態現狀之後，提出了自己的詩歌主張：「我們現在是站在曠野上感受風雲變化。我們必須以血肉似的感情抒說我們思想的探索。我們應該把握整個時代的聲音在心裡化為一片嚴肅，嚴肅地思想一切，首先思想自己，思想自己與一切歷史生活的嚴肅的關係。」從這裡我們可以看到《中國新詩》的詩人們對感性與知性相結合、現代經驗的反思等現代詩藝的不倦追求。另一篇是登在同一期刊物上的改版後的《詩創造》的一則廣

---

12 林宏、赫天航：〈關於星群出版社與《詩創造》的始末〉，《新文學史料》1991年第3期。

告。它這樣寫道：「從第二年的第一輯起，我們對原有的編輯方針將有所變更，以最大的篇幅來刊登強烈地反映現實的明快、樸素、健康、有力的作品。我們要和人民的痛苦與歡樂呼吸在一起，並使詩的藝術性和社會性緊密地配合起來，有一個更高的統一和發展。」[13]改版後的《詩創造》的確忠實於新的編輯方針，發表的詩作有明顯的反映現實和追求大眾化的傾向，提倡深入淺出的、一般讀者能夠接受的用語和形式。兩篇文章明顯地體現出詩歌藝術追求上的分野。

《中國新詩》的整合

　　抗戰勝利後，西南聯大詩人群的年輕一代詩人都先後畢業，分散在各地。雖然被稱為「聯大三星」的穆旦、杜運燮、鄭敏在當時已是小有名氣的青年詩人，但當他們一旦脫離西南聯大那樣一個相對自足的文化語境，不免有一種更深切的邊緣感與漂泊感。他們也經常在一些報刊上發表自己的作品，如《文藝復興》、《大公報》副刊等報刊，但缺少一個能夠充分展示他們對於現代詩歌藝術創作的種種探索的舞臺。《中國新詩》作為一個大力提倡現代詩歌探索的詩歌刊物，它的創刊無疑吸引穆旦等詩人投入它的懷抱中去。總之，「九葉詩群」的真正會合終於在《中國新詩》上得以實現。來自南方與北方的詩人們不僅以各自的作品在這個詩刊上爭奇鬥豔、相互輝映，而且在內在的詩歌精神上也取得了統一與融合。特別是袁可嘉、唐湜都曾在詩歌理論方面付出積極而有效的努力：「……逐漸出現自覺的理論提倡：北方的袁可嘉，在一九四六至一九四八年間，連續發表文章探討『新詩現代化』，南方的唐湜也陸續寫下了他的頗有影響的對『現代派色彩十分濃郁之作』的評論。」[14]袁可嘉、唐湜兩人的理論倡導激活了這些

---

13 見《中國新詩》創刊號〈時間的旗〉1948年6月。
14 錢理群：〈一九四八年：詩人的分化〉，《文藝理論研究》1996年第4期。

詩人詩歌寫作某些共同因素與內在激情，使他們終於走在一起，結成中國的一個現代主義詩歌藝術的探險隊，「一齊向一個詩的現代化運動的方向奔流，相互激揚，相互滲透，形成一片闊大的詩的高潮」[15]。

如果說南方詩人杭約赫等人為「九葉」詩人群的最終形成提供了一個堅實的陣地和寬容的舞臺——《中國新詩》，那麼，穆旦等北方詩人的詩歌作品為這個詩歌刊物帶來了濃厚的現代氣息。特別是穆旦，這位以他的詩歌表現出「現代知識分子那種近乎冷酷的自覺性」[16]的詩人，在某種意義上以成為這個詩人群體的精神領袖。他對那種徹底的現代詩歌精神的探求代表著「九葉詩人」的方向。關於這一點，我們可以從穆旦〈讚美〉一詩對於其他詩人如辛笛、唐湜、唐祈等的創作所產生的或隱或現的影響中窺見一斑。

穆旦共在《中國新詩》上發表八首詩（據《穆旦詩全集》統計）。這些詩作品雖然數量不多，卻較為完整地呈現出一種現代品格。所謂現代品格的呈現，主要指這些詩並不僅僅停留於對現代生活表像的摹寫，而是注重揭示現代生活的某種荒謬性。〈城市的舞〉（原載《中國新詩》第四集）一詩便向我們展示了在現代生活最重要的場景——城市的面前，個體生命正在逐漸喪失其主體性。人們還來不及追問一聲「為什麼」，就被毫不客氣地捲進「這城市的迴旋的舞」中。人們在建設城市的美好圖景的同時，也將自己推向了變異的命運：「無數車輛都慫恿我們動，無盡的噪音／請我們參加，手拉著手的巨廈教我們鞠躬：／呵。鋼筋鐵骨的神，我們不過是寄生在你玻璃窗裡的害蟲。」「城市之舞」實際上就是人們為自己進一步墮落加速的狂歡之舞。而〈我想要走〉（原載《中國新詩》第三集）表現了在特定的環境中，個人與社會之間的糾纏不清的曖昧關係：個人在無力改變社會現實時試圖從中抽身而出，卻發現又被一股無形的引力拉回原來的地面。在

---

15 唐湜：〈詩的新生代〉，《詩創造》第1卷第8期（1948年）。

16 袁可嘉：〈詩人穆旦的位置〉，見《半個世紀的腳印》，頁153。

詩中，詩人運用了設置矛盾場的手法來表現這種糾纏牽扯的狀態：「我想要走出地方，然而卻反抗：／一顆被絞痛的心當它指導脫逃，／它是買到了沉睡的敵情，／和這一片土地的曲折的傷痕，／我想要走，但我的錢還沒有花完，／有這麼多高樓拉著我賭博，／有這麼多無恥，就要現原形，／我想要走，但等我花完我的心願。」其他幾首：〈暴力〉、〈甘地之死〉、〈紳士和淑女〉等，或傾向於形而上的玄思，或傾向於對現實切入，都體現了一種較為成熟的現代主義詩歌風格。

　　不惟穆旦，其他的「九葉」詩人也都以自己辛勤的創作和艱辛的探索加入到中國現代詩歌的建設中來。杜運燮在《中國新詩》上發表的幾首詩〈閃電〉、〈雷〉、〈善訴苦者〉等，不僅繼續和發展了他那獨特的機智、詼諧和輕快的特點，而且在詩歌中物我關係的重建、形式的多種可能性以及反諷手法的改進運用等方面進行了探索。如〈山〉一詩將平凡的司空見慣的山寫成追求崇高者的化身：「來自平原，而只好放棄平原；／根植於地球，卻更想植根於雲漢；／茫茫平原的昇華，它幻夢的形象，／大家自豪有他，他卻永遠不滿。」但「他」是孤獨的，常常「夢著流水流著夢，／回到平原上唯一甜蜜的童年記憶」，「他永遠寂寞」。詩人似乎以一種旁觀者的口吻寫山，其實卻暗中流露出自己的某種人生自況。鄭敏在會合後發表的一些詩作，如〈最後的晚禱〉、〈求知〉、〈噢，中國〉等，追求一種較為整齊的形式（十四行詩或四行詩節體），並且使用頗具氣勢的長句，從而使這些詩具有較強的容納龐大主題的能力（如〈最後的晚禱〉的主題是甘地之死的人類意義；〈噢，中國〉的主題則是對祖國前途和民族命運的走向的思考）。鄭敏的這些詩作雖加入了介入現實的元素，卻仍然體現出詩人一貫喜愛的在事物和事件面前保持一種沉思默想姿態的特點。

　　而原先在南方的詩人陳敬容、辛笛、唐湜等也創作出一批優秀的詩歌文本，擴大了「九葉詩群」的話語力量。雖然從嚴格意義上說來，他們詩中體現的先鋒性和現代性可能不及穆旦們那麼激進，但在

他們的詩中，特別是陳敬容、辛笛的詩，由於古典詩歌傳統活性因子的吸納，使他們的詩呈現出另一種現代品格。此外，唐湜、杭約赫、唐湜、袁可嘉的詩都在不同程度上傾向於現實生活某些側面的切進，使他們的詩歌語言節制而內斂，從而較好地保持了現代詩的品格。這裡，必須提及唐湜創作於一九四八年的《交錯集》。這本集子所收的詩作具有較強的形式感，最能代表詩人在四〇年代風格的轉變。從這些詩中，我們看到一個較為自覺的現代詩人形象。《交錯集》中最引人注目的是那些以西方詩人、作家和藝術家作為表現對象的詩，如〈雪萊〉、〈彌爾頓〉、〈羅丹〉、〈巴爾扎克〉等。這些詩並非只是對所表現對象的一味讚頌或對他們的作品作空泛讚美，詩人在其中融入了自己的情感和思考而不是被動地受牽制。這些詩顯然也反映了當時中國詩人在接觸西方現代文學時的心路歷程。

餘論

需要指出的是，「九葉」詩人群之所以能夠在一九四〇年代得以會合，在現代漢詩的藝術探險之路上並肩前行，與他們中的兩位理論家的極力鼓呼與熱情吶喊分不開。這兩位理論家就是袁可嘉和唐湜。袁、唐二人分別畢業於西南聯大外文系和浙江大學外文系，科班出身無疑為他們借鑒學習西方詩歌理論提供了「近水樓臺」之便利。袁可嘉一九四六年發表在《大公報‧星期文藝》、《文學雜誌》等報刊上的論新詩現代化的一系列文章，即批評了當時詩壇上存在的「對於詩的迷信」、政治感傷性對現代詩質的損傷等各種問題和病症，認為它們都在不同程度上顛覆了詩歌的真正的藝術價值，[17]也為新詩現代化這一迫切的歷史性課題勾畫出一個理論框架的大致輪廓：「無論從理論

---

17 這些文章包括〈對於詩的迷信〉、〈論現代詩中的政治感傷性〉等。

原則或技術分析著眼，它都代表一個現實、象徵、玄學的新的綜合傳統。」[18]這一系列文章既總結了以前新詩現代性探索所取得的成效，也指出了此後新詩現代化的走向。

如果說袁可嘉的系列理論文章所做的基礎性工作為「九葉」詩人的創作提供了一個理論背景，那麼，唐湜對各位詩人的具體而微的評論，如〈搏求者穆旦〉、〈杜運燮的《詩四十首》〉、〈辛笛的《手掌集》〉、〈陳敬容的《星雨集》〉、〈鄭敏靜夜裡的祈禱〉等，充滿了熱情洋溢的「喝彩」之聲。當然，這裡所說的「喝彩」並非空洞無物的無聊捧場，而是在對這些詩人的創作進行了充分的理論分析之後發出的感歎與鼓呼。唐湜也並不滿足於那種序言式的印象主義批評，而是運用了許多相關的現代詩歌理論作深入的、頗具說服力的解讀與剖析。此外，唐湜的這些文章對「九葉」詩人創作中所存在的一些問題也直言不諱，如在〈辛笛的《手掌集》〉一文中，他就很中肯地指出了辛笛詩歌中出現的某些失敗之處。

「九葉」詩人在一九四○年代的會合，儘管並未最終形成一個鮮明的流派現象（事實上，對這一詩人群體的命名就帶有明顯的「後設」意味），但他們這種略顯鬆散的組合，卻無疑為推進新詩藝術的現代化提供了重要的動力。有意思的是，在中國新詩接受史上，九葉詩派的形成及其意義必須經過四十多年的時間才被人們所普遍認識和認可。而這種現象的產生，無疑又為今天研究九葉詩派提供了學理的依據與理論史的意義。

本文原刊於《長沙理工大學學報》（社會科學版）

二○一一年第三期

---

18 袁可嘉：〈新詩現代化的再分析〉，見《半個世紀的腳印》，頁64。

作者簡介

伍明春

　　一九七六年二月生，文學博士，福建師範大學文學院教授、碩士生導師。兼任福建省文藝評論家協會副主席、福建省美學學會副會長等。已發表學術論文八十多篇，出版學術專著四部；已完成主持一項國家社科基金青年項目、一項福建省社科規劃項目。二〇一七年、二〇二〇年分別獲得福建省第八屆、第九屆百花文藝獎。教學科研之餘堅持詩歌創作，已發表詩作二百多首，出版個人詩集二部。

本書簡介

　　本書主要討論了早期新詩在發生之初如何確立自身合法性進而建立詩歌話語據點等相關問題。本書認為，早期新詩合法性的尋求是從外部和內部兩個向度展開的。「新詩」的現代想像、「新」與「舊」的攻防、「新詩」概念的形成、媒體對新詩傳播的加持、新詩壇的內部辯難、早期新詩的形式探索、詩歌翻譯的支持等等，都構成早期新詩尋求合法性的題中應有之義。考察在這些問題之間產生的摩擦、糾纏、碰撞，不僅能夠在歷時性上勾畫出早期新詩合法性的軌跡，也能在共時性上對現代漢詩的發展歷程作一種整體性觀照。

福建師範大學文學院百年學術論叢·第七輯 1702G08

早期新詩的合法性研究

作　　　者　伍明春

總 策 畫　鄭家建　李建華

發 行 人　林慶彰

總 經 理　梁錦興

總 編 輯　張晏瑞

編 輯 所　萬卷樓圖書股份有限公司

　　　　　臺北市羅斯福路二段 41 號 6 樓之 3

　　　　　電話 (02)23216565

　　　　　傳真 (02)23218698

發　　　行　萬卷樓圖書股份有限公司

　　　　　臺北市羅斯福路二段 41 號 6 樓之 3

　　　　　電話 (02)23216565

　　　　　傳真 (02)23218698

　　　　　電郵 SERVICE@WANJUAN.COM.TW

香港經銷　香港聯合書刊物流有限公司

　　　　　電話 (852)21502100

　　　　　傳真 (852)23560735

ISBN 978-986-478-811-8

2023 年 1 月初版二刷

定價：新臺幣 520 元

如何購買本書：

1. 劃撥購書，請透過以下郵政劃撥帳號：

　帳號：15624015

　戶名：萬卷樓圖書股份有限公司

2. 轉帳購書，請透過以下帳戶

　合作金庫銀行 古亭分行

　戶名：萬卷樓圖書股份有限公司

　帳號：0877717092596

3. 網路購書，請透過萬卷樓網站

　網址 WWW.WANJUAN.COM.TW

大量購書，請直接聯繫我們，將有專人為

您服務。客服：(02)23216565 分機 610

如有缺頁、破損或裝訂錯誤，請寄回更換

版權所有·翻印必究

Copyright©2023 by WanJuanLou Books CO., Ltd.

All Rights Reserved　　　Printed in Taiwan

國家圖書館出版品預行編目資料

早期新詩的合法性研究/伍明春著. -- 初版. --
臺北市 ： 萬卷樓圖書股份有限公司, 2023.01
印刷

　面 ；　公分. -- (福建師範大學文學院百年學
術論叢. 第七輯 ；1702G08)

ISBN 978-986-478-811-8(平裝)

1.CST: 新詩　2.CST: 詩評

820.9108　　　　　　　111022316